新潮文庫

炎の回廊

満州国演義四

船戸与一著

新潮社版

10418

目次

炎の回廊

満州国演義四

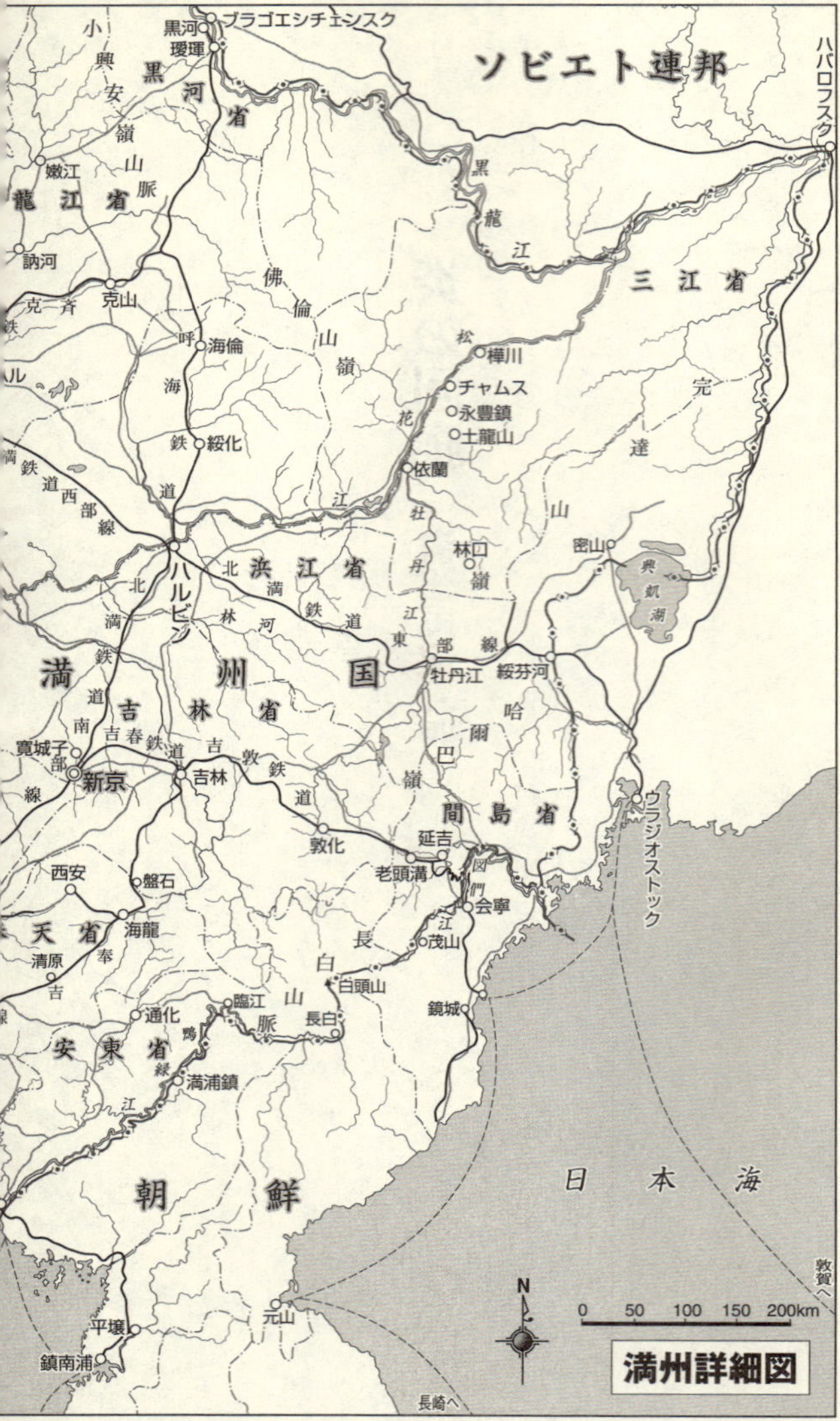
ソビエト連邦
ブラゴエシチェンスク
黒河
瑷琿
小興安嶺山脈
黒河省
ハバロフスク
嫩江
龍江省
訥河
黒龍江
三江省
克山
克斉鉄
佛倫山嶺
呼海鉄道
海倫
松花江
樺川
チャムス
永豊鎮
土龍山
綏化
完達山
依蘭
満鉄道西部線
牡丹江
林口
密山
興凱湖
ハルビン
浜江省
北満鉄道
北林河
東部線
満州国
牡丹江
綏芬河
哈爾巴嶺
吉林省
寛城子
新京
吉林
南部線
吉春鉄道
吉敦鉄道
間島省
ウラジオストック
敦化
延吉
老頭溝
図們江
西安
盤石
会寧
海龍
奉天省
長白山脈
茂山
清原
奉吉
白頭山
臨江
鏡城
通化
長白
安東省
鴨緑江
満浦鎮
日本海
朝鮮
敦賀へ
元山
平壌
鎮南浦
長崎へ
0 50 100 150 200km
N
満州詳細図

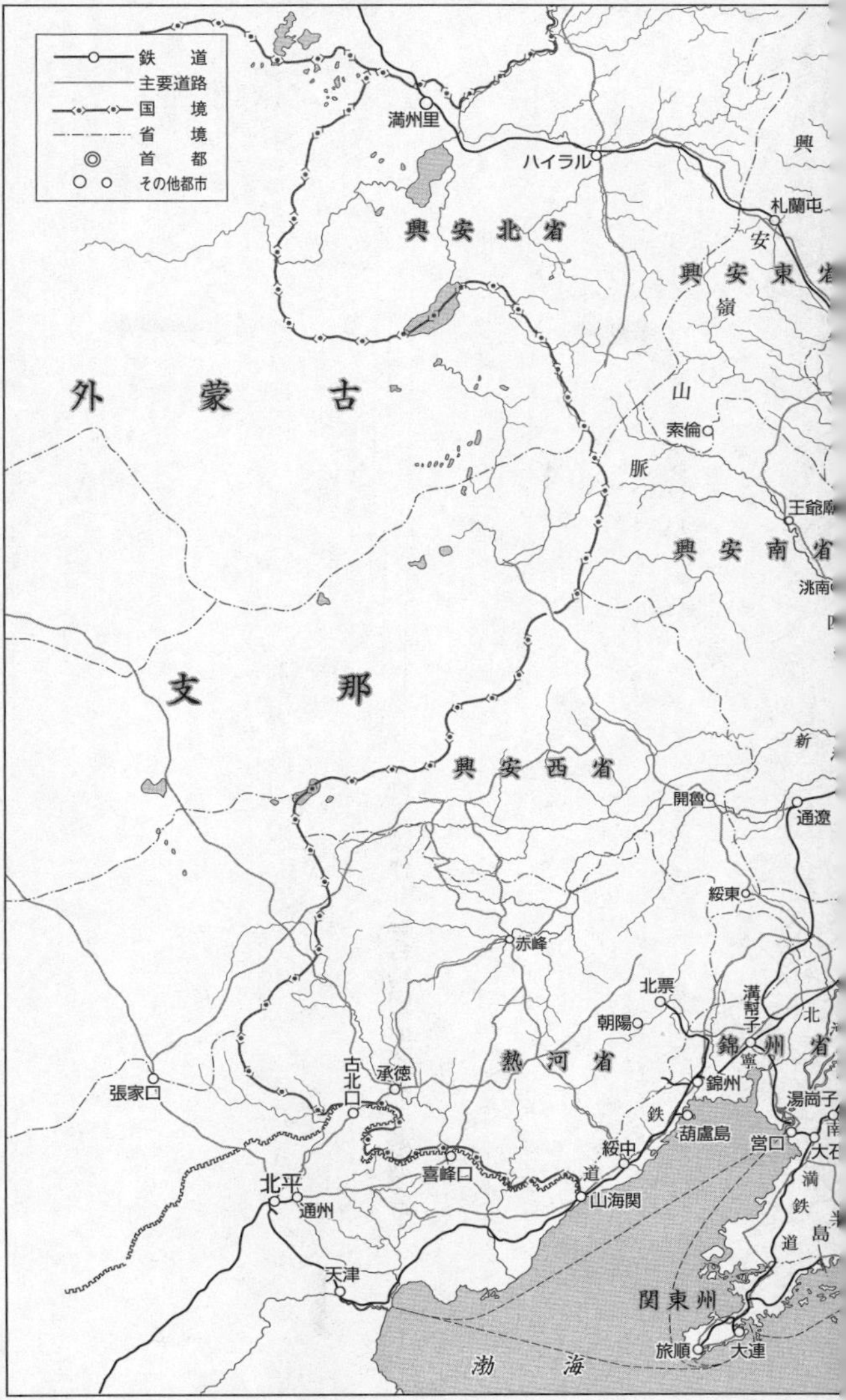

鉄　道
主要道路
国　境
省　境
首　都
その他都市
満州里
ハイラル
札蘭屯
興安北省
興安東
嶺
山
脈
索倫
王爺廟
興安南
洮南
外　蒙　古
支　那
興安西省
開魯
通遼
綏東
赤峰
北票
朝陽
溝幇子
錦
州
北
省
熱河省
張家口
古北口
承徳
錦州
鉄
葫盧島
湯崗子
営口
大石
綏中
道
喜峰口
北平
通州
山海関
満
鉄
道
島
天津
関東州
旅順
大連
渤　海

地図製作＝綜合精図研究所　蓮池富雄

炎の回廊

西暦一九三四年——
昭和九年——
皇紀二五九四年——
民国二三年——
康徳元年——

第一章　被弾した明日

I

執政・溥儀《ふぎ》が皇帝となり、満州国の正式名称は三月一日に満州帝国へと移行した。元号も大同から康徳《こうとく》へと変更された。三日まえのことだ。それに伴ない政府組織法も改変されて国家の政体は立憲君主制を原則とし、立法・司法・行政の三権分立制を採用することとなった。改変された政府組織法第二条によれば、皇帝は神聖不可侵で、刑法上の責任を負うこともなく、国務上も無答責なのだ。従来の規定では統治権者たる執政が全人民にたいし施政上の全責任を持っていた。それに較《くら》べれば満州帝国は大日本帝国にかたちだけは一歩近づいたと言っていいかも知れない。鄭孝胥《ていこうしょ》国務総理は帝政樹立の意義をこう闡明《せんめい》した。

執政は建国以来深く天意の存するところを体得し、順天安民の仁政に努められた結果、内治外交の治績大いに挙がり、善隣日本との友好関係はますます敦厚《とんこう》の度を加えて来た。この機会に帝位に即《つ》き建国の理想を伸《の》べられることになったことは天の啓示が具現したものとしてまことに意義深い。帝制は皇帝中心主義の政治を意味するもので、皇帝を取り巻く独裁政治であった清朝の復辟《ふくへき》では断じてないことを明らかにするものである。

敷島三郎《しきしまさぶろう》は新京で行なわれた即位式に警護のために参列した奉天憲兵隊の同僚からそのときの模様を聞いている。郊祭《こうさい》の儀は新京郊外杏花村《きょうかそん》の順天広場に設けられた天壇で満州の古式に則《のっと》って行なわれた。参列者は多くなかった。元帥《げんすい》となってから二カ月後の去年七月末に急逝《きゅうせい》し毒殺の噂《うわさ》まで流れた武藤信義《むとうのぶよし》前司令官に替わって再任された菱刈隆《ひしかりたか》関東軍司令官。鄭孝胥ら満州国高官。満鉄や日本から招かれた国賓。午前八時、天壇を囲む幔幕《まんまく》の入口に真紅のリンカーンが到着する。光緒帝《こうしょてい》ゆずりの龍袍《ロンパオ》を纏《まと》った溥儀が現われて天壇にあがる。天帝の代理人たる奉璽官《ほうじかん》から玉璽《ぎょくじ》を受け取る溥儀。

これらはすべて清朝の流儀に適《かな》ったものだ。だが、正午から宮内府と改称された元執政府の勤民楼での登極《とうきょく》の儀に龍袍を着ることは関東軍から禁止された。これは清朝の復辟ではないのだ。溥儀は西洋風の大元帥服を着用し、登極の儀に臨《のぞ》んだ。天命を敬承して大同三年三月一日をもって皇帝の位に即き、大同の年号を康徳とあらため、なお満州の国号を用《もち》う。世《せ》難《なん》未《いま》だ去らず、何《なん》ぞ敢《あえ》てかりそめに安《やす》んぜん。あらゆる守国の遠国経邦《えんこくけいほう》の長策は常《つね》に日本帝国と協力同心以《もっ》て永固を期すべし。この詔書が説示されて満州帝国第一代皇帝の即位式は滞《とどこお》りなく終了した。これは去年八月帝制移行を促がす日本政府の指導方針要綱に基づくものであり、今年一月の協和会《きょうわかい》奉天支部主催の帝制促進市民大会の意向に沿うものだ。国際連盟脱退から熱河《ねっか》占領という流れを受けて満州は帝制へ衣裳《いしょう》替えを行なったものだと三郎は思う。

時刻はそろそろ午後六時になろうとしている。風はまだ冷たく、奉天の街にはあちこちに残雪が散らばっていた。塘沽《タンクー》停戦協定が結ばれてから九カ月ちょっとが経《た》つ。奉天の街からは殺伐とした空気が完全に消えている。

三郎は於雪《おゆき》のまえでハーレー・ダビッドソンを降り、その引戸を開けた。雪子が会《え》釈《しゃく》をした。久しく顔を合わせていなかったが、ずいぶん老《ふ》けて来たように感じられる。小あがりで猪口《ちょこ》を手にしている間《ま》垣徳蔵《がきとくぞう》がこっちを見た。店のなかにいる客は他には二組の日本人だけだった。そっちに近づき軍靴の紐《ひも》を解いた。徳蔵が熱燗《あつかん》と肴《さかな》の追加を雪子に注文した。三郎は外套《がいとう》を脱いで徳蔵と向かいあって座った。

「何だか威厳のようなものを感じるよ、きみには」徳蔵がそう言いながら徳利の口を差し向けて来た。「飲んだあとにはわたしは五目釜飯《ごもくかまめし》を注文するが、きみは何にする？　手の掛かるものなら早目に頼んでたほうがいい」

「食事は結構です、自宅でします」

「そんなにうまいのかね、奥さんの手料理は？」

「そうとは言ってません、任務で家を空けることが多いんで、奉天にいるときぐらい一緒に晩飯を食いたいだけです」

「ずいぶんのろけるな。たまにはわたしを招待して欲しい」

三郎はこれには答えず熱燗の注がれた猪口を唇に近づけた。この特務将校にはいつも抗《あらが》えないものを感じる。しかし、家にだけは絶対に呼びたくなかった。何となく奈津《なつ》との関係をずたずたにされてしまうような気がするからだ。三郎はちびちびと酒を飲みはじめた。

「そろそろ半年になるな、きみの兄上の愛息が亡《な》くなって」

三郎はこれにも何も言わなかった。難病だとは聞いていたが、訃報《ふほう》を受けたときの衝撃はすさまじかった。軍人になりたいと言っていた幼い命は柳条溝《りゅうじょうこう》事件の起きた九月十八日を記念するように消えていったのだ。血の気の失《う》せた明満《あきみつ》の死相は永久に忘れることはないだろう。三郎は無言のまま猪口の酒を飲み干した。

「通夜《つや》の席で、きみは慟哭《どうこく》し号泣したそうだな。まるで実の息子を失ったように」

「やめてくれませんか、もうその話は」

　徳蔵が頷《うなず》いて煙草《たばこ》を取りだした。雪子が二合徳利二本と烏賊《いか》の塩辛を運んで来た。徳蔵が銜《くわ》えた煙草に火を点《つ》けて話題を変えた。

「五・一五事件の判決が出て一ヵ月になるが、軍内部の対立はむしろ深化しつつある」

「北満鉄道買収をめぐる参謀本部内のことですか？」

「あれは氷山の一角だと言ってもいい。北満買収はもう既定路線となった。荒木貞夫《あらきさだお》大将の辞任を受けて林銑十郎《はやしせんじゅうろう》大将が陸相になった。陸軍次官は柳川平助《やながわへいすけ》中将だし、参謀次長は植田謙吉《うえだけんきち》中将だ。それを実質的に仕切ってるのは軍務局長になった永田鉄《てつ》山《ざん》少将だということはみんなわかってる」

「それで？」

「体調不良を理由に陸相を辞めた荒木大将は幕僚将校たちにはもう見限られてる。功績と言えるのは帝国陸海軍を皇軍と新聞やラジオに呼ばせるようになったぐらいで、あとは他愛もない精神論を酒席でぶつだけだからな。辞任のほんとうの理由は軍備拡充のための予算を高橋是清《たかはしこれきよ》蔵相からぶん捕れなかったせいだよ。若手将校たちの人気も教育総監になった真《ま》崎《さき》甚三郎《じんざぶろう》大将に移りつつある。もっとも、荒木大将はそのことに気づいてないがね」

　三郎はその眼を見つめながら二合徳利を持ちあげた。徳蔵が銜え煙草のまま猪口でその熱燗を受けた。三郎はじぶんの猪口にも酒を注いだ。

「荒木大将に替わって若手将校たちの注目を集めはじめたのは今度教育総監になった真崎大将だ。真崎大将は荒木大将と同じくいわば精神主義一辺倒のところがあるが、荒木大将ほど単純じゃない。きわめて計算高いところがある。永田少将と対立した小《お》畑《ばた》敏四郎《としろう》少将はこのふたりの大将を後ろ楯にしてた。表面的には北満鉄道買収問題だったが、根はもっと深いところにある。欧州大戦後のバーデンバーデンの誓約を憶《おも》いだしてみろ。岡村寧次《おかむらやすじ》少将を加えた陸士十六期卒の三人は長州閥の打倒と総力戦体制の構築を誓いあった。永田少将の総力戦体制の基礎は実に明解だったが、小畑少将はそれを理解してなかった」

「何なんです、それって？」

「天皇機関説」

「え？」

「陸大史上最高の英才と謳《うた》われた永田少将はバーデンバーデンから戻ると、秘《ひそ》かに山県《やまがた》有朋《ありとも》元帥のもとを訪れた。もちろん、宮中某重大事件と呼ばれた皇太子妃選定問題で政治生命を失うまえだ。長州閥打倒を誓約した永田少将はどうしても帝国陸軍の育成者だった長州出身の山県元帥の心情を探らなきゃならんと考えたらしい」

「実際に話をされたんですか、永田少将は？」

「もちろんだ」

「で？」

「総力戦体制を構築するには天皇機関説を論理的な基礎としなきゃならないかも知れないと永田少将は山県元帥に打診したらしい。そしたら、そんなことはあたりまえじゃないかという元帥の返答を得た。これには永田少将も呆気《あつけ》に取られたらしい。何しろ、天皇を現人神《あらひとがみ》だと言い立てて来たのは長州出身の政治家や軍人たちだったからな。しかし、考えてみれば、これは実に合理的だ。維新まえの天皇の権限は年号の命名と幕府の要請による官位の授与だけだった。それを国家神道《しんとう》の最高権威と統帥大権を独占する大元帥を兼ねる現人神に仕立てあげたのは長州閥だ。長州奇兵隊軍監となり、戊辰《ぼしん》戦争から西南の役《えき》、日清日露の両戦争を指導して来た山県元帥にしてみれば、天皇は大日本帝国の必要不可欠の機関なのだというのは論議する必要もないことだったろう。だからこそ、宮中某重大事件という政治的失策を犯したんだろう」

三郎は呆然《ぼうぜん》としながら煙草を取りだした。天皇機関説という言葉はもちろん知っている。それに反対する声が満州事変以降、澎湃《ほうはい》として巻き起こっていることも。だが、天皇機関説がどんな内容なのかを調べたこともなかったのだ。三郎は煙草に火を点けて徳蔵の新たな言葉を待った。

「だが、陸士十六期卒の連中は天皇現人神説ががっちりと根づいた時期に育ってる。山県元帥のあたりまえじゃないかという言葉には唖然《あぜん》とするしかない。小畑少将はその言葉が吐かれたことさえ信用しなかった。それが天皇は神聖にして侵すべからずという帝国憲法第三条を絶対視する荒木大将や真崎大将の考えになびいていった」

「その結果はどうなっていくんです？」

「まだわたしにもわからん。しかしな、永田少将の考える総力戦体制とは必然的に日本の重工業化の道を意味する。その労働者は農村から供給されるしかない。それは必然的に農業の荒廃を招く可能性を秘めてる」

三郎は無言のまま煙草を喫《す》いつづけた。

徳蔵が短くなった煙草を灰皿のなかで揉《も》み消して言葉を継いだ。

「これにたいして荒木大将や真崎大将はぼんやりと天皇親政を考えてる。天皇親政の基礎は兵農一致だ。犬養毅《いぬかいつよし》を君側《くんそく》の奸《かん》として射殺した五・一五事件に橘 孝三郎《たちばなこうざぶろう》率いる愛郷塾《あいきょうじゅく》の農本主義者が馳《は》せ参じたろう。天皇親政は農本主義と切っても切れない関係にある。永田少将の総力戦体制論と兵農一致論はいつか激突する惧《おそ》れがある」

「陛下御自身はどう考えていらっしゃるんでしょうね？」

「五・一五事件のときは露骨に不快感を示されたそうだ。しかし、弟宮《おとうとのみや》の秩父宮雍仁《ちちぶのみややすひと》親王はちがうらしい。蹶起《けっき》将校たちの心情に相当の理解を示されたという噂を聞いてる」


引戸が開けられ、中肉中背の男がはいって来たのはそれからすぐだった。たぶん、じぶんと同年齢だろう。羽織った外套から茶色い徳利襟のセーターが覗《のぞ》いている。その男はこっちに会釈して小あがりに近づいて来た。

「紹介しておこう、綿貫昭之《わたぬきあきゆき》くんだ。満鉄から上海《シャンハイ》東亜同文書院に派遣されてたんだが、上海事変の後始末がついたあと満州に戻って来た」徳蔵がそう言って、こっちも紹介したあとつづけた。「綿貫くんはな、きみの弟の四郎《しろう》くんと上海でずっと皇国のために仕事をして来た。いまは満鉄顧問として戒煙所の設置活動をしてる」戒煙所は癮《いん》の矯正救療を表向きの看板としているが、満州国の阿片《アヘン》専売公署と表裏一体となって売上げを上昇させるために作られた。「きょう出張先の天津《てんしん》から戻って来ると聞いてたんで、ここに呼んだ。天津の状況を聞いておきたいしな」

昭之が小あがりにあがって来て、徳蔵とこっちのあいだで胡座《あぐら》をかいた。雪子が猪口と肴を運んで来た。三郎は酒を注ごうと思ったが、昭之はそのまえに手酌で徳利から猪口に熱燗を注いで一舐《ひとな》めし、自信に溢《あふ》れた声を徳蔵に向けた。

「天津の景気はますますよくなってます。むしろ過熱気味でしてね、景気を抑えるのに苦労してるみたいです。すべて塘沽停戦協定のおかげだと言ってもいい。熱河産阿片は満航の航空工廠《こうしょう》に相当寄与することになる」

三郎はこの言葉を聞きながら短くなった煙草を灰皿のなかに押し潰《つぶ》した。満航とは日満合弁の特殊法人として出発した満州航空株式会社の略称で、貨客輸送とともに航空機製造事業にも着手している。製造計画は国防建設や資源開発のための航空写真処と併行して進められているのだ。三郎は昭之の横顔を眺めながら新しい煙草を引き抜いて銜えた。

「しばらくは関東軍はじっとしてるんでしょう？」昭之がふたたび手酌で酒を注ぎながら言った。「天津も当分こういう状態がつづくんでしょう？」

「謀略はいくつか起こると思う。しかし、関東軍と国民革命軍が全面激突に至るような事態は発生しない。関東軍は熱河侵攻で戦費を遣い過ぎたし、国際世論もまったく無視していいというわけでもない。それを見越して蔣介石《しょうかいせき》は第五次囲《い》剿戦《そうせん》に取り掛かったんだ。小競《こぜ》りあいはべつとして、当分のあいだは北支じゃ軍事的には小康状態がつづく」

「しかし、板垣《いたがき》少将の意を受けた茂川秀和《しげかわひでかず》大尉《たいい》は天津でまだ動いてますよ」

「それは政治的解決が可能な程度の工作活動だよ。軍事的な規模に至らないという制約がついてる」

「そうですか、安心しましたよ。いま軍事衝突が起これば、わたしたちのやってることは水泡に帰す。しばらくは小康状態。それがわたしたちには一番いい」

三郎は銜えていた煙草を唇から引き抜いた。火はまだ点けていない。それを灰皿のうえに置いて、猪口を持ちあげた。燗はすっかり冷めている。三郎はそれをゆっくりと飲み干した。

「上海事変後の処理を終えて、わたしは四郎くんとは逢《あ》ってない」昭之が話題を変えて、その声をこっちに向けた。「最近、お逢いになりましたか、四郎くんと？」

「居所不明なんです。一昨年、義母の葬儀があったんですが、そのときも連絡さえ取れなかった。兄としては腹が立ちますよ、あいつはもう二十六になる。馬賊稼業《かぎょう》で生きるほどの度胸もないくせに、どこで何をしてるやらと思いますとね」

「上海での仕事はかなり厳しいものだった。わたしの視《み》るところ、四郎くんはかなり多感な性質です。上海でのこころの傷を癒《いや》すためにどこかを旅行してるんでしょう。すこし時間を与えてやってください」

三郎は黙って手酌で酒を注いだ。

そのとき、徳蔵がぼそりと言った。

「四郎くんなら弥栄村《いやさかむら》にいる」

「何ですって？」

「第二次武装移民と一緒に弥栄村にいる。チャムス近くのむかし永豊鎮《えいほうちん》と呼ばれたところにな。こんな時代に軟弱《やわ》な男は生き残れん。四郎くんはハルビン特務機関を通じて拓務省の依頼を受け、通訳として弥栄村で働いてる。去年の九月に拓務省が第一次武装移民に関する報告書を作成したことを知ってるかね？」

「いいえ」

「きみの兄上は眼を通してるはずだ。聞かなかったかね？」

「長兄と逢ったのは甥《おい》の通夜と葬儀の日だけですから」

「そういうところじゃ、そんな話はまず出んだろうな。その報告書の基礎資料を提出したのが四郎くんだ。途《みち》はそれぞれちがっていても、敷島家の四兄弟はかならず皇国のために汗を流す。わたしはそう信じてるんだ。四郎くんはみごとにその期待に応《こた》えてくれてる」

2

真っ青な三月の上空に機影が近づいて来た。それが弥栄村のうえを通過しようとしたとき、いくつもの小さな落下傘《らっかさん》が機体から吐きだされた。敷島四郎は他の武装移民たちとともにそれを眺めていた。弥栄村部落用地に関する議定書によって各地に散らばった連中もいまみな旧紅槍会《こうそうかい》本部のあるここに集まって来ている。今年にはいってからふたたび宗匪《しゅうひ》の襲撃が頻発しはじめていたからだ。一個中隊の駐屯することしか安全は確保されなかった。

時刻はもうすぐ十一時になろうとしている。落下傘がばらばらと雪原に落ちていった。

四郎はみんなとともに囲壁《いへき》を飛びだし、雪原を走って落下傘に向かった。機影はすでにチャムス方面に消え去ろうとしている。落下傘にはどれもメリケン粉と染め抜かれた大きな麻袋が括《くく》りつけられていた。みんなでそれを肩に担《かつ》いで弥栄村本拠地の囲壁のなかに駆け込んだ。栄養状態が悪い。これぐらいのことでも呼吸《いき》切れがする。四郎は他の連中と一緒に旧紅槍会本部の講堂に運び入れた。

そこに神尾《かみお》弥七《やしち》少尉が他の兵士たちとともに待っていた。この若い少尉は中隊長の雨宮《あまみや》英夫《ひでお》大尉を差し置いて、最近ますます指揮官気取りになっている。武装移民たちはだれもがそれを嫌悪《けんお》していた。その弥七が命令口調で言った。

「すぐに麻袋を解け」

メリケン粉と染め抜かれた二十袋あまりのそれを開けると、なかから出て来たのは大小の箱に梱包《こんぽう》された物資だった。それも開いた。そこには雑多なものが詰められていた。味噌漬《みそづけ》の豚肉や缶詰類。医薬品や下着類。それに、十四年式拳銃《けんじゅう》が二十挺《ちょう》とその銃弾が四十箱。だれもが呆然として拳銃や銃弾の箱を眺めつづけた。

「なぜ拳銃や銃弾が投下されたかわかるか？」弥七がふたたび大声を出した。「再度頻発しはじめた宗匪や土匪の襲撃にたいして関東軍はいま歩兵第六十三連隊を依蘭《いらん》に駐屯させている。しかし、屯墾隊たる武装移民は弥栄村だけではない。千振村《ちぶりむら》にもいる。それに、何よりもチャムスの防衛を第一義としているんだ。そのことが何を意味するかわかるか？」

だれも何も言おうとしなかった。

弥七が一段と声を強めて言った。

「おまえらは日本男児だ。じぶんの身はじぶんで守れる！　宗匪や土匪がいくら襲撃して来ようと、そんなことは歯牙《しが》にも掛けないほどの根性を持ち合わせてるはずだ！拳銃や銃弾はそのために投下されて来た。雪が溶けたら、農作業に取り掛からなきゃならん。歩兵銃は邪魔になるが、拳銃なら身につけたまま作業をやれる。今後もどんどん投下されて来るだろう。宗匪や土匪は畏《おそ》れるに足りん。大和魂を見せつけてやれ！」

若い兵士が講堂に飛び込んで来たのはその直後だった。表情が引きつっている。兵士が吼《ほ》えるように言った。

「宗匪襲来であります！」

だれもが弾《はじ》かれたように講堂の床を蹴《け》った。まず弥七に率いられた小隊が飛びだした。四郎も講堂を抜けだし、宿舎に戻って歩兵銃を手にした。弾薬盒《だんやくごう》を差し込んだ革《かく》帯《たい》を締めて宿舎を抜けた。囲壁のあちこちに設けられた凹《くぼ》みにだれもが集まって銃口を北に向けていた。

四郎も凹みのひとつに駆け寄った。

五百米《メートル》ばかり彼方《かなた》の雪原に三十騎近い人影が西に向かってゆっくりと動いているのが見えた。襲撃を受けただけじゃなく、四郎はこれまで何度も宗匪の接近を目撃したことがある。はじめのうちはもっぱら紅槍会だった。この連中はすぐに判別できた。去年の暮れからはべつの宗匪も現われるようになった。弥栄村北方四十粁《キロ》地点に根拠地を置く大刀会《だいとうかい》だった。やはり白蓮教《びゃくれんきょう》の流れを汲《く》むこの宗匪は天雷轟殺《てんらいごうさつ》と墨書された白い頭被を纏っている。だが、彼方で動く馬上の連中は紅槍会でも大刀会でもないように見えた。

突然、弥七の声が聞こえた。

「機関銃で追っ払え！」

囲壁の右から三番目の凹みで十一年式軽機関銃をかまえていた兵士が引鉄《ひきがね》を引いた。ばりばりばりという掃射音が響き渡った。東から吹いて来る風にその硝煙が鼻腔《びこう》を濡《ぬ》らしはじめた。

しかし、彼方の三十騎はその掃射音に動転する気配はなかった。そのままゆっくりと西に向かいつづけている。

安楓林《あんふうりん》が蒙古《もうこ》馬の背に跨《また》がって弥栄村本拠地にやって来たのは午後三時過ぎだった。四十過ぎのこの満人は依蘭近くの土龍山《どりゅうざん》という郷に住む農民だが、弥栄村の中隊長・雨宮英夫が買収して入植地周辺の土匪や宗匪の動きを探らせて来ていた。楓林は蒙古馬を柵《さく》に繋《つな》ぎ止めると、すぐにかつての紅槍会の講堂へ向かっていった。

四郎はその背なかが講堂のなかに吸い込まれるのを見送ったあと、ふたたび斧《おの》で薪《まき》を割りはじめた。正午まえに紅槍会でも大刀会でもないらしき一群が雪原の彼方に消えていったが、そんなことはもう何にも気にしていなかった。いまはひたすら薪を割る。きょうの晩飯は久しぶりに落下傘で投下された豚肉の味噌漬にありつけるのだ。そればかりが念頭に浮かぶ。弥栄村に来てほぼ一年が経過するが、こういう暮しをつづけると人間の欲望はそれに合わせて縮小していくものだとつくづく思う。いまは食い物にしか興味がない。薪を割り終えて、四郎はその積みあげに取り掛かった。

その直後に講堂から若い兵士が出て来て言った。

「神尾少尉殿がお呼びです、敷島さん、すぐに来てください」

四郎は頷いてそっちに足を向けた。兵士とともに講堂のなかにはいった。そこにはだれもいなかった。楓林は弥七の部屋にいるらしい。兵士がその扉のまえで敷島さんをお連れしましたと声を掛けた。はいれという返事が戻って来た。四郎は扉を押し開けてなかに足を踏み入れた。

楓林は弥七の机のまえの椅子《いす》に腰を下ろしていた。

四郎は後ろ手で扉を閉めて弥七に言った。

「お呼びだそうで」

「楓林が何か特別な情報を持って来てるみたいなんだ。筆談じゃ手に負えん。通訳としてこの満人からすべてを聞きだし、おれに報告してくれ」

四郎はわかりましたと言って楓林と向かいあった。その表情はこれまで見たことがないほど緊張している。四郎は満語に切り替えて言った。

「少尉は特別な情報を持って来たらしいと言ってますが、どうなんです？」

「明日《あした》か明後日《あさって》、ここを襲って来ます」

「だれが？」

「匪賊連中ですよ」

「どんな匪賊です？　紅槍会ですか？」

「ちがう」

「大刀会？」

「それともちがう。宗匪じゃないんです。日本人から土地を奪われたと思ってる連中が襲って来ます」

「何人ぐらいが？」

「はっきりした数はまだわかってません。しかし、先遣隊の三十人がすでに下見をしたはずです」

「正午まえに三十人ほどの群れをぼくらは目撃した。その連中ですか？」

「おそらく、そうだと思います」

「で？」

「その連中は近くで仲間が合流して来るのを待ってる」

「近くってどのへんです？」

楓林は机上に置かれている紙を引き寄せた。その紙面には匪賊とか襲撃とか待機という漢字が踊っている。弥七との筆談に使われていたのだ。楓林はその紙を引っくりかえして鉛筆で地図を書き込みながら言った。

「ここが弥栄村の信濃《しなの》部落です。こっちが北。信濃部落の近くに丘陵地があるでしょう。白樺《しらかば》が生い茂る丘陵はずっと松花江《しょうかこう》の方向に向かって伸びてる。匪賊が仲間の匪賊の合流を待ってるのはここです。ここは丘陵のなかの窪地《くぼち》で風除《かぜよ》けにはちょうどいい。信濃部落からほぼ三十里の地点です」

「待機してる匪賊の頭目の名まえは？」

「そこまでは摑《つか》んでいません。しかし、三十人ばかりがここで待機してるという情報には自信がある」

四郎はこれまでの会話をすべて弥七に報告した。

弥七が満足げに頷いてから言った。

「三十里というのは支里か、それとも和里か？」

「満人が和里を使うことはありません、支里です」

「要するに、十五粁《キロ》ということだな」弥七がそう言って腕時計に眼をやった。「すぐに取り掛かる、用意しろ」

「何に取り掛かるんです？」

「匪賊掃討に決まってるだろうが！　日没まえにはかたがつく。正午まえに拳銃が投下されたろ、おまえは十四年式を携帯しろ」

「戦闘に参加しろと言うんですか？　ぼくは民間人なんですよ！」

「べつに戦闘に参加しろとは言ってない。楓林を道案内に立てる。通訳が必要だ。それに匪賊掃討と言っても全員を殺すわけじゃない。何人かは捕虜として拘束する。そのときも通訳が必要になって来る」

「しかし」

「おまえはハルビン特務機関を通じて派遣されて来てるんだ。いわば、軍属に等しい。ごたごたと文句は言わせんぞ」

四郎は無言のままその眼を見据えなおした。

弥七が椅子から腰をあげながらつづけた。

「さっさと用意しろ。これから掃討作戦を開始する。待機してる匪賊が三十人なら小隊だけで充分だ。中隊長には事後報告だけでいい。どうせ、中隊長はおれの提案を拒否することはないんだし」

四郎は弥七の指揮する小隊とともに楓林と並んで蒙古馬に跨り、信濃部落の向こうに連なる丘陵地の白樺の樹々《きぎ》のあいだを北に向かって進んでいった。外套のしたには十四年式の収まる拳銃嚢《けんじゅうのう》を括りつけた弾帯を巻いている。この拳銃をこれまで扱ったことはないが、構造はモーゼルやブローニングと同じだろう。それに、できれば使いたくない。先頭を大馬《ターマー》で進むのは弥七だった。四十名から成る小隊も大馬で黙々と進みつづける。丘陵地の雪は雪原よりずっと深かった。東からの風がわずかに白樺の樹々のあいだを吹き抜ける。ふいに先頭の弥七が馬を停めた。それに合わせて小隊の兵士たちも手綱を引き締めた。四郎は楓林とともに兵士たちを追い越し、弥七のそばに近づいた。

弥七がゆっくりと眼のまえを指差した。

そこに無数の蹄《ひづめ》の跡が残っている。それは西の方角から樹々のあいだを分け入って来て、弥七の大馬のまえで北に向かってまっすぐ伸びていた。明らかに、この地点で進行方向を変更している。

弥七が外套の内側から煙草を取りだした。それを銜えて燐寸《マッチ》を擦《す》った。五度ほど擦ってようやく火が点いた。吸い込んだそのけむりを吐きだして弥七が言った。

「これはいつごろついた跡だと思う？」

「民間人のぼくにそんなことがわかるわけがないでしょう。偵察の訓練なんかただの一度も受けたことがない」

「楓林に訊《き》いてくれ、匪賊の待機場所はここからあとどれぐらいだ？」

四郎は満語でそれを楓林に質問した。あと五、六里だという答えが戻って来た。そのことを弥七に伝えた。

「これから二粁《キロ》ほど馬で進む」弥七が背後を振りかえって兵士たちに言った。「二粁《キロ》進んで馬を降り、そこからは徒歩で匪賊どもの待機場所に向かって一気に掃討する」

小隊がふたたび樹々のあいだを進みはじめた。

四郎は楓林とともにまたその最後尾についた。

陽はすでに大きく西に傾いている。

弥七に率いられた小隊は相変わらず黙々と北に向かって進む。

突然、炸裂音《さくれつおん》とともに弥七の側頭部から血しぶきが飛ぶのが見えた。

その瞬間に傍《かたわ》らにいる楓林が轡《くつわ》をかえして離れるのがわかった。何が起ころうとしているのか見当もつかない。銃声は一発ではなかった。左右の樹々のあいだからそれは響きつづけている。兵士たちが馬から飛び降りるのが見えた。

焼けつくような衝撃を左の膝《ひざ》あたりに感じた。上半身がぐらっと揺れたような気がする。薙《な》ぎ倒されるように四郎は蒙古馬から転げ落ちた。積雪の冷たさを頬に感じたが、そんなことはどうでもよかった。

銃撃の音がめまぐるしくなっている。

それは樹々のあいだからだけではなかった。小隊の兵士たちも応戦しているのだ。

四郎は積雪の大地に転がったまま外套のしたの拳銃嚢に右手を伸ばした。十四年式の銃把を掴んだが、引き抜かなかった。引き抜けなかったのだ。左膝の痛みに全身が捩《よ》じれそうだった。

銃撃音は当分熄《や》みそうもない。

四郎はもう一度右腕に力を込めなおした。十四年式をようやく引き抜いた。しかし、見えるのは白樺の梢《こずえ》だけだ。体を反転させようとした。そのときまた左膝に激痛が走り抜けた。

銃撃音が熄んだのはそれから五、六秒後だった。

大気は赤く染まりはじめている。

四郎は体を反転させることを諦《あきら》めた。

どれぐらい経ったろう、積雪を踏みしめながら近づいて来る足音を聴いた。四郎は横たわったまま視線だけをそっちに向けた。若い兵士がそばに跪《ひざまず》いて言った。

「射たれたのは左膝だけですか？」

「みたいです」

「痛みますか？」

「痛むけど、膝ですからね、命に別条はないと思う。それよりも何がどうなったんです？」

「匪賊から待ち伏せされたんです。左右から挟撃された」

四郎はこの言葉に最初の銃声で楓林が蒙古馬の轡をかえしたことを憶いだした。待ち伏せによる挟撃は最初から仕組まれていたのだ。買収したはずの楓林は弥七の性格を知り抜いたうえでここに誘導して来たとしか考えられない。途中で寝返ったのだろうか？　それとも買収されたふりをしていただけで、はじめから匪賊と内通していたのだろうか？　いや、そんなことはもうどうでもいい。日本人は満人が金銭《かね》だけで動くと舐めきっていたのだ。四郎はふうっと溜息《ためいき》をついて若い兵士に訊いた。

「どうなんです、被害は？」

「皇軍は死者一名。負傷者七名」

「匪賊側は？」

「三名射殺。残りは逃亡しました」

「神尾少尉は？」

「即死されました、頭部を射ち抜かれましたから」

四郎は口を開きかけたが、じぶんでも何が言いたいのかわからなかった。弥栄村から逃亡した森山宗介《もりやまそうすけ》の言葉をいまさらながら憶いだす。戦闘体験のない軍人ほど始末に悪いものはない。神尾弥七は戦果を挙げたくてうずうずしている。そういう意味のことを言ったのだ。それがそのとおりになった。ふっと溜息をついたとき、四郎は左膝に一段と強い痛みを覚えた。

「大丈夫ですか、苦しいだろうけど我慢してください。馬の背で運びます、弥栄村本拠地に。戻れるのは陽が落ちて二時間ばかり過ぎたころになるでしょうが」

3

暮れなずむ松花江をいくつもの氷塊がゆっくりと流れている。北満の遅い春がようやく訪れたのだ。街路のあちこちにはまだ残雪が散らばっているが、これも二、三日うちには溶けて消えるだろう。

敷島次郎《じろう》は猪八戒《ちょはっかい》を連れて三月九日にチャムスに着いた。街全体が妙に静まりかえっている。満州でこれほど沈鬱《ちんうつ》な印象を与えるところははじめてだった。まず旅館を探した。風神《ふうじん》に飼葉《かいば》をやらなきゃならないのだ、それ相当の規模が必要となって来る。次郎は松花江に面した豊栄飯店に決めた。時刻は六時半を過ぎている。次郎は風神を中庭の柵に繋ぎ止め、満人の支配人に飼葉を与えるように頼んで客房にはいった。

炕《カン》の利《き》いたなかは心地よかった。大掛児《ターコオル》を脱いで、まず寝床台に横たわり煙草を喫った。そのけむりが肺のなかに拡《ひろ》がると、長旅の疲れが霧散するようだった。

七時過ぎになって次郎は猪八戒とともに餐庁《さんちょう》に向かった。だだっ広いその餐庁に客はひとりしかいなかった。左隅の席で三十半ばの男が炒麺《チャーメン》を食っている。セーターを着たその男は明らかに日本人だった。次郎は右隅の席に着き、近づいて来た給仕にまず猪八戒用の茹《ゆ》でた豚肉を注文した。

差し出された菜譜を眺め、炒飯《チャーハン》と肉野菜炒《いた》めを頼んだときだった。左隅の日本人がゆっくりと立ちあがるのが見えた。給仕がそばを離れるとともに、その日本人がこっちに近づいて来た。卓台の向かいで立ち停まり、ここで何をしているのかと拙《つた》ない満語で訊いて来た。

次郎は日本語で聞きかえした。

「何でそんなことをいちいち答えなきゃならんのだね？」

「日本人だったのか？」

「言葉を聞きゃわかるだろう」

「大陸浪人か？」

「そう思いたきゃ思ってくれ」

「座ってもいいかね？」そう言ったが、こっちの応諾を待たずに向かいの椅子を引いてそこに腰を落とした。「おれは首藤照久《しゅどうてるひさ》。ハルビン特務機関の曹長だよ」

次郎は無言のまま煙草を取りだした。

照久が腕組みをしながらつづけた。

「自己紹介もしたくないようだな。まあ、いいだろう。大陸浪人なんてのは変人でなきゃやってられねえんだろうしな。それにしても、チャムスは驚いたろう、ここはまるで死の町だ、住民はみな怯《おび》えきってる、満人も日本人もな。それも当然だ、今年になってからは収まったが、去年まで三度も紅槍会の襲撃を受けた。それがまたいつ再発するかも知れねえんだからな」

「依蘭《いらん》に関東軍が駐屯してるんじゃないのかね？」

「さすがに大陸浪人だ、情報が早い、確かに依蘭には歩兵第六十三連隊が駐屯して来てる」依蘭はチャムスの南西八十粁《キロ》の地点に位置している。そこは二百年まえ清朝康《こう》熙《き》帝《てい》の時代に北満鎮守六城のひとつとして開かれた古い都邑《とゆう》なのだ。「だが、第六十三連隊は姫路からの駐箚《ちゅうさつ》第十師団のなかから編成されてる」

「それがどうだと言うんだね？」

「第十師団は今月末に内地帰還の内命を受けてる。もうすぐ日本に帰れるんで兵士たちは浮き浮きしてるんだ、チャムスの街に貼《は》りつく気はさらさらない」

次郎は燐寸を擦って銜えている煙草に火を点けた。

照久が腕組みを解き、わずかに声を落とした。

「それに、北満じゃいま重要な問題が持ちあがってる」

「どんな？」

「依蘭の東五十粁《キロ》の地点に土龍山という郷がある。そこの謝文東《しゃぶんとう》が蜂起《ほうき》した。謝文東は依蘭県第三区の保董《ほとう》でな、住民連中の信望が厚い。保董てえのは村長みたいなものだ。武装移民入植地確保のために只《ただ》同然で所有地を買い取られた連中が謝文東のところに集まって不満をぶっつけはじめた。そういう連中が次々と武器を持って土龍山に集結し、その数は三千を越えてる。そこで、謝文東は東北民衆自衛軍を名乗り、第一次と第二次武装移民の入植地からの駆逐を宣言した」

次郎は無言のまま煙草を喫いつづけた。

照久がふたたび腕組みをして言葉を継いだ。

「謝文東のところに集まってるのは紅槍会でも大刀会でもない。宗匪じゃないんだ。頭のなかにあるのは涙金銭《なみだがね》で強引に差しださざるをえなかった土地の所有権のことだけだ。そこに厄介な連中が絡《から》みはじめてる」

「何なんだね、厄介な連中というのは？」

「共匪だよ」

「誕生したのかね、満州で共産党系の抗日部隊が？」

「千山無量観《せんざんむりょうかん》の葛月潭《かつげったん》の号令で発足した東北抗日義勇軍は事実上潰滅《かいめつ》した。しかし、去年の九月十八日、満州事変勃発《ぼっぱつ》の日に楊靖宇《ようせいう》という男を軍長として南満に東北人民革命軍というのが結成された。コミンテルンの指導下にある共匪の登場だよ。楊靖宇の人民革命軍はじわじわと満州に浸透していき、ふつうの土匪を吸収しはじめた。楊靖宇はそういう連中に共産主義を強要してない。抗日だけが共通の目的だと説得し、人民革命軍への参加を求めてるわけでもないんだよ。土龍山の謝文東のところに集まった連中のうち、共産主義者もちらほらだが混じってると考えなきゃならん」

「それにたいしてどうしようとしてるんだね、依蘭駐屯の第六十三連隊は？」

「連隊長の飯塚朝吾《いいづかあさご》大佐はいわゆる穏健派でね、極力武力解決は避けたいと考えておられる。まえまえから治安維持の基本は民心の収攬《しゅうらん》にあると語っていたしね」

次郎は銜え煙草のまま思わず頰を緩めた。

照久が棘《とげ》のある声で言った。

「何がおかしい？」

の日本人に？」

「特務曹長として失格だとは思わないのかね、そんなことを行きずりの大陸浪人風情《ふぜい》

照久の表情がこの言葉に急速に強《こわ》ばっていった。そのとき、給仕が注文していた料理を運んで来た。その背なかが遠ざかるのを待って照久が吐き棄《す》てるような声を発した。

「ふざけるなよ、敷島次郎、おれがおまえを知らないとでも思ってやがるのか！　黒い天鵞絨《ビロード》の眼帯を掛けた元馬賊。間垣さんから聞いてるんだ、おまえの風貌《ふうぼう》ぐらいな。この餐庁で見掛けたときは最初からそのことを知らせようかとも思った。だがな、おまえの人間性を知りたくて、わざと知らんぷりをして近づいた。これほど礼儀を知らないやつだとは思いもしなかったぞ」

脚もとに腹這《はらば》っていた猪八戒が体を起こし唸《うな》り声をあげはじめた。次郎はそれを制した。猪八戒がふたたび体を床に沈めた。

「おれはな、馬占山《ばせんざん》掃討のときはおまえの弟の敷島三郎憲兵中尉と一緒に任務に就いた。尊敬すべき立派な軍人だ。おまえのもうひとりの弟の四郎にロシア語を教えたのはおれの女房だし、弥栄村に運んだのはこのおれだ。おまえはチャムスから弥栄村に向かうつもりなんだろうが？　おれはべつにここでおまえを待ってたわけじゃねえ。

チャムス周辺の情報収集が現在の任務だ。そこにたまたまおまえがやって来た。おれはおまえのふたりの弟を気に入ってる。だから、おまえに北満の状況を教えてやっただけだ。それを特務曹長失格だと？　舐めるのはいい加減にしやがれ！」

次郎は朝食を終えて九時過ぎに豊栄飯店を出た。今朝は餐庁で照久には出会わさなかった。北満の空は澄みきっている。チャムスの街を離れて進路を南に向けた。風神のまえを猪八戒が進む。小一時間経《た》つとチャムスでは消えかかっていた残雪の量が多くなって来た。南下はしていても、のっぺりとした大地はしだいしだいに高度をあげているのだ。前方に白樺の木立ちが見えて来た。そこを通り過ぎたときだった。次郎は接近して来る四輛《りよう》の軍用車輛を見た。

近づいて来るのはウーズレイ社製の六輪自動車だった。次郎は風神の動きを止めて、その四輛が通り過ぎるのを待とうとした。だが、先頭の一輛がブレーキを踏み、四輛すべてが眼のまえでぴたりと停まった。四輛の助手席からばらばらと兵士の影が飛びだして来て三八式歩兵銃をかまえ、そのうちのひとりが何をしていると拙ない満語で訊いて来た。

「永豊鎮というところが弥栄村と名まえを変え武装移民が入植してると聞いたんでね」次郎は風神の背に跨ったまま日本語でそう言った。「どんなところか覗いてみたいと思ってね、べつに立入り禁止というわけじゃないだろう？」

「危険だ、弥栄村はいま。昨日の日没まえに弥栄村を警護してる小隊が襲われた。死傷者九名が出た。べつに立入り禁止令が出てるわけじゃないが、土匪に襲われても関東軍は責任を持てんぞ」

「四輌で遺体と負傷者を運んでるのかね、チャムスに？」

「そうだ、小隊の指揮を執っておられた神尾弥七少尉殿が名誉の戦死を遂げられた」

「お悔み申しあげる」

土匪に襲撃されても知らんぞともう一度言い残して兵士たちが助手席に戻った。四輌の六輪自動車がふたたび動きだした。

次郎は風神の腹を両足の鞋《くつ》の踵《かかと》で軽く小突いた。

風神がまた南に向かって進みはじめた。

積雪がさらに深くなって来る。しかし、もちろん橇《そり》を使わなきゃならないほどの量じゃなかった。松花江の流氷が消えたあと、二、三日でこの一帯の大地も剝《む》きだしになって陽光に曝《さら》されるだろう。

日本人の入植にたいする満人たちの怨嗟《えんさ》の声はあちこちで耳にした。それは只同然で強制的に土地の所有権を売却させられた地主たちからだけではない。小作人のほとんどは一銭も受け取ることなく、仕事を奪われ住居から追い払われたのだ。入植計画は拓務省と関東軍によって画策されたのだろうが、満人たちの憤怒《ふんぬ》の鉾先《ほこさき》はとりあえず入植者に向けられるのは当然だろう。それにしても、弥栄村を襲ったのは昨夜照久から聞いた謝文東指揮する東北民衆自衛軍だったのだろうか？　いや、こんなことをいまここで想像してみても何の意味もない。現地に着けば、それはどうせ明らかになる。そう思いながら風神を進めつづけた。

まえを行く猪八戒が突然、脚を停めた。

西側の小高い丘のうえにふいに大馬に跨った八つの影が現われた。それがこっちに降りて来る。猪八戒が唸り声をあげはじめた。その八騎がすさまじい勢いでこっちに駆けつけて来た。八人とも大掛児を羽織り、右手に拳銃を握りしめている。次郎は大掛児のしたに吊《つる》している拳銃嚢からモーゼルを引き抜く気にはなれなかった。そんなことをしても何の意味もなさそうに思える。次郎は風神を停めて、その八騎がこっちを取り巻くのを眺めた。

「青龍攬把《せいりゅうらんば》じゃないか、こんなところでまた逢うとはな」狐皮《きつねがわ》の耐寒帽を被《かぶ》った男がそう言った。六年まえに満族旗人の娘を誘拐したとき、かたちだけそこの警備に当たっていたかつての宗社葤の攬把《そうしやパン》・蘇如柏《そじよはく》だった。二年まえに吉林近くで再会したときは愛国義人会《あいこくぎじんかい》を名乗っていた。「よっぽど縁があるんだな、あんたとおれは」

「別れたのか、東北反帝同盟の朝鮮人たちとは？」

「あいつらはみんなぶっ殺してやった。わけのわからねえ理屈をおれたちに押しつけて来るんでな。崔青淑《さいせいしゆく》てえ女がいたろ、あの女もみんなで輪姦《まわ》したあとで息の根を止めてやった」

次郎は吉林近くの松花江支流の洞窟《どうくつ》のなかで話した青淑という女の表情を憶《おも》いだした。あれは敦化《とんか》で殺された抗日救国義勇軍の崔玄洋《さいげんよう》の妹だった。それがコミンテルンに指導された東北反帝同盟にはいり、敦化で娼妓《しようぎ》となって情報を収集していたのだ。たとえ東北反帝同盟の朝鮮人たちの性欲処理を引き受けていたとしても、その立ち振舞いはどことなく神々《こうごう》しさを帯びていたように思う。如柏たちはその青淑まで犯して殺したのだ。嘔吐《おうと》感さえ覚えるが、いまそのことに触れる気はない。次郎は大掛児のしたから煙草《たばこ》を取りだしながら言った。

「何で愛国義人会がここにいる？」

「組織の名まえはまた変えた」

「いまは何と？」

「東北救国決死隊。洒落《しやれ》てるだろう？」

「どうして北満にいる？」

「謝文東を知ってるか？」

「名まえだけはな」

「依蘭県第三区保董のあいつが抗日部隊を集めてると聞いたんでやって来た。謝文東が指揮する東北民衆自衛軍に合流すれば相当甘い汁を吸えると思ってな」

「で？」

「二時間まえだ、依蘭に駐屯する関東軍第六十三連隊の連隊長が小隊を連れて謝文東の本拠地・土龍山にやって来た。肚《はら》を割って土地買収問題をじっくり話しあいたいという使者を送って来たあと、トラックと乗用車で土龍山に来たんだ」

「何が話し合われたんだね、そこで？」

「話し合いなんかねえ。東北民衆自衛軍はな、待伏せ攻撃を掛けたんだ。土龍山に向から道路に穴を掘り、車輛《くるま》を動かせねえようにしてな、小隊が擂鉢《すりばち》型の窪地にはいったところで両側の高地から一斉射撃を加えたんだ。車輛は動くに動けねえんだから、日本人どもはみんな窪地のなかに飛びだして来た。東北民衆自衛軍はそこをばんばん射ちつづけた。連隊長をはじめとして小隊の四十名ばかりがその釣瓶《つるべ》射ちでくたばった。そこから逃げだせた日本人はたったふたりだと思う」

次郎は風神の背に跨ったまま銜《くわ》えている煙草に火を点《つ》けた。

如柏が照れたような笑いを浮かべながらつづけた。

「危《やば》いと思ったぜ、さすがにおれもな。東北民衆自衛軍は確かにぜんぶ合わせりゃ七千人ぐらいいる。しかし、関東軍とは持ってる武器がちがう。飛行機で爆弾を落とされりゃどうなるんだ？　考えてみろ、依蘭駐屯地の連隊長まで殺したんだぞ。関東軍が本格的な鎮圧に乗りだして来ることは眼に見えてる」

「それで逃げだして来たのかね、土龍山から？」

「当然だろうが。おれは謝文東と心中《しんじゅう》するつもりはさらさらねえ。べつに日本人に土地を掻《か》っ払われたわけじゃねえんだしな。関東軍が鎮圧に取り掛かるまえに北満から消える」

「甘い汁は吸えなかったのか、一滴も？」

「そんな雰囲気じゃねえんだよ、東北民衆自衛軍のなかはな。とにかく、抗日一辺倒だ、だれも金銭《かね》のことは何も考えねえ。紅槍会もいれば大刀会も集まってる。それにな、おれたちが吉林近くでぶっ殺した朝鮮人と同じように何かと言やあ日本帝国主義だの階級闘争だのとわけのわからねえ連中も混じってる。あんな組織には加われねえよ、おれたち東北救国決死隊はな」

4

列車は梅河口《ばいかこう》に向かっている。

目的地は通化《つうか》なのだが、四平街《しへいがい》から東に伸びる満鉄線がそこに到達するのは二、三年後だと聞いている。とにかく、梅河口駅で列車を降りなきゃならない。

敷島三郎は車窓の向こうに広がる東辺道《とうへんどう》地方の風景を眺めていた。なだらかな丘陵のつづくそこに残雪は見えない。三月ももう半ばを過ぎているのだ。南満の気温はこれからじわじわとあがって来る。

北満の依蘭に駐屯していた第十師団歩兵第六十三連隊の連隊長・飯塚朝吾大佐が謝文東指揮の東北民衆自衛軍に殺害されたという情報が奉天憲兵隊に飛び込んで来たのは一週間まえだ。連隊長は謝文東説得のために土龍山という郷に小隊を連れて出掛け、そこで伏撃《ふくげき》された。摺鉢の底のような地点で一斉に射撃され、二名の兵士が脱出できただけで残りは全員が射殺されたのだ。

その前日には弥栄村で神尾弥七少尉がやはり伏撃されて射殺された。四郎も一緒だったらしい、膝に被弾したという情報もはいって来ていた。四郎はいったんチャムスに運ばれたが、手術のためにハルビンに移送された。被弾したのは膝なのだ、命に別条はないだろう。この攻撃も謝文東の東北民衆自衛軍によって行なわれた。

東北民衆自衛軍は土匪や宗匪じゃない。謝文東は依蘭県第三区の保董なのだ。それが日本人移民のための土地買収にたいして武装抵抗を開始した。現在、北満では謝文東の人気は絶大なものになっているらしい。放置すれば、馬占山や蘇炳文《そへいぶん》のように支《し》那《な》の抗日英雄と化すのは眼に見えている。

現役連隊長戦死の報に関東軍司令部は飛行機や戦車を出動させて徹底した膺懲《ようちよう》行為を展開した。しかし、まだほとんど制圧できていない。むしろ、樺川《かせん》、勃利《ぼつり》、宝清《ほうせい》といった北満各地に武装蜂起が拡大しつつあった。

関東軍では謝文東の伏撃行動を土龍山事件と呼んでいる。

三郎はすぐにでも依蘭に向かいたかった。

しかし、奉天憲兵隊から出されたのは通化への出張命令だった。

東辺道地方を中心として東北人民革命軍を名乗る共匪が急速な勢いで跋扈《ばつこ》しはじめている。その首魁《しゆかい》が楊靖宇という河南省出身の支那人だった。いまのところ通化周辺の日本人に被害は出ていない。だが、北満での謝文東の動きはかならず南満へと拡がる。楊靖宇が日本人を攻撃目標にするのはもう時間の問題でしかないだろう。
与えられた任務はその動向を探ることだった。三郎は奉天特務機関からの楊靖宇に関する資料に眼を通していた。それに記されていたのはきわめて簡単な略歴に過ぎなかった。

楊靖宇。本名・馬尚徳《ばしょうとく》。光緒三十一（明治三十八）年二月十六日、河南省確山《かくざん》県李《り》湾《わん》村生まれ。民国十四（大正十四）年、中国共産党に入党、確山で農民武装隊を組織。四年後、中国共産党満州省委員会の要請により撫順《ぶじゅん》で労働組合運動を秘《ひそ》かに展開。奉天特務機関によって逮捕されるが、満州事変終了後に釈放。その後の消息は不明。

三郎は車窓の向こうを眺めながら煙草を取りだして火を点けた。こころなしか列車の速度がわずかながら落ちて来たような気がする。通化は朝鮮との国境に聳《そび》える長白《ちょうはく》山の山裾《やますそ》に位置しているのだ。勾配《こうばい》が強くなって来ているのかも知れない。そう思いながら三郎はけむりを大きく吸い込んだ。

列車が梅河口駅に到着したのは煙草を喫《す》い終えたほぼ十分後だった。時刻はもうすぐ四時になろうとしている。満州建国後に新たに設置された関東憲兵隊通化分屯地の丸本孝也《まるもとたかや》曹長が出迎えに来ていた。事前に連絡を取っていたが、顔を合わせるのはもちろんこれがはじめてだ。四十前後の中肉中背のこの曹長は敬礼してから言った。

「お迎えに参りました。六輪自動車を用意できませんでしたので、側車つきのハーレー・ダビッドソンであります。申しわけありません」

「そんなことは気にするな」

「豪勢なものは食えませんが、通化での夕食はおもしろいところがあります。中尉《ちゅうい》殿はかならず興味を示されると思う」


連れて行かれたのは東昌路という通化の目抜き通りらしきところで、そこにはあらゆる店舗が犇《ひしめ》いていた。料亭。妓楼。薬局。雑貨。銭荘《せんぱつ》。浴池。剪髪。八卦《はっけ》。煙館。人通りも多く、あちこちで日本語が飛び交っている。孝也が銭荘の向かいに建つ二階建てのまえで立ち停まった。そこは小さな酒房らしく、麗鈴亭《れいれいてい》と書かれていた。

「ここです、中尉殿、はいりましょう」

三郎は無言のまま孝也の背なかにつづいてその酒房のなかにはいった。そこは櫃台《きだい》処《しょ》が長く伸び、ふたり掛け用の卓台も四つ設けられている。客の姿はなかった。櫃台処の奥には二十歳《はたち》か二十一のほっそりとした体つきの満人の女が立っていた。三郎はその女が孝也と顔を合わせて一瞬の嫌悪感を表情に浮かべたのを見逃がさなかった。

孝也が椅子席のひとつを勧めながら言った。

「この時間はだれもいませんがね、六時半ごろになると、ここはいっぱいになる。この麗鈴亭は酒房ですが、肴《さかな》が飛びっきりうまい。肴だけじゃなく、炒飯とか炒麺とか、それぐらいのものなら飯もつくってくれます。中尉殿は何になさいますか？」

「腹が満ちりゃ何でもいい」

「飲まれますか、酒？」

「いまはまだ飲む気がしない」

孝也が櫃台処の奥の女に向かって滑らかな満語で炒飯と餃子《ぎょうざ》をふたりぶん注文した。三郎は椅子に腰を落とした。女が厨房《ちゅうぼう》のほうに向かった。孝也が向かいに座わって言った。

「あの女はね、項《こう》麗鈴という名まえなんです。包頭《ほうとう》から来たんですがね、もともとは河北省石家荘《せっかそう》の近くで採れたらしい。別嬪《べっぴん》でしょう？　だから、客はみんな口説く。

しかし、麗鈴は頑として首を縦には振らない。あたしはたったひとりの男にしか抱かれないと言い張ってね」

「丸本曹長」

「はい」

「おれはそんな話を知りたいために通化に来たんじゃない」

「もちろん、そんなことはわかっております。しかし、だれがあの女を通化に連れて来たかをお知りになれば興味を示されるはずであります」

「だれだね、それは？」

「中尉殿の兄上はむかし満州で馬賊をやっておられた、青龍という攬把名でね」

「兄が連れて来たと言うのか？」

「そうです、それだけじゃない。この店も中尉殿の兄上が只でくれてやった。麗鈴がいうたったひとりの男とは兄上のことですよ」

三郎はその眼を見つめながら銜えている煙草に火を点けた。

孝也がうっすらとした笑みを頰に滲《にじ》ませてつづけた。

「中尉殿は満語のほうは？」

「満州が長い、ぺらぺらとはいかなくてもそれなりに喋《しゃべ》れるようになってる」

「じぶんらは中尉殿の兄上に興味津々《しんしん》であります。弟だと名乗って麗鈴から兄上がいまどうなさってるのか聞きだしていただけませんか？　ただし、麗鈴は兄上のことを青龍攬把と言わなきゃわかりません」

三郎は無言のままけむりをゆっくりと吐きだした。

食事が運ばれて来たのはそれから七、八分後だった。

三郎はその横顔を眺めながら満語を向けた。

「おれは青龍攬把の弟だ」

麗鈴がきっとした表情になってこっちを見た。

三郎は炒飯の皿を引き寄せながらつづけた。

「どこで知りあった、青龍攬把と？」

「包頭の亜州羊毛公司です」

「何のために青龍攬把はそこに？」

「あたしにはわかりません。けど、亜州羊毛公司のインド人総経理から呼ばれて来たんだと思う。青龍攬把は強い男性《ひと》でしたから」

「それで？」

「一緒に通化に来ました」

「どうして青龍攬把はこの酒房をあんたに買い与えた？」

「そんなことはどうだっていいでしょう！」麗鈴が声を強めて言い放った。「青龍攬把はいまどこにいるんです？」

興奮して来る麗鈴に三郎はこれ以上訊いても無駄だと思い、質問を打ち切って炒飯と餃子を食いはじめた。孝也が言ったとおり、確かに料理の腕はたいしたものだった。ぽつりぽつりと満人の客が集まりだしたのはそれからすぐだ。麗鈴が櫃台処の奥に引っ込んだ。三郎は夕食を食い終えて孝也とともに麗鈴亭を出た。

東昌路の人通りはさっきよりずっと増えている。共匪《きょうひ》が出没するかも知れないという不安はここには微塵《みじん》も漂っていなかった。満州国が満州帝国になったことで、治安維持能力があがったと思い込んでいるのだ。聞こえて来る日本語のいくつかは明らかに酔っ払っている。

「その向こうが樋口《ひぐち》写真館ですよ。経営者の樋口吉三郎《きちさぶろう》は中尉殿の兄上と親しかったらしい。経営者といっても写真師を兼ねてますがね」孝也が二階建ての店舗を指差しながら言った。「覗《のぞ》いてみられますか、調所《ずしょ》少尉殿が戻って来るまでまだ二時間ばかりあるし。樋口吉三郎は通化に腰を据えて長いし、じぶんらより通化についちゃずっと詳しい」

三郎は頷いてその店舗に向かった。関東憲兵隊通化分屯地を預かる調所公彦《きみひこ》はいま安東《あんとう》に出張中で今夜戻って来ることは奉天出発まえに確かめてある。八時半ごろ投宿先と決めた通化大賓館に訪ねて来ることになっている。三郎は孝也とともに樋口写真館のなかに足を踏み入れた。

カメラ機材を陳列した棚を背にして卓台のまえに六十半《なか》ばの痩《や》せた老人が座っていた。これが樋口吉三郎なのだ。孝也に紹介されて三郎は軽く頭を下げた。吉三郎が腰を浮かせながら言った。

「すぐに茶菓の用意をさせます」

「おかまいなく。ちょっと立ち寄らせていただいただけですから」

「その長椅子《いす》にお掛けください」

三郎は孝也とともに右の壁際《かべぎわ》に置かれている長椅子に腰を下ろした。吉三郎がふたたび卓台の向こうに身を沈めた。三郎は煙草を取りだしながら言った。

「どんな塩梅《あんばい》ですか、通化は？」

「熱河占領後に日本人がどっと集まって来ましたよ。東北抗日義勇軍が実質的に消え失《う》せましたからね。通化は木材と石炭の集積地だし、満鉄も朝鮮にまで線路を伸ばす。だれもかれもが一儲《ひともう》け企《たくら》んで押し寄せて来てるんです。おかげでこのあたりの土地の値段は鰻昇《うなぎのぼ》りですよ」

「それなら、さぞかし商売御繁盛《はんじょう》でしょうね」

「かなり忙しくなりましたよ。七五三だの正月の晴着だのと貸衣裳《いしょう》も揃《そろ》えました。ただ、満人の客がぐんと減りましてね」

「どうしてです？」

「時代のせいだとしか言えませんね。満州事変のまえまでは緑林《りょくりん》の徒《と》が記念写真を撮りたがった。けど、満州事変後はふつうの馬賊がいなくなった。どいつもこいつも反満抗日を口にするようになったんです。妙に政治化して来てる。もっとも、いまはそういう連中は通化には近づかない。関東軍がここに分屯地を置きましたからね。通化じゃ日本人だけじゃなく満人の人口も増えて来てます。木材やら石炭やら鉄道敷設《ふせつ》やらで長城線を越えて河北省から苦力《クーリー》として集まって来てるんですよ。けどね、そういう連中は食うや食わずですから、記念撮影なんかとは縁がない」

「しかし、気をつけてください」

「何をです？」

「奉天憲兵隊には東辺道地方に共匪が跋扈しはじめたという情報がはいって来てる」

「そんな気配はさらさらありませんよ。商人はべつですが、このあたりに住んでる満人はほとんどが字も読めない。共産主義がどうだこうだという理屈なんか通じるはずもありませんよ」

三郎は燐寸を擦って銜えている煙草に火を点けた。吸い込んだそのけむりを吐きだし、口調を変えて言った。

「樋口さんはわたくしの兄とも親しかったそうですね」

「次郎くんね、あれは不思議な日本人だ」

「どういう意味です？」

「ふらっと現われて、ふらっと消える。何を考えてるのか、わしにはさっぱりわからない。いまどうしてるんです？」

「わたくしのところにも音信不通です」

「次郎くんが包頭から連れて来た麗鈴という娘、別嬪なだけじゃなく実に気立てがいい。次郎くんもそこに惚《ほ》れたんだろうな。麗鈴亭を出すに当たっては微力ながらわしも手伝わせてもらいましたよ」

「兄に替わって礼を言います」

「麗鈴も次郎くんに惚れきってる。そこにいる丸本憲兵曹長が何度もちょっかいを出そうとするんだが、見向きもされない」

三郎は銜え煙草のまま傍らに視線を向けた。孝也は照れ笑いを浮かべていた。麗鈴亭にはいったとき麗鈴が一瞬垣間《かいま》見せた嫌悪《けんお》感はそういう事情のせいなのだ。しかし、そんなことはどうでもよかった。三郎は無言のまま視線をふたたび吉三郎に戻した。

「通化分屯地の調所少尉にはもう逢《あ》ったのかね？」

「これからです」

「あの憲兵少尉には気をつけたほうがいい。東辺道に共匪が跋扈しはじめたという情報がほんとうならなおさらだ。何をやらかすかわからん。もしかしたら、満人たち全体を抗日に押しやる可能性を秘めてる」

「どういうことです、それ？」

「憲兵隊がわしをしょっ引くならしょっぴくがいい。だが、わしははっきり言うぞ。調所少尉の神経はふつうじゃない」

三郎はあらためて吉三郎の眼を見据えなおした。

吉三郎が腕組みをしてつづけた。

「調所少尉は日支混血でな、天津《てんしん》で生まれ天津で育ったんだが、十五歳のときに父親に連れられて東京に行った。母親が病死したんでね。国籍はもちろん日本にある。陸軍士官学校にはいったんだが、身長が低過ぎて憲兵隊にまわった。本人も隊附将校になるより、そっちのほうが性に合ってたのかも知れん」

「で？」

「わしは日支混血の男を何人も知ってる。日支混血はだいたいふたつに分かれるんだ。ひとつはじぶんの体内に流れてる母親の血に眼覚め、支那人に同情的になる。もうひとつは逆だ。体内に流れる半分の血を憎み、無理にでもそれを打ち消そうとする。その結果、支那人に苛酷《かこく》になることによって、もう半分の血の優秀性を証明しようとするんだ。調所少尉は後者の典型だ。わしはこの通化であの少尉が満人たちに酷《ひど》い仕打ちをして来たのを何度も見てる。関東憲兵隊司令部はすぐにでも調所少尉を通化分屯地から異動させるべきだ。でないと、かならず東辺道でおかしなことが起こる」


通化大賓館は渾江《こんこう》に面して建てられていた。孝也の説明によれば、ここは通化で一番豪勢なホテルらしい。満州事変以前は緑林の徒がよく宴《うたげ》を開いたという。広い餐庁では何組もの客があちこちの円卓を囲み、奥に一段高く設《しつら》えられた板敷の舞台で旗袍《チーパオ》を纏《まと》った満人の娘が胡弓《こきゅう》を奏《かな》でていた。

三郎は孝也とともにその餐庁でちびちびと白酒を飲みながら調所公彦を待っていた。時刻は八時半を過ぎている。胡弓の調べはしだいに切なさを増しつつあった。

「樋口吉三郎は調所少尉殿が嫌いみたいですがね、じぶんは少尉殿の能力を高く評価してますよ」孝也がみずからに言い聞かせるように口を開いた。「確かに民間人には もちろんわからんでしょうが、憲兵隊の任務をこなすには並みの神経じゃ保《も》ちません。冷酷でなきゃ務まらない。そうは思われませんか、中尉殿、じぶんは並み外れた冷酷さゆえに少尉殿を評価してるんです」

憲兵隊の軍服を身に纏った背の低い男が餐庁にはいって来たのはそのときだった。二十三、四で、落ち窪《くぼ》んだ眼をしている。それが調所公彦だということはすぐにわかった。小柄なその体がまっすぐこっちに近づいて来て、敬礼したあと言った。

「奉天からの連絡をお受けしたあと、特別室を予約しておきました。こちらにどうぞ」

三郎は頷《うなず》いて立ちあがり、公彦の背なかにつづいた。案内されたのは同じ餐庁にある個室だった。なかに足を踏み入れると、そこには窓もなかった。円卓を囲んで五つの椅子が置かれている。そのうちのひとつを勧められて、三郎はそこに腰を下ろした。

「敷島中尉殿とふたりだけで話す、おまえは席を外してくれ」公彦が冷え冷えとした声を孝也に向けた。「それから、白酒と適当な肴をこの個室に運ぶように給仕に頼んでくれ」

孝也が承知しましたと答えて敬礼し、個室から出て行った。扉が閉まると、胡弓の音色がぴたりと消えた。

公彦が向かいの椅子に座った。落ち窪んだ眼から放たれる光はこっちを射抜くようだった。三郎は煙草を取りだして火を点けた。公彦が低い声で言った。

「通化ははじめてですか？」

「ああ」

「厄介なところになりそうです、ここは。いまは関東憲兵隊分屯地が置かれてるだけですが、いずれ通化憲兵隊に格上げされるとわたくしは思ってます。そうでないと、ここの日本人の安全確保は至難となる」

個室の扉がそのとき叩《たた》かれて、満人の給仕が白酒と肴を運んで来た。豚肉の腸詰《ちょうづめ》や鮑《あわび》の醬油《しょうゆ》煮などの皿が円卓のうえに並べられた。給仕は硝子《ガラス》コップに白酒を注ぎ、それをこっちと公彦のまえに置いて無言のまま出ていった。

「どれぐらいはいってますか、奉天憲兵隊には楊靖宇の情報は？」

「簡単な略歴だけだ」

「過小評価は禁物です。いまは北満の謝文東が注目を集めてますが、皇国への危険度から言えば、あんなものじゃない。下手をすれば、馬占山や蘇炳文以上の存在になると思います」

「具体的に説明してくれ」

公彦が軍服の衣嚢《いのう》に右手を差し入れた。引き抜かれたのは一枚の写真だった。それが円卓のうえをすっと滑りながらこっちに近づいて来た。

三郎はそれを取りあげて眼を落とした。

そこに写っているのは死者の顔だった。左の額が銃弾でぶち抜かれている。瞼《まぶた》は閉じたままだ。年齢は四十前後だろう。頰が腫《は》れ、唇がめくれあがっている。拷問《ごうもん》後に殺害されたのは明白だった。

三郎はその写真から視線を離して言った。

「だれなんだね、これは？」

「趙元章《ちょうげんしょう》。楊靖宇とずっと行動をともにしてました」

「で？」

「吐かせました、楊靖宇に関する情報をほぼすべて」

「それ以外の方法がありますか？」

「拷問でかね？」

三郎は無言のままその眼を見据えつづけた。さっきの樋口吉三郎の言葉が脳裏を過《よ》ぎる。日支混血はふたつに分かれる、支那人に苛酷になることによってもう半分の血の優秀性を証明しようとする型の人間がいる。そんなふうに言ったのだ。だが、それはもちろん口にはしなかった。

「楊靖宇は撫順で労働組合運動を展開した容疑で奉天の特務機関に逮捕されましたが、具体的に何をしたかは完全に黙秘しました。あのときも相当拷問を加えたのに、耐え抜いた。要するに、骨の太さは並みじゃない。これまで特務や憲兵隊が摑《つか》んでた情報はそれぐらいだった」

「おれが知ってるのもそれぐらいだ」

「満州事変後に釈放されると、中国共産党満州省委員会は楊靖宇に南満各地の義勇軍を工農紅軍に組み込むように命じました。それは着々と進んでいった。それが東北人民革命軍となったんです。去年の九月十八日、つまり柳条溝事件のその日を期して、楊靖宇は東北人民革命軍第一軍独立師団の成立を瑞金《ずいきん》に向けて宣言しました。楊靖宇が師長兼政治委員です」

「第一軍独立師団の兵力は？」

「三百余名です」

「武器はコミンテルンから？」

「そうです、もちろん直接にじゃない、満州省委員会を通じてです。ただ、満州省委員会と瑞金ソビエト政府のあいだはいま微妙な関係にあるらしいんです」

「どう微妙なんだね？」

「拷問して趙元章に吐かせたんですがね、瑞金じゃ最近ますます毛沢東《もうたくとう》に権力が集中しはじめてる。そのことにスターリンは一種の困惑を覚えてるらしいんです。それでコミンテルンは中共満州省委員会に独自性を与えて援助することにした。つまり、東北人民革命軍第一軍独立師団は瑞金からの指令なしに勝手に動けるんです」

三郎は短くなった煙草を灰皿のなかに押し潰《つぶ》した。白酒のはいっている硝子コップを手にして、それを舐《な》めた。

「通化が東北人民革命軍の襲撃を受ける可能性はほぼ皆無と言っていいでしょう。楊靖宇はいま兵力拡大に必死です。土匪や宗匪を組み込むことにね。ただ趙元章の自白によれば、コミンテルンからの資金を餌《えさ》には使ってない。ひたすら説得工作によってそういう連中を東北人民革命軍に組み込みつつある」

「土匪や宗匪に通じるのかね、共産主義の理屈が？」

「楊靖宇はそういうものを押しつけてないんです。あくまで抗日一辺倒で口説きまくってる。おそらく三百余名はいまや五百名近くに膨《ふく》らんでるでしょう。これが一千名を越えたら、楊靖宇はかならず遊撃戦を開始する。そのときは東北人民革命軍とは名乗らない、土匪や宗匪とともに行動するわけですからね。そのことはもう決めてあるそうです」

「何と名乗るんだね？」

「東北抗日連合軍」

三郎は白酒を飲み干して硝子コップを卓上に置いた。肴に箸《はし》をつける気はなかった。新たな煙草を取りだして火を点けた。

「意思の強さと言い、説得能力と言い、楊靖宇はこれまでの抗日指導者とは格がちがうと考えなきゃなりません。東北人民革命軍が北満の東北民衆自衛軍と結びついたらどうなります？　東北抗日連合軍はすさまじい量の兵力を有することになる。しかも、遊撃戦専門ですから空爆なんか何の意味もない。わたくしはぞっとしますよ」

「どのあたりに潜んでると思う、楊靖宇は？」

「通化から百粁《キロ》ばかり東北の濛江《もうこう》あたりにだと趙元章は自白しました。長白山の山麓《さんろく》ですよ。趙元章を逮捕したことはもう知られてる。もちろん、楊靖宇はどこかへ移動したはずだ。しかし、明日《あした》、わたくしと一緒にそのあたりを覗いてみませんか？　どうせ奉天憲兵隊にそれなりの報告書を提出しなきゃならんのでしょう？　通化には一個小隊が駐屯してる。そのなかから一分隊を借ります。高名な敷島憲兵中尉からの依頼だと聞けば、駐屯地が拒否することはまずありえませんよ」

「覗いてみる。だが、分隊を護衛につける必要はない。ふたりだけでぶらついてみよう。軍馬は用意できるな？」

「もちろんです」

「訊《き》き忘れたことがある」

「何です？」

「趙元章を殺したのはだれだね？」

「わたくしです」

「理由は？」

「生かしておいても何の意味もありませんから」

5

左膝《ひざ》の手術を受けてから一週間が経つ。弥栄村の外れで銃撃を受けたあと、すぐにチャムスに運ばれたが、チャムスでは外科手術を完璧《かんぺき》にこなせる技術を持った医師がいないという。そこでハルビンの満鉄医院に移されたのだ。三月ももう末なのだ、医院の窓の向こうにはもう雪の名残りはない。

敷島四郎は八人収容の病室の寝台のうえに横たわっていた。この病棟には重篤《じゅうとく》な患者はいない。左膝の手術も成功したらしい。当分は松葉《まつば》杖《づえ》を使わなきゃならないが、そのうち歩けるようになるという。だが、医師の説明ではそうなっても左脚は引きずって歩くことになるらしい。四郎はそのときの医師の言葉を憶いだす。こう言ったのだ。もう飛んだり跳ねたりはできませんよ、しかし、考えようによっちゃあ幸運です。今後日本がどうなるにせよ、もう徴兵されることはないんですからね。手術がどのように行なわれたのかはわからない。だが、左膝はまだまだ疼《うず》く。松葉杖による歩行練習は二、三日後になるだろう。それでも、四郎は妙な安堵《あんど》感を覚えていた。銃撃されてよかったとさえ思う。今後、拓務省が何を命じて来るにせよ、もう北満の地で入植地の現場に派遣されることはないだろう。只《ただ》同然で買いあげられる満人たちの土地。何をどう取り繕《つく》ろおうと、あれは武力を背景とした収奪に他ならない。その現場につき合わないからと言って免責されたとは思わないが、少くとも、夜毎《よごと》嫌悪感に襲われることはないのだ。時刻は午後三時になろうとしている。四郎は寝台に仰向けに横たわったまま病室の天井の染《し》みを眺めつづけていた。

手術が終わってから三日後に聞いたことだが、弥栄村外れで伏撃したのはやはり宗匪ではなかった。紅槍会《こうそうかい》でも大刀会でもない。それは依蘭県第三区保董《ほとう》の謝文東が組織した東北民衆自衛軍だという。関東軍はその掃討のために飛行機や戦車を出動させたが、制圧にはほど遠い状態にあるらしい。熱河侵攻とちがって相手は正規兵じゃないのだ、便衣を着た満人がふつうの農民なのか、それとも東北民衆自衛軍に属する遊撃隊員なのかをどこでどうやって見分ける？　北満の大地では一進一退の状態が当分つづくにちがいない。それは強引に満州国を創《つく》りあげ、二年後に満州帝国と改称したいわば当然の代価と考えるしかなかった。

土龍山事件と呼ばれる謝文東の蜂起《ほうき》によって第三次武装移民の送出計画がどうなるのかはわからない。だが、日本の農村の余剰人口の問題は何も解決していないのだ。極東ソ連軍の動向は皆目見当もつかないが、拓務省も関東軍も武装移民送出計画を中止することは絶対にありえないだろう。

「閑《ひま》ですな、こう閑だと頭がおかしくなる」傍らの寝台に横たわる岡部恭市《おかべきょういち》が声を掛けて来た。「こういう閑な時間にわたしは慣れてないんですよ、早く戻りたい」

「戻って作業ができるんですか？」

「できる。こんなことは怪我《けが》のうちにははいらん。わたしには信仰の力がある。それによって足首はかならず完治させる」

四郎はそれ以上何も言わなかった。

恭市は天理村に入植した四十二歳の農民で、運搬作業中に馬車が転倒してその下敷になり、右の足首を骨折してこの満鉄医院で手術を受けた。天理村は関東軍や拓務省の要請を受けて建設されたものじゃない。天理教団が自発的に動き、ハルビン郊外の阿什河《アシホ》左岸に入植して天理村と名づけたものだ。恭市の説明では、開拓事業目的はこうだった。国策に順応して農業を主とする集団開拓民を入植せしめ、満州の地を開発し、合わせて本教の信仰により平和の理想郷を現出し王道楽土の建設に資する。この目的によって、恭市は送り込まれたのだ。来年には四十三戸二百四名が入植して来るという。その直後には天理教生琉里《ふるさと》教会が建設され、私立天理村尋常小学校が開校されるらしい。しばらく沈黙がつづいたが、恭市がふたたび口を開いた。

「弥栄村であんたらを襲った東北民衆自衛軍のことだがね、その連中はたぶん物欲の塊《かたま》りなんだよ。土地というものにしがみつこうとするから人まで殺す。人間創造の理《ことわり》を想《おも》えば、何があろうと陽気暮《ようきぐら》しに徹すべきなんだ。そしたら、土龍山事件みたいなことは起こりはせんのですよ」

四郎は苦笑いするしかなかった。天理教の教義がどうなっているのか知らないし、興味もない。ただ、こういう言葉は笑止千万だった。只同然で土地を奪われた満人たちの憤怒《ふんぬ》を一顧だにせず、それを物欲の証《あか》しだとして満人の土地に入植して来ているのだ。拓務省にしてみれば、こういう宗教は実にありがたいだろう。そう思いながら四郎はぼんやりと天井の染みを眺めつづけた。

「北満じゃ共匪も動いてるらしいですな。東北民衆自衛軍が共産主義と結びつきゃえらいことになる」恭市が声を強めてそうつづけた。「共産主義ほど神意を冒瀆《ぼうとく》するものはない。共匪は絶対に撲滅しなきゃなりません。そのために、わたしは天理村のなかに砲塔と機関銃座を据えつけるように関東軍に要請を出しておるんです」

ハルビン特務機関の首藤照久が看護婦に伴なわれて病室に現われたのは四時過ぎだ

った。拓務省からの何らかの依頼を携《たずさ》えて訪れたのか、ただの見舞いなのかはわからない。しかし、四郎は不快感を禁じえなかった。間垣徳蔵といい、照久といい、特務の関係者が接近して来ると、ろくなことは起こらない。四郎は体を起こして身構えたかったが、左膝のずきずきする疼きにそのまま寝台に横たわりつづけた。大判の封筒を手にした照久が看護婦と離れ、まっすぐこっちに近づいて来て言った。

「どんな具合だ？」

「二、三日経《た》ったら、松葉杖を使えるようになるそうです」

「一生離せないのか、松葉杖が？」

「歩行訓練をつづけりゃ要《い》らなくなるそうです。ただ、飛んだり跳ねたりはできない。左脚は一生引きずらなきゃならないと言われました」

「それぐらいは我慢しなきゃならんだろうな。満州に王道楽土を築くための代価と思え」

四郎はこういう言い草に反論する気にもなれなかった。

照久が大判の封筒から一通の書面を取りだして言った。

「これは拓務省が提出する満州農業移民根本方策の原案だ。おまえが提出した報告書の内容も充分に盛り込まれてる。第三次武装移民送出はもうすぐだし、第四次第五次と引きつがれる。それに、自由移民の入植予定も目白押《めじろお》しだ。読んでみろ」
四郎はその書面を受け取って眼を通した。
そこにはこう書かれていた。

満州における内地人人口の増加を図《はか》るは満州事変善後対策の一として、とくに緊要なるものあるのみならず、人口問題解決の一助として効果大なるべきはあえて絮説《じょせつ》を要せざるところなり。しかして満州移民については商工業その他各種産業に関してもこれを考慮しうべきも、農業移民は大量に送致しうること、および定着性を有することよりして、実にこれが基調をなすのみならず、現下の国内情勢に鑑《かんが》み、窮乏せる農村匡救《きょうきゅう》対策の一とし緊要なるは論を俟《ま》たず、仍《より》て第一期計画として、左記要領によりこれが実行に着手せんとす。なお朝鮮人農業移民も、満州建国精神の拡充を図る傍《かたわ》ら、鮮内における耕地不足を緩和するため、内地農業移民と併《あわ》せてこれを考慮するの要あるにつき、これまた実行に着手するものとす。

この前文に引きつづき、書面には七項目に分かれて具体的な方法が細かく記されていた。

照久が煙草《たばこ》を取りだしながら言った。

「最初は及び腰だった斎藤実《さいとうまこと》内閣もついにはこれだけの肚《はら》を決めたんだ。もちろん、関東軍の意向に屈したからだが、それだけじゃない。ブラジルが今年の七月に新憲法を発布する。その内容を特命全権大使の林久治郎《はやしきゅうじろう》が摑んだ。奉天総領事館にいたあの林久治郎だよ。それによると、ブラジルの新憲法は大幅な移民受け入れ制限を行なう。農村の余剰人口の解消はもう満州以外にない。四項目の最後を見ろ。満州拓植会社が設立される。満拓は満州国民政部が統轄《とうかつ》する完全な国策会社だ。これによって満州への移民は一段と滑らかになる」

「首藤さん」

「何だ？」

「この満州農業移民根本方策にぼくが提出した報告書のどこが盛り込まれてるんです？　ぼくは第一次武装移民から脱走者が出たことも報告した。そのとき、どんなビラが撒《ま》かれたかも。第二次武装移民がどれだけ悲惨な状態に置かれているかも書いた。移民たちが満人たちの食料を盗み、屯匪《とんぴ》と呼ばれていることも報告した。この根本方策はぼくが提出した報告書なんか一顧だにされてない」

「そういうことは瑣末《さまつ》な話だからな。東宮鉄男《とうみやかねお》少佐殿や加藤完治《かとうかんじ》先生は屯墾地のあちこちを見まわり、二度とそういうことが起こらないように尽力されてる。とにかく、政府がこれだけ本腰を入れて来たんだ、あんたが心配して来たようなことはかならず解決される。安心して養生しろ」

「どうなるんです、ぼくは？」

「何が？」

「歩けるようになったら、また弥栄村か千振村に抛《ほう》り込まれるんですか？」

「そいつはおれにもわからん。いずれ、拓務省から何かの連絡があるだろう」

四郎は仰向けに横たわったままその表情を見あげつづけた。

照久が銜《くわ》えている煙草に火を点《つ》けてからぼそりと話題を変えた。

「ところで、来たかね、見舞いに？」

「だれがです？」

「あんたの兄貴だよ」

「いいえ、兄はふたりとも忙しいだろうし、ぼくが負傷したことも知らないと思う」

「おれが言ってるのはあんたの立派なふたりの兄のことじゃない。奉天総領事館の参事官や憲兵中尉じゃなく、馬賊稼業《かぎよう》に身をやつし、あげくの果てがただの浮浪者になっちまったろくでもねえ兄貴のことだよ」

「し、知ってるんですか、次郎兄さんを?」

「逢った」

「どこで?」

「チャムス」

「で?」

「謝文東の東北民衆自衛軍がどういう動きをしてるかを教えてやったら、このおれのことを特務曹長失格だと吐《ぬ》かしやがった。東北民衆自衛軍の性格をまるでわかってねえとな。あんたのまえで悪いがな、あいつこそ日本人失格だ。敷島憲兵中尉の兄だと思えばこその敬意を表したつもりが、とんだ竹篦《しっぺ》返しの科白《せりふ》を投げつけて来やがった。赦《ゆる》せねえよ」

「それで、ぼくが弥栄村の外れで負傷したことを教えたんですか?」

「いいや、そのときはこのおれもまだ知らなかった。逢ったのは土龍山事件が起こる前夜だったからな」

「なら、どうしてここに見舞いに来たかとぼくに訊いたんです?」

「特務としての勘だよ。おれはあんたのあの兄貴が弥栄村へ向かうような気がした。弥栄村に行きさえすりゃ、あんたがどうなったかはすぐにわかる。チャムスじゃ手術が無理なんでハルビンに移されたことも耳にはいるだろう。それで訊いてみただけだよ」

6

敷島太郎《たろう》はハルビンのキタイスカヤ通りにあるモデルン・ホテルの一室で旅装を解いた。時刻は午後四時になろうとしている。熱河侵攻完了後、関東軍は組織的な動きはしていない。北満で散発的に生じる謝文東の東北民衆自衛軍の蜂起に対処しているだけだ。日支関係はいま小康状態を保っていると言って差し支えないだろう。ハルビン出張は北満鉄道買収についてハルビン総領事館の参事官・辻内芳明《つじうちよしあき》と打ち合わせるためだった。満州全域の鉄道を押さえないかぎり、とても国家としての形態は整えられない。太郎はモデルン・ホテルを出てハルビン総領事館に向かった。

熱河を組み込んで東四省となった満州国は今年の十月に行政単位を十省に分割することが決まっている。施行日は十二月一日だが、十省と興安四分省の省名と省公署の所在地も決定済みなのだ。その省長も内定し、満州国はほぼ七カ月後から新行政機構で動きだすことになっている。

奉天省―奉天。浜江省《ひんこう》―ハルビン。吉林省―吉林。龍江省《りゅうこう》―チチハル。三江省《さんこう》―チャムス。間島省―延吉。安東省―安東。錦州省―錦州。熱河省―承徳。黒河省―黒河。興安東省―札蘭屯《さつらんとん》。興安南省―王爺廟《おうやびょう》。興安西省―開魯《かいろ》。興安北省―ハイラル。

しかし、これはまだ暫定的《ざんてい》で、今後もっと細かく分けて省を増やすことも国務院は考えているらしい。建設中の新京はもちろんどの省にも属さない国都で、帝国全体の行政を統轄する。

ハルビン総領事館に着くと、太郎はすぐに参事官室に通された。辻内芳明と顔を合わすのは上海事変終了後以来だから二年ぶりになる。日本茶ではなく苺《いちご》ジャム入りの紅茶が出された。太郎はそれを舐めてから言った。

「どんな感触を摑んでる、ハルビン総領事館は？」

「譲歩すると思う、ソ連は」

北満鉄道買収に関してソ連側の最初の代償提示額は二億五千万ルーブルだった。これは邦貨に換算すると六億二千五百万円に当たる。これにたいし満州側は五千万円を提示し、その隔《へだ》りはあまりにも大き過ぎた。交渉は行き詰まるかに見えたが、ソ連側はルーブル建てを撤回して邦貨二億円とソ連従業員退職金を負担して欲しいと先月申し入れて来ていた。満州国側はソ連従業員退職金はソ連負担で一億円しか出せないと突っ撥《ば》ねた。

「落としどころはいくらぐらいになると思う？」

「一億四千万と退職金の満州国負担。それが妥当なところだろうよ」

「納得するかな、ソ連はその条件で」

「五カ年計画の最後の年だからね、ソ連も強気を通せんよ。それにエルサルバドルがでっかい。あれは結果的にすごい掩護《えんご》射撃になると思う」

太郎は無言のまま頷き、ふたたび紅茶を舐めた。今月、南米の小国エルサルバドルが突然、満州国を承認して来たのだ。これは日本につづく二番目の承認国で、奉天総領事館ではすぐにその意図の検討に取り掛かった。結論はすぐに出た。アメリカが満州への投資のために圧力を掛け、エルサルバドルに満州国を承認させたのだ。口頭では激しく日本を批判しながら、アメリカの資本はエルサルバドルを迂回《うかい》して満州にはいり込んで来る。これでアメリカはいくら口先で日本を批判しても、当分のあいだ強硬措置を採ることはないだろう。太郎は飲み終えた紅茶を卓台のうえに置いて煙草を取りだした。

「来月にはローマ法皇庁がつづくらしい。まず修好を求める書簡が送られて来て、正式承認は九月になるらしいんだがね。あそこは国家とは言い難いが、第三の満州国承認国となる。外務省がそのための努力をしたという情報は一切はいって来てないが、国際情勢というのはそういうこととは無縁に動くものなんだね」

太郎は苦笑いを浮かべて銜えている煙草に火を点けた。去年の七月、ドイツのヒットラーはナチス党と国家を一体と見做《みな》す法律を制定した。バチカンの法皇ピウス十一世はコンコルダートと呼ばれる政教協約をナチスと結び法皇庁の安全を図って来たが、日独急接近を考慮した結果、満州国承認に踏み切ろうとしている。太郎は吸い込んだけむりを吐きだして言った。

「話を北満鉄道買収の件に戻したいんだがね、ハルビン総領事館は奉天総領事館に何を期待してる？」

「買収主体はもちろん満州国だが、外交部はまだ何の体《てい》も成してない。具体的な交渉は日本がやる」

「それで？」

「買収交渉が纏まるのは来年の一月になると思うんだが、大筋のことは広田《ひろた》弘毅《こうき》外相と外務省の東郷茂徳《とうごうしげのり》欧亜局長が仕切る。問題はソ連人従業員の退職金の件だよ。これは個別的にやらなきゃならん。職種や能力など多岐に渡る問題なんでね、ハルビン総領事館だけじゃ手に負えん。どうしても他の総領事館の協力を仰がなきゃならん。ソ連人従業員の個別情報についてはあとで資料を渡す。それを奉天に持ち帰って検討して欲しい」

「諒解《りょうかい》した、どれだけ力になるかわからんが、がんばらせてもらうよ」

芳明も煙草を取りだして火を点けた。沈黙がしばらくつづいた。太郎はちらりと腕時計に眼をやった。芳明が重苦しい声を発した。

「最初に言うべきだった」

「何を？」

「息子さんを亡くされたそうだね。お悔みを言わせてもらうよ。本来なら、奉天に出向かなきゃならないのに失礼をした」

「密葬で済ませた、紫斑病《しはんびょう》という難病でね」

「名まえは確か明満《あきみつ》くんと聞いてるが」

「隣家に住む満鉄勤務の友人が命名してくれたんだよ。明るい満州とか明日の満州という意味を込めてね。皮肉なことに明満は柳条溝事件の起きた九月十八日に逝《い》った」

「お子さんは？」

「ふたりだ、したは女の子だよ」

「繰りかえし、お悔みを言わせてもらうよ。何の慰めにもならんだろうが」

太郎は頷いて短くなった煙草を灰皿のなかに揉《も》み消した。

芳明が腕組みをしながら話題を変えた。

「今夜は何かの予定があるのかい？」

「べつに」

「一緒に飯を食おう。そのあと、ハルビンの夜を案内するよ」

ロシア料理で腹拵《はらごしら》えをしたあと、太郎はエルミタージュというキャバレーに案内された。そこは板敷の舞台が設けられ、大柄なロシア女たちが音楽に合わせて太股《ふともも》を露《あら》わにして激しく踊っている。ロンドン勤務時代、何度かパリに出張してムーランルージュを覗いたことがあるが、ロシア女たちの踊りはそれを模したものだった。太郎はそれを眺めながら芳明とともに葡萄酒《ぶどうしゅ》を飲みはじめた。

「わたしはときどきじぶんが白人種に劣等感があるんじゃないかと思う」芳明が自嘲《じちょう》

気味に口を開いた。「ロシア女のあの伸びやかな肢体、あれは日本の女には望みようもない」

「貴族の娘だった女もいるんだろ？」

「おそらく踊り子の三分の一はそうだよ。食うためには貴族の誇りもへったくれもないだろうよ」

「あのロシア女たちは金銭《かね》を出せば寝るのかね？」

「すべてとは言わんが、何人かは交渉に応じる。しかし、深夜零時まではこの店に拘束されてるんでね、交渉はそのあとからだよ」

葡萄酒の瓶はすぐに空いた。

芳明が給仕を呼んでウォトカの瓶を注文した。

舞台ではひっきりなしに踊り子たちが入れ替わり、音楽に合わせて激しく動いた。むっちりとした白い太股が躍動し、ときおりトランペットの音が響き渡った。

太郎は舞台を眺めながらウォトカを飲みつづけた。酔いが急速にまわって来ている。それにしても、ロシア女たちの白い太股。太郎は芳明にぼそりと声を掛けた。

「きみはときどき抱くのかね、ロシア女を？」

「ハルビンにいるんだ、それぐらいは愉《たの》しませてもらう」

「暴《あば》れないのか、奥さんに？」

「そんなへまはやらかさんよ。女房はわたしを仕事一筋の人間だと思い込んでる」芳明がそう言ってウォトカを舐めた。「それに、ロシア女たちの動向を知っておくのもハルビン総領事館の仕事のひとつだしね。女たちは白系ロシア人事務局の管理下にある。女たちに接触してれば、白系ロシア人事務局が何がしたいのかも探れるしね」

「満州帝国になっても変化はないのかね？」

「何が？」

「白系ロシア人事務局」

「いまのところ変化は兆《きざ》しもない。ハルビン特務機関が眼を凝らしつづけてるんだ、コミンテルンも手を伸ばしようがない。ただ、ハルビンはいまユダヤ人の流入がつづいてる」

「どういうことだね、それ？」

「スターリンのユダヤ人嫌いは相当のものらしい。黒龍江省はソ連のユダヤ人自治州に隣接してるだろ、弾圧が激しくユダヤ人はそこから逃げて来て、最終的にはこのハルビンに辿《たど》り着く。ここにはユダヤ教の教会もあるし、白系ロシア人もべつにユダヤ人を差別してるわけじゃないしね」

べつに要求したわけじゃないが、太郎は芳明にエカテリナという娼館《しょうかん》に連れて行かれた。そこで日本語の喋《しゃべ》れるタチアナ・ブレジンスカヤという女を紹介された。二十二か三だろう、さっきエルミタージュで見た踊り子たちと同じく大柄で、目鼻立ちが整っていた。太郎は明満を失って以来、男の子を桂子《けいこ》に産ませたいという強迫観念めいたものに捉《とら》われていた。臨陣格殺《りんじんかくさつ》権という言葉が脳裏に浮かぶわけじゃなかったが、股間《こかん》が力を持つことは一度もなかった。じぶんからは男性機能が失われてしまったのか？　あまりにも幼くして他界した明満への喪失感とともに、その自問がずっとみずからを苦しめている。ロンドン勤務時代は高級娼婦を買って性欲を処理していたが、桂子と結婚してからは他の女には指一本触れていなかった。不謹慎だということはわかっている。しかし、桂子以外の女体だと、もしかしたら股間は反応するのかも知れない。ウォトカの酔いは相当なものだったが、芳明の誘いに応じたのはそういう興味からだった。

薄桃色の壁と薄桃色の窓掛けで統一された部屋にはいると、ブレジンスカヤはすぐに服を脱ぎ、素っ裸になって寝台のうえに横たわった。太郎は突っ立ったままその裸体を眺めつづけた。ロシア女はただ大柄なだけじゃなく、腕も太股も肉づきがよく逞《たくま》しかった。豊かな乳房と股間の亜麻色の茂み。ブレジンスカヤが拙《つた》ない日本語を投げ掛けて来た。

「何をしてるの？　早くおいでよ」

太郎は無言のままただ立ちつづけた。

ブレジンスカヤが寝台の脇台《わきだい》に右手を伸ばし、その抽斗《ひきだし》を開けた。そこから取りだされたのは避妊具だった。ブレジンスカヤがそれをこっちに差し向けながら言った。

「何をぐずぐずしてるの？　裸になって、ほら、これをつけて」

「え？」

「勃《た》たないんだ」

「言うことを聞かないんだよ、ここが」太郎はそう言ったが、じぶんの言葉に半ば驚いていた。性的不能に陥っていることは桂子以外はだれも知らない。それは生涯隠し通すつもりだった。しかし、いま眼のまえにいるのは娼婦なのだ。今後二度と逢うことはない。ほんとうのことを言っても、どうせすぐに忘れられる。その安心感が口を軽くさせているのだと思う。「妻も一年ばかり抱いてない」

「なら、どうして買ったの、あたしを？」

「ロシア女の裸を見たかっただけだよ」

「そのために高いお金銭《かね》を出したの？」

「勃たないんだからしょうがない」

「とにかく裸におなりよ」

「もし勃たせてくれたら三倍の額を支払う」

「ほんとう？」

「わたしはそれなりの収入がある。そんなことで嘘《うそ》は言わない」

ブレジンスカヤが寝台を離れ、こっちに近づいて来た。太郎は日本人としては長身のほうだったが、ロシア女は靴を脱いでもこっちより背が高い。その太い両腕がこっちの首に巻きついて来た。唇が合わせられた。どんな香水をつけていたか、甘い香りが鼻腔《びこう》を強く刺戟《しげき》する。唇が離され、ブレジンスカヤがこっちのネクタイをほどきはじめた。

全裸になった太郎は押し倒されるように寝台のうえに仰向けに横たわった。ロシア女が乗っ掛って来た。豊かな乳房が胸に擦すりつけられ、耳たぶが嚙《か》まれた。その唇がつづいて首すじを這《は》いずりまわり、はち切れそうな肉体がずり下がりはじめた。太郎はぼんやりと天井を眺めつづけた。

ブレジンスカヤが腰のあたりまでずり下がり、半身を起こした。股間がまさぐられはじめた。指で陰茎の裏側がゆっくりと刺戟された。その刺戟がしだいしだいに強くなって来る。太郎は一瞬、当惑を覚えた。股間が力を持ちはじめたような気がしたのだ。指先の感触が消え、陰茎全体が女の掌《てのひら》のなかに包まれた。その手が動きだした。太郎はさらに当惑した。半勃《はんだ》ちになっているのだ。亀頭《きとう》が舐められた。女の舌がそこを這いずりまわる。股間が一段と力強くなって来た。ブレジンスカヤが陰茎全体を咥《くわ》え込んだ。

太郎は両手を伸ばしてその髪を摑んだ。いまや完全に勃起《ぼっき》しているのだ。桂子への後ろめたさは微塵《みじん》もなかった。男性機能が回復した！　それは快哉《かいさい》を叫びたいほどの興奮だった。陰茎を咥えて動いていた口が離れたが、そこから力は消えそうもなかった。避妊具が被《かぶ》せられたのがわかる。ブレジンスカヤが股間のうえに跨《また》がり、それを体内に差し入れて浮き沈みしはじめた。太郎は両手でその豊かな乳房を揉みしだいた。

精が放たれたのはそれからほぼ五分後だった。

ブレジンスカヤの上半身が胸のうえに崩れ落ちて来た。太郎は心地いい放心状態に捉われていた。射精できたのだ、この安堵感は何ものにも替えがたい。ブレジンスカヤが傍らに横たわりながら言った。

「約束どおり三倍払ってもらうよ」

「もちろんだ」

「いい男性《ひと》だね、お客さん」

太郎は思わず苦笑した。

ブレジンスカヤが左手でこっちの頬を撫《な》でながらつづけた。

「お客さんが何しにハルビンに来たか、あたし、だいたいわかる。当ててみようか？」

「わたしは何しに来た？」

「北満鉄道買収のためでしょう？　最近、そういう日本人がよくここに現われる。早く買収を済ませてちょうだい。あたしたち白系ロシア人はみんなそれを応援してる」

朝八時過ぎに眼を醒《さ》まして荷物を纏め、太郎はモデルン・ホテルのロビーに降りていった。昨夜の男性機能回復に今朝は何とも言えない充足感がある。受付で宿泊料を清算し、カフェに向かった。べつに腹は空《す》いていない。そこで苺ジャム入りの紅茶だけを頼み、煙草を取りだした。それに火を点けたとき、茶褐色の背広を纏った三十六、七の男が近づいて来た。満人じゃない、一眼で日本人だとわかる。太郎はその表情を眺めながら大きくけむりを吸い込んだ。

「奉天総領事館の敷島参事官殿でありますね」その日本人が席に歩み寄って来て言った。「じぶんはハルビン特務機関の首藤照久曹長であります」

「特務曹長がわたしにどんな用があるんです？」

「ハルビン総領事館の要請により北満鉄道のソ連人従業員の名簿を持参して来ました。簡単な略歴つきであります」照久がそう言って大判の封筒を差しだし、勧めもしないのに向かいに腰を下ろした。「じぶんは参事官殿の弟さんの敷島憲兵中尉殿を尊敬しております。馬占山掃討では何度か一緒に仕事をさせてもらいました」

太郎はこの言葉にどう反応していいかわからなかった。このとき、紅茶が運ばれて来た。照久が同じものを給仕に注文した。太郎は無言のまま紅茶を啜《すす》りはじめた。

「いかがでありましたか、昨夜は？」

「何のことです？」

「タチアナ・ブレジンスカヤという娼婦ですよ。じぶんは試したことはありませんが、あの大柄なロシア女は日本人にはずいぶん人気がある」

太郎は全身に電流が走り抜けたような気がした。特務機関から監視されていたのだ。

これは辻内芳明の差し金《さがね》か？　いや、そんなことはあるまい。逆にハルビン総領事館が特務機関に見張られていると踏むべきだろう。日本人による日本人の監視。太郎は強い吐き気を覚えた。

「じぶんは参事官殿のすぐしたの弟さんにも逢《あ》っております、チャムスで。むかし、馬賊をやってただけに日本人の標準じゃ計り切れないおかたでありますな。しかし、正直に言わせてもらいますが、じぶんはああいう人間は苦手であります」

太郎はこれにも何も言わなかった。

新しい紅茶がこのとき運ばれて来た。

「これからお逢いになられるんでありますか？」

「だれに？」

「弟さんにですよ」

「次郎とは連絡のつけようもない」

「じぶんは四郎くんのことを言っております」

「弥栄村にいるんじゃないのかね、四郎は？」

「謝文東の東北民衆自衛軍の攻撃を受け負傷しました。左膝を撃たれたんです。チャムスじゃ無理なのでハルビンの満鉄医院に移送されて来ました」

「あなたと四郎との御関係は？」

「四郎くんを拓務省の要請で弥栄村に運んだのはこのじぶんなんであります。じぶんの女房はロシア人でありまして。四郎くんは弥栄村に行くまえしばらくハルビンに滞在してまして、女房からロシア語を学びました。女房の話だと、四郎くんの語学能力は相当なものだそうです」

「どうなんです、四郎の傷の具合は？」

「手術は成功しました。もうすぐ退院できるでしょう。ホテルのまえにフォード車を停めてあります。もし四郎くんにお逢いになるんであれば、車輛《くるま》をお使いください」


太郎はモデルン・ホテルのまえに停められていたフォード車に乗り込み、満鉄医院に向かった。三月末の北満の空は抜けるように透き通っている。だが、照久のせいで昨夜からの充足感は完全に吹き飛んでいた。フォード車が満鉄医院に着いた。太郎は受付に敷島四郎という患者に逢いたい旨《むね》を告げた。中庭で歩行訓練中だという答えが戻って来た。太郎はそのまま中庭にまわった。

松葉杖をついた若者が中央に設けられた植栽をまわるように歩いていた。四郎だった。不精髯《ぶしょうひげ》が伸びている。顔を合わせるのは亡父の葬儀以来だ。五年半ぶりになる。幼なさは完全に消え失《う》せている。太郎はそこに近づいた。四郎が眼を大きく瞠《みひら》いて言った。

「いつ来たんです、兄さん、ハルビンに？」

「昨日《きのう》だ」

「どうしてぼくがここにいることを？」

「首藤照久という特務曹長から聞いた。弥栄村で東北民衆自衛軍の攻撃を受けて負傷したそうだな」

「え、ええ」

「左膝を撃たれて手術を受けたと聞いた。どんな塩梅《あんばい》なんだ、左膝は？」

「もうすぐ松葉杖は必要なくなります。しかし、左脚は一生引きずって歩くようになる。医者にはそう言われました」

太郎は視線をその眼から逸《そ》らして中庭を眺めまわした。中央の植栽に牀机《しょうぎ》が四つ並べられている。そのうちのひとつを指差しながら言った。

「おまえにはいろいろ報《し》らせておかなきゃならんことがある。あそこに座って話そう」

ふたりでそこに近づき、腰を下ろした。

太郎は煙草を取りだしながら言った。

「一昨年《おととし》の夏、義母《かあ》さんが死んだ」

「何ですって？」

「三郎が一昨年結婚したんだ、相手は独立守備隊時代の上官の妹でな、実に気立てのいい娘だよ。奉天で祝言《しゅうげん》を挙げたあと、東京に新婚旅行に出掛けたんだが、霊南坂《れいなんざか》に立ち寄って義母さんの死体を見つけた」

「ど、どうして死んだんです、義母さんは？」

「自殺だよ、首を縊《くく》ってた」

四郎がぽっかりと口を開いた。その眼はどこを見ているのかわからなかった。

「義母さんは遺書を残してた。わたしたち四人宛《あ》てにな。逢ったこともない次郎の名まえも併記されてた。遺言は実に簡単だった。生きている資格のない女です。お先に失礼致します。御迷惑でしょうが、後始末をよろしく願います。それだけだ。わたしは連絡を受けてすぐに東京に向かったが、死因が死因だけに葬儀は行なわなかった」

四郎の顔がじわじわと歪《ゆが》みはじめた。

太郎は取りだした煙草に火を点けてつづけた。

「三郎と何度も話しあったんだが、義母さんの遺書の内容がどうしても理解できない。生きている資格がないとはどういうことなんだ？　いくら考えてもわからないから、三郎もわたしも結局考えるのをやめた」

四郎の顔が歪みきった。太郎は思わずごくりと喉《のど》を鳴らした。人間がこれほど苦悶《くもん》の表情を浮かべるのを生まれてはじめて見たからだ。それは魂が捩《ね》じれ切った表われだとしか言いようがない。生まれて来るのではなかった。そんなふうな悔悟《かいご》さえ窺《うかが》わせた。何がこれほど四郎を苦しめるのか？　じぶんや三郎とちがって四郎は義母との暮しが長い。実母の訃報《ふほう》に突然接したような気分なのか？　太郎はそう思ったが、質問はしなかった。血は繋《つな》がっていても、もう五年半も顔を合わせていないし、この末弟もすでに二十六になったはずだ。太郎はずかずかと踏み込んではならない領域が厳然としてあるような気がした。四郎は表情を歪めたまま喉をひくひくさせたが、声は洩《も》らさなかった。

太郎は煙草に火を点けて話題を変えた。

「おまえは逢ったことがないが、わたしには息子がいた。息子の名まえは明満というんだが、それが去年の九月十八日に身罷《みまか》った、紫斑病という難病でな。やっと四歳になったばかりだった、わたしもしばらくは立ち直れなかった」

突然、四郎の全身がぐらぐらと動きだした。

太郎はその左肩を摑んで言った。

「どうしたんだ、四郎、なぜそんなに顫《ふる》える？」

「痛むんです、耐えられそうもない」

「どこが痛む？」

「手術した左膝です。す、すみません、兄さん、せっかく見舞いに来てくれたのに、いまはどんな話もできそうにない。しばらく病室で横たわらせてください」

7

四月にはいって三日が過ぎた。

風はずいぶん生温《なまあたた》かくなって来ている。

敷島次郎は牡丹江《ぼたんこう》沿いに風神を南に向けて進めていた。弥栄村に出向き、四郎がどうしているかを尋ねたが、謝文東の東北民衆自衛軍の襲撃を受け負傷してチャムスの診療所に運ばれたという。チャムスに引き返して、その安否を尋ねた。手術のためにハルビンの満鉄医院に移送されたという返事が戻って来た。次郎はハルビンに向けて風神を進めようかとも考えたが、やめた。負傷したのは左の膝なのだ、命に別条があるわけじゃない。四郎とはまたどこかで逢うこともあるだろう。そう思ってチャムスからまず松花江沿いに南西に進み、牡丹江との合流点からまっすぐ南下しているのだ。このあたりは謝文東の本拠地・依蘭からさして離れていない。だが、東北民衆自衛軍の影はこれまでどこにも感じられなかった。関東軍による断続的な掃討作戦のせいだろう。次郎は大掛児《ターコオル》の衣嚢《いのう》から煙草を取りだし、それに火を点けた。

前方に二十戸ばかりの郷が見えて来た。

時刻はそろそろ午後一時になろうとしている。

とりあえず腹拵《はらごしら》えをしなきゃならない。

次郎は河原から郷につづく黄色い大地に風神の進路を向けた。まだ播種《はしゅ》の時期にもなってないが、そこは高粱《コーリヤン》畑じゃなかった。小さな水路が敷かれている。ここでは稲作が行なわれているのだ。しかし、働いている人影はどこにも見当たらなかった。昼飯どきなのだ、みな家のなかに引っ込んでいるらしい。猪八戒を先頭に次郎は短かくなった煙草を吐き棄《す》てゆっくりとその郷に風神を乗り入れていった。

二軒目の家の戸口から十五、六歳の少年が出て来るのが見えた。土壁のまえに積まれた薪《まき》を手にしようとして腰を屈《かが》めてから、はっとしたようにこっちを眺めやった。

その眼は怯《おび》えている。そして、顔全体に異常なほど面皰《にきび》が拡《ひろ》がっていた。

「そんなに驚かなくてもいい、おれは匪賊《ひぞく》じゃない」次郎はそう言いながら風神の背から降りた。「食料を売って欲しい。それだけだ。親に取り次いでくれ」

少年が弾《はじ》かれたように戸口のなかに飛び込んだ。

入れ替わりに四十半ばの男女が出て来た。女は裳襦《チマチヨゴリ》を着ている。朝鮮人なのだ。高粱栽培に従事してないことからそれは想像できた。男が拙々《たどたど》しい満語で言った。

「稗飯《ひえめし》と干し魚しかない。それでいいか？」

「結構だ、いくら払えばいい？」

「金銭《かね》は要らん。受け取ったら、すぐに出て行ってくれ」

「何をそんなに怖《おそ》れてる？」

「おれたちはここで畑を耕して生きてるだけだ、よけいなことに巻き込まれたくない」

「わかった。しかし、金銭は払わせてもらう」

朝鮮人夫婦が戸口のなかに引っ込んでいった。

次郎は新たな煙草を取りだした。そのとき背後の彼方《かなた》から何人もの人間が近づいて来る気配がした。次郎はそっちに視線を向けた。

軍服を着た一団がこっちにやって来る。ひとりだけ馬に乗っていた。人数は四十名ほどだった。一小隊が近づいて来る。

次郎はそれを眺めながら銜えている煙草に火を点けた。

一小隊が牡丹江の河原を離れてゆっくりとこっちに進んで来る。

朝鮮人の郷にはいって来た兵士たちは関東軍に似た軍服を纏《まと》っていたが、袖《そで》に赤布を貼《は》りつけていた。満州国国軍なのだ。兵士たちがすぐにこっちに三八式歩兵銃の銃口を向けて取り囲んだ。猪八戒が牙《きば》を剝《む》いて唸《うな》り声をあげはじめた。兵士のひとりがそっちに銃口を向けた。

「誤解するな、おれは東北民衆自衛軍じゃない」次郎は銜え煙草のままそう言った。「ただの流氓《りゅうぼう》だ、犬に銃を向けるな。おれの命令なしには何にもせん」

「おとなしくさせろ、犬を！」

次郎は煙草を唇から引き抜いてぴっと口笛を鳴らした。

猪八戒の唸り声が消えた。

他の兵士たちが郷の二十戸ばかりの人家に散らばってその戸口の扉を蹴《け》り開けはじ

めた。怯えきった朝鮮人たちが朝鮮語を発しながらばらばらと飛びだして来た。国軍の兵士のひとりがこっちを指差しながら大声で言った。

「言え、あいつは何なんだ？」

知らないという満語があちこちで飛んだ。

馬上にいる三十六、七の小太りの男がそのとき傍らに立っている将校らしき男に言った。それは日本語だった。

「命令なしに鮮人を痛めつけるのを禁止すると伝えろ」

将校らしき男がそれを満語で兵士たちに向けた。

次郎は馬上を見あげながら日本語に切り替えて言った。

「関東軍から派遣された国軍の顧問ですかね？」

「熊谷誠六《くまがいせいろく》少佐だ。おまえは？」

「ただの流氓ですよ、名乗るほどの人間じゃない」

「いまごろ大陸浪人かね？　流行《はや》らんぞ」

「東北民衆自衛軍掃討が任務ですか？　それにしても関東軍の少佐がたった一小隊を率いてこんなところに来られるとはね」

「机にへばりついてるのは嫌いなんでな。それに任務は東北民衆自衛軍掃討じゃない。

ある意味じゃ謝文東は単純な男だ、牡丹江周辺にはもっと危険な連中が出て来た」

「どういう連中です、それ？」

「鮮匪だよ」

「え？」

「鮮匪が出没しはじめた、しかも共産主義者と来てる。その中心は金日成《きんにっせい》という朝鮮人だ。こういうやつらが東辺道に盤踞《ばんきょ》する楊靖宇の東北人民革命軍と結びついたら、厄介なことになる。そのまえに叩《たた》き潰《つぶ》さなきゃならん。大陸浪人ならいろんな情報を持ってるだろう、提供してくれりゃそれなりの報酬を払うぞ」

「あいにく、そんなものは何もない」

「いつまでこのあたりをぶらついてるつもりだ？」

「わかりません」

「気をつけろ」

「何をです？」

「ここもそうだが、このあたりの連中はすさまじい痘痕面《あばたづら》が多い。わかるか？　天然痘《てんねんとう》だよ。日本人の武装移民に感染したらえらいことになる。さっそく予防接種をさせなきゃならん」

第二章　捩《ね》じれゆく大地

I

敷島三郎《しきしまさぶろう》は於雪《おゆき》に着いて小あがりにあがった。待ち合わせた間垣徳蔵《まがきとくぞう》はまだ来てなかった。黄沙《こうさ》の季節はもう終わっている。六月もすでに十日を過ぎた。時刻は六時半になろうとしている。於雪のなかは椅子《いす》席に二組の日本人客がいるだけだった。三郎は雪子に冷や酒と菠薐草《ほうれんそう》の胡麻《ごま》和《あ》えを頼んだ。

「最近は東辺道《とうへんどう》には出向かれないんですか？」

「ここのところしばらく調査命令が出てない。通化《つうか》近辺で襲撃事件も発生してないし」

「満州日報はいろいろ書き立ててるわ」

「楊靖宇《ようせいう》のことでしょう？」

「東北人民革命軍は東北抗日連合軍と改称して土匪《どひ》や宗匪を吸収しはじめてるってほんとう？」

「事実です」

「鮮匪まで取り込んだと書いてあった」

「金日成《きんにっせい》を中心とした鮮人の抗日部隊のことですね」

「どんなやつ、金日成って男？」

三郎はさあねと言って煙草《たばこ》を取りだした。雪子が小あがりから離れた。金日成については憲兵隊も特務機関もあらゆる術《すべ》を使って情報を収集した。その結果、中共満州委員会がコミンテルンに提出した報告書のなかにその名まえを発見した。金日成、高麗人、一九三一年入党、勇敢積極、北京《ペキン》語を話せる遊撃隊員。だが、さらに調査をつづけると、金日成の本名は金成柱《きんせいちゅう》で、モスクワ共産大学出身だということが判明した。同時に、金日成を名乗った朝鮮人はこれまでふたりいたことがわかった。ひとりは十五年まえ上海に樹立される大韓民国臨時政府のきっかけとなった三・一運動の独立武装闘争の中心人物・金昌希《きんしょうき》。もうひとりは日本の陸士第二十三期卒の金光瑞《きんこうずい》。この男は三・一運動に刺戟《しげき》され、シベリアの朝鮮人を組織してソ連赤軍と共同戦線を張り、すさまじい抗日闘争を展開した。なぜ三人もの朝鮮人が金日成を名乗ったのか？　考えられることはひとつしかない。金日成とは抗日朝鮮人たちの象徴名なのだ。いま満州で動いているのは三番目の金日成なんですよ。雪子に教えてやりたかったが、そんなことは口にすることもできない。三郎はそう思いながら燐寸《マッチ》を擦《す》って煙草に火を点《つ》けた。

雪子が冷や酒と肴《さかな》を盆に載せて戻って来た。それを座卓に並べながら言った。

「憎らしいわね、鮮匪までが共匪と一緒になってあたしたち日本人を襲いはじめるなんて」

「変わりましたね、お雪さん」

「どこが？」

「むかしは五族協和一点張りだった。大雄峯会《だいゆうほうかい》が有名無実になったんで、宗旨替えをしたんですか？」

「あたしもじっくり考えてみた」

「何をです？」

「いつだか間垣さんが言ってたでしょう。真理はたったひとつ、だれかがだれかを食う、食う側にまわるか、食われる側にまわるか、選択はそれしかない。あたしはあの言葉を吟味してみた」

「で？」

「間垣さんの言ったことはほんとうだと思った。あたしももうこんなお婆《ばあ》ちゃんだし、綺麗《きれい》ごとを言ってられるような齢《とし》じゃない。この於雪を鮮匪や共匪に潰《つぶ》されたら、あとは路頭に迷うだけ。それを考えると、何としてでもこの満州国を守らなきゃならない」

　徳蔵が於雪にはいって来たのはそれからすぐだった。そのまま小あがりにあがり込んで来て座卓の向かいで胡座《あぐら》をかいた。冷や酒を飲んでいるこっちを見て言った。

「まだそんな季節じゃないだろうに」その声が雪子に向けられた。「わたしには熱燗《あつかん》を。それに、鯖《さば》の味噌煮《みそに》と鶏肉の串焼を持って来てくれ。仕上げは茶蕎麦《そば》をふたりぶん」

「わたくしは結構です」

「どうした、晩飯どきだぞ」

「奉天にいるときぐらい、飯だけは女房の手料理を食うことにしてます」

「やれやれ形なしだな、鬼の憲兵中尉《ちゆうい》も女房にはめろめろだ」徳蔵が笑いながら煙草を取りだした。「ところで、そろそろじゃないのかね？」

「何がです？」

「決まってるだろう、おめでただよ」

「まだです」

「せいぜい励んでくれ、奉天にいるときは」

三郎は苦笑いをして冷や酒の硝子《ガラス》コップを唇に近づけた。

雪子が小あがりから出て行った。

徳蔵が背広の内ポケットから封筒を取りだして言った。

「何か情報ははいってるかね、三日まえのことについて？」

「べつに何も」

「菱刈隆《ひしかりたか》関東軍司令官は相当ぴりぴりしたそうだ、満州国の特命全権大使を兼ねてるからな」

三日まえの六月七日、秩父宮雍仁《ちちぶのみややすひと》親王が天皇の名代として新京にやって来て、その親書を皇帝・溥儀《ふぎ》に手渡した。同時に、溥儀には最高勲章の大勲位《だいくんい》菊花大綬章《きつかだいじゆしよう》、皇后の婉容《えんよう》には勲一等宝冠章《ほうかん》が贈られる。これは陸大時代の昭和四年に行なわれた満州旅行以来、二度目の渡満だった。

「秩父宮殿下は満州武装移民のことを心配されて菱刈司令官に御下問されたそうだ。武装移民はまだ屯匪《とんぴ》と呼ばれているのか、とね。菱刈司令官は大いに困られたらしい。きみの弟の四郎くんが提出した報告書にはそのことが詳しく書き込まれてたんだが、拓務省と関東軍がそれを握り潰して綺麗ごとに終始しようとしてたからな」

「秩父宮殿下はどうして屯匪と呼ばれてることを？」

「あの殿下は独自の情報網を持っていらっしゃる。天皇陛下とちがって、だれとでも気楽につきあえる御立場にあるからな」

秩父宮雍仁親王は学習院初等学科から中等学科に進み、そこに二年間通学したあと、陸軍幼年学校にはいり、幼年学校東皇族舎で暮した。三郎はこういうことを耳にしたことがある。維新以来、政府は皇弟というものをどのように遇していいのか決めかねていた。明治天皇には弟の宮がいなかったからだ。しかし、大正天皇は男児を四人儲《もう》けられた。現在の裕仁《ひろひと》天皇と秩父宮、それに高松宮と三笠宮《みかさのみや》だ。そこで政府は明治四十三年に皇族身位令を発布した。その第十七条にこう定められている。親王は満十八歳に達したる後、特別の事由ある場合を除くの外《ほか》、陸軍または海軍の武官に任ず。要するに、この皇族身位令によって第二皇子以下はかならず軍籍に身を置くことが決定されたのだ。この規定により、秩父宮親王は帝国陸軍に、高松宮親王は帝国海軍に進むことになった。幼年学校から陸軍士官学校を経て、秩父宮親王は第一師団歩兵第三連隊の将校となる。その後、陸大に進んだあと、歩兵第三連隊に戻り、現在は参謀本部第一部第二課にいる。そこは作戦を担当していた。

「秩父宮殿下が陸大にいるときの校長は荒木《あらき》貞夫《さだお》前陸相で、御附武官は本間《ほんま》雅晴《まさはる》大佐だった。昭和四年の満州旅行のあと、陸大では学生たちに報告書を提出させた。ここに秩父宮殿下がそのとき書いた報告書の写しの一部がある。読んでみろ」

三郎は封筒のなかから引き抜かれた紙片に眼を落とした。筆写されたそれにはこう書かれていた。

わが満蒙《まんもう》政策が、国家的に永久性を有しないということと、わが同胞が支那《しな》人のあいだでもたがいに排他的醜行を大胆になすということは、動かすことのできないふたつの強い印象である。このような状態で進むかぎり、満蒙の地は遠からず支那人のもとに帰すであろう。

三郎は強い衝撃を覚えた。この文章は張作霖《ちょうさくりん》爆殺一年後に書かれたものなのだ。喉《のど》の渇きを感じながら三郎は言った。

「秩父宮殿下は関東軍の方針に反対だったんですか？」

「関東軍だけでなく軍中央の姿勢にもな。荒木前陸相と御附武官の本間大佐がどれだけ周章狼狽《しゅうしょうろうばい》したかは想像に難くない。そこで、殿下の報告文は秘匿《ひとく》されることになった」

「秘匿された報告文をどうして入手できたんです？」

「特務機関に属してりゃ、それぐらいのことはできる」

雪子が鯖の味噌煮や二合徳利を運んで来た。徳蔵が筆写された紙片を封筒に収めた。三郎は猪口《ちょこ》に熱燗を注いだ。雪子が厨房《ちゅうぼう》に向かって離れていくと、徳蔵は猪口を舐《な》めてから話題を変えた。


「内地からの新聞にももちろん眼を通してるな？」

「当然です」

「斎藤実《さいとうまこと》内閣はもう保《も》たんかも知れん」

「帝人事件のことですか？」

「あれは今後相当効いて来るぞ」

去年の五月末、台湾銀行が担保として日本銀行に入れていた帝国人絹《じんけん》株のうち十万株が一株百二十五円で帝人重役の河合良成《かわいよしなり》を代表とする買受け団に引き取られた。その株はそれから上昇しつづけ、去年の暮には一株百九十七円に跳ねあがったのだ。帝国議会や新聞・雑誌では、不当に安い売買で台湾銀行の損失は莫大《ばくだい》だ、真相を明らかにせよという声が湧《わ》きあがった。その結果、今年の四月から検察当局は台湾銀行や買受け団、大蔵省幹部を逮捕しはじめる。それだけでは収まらなかった。前商工相の中島久万吉《なかじまくまきち》や鉄道相の三土忠造《みつちちゅうぞう》を含める政財界の大物十六人が背任、汚職、偽証などで疑獄へと発展していった。これは俗に帝人事件と呼ばれている。

「わたしは帝人事件は政治的思惑の絡《から》んだ陰謀だと考えてる。軍中央の主導で進められて来た政治全体への内務省の反撃だとな。しかし、すでに内地の世論は憤激に沸き立ってる。真相が何であれ、斎藤内閣は政官財癒着《ゆちゃく》にたいする怨嗟《えんさ》の声を押さえきれんだろう」

「で？」

「現在の内地の状態は五・一五事件の状況と似て来てる。満州景気の余得に与《あず》かってるのは財閥や一握りの連中だけだ。農村の疲弊は立ち直る気配もない。娘の身売りも相変わらずだ。だれもが突破口を求めてる」

「また蹶起《けっき》が？」

「その可能性は大いにある。熱河を手中にしたいま関東軍は内地の眼を逸《そ》らせるための材料がない。板垣《いたがき》少将の謀略が失敗し塘沽《タンクー》停戦協定が結ばれたいま、支那駐屯軍も北支で何かをやらかす口実がない」

「蹶起が行なわれるとしたら、どんな蹶起が？」

「そこまではわたしにも読めん。しかし、そうなったとき、秩父宮殿下の動向が問題となって来る」

「また秩父宮親王を擁立する動きが？」

「ないとはかぎらん。殿下は五・一五事件のとき蹶起将校たちに相当同情的だった。これを見てみろ、やはり昭和四年に殿下が書かれた論文の一部だ。もちろん、軍内でこれを見た連中はごく限られてる。上海事変で墜死した藤井斉《ふじいひとし》は殿下のこころを読んで、擁立論に踏み切ったんだろう」

三郎は封筒のなかからふたたび引き抜かれた新たな紙片を受け取った。筆写されたその文面はこうだった。三郎は再度の強い衝撃を受けた。

不自然なる貧富の懸隔《けんかく》、利己的狡獪《こうかい》なる政治家の跋扈《ばっこ》、無理解かつ消極的のみなる思想取締りなどに指を屈すべし。働けど食う能《あた》わざるものある一方、親譲りの巨万の富を擁《よう》し何ら国家的奉公のことなく徒食するものあり。だれかかくのごとき社会を不合理と言わざる？　うえには国民を欺瞞《ぎまん》し自己のためには国家もなき徒、国政に参加し、清廉《せいれん》にして愛国の至情に燃ゆる有為の士は何処《いずこ》に志を延ぶる余地なし。青年が過激な思想を抱くは一生の一過程にして、この種の人びとのなかより真の愛国者の出《い》ずるはしばしばなり。されど一度投獄せらるれば、いよいよその主義の闘士たるべしとの信念を強からしむ。思想取締まりを力に拠《よ》らんとするは根本的誤謬《ごびゅう》なり。もし危険思想発生の真因を明らかにし、これが対策を見出せば赤露の宣伝恐るるに足らず。


三郎は呆然《ぼうぜん》として紙片から眼を離した。

徳蔵が猪口の燗酒を飲み干して言った。

「それは陸大校長時代の荒木前陸相に提出された殿下の論文『皇軍統帥《とうすい》の本義』からの抜粋だ。天皇は国民のためにあらねばならないというのが論文の主旨でね、貧富の格差や政治の腐敗がどれだけ国民を苦しめてるかを指摘されてる。どうだ、その煽《せん》動《どう》性に充《み》ちた文章？　国家改造を唱える青年将校はたまらない魅力を覚えるだろうよ」

「そういう将校たちは殿下のこういう文章を？」

「読んではいないだろう。これは陸大や参謀本部、陸軍省のごく一部の人間しか眼にしてないからな。しかし、殿下は第一師団歩兵第三連隊時代にそういう将校たちと親しく接触されてる。五・一五事件のときに蹶起に加わらず裏切り者と見做《みな》されて血盟団の連中に銃弾をぶち込まれた西田税《にしだみつぎ》を憶《おぼ》えてるだろう？　殿下はあの西田税から北《きた》一輝《いっき》の『日本改造法案大綱』を秘《ひそ》かに手渡されてる」

「国家改造のための蹶起がまた起こったら、そのときは殿下も？」

「わからん、どういう御性格かさえもわたしは知らんのだからな。いずれにせよ、内地で何が起こるのかは満州にいるかぎりどんな予想もできんよ」

三郎は空になった硝子《ガラス》コップをかざして、冷や酒の追加を注文した。東辺道での共匪の動きを追いかけているうちに内地では斎藤実内閣が窮地に陥っている。そのことは国家改造を夢みる青年将校たちの蹶起の引鉄《ひきがね》となるのだろうか？　そうなった場合、関東軍はどんな余波を受けるのか？　三郎は酔わなきゃやってられない気分だった。

雪子が新しい冷や酒を持って来て言った。

「何やらむずかしい顔をしてるのね。共匪や鮮匪について厄介な問題が生じてるんですか？」その声が徳蔵に向けられた。「冷めないうちに食べてくださいな、鯖の味噌煮を。串焼もそろそろ取り掛かります」

徳蔵が頷《うなず》いて鯖の味噌煮に箸《はし》をつけた。三郎は硝子コップの冷や酒を引き寄せた。雪子が小あがりから消えたが、しばらくは沈黙がつづいた。徳蔵が味噌煮を食い終えて言った。

「北満での東北民衆自衛軍の動きは当分押さえられそうもないね」

「動きはますます活発になってるそうです」

「種痘のせいだと聞いてるが」

「困ったもんです、連中の無知にも」

徳蔵の額から左頬に伸びる傷痕《きずあと》がわずかに緩んだ。その笑いは謝文東《しやぶんとう》に手を焼く関東軍の困惑を愉《たの》しんでいるかのように見えた。

北満で天然痘大流行の兆《きざ》しが表われたのは二カ月ほどまえだった。その情報は満州国国軍の顧問となった義兄の熊谷誠六《くまがいせいろく》少佐から齎《もたら》された。国務院民政部は感染予防のために関東軍の協力のもとに種痘を実施することに決めた。

上腕を傷つけるこの種痘行為に北満の満人たちは関東軍が体内に毒を擦り込んでいると言いはじめた。この風評はあっという間に拡《ひろ》がり、満人たちは競って東北民衆自衛軍に参加するようになった。

「コミンテルンの策動だよ、たぶん、あの風評はな」徳蔵が熱燗の猪口を持ちあげて言った。「あの連中は利用できるものは何でも利用する。その点じゃわが関東軍の特務機関と実によく似てる」

三郎は冷や酒を舐めながらその眼を見据えていた。

徳蔵が熱燗を飲み干してつづけた。

「東辺道の楊靖宇は根っからの共産主義者だが、北満で東北民衆自衛軍が共産主義に取り込まれると実に厄介なことになる。何せ、すぐそばがソ連領なんだ、東辺道とはまるで環境がちがう」

「謝文東は共産主義にはなびかないと思います」

「どうしてそんなことが言える？」

「ハルビン憲兵隊がハルビン特務機関と協力し、徹底して謝文東の分析に取り掛かりました。その報告書が奉天憲兵隊にも送られて来てます。謝文東はいまは共匪を取り込んでいる。しかし、取り込まれることはない。謝文東は地主出身で、地主を否定する共産主義を憎悪《ぞうお》してる。蜂起《ほうき》したのは武装移民のために土地が只《ただ》同然で買いあげられたのが理由で、拓務省が値段を調整すれば謝文東は懐柔できる。それがハルビン憲兵隊の見解です」

「国民政府との関係は？」

「非常に薄いそうです。謝文東は義憤に駆られて蜂起してるだけで、政治にはほとんど関心がない」

「第二の馬占山《ばせんざん》や蘇炳文《そへいぶん》になる可能性はない？」

「少くともハルビン憲兵隊の見解ではその可能性はありません」

徳蔵が頷きながら徳利の燗酒を手酌で猪口に注いだ。それを一口舐めてから話題を変えた。

「蔣介石《しょうかいせき》の第五次囲剿《いそう》戦はすさまじい。塘沽《タンクー》停戦協定で当分のあいだ関東軍や支那駐屯軍との激突はないと踏んでるんだ、全力をあげて剿共に取り掛かってる。もうすぐ瑞金《ずいきん》は陥《お》ちるだろう」

「潰滅《かいめつ》するんですか、中国共産党は？」

「蔣介石もそこまではやれんだろう。潰滅させりゃ、ソ連との関係が断ち切れる。極東でのコミンテルンの牙《きば》は関東軍から国民革命軍に向けられることになる。蔣介石は瑞金を陥としたあとは掃討の手を緩めるだろう」

「どうなります、共産党は？」

「辺境のどこかに逃げ込んで体勢の建てなおしに取り掛かるだろうよ。再建が成功するかどうかはコミンテルンの協力しだいだがな」

「その結果は楊靖宇にどんな影響を与えると思われますか？」

「そこが読み切れんところだよ。共産党のなかじゃ毛沢東の支配がほぼ確定してるが、毛沢東と対立してた王明《おうめい》は死んだわけじゃない。モスクワにいる。楊靖宇はある意味じゃ王明路線を突っ走ってるんだ、瑞金陥落が楊靖宇の今後の方針をどう変えるのかはまったく見当もつかん」

2

敷島四郎《しろう》はハルビン日日新聞での整理作業の仕事を終えて社屋を出た。時刻はそろそろ七時になるが、北満の大地はまだ明るく空は澄みきっている。左脚を引きずらざるをえないが、もう松葉杖《まつばづえ》は必要なかった。左膝《ひざ》はときどき鈍痛を感じるだけだ。走れはしないが、歩行にはさしたる支障はない。満鉄医院を退院してからはハルビン特務機関の首藤照久《しゅどうてるひさ》曹長の斡旋《あっせん》でまたハルビン日日新聞に戻った。仕事はむかしと変わらない。資料の整理やら記者の書いた原稿の誤字脱字を点検するだけなのだ。住居もまた松花江《しょうかこう》に面した古いアパートになった。そこは帝政ロシア時代に建築されたもので石造りの外観は堂々としているが、もともと居住用ではないのだ、部屋のなかには風呂《ふろ》も厨房設備もない。ハルビンの六月から九月までは実に過ごしやすい。四郎は白系ロシア人事務局の近くにある日本人経営のスンガリー亭にはいった。スンガリー亭はもちろん松花江のロシア語名スンガリーから採ったものだ。献立てにはロシア料理だけじゃなく和食もはいっている。造作は洒落《しゃれ》ていたが、実際にはここは大衆食堂なのだ。四郎は退院後ずっとここで晩飯を食うことにしている。

窓辺の席に着いて親子丼《どん》を注文した。

照久はいずれまた拓務省から連絡がはいると言った、それまではハルビン日日新聞で働いていてくれと。拓務省の要求はハルビン特務機関を通じて行なわれるのだろう。

親子丼が運ばれて来て、四郎はそれを食いはじめた。満鉄医院に見舞いに来た長兄の言葉の衝撃はすさまじかった。真沙子《まさこ》が自殺した、生きている資格のない女ですという遺書を残して。霊南坂《れいなんざか》でこっちに向けられたあの眼差《まなざ》し。ああ、真沙子を死に追いやったのはこのじぶんなのだ！　この手で殺したに等しい。長兄から自殺を聞いて以来、自責と自己嫌悪の念に身悶《みもだ》えするような日々がつづいた。四郎はそれから逃れるためにあらためてロシア語を学ぶことにした。しかし、照久の妻に教わる気にはなれなかった。ハルビン特務機関にはどんな小さな借りも作りたくはない。四郎は白系ロシア人事務局を訪ね、ロシア語教師としてふさわしい人物はだれかと訊《き》いた。

紹介されたのはボリス・コルサコフという六十六歳の男だった。白系ロシア人事務局近くのアパートにひとりで住んでいる。四郎は日曜日を除く六日間そこに通いはじめた。コルサコフは帝政ロシア時代はモスクワ大学で文学部教授を勤め、トルストイの研究者としてはかなり知られた人物だという。頬から顎《あご》にかけて真っ白い髯《ひげ》を貯《たくわ》え、そのもの静かな口ぶりはいかにも知識人らしい印象を与えた。授業は照久の妻のときとはちがい、日常会話からではなくトルストイの『イワンの馬鹿《ばか》』という短編を読むことからはじめられた。四郎はコルサコフのアパートに通うのが楽しみになった。その時間は真沙子の自殺やハルビン特務機関のことはすべて忘れさせてくれるのだ。自宅に戻っても予習と復習をする。こういう知的な充足感は早稲田のときはもちろん上海《シャンハイ》の東亜同文書院でもただの一度も経験したことがなかった。

四郎は親子丼を食い終えてスンガリー亭を出た。北満といえどもさすがにもう暮れきっている。夜空には無数の星が瞬《またた》いていた。白系ロシア人事務局の建物のまえを通り過ぎ、その二十米《メートル》先の路地を左に折れた。瓦斯《ガス》灯に照らされる四階建てのアールヌーボー様式の石造りのアパートに近づいた。コルサコフはその最上階に住んでいる。四郎はそのアパートの階段を昇り、部屋のまえで足を停めた。

扉はわずかに開いている。

四郎は静かに扉を叩《たた》いたが、なかから応答はなかった。もう一度叩いた。それでも返事はない。四郎はゆっくりと扉を押し開けながらロシア語で声を掛けた。

「どこにいらっしゃるんです、コルサコフさん？」

声はどこからも戻って来ない。

戸口はそのまま居間につづいているのだ、四郎は居間に足を踏み入れた。一瞬、かすかな匂《にお》いが鼻腔《びこう》をくすぐった。それは香水の匂いだと思う。薔薇《ばら》の香りだ。どこかで嗅《か》いだような気がするが、どこでだったかは憶《おも》いだせない。前方に見える巨大な総革張の長椅子はペトログラードで第二革命が起きた直後にモスクワから運びだしたものだと聞いている。壁に掛けられているトルストイの油彩の肖像画は高名な宮廷画家の弟子に描かせたそうだ。長椅子はいつもどおり背をこっちに向けている。そこに近づいたとき、四郎は新たな臭《にお》いを感じた。それは血の臭いだった。喉の奥がぐいと締めつけられた。四郎は長椅子の背から卓台のほうにまわった。

背すじにびりりと電流のようなものが走り抜けた。

コルサコフが口をぽっかりと開けて長椅子のうえに横たわっていた。白い髯が血で赤く汚れている。喉から多量の鮮血が流れ出ていた。それが長椅子の黒革を濡《ぬ》らし、床に敷かれたトルコ製だという絨毯《じゅうたん》に垂れ落ちている。鋭利な刃が喉を掻《か》っ切ったのだ。コルサコフがすでに絶命しているのは明白だった。

四郎はこれにどう反応すべきかすぐにはわからなかった。

コルサコフはロシアの伝統的な上衣ルパシカを纏《まと》って死んでいる。ここで四郎にロシア語を教えるときはいつもルパシカを着ていた。立襟や袖口《そでぐち》に施されている刺繍《ししゅう》は日によってちがうが、肥満したその体にはこのゆったりとした上衣がよく似合った。モスクワから何枚のルパシカを持ち込んだのか訊いたこともないが、とにかくコルサコフはその民族服に身を包んで殺されている。

四郎は視線をゆっくりと死体から卓台のうえに移した。

そこにはふたつの紅茶のカップが置かれている。苺《いちご》ジャムの瓶と砂糖の壺《つぼ》。カップのひとつは紅茶を半分残し、もうひとつは手がつけられた気配もない。コルサコフはここで接客中に殺されたのだ。しかも、警戒心を抱く必要のない相手と。そう判断するしかない。

四郎はようやくその場を離れた。

まず白系ロシア人事務局に向かうべきだろう。そこから然《しか》るべき機関に連絡させる。それが満州国警察なのかハルビン憲兵隊なのかは白系ロシア人たちに委《まか》せるしかない。

四郎はコルサコフのアパートを出て白系ロシア人事務局の建物に辿《たど》り着いた。時刻はすでに九時を過ぎていたが、窓からは照明が洩《も》れて来ている。玄関の呼び鈴を鳴らした。出て来たのは二十三、四の顔見知りのロシア人だった。この年齢だと満語にはまったく支障がない。四郎はせかせかした声で言った。

「殺されてる、コルサコフさんが」

「何だって？」

「コルサコフさんが自宅で殺されてるんだ」

「い、いつ殺された？」

「血はまだ新しかった、殺されたばかりだと思う」

「はいってくれ、まず」

四郎は長身のその背なかにつづいた。広い事務所のなかには他に三人が残っていた。ひとりはコルサコフを紹介してくれたセルゲイ・コワルスキーだった。長身の若者はそこにこっちを連れていった。コワルスキーは四十六、七歳で、日本軍の支援のもとにザバイカル地方に反革命地方政権を樹立したセミョーノフの部下だった。拙々《たどたど》しさは否《いな》めないが、日本語も喋《しゃべ》る。長身の若者がコルサコフの死をロシア語で伝えた。コワルスキーがすぐにハルビン憲兵隊に連絡するように命令し、残るふたりにコルサコフのアパートに行けと指示した。四郎は腕組みをしてその表情を眺めつづけていた。

コワルスキーが日本語に切り替えて声をこっちに向けた。

「ハルビン憲兵隊が来る。あんたも取調べを受ける」

「わかってます」

「どんな殺されかたをしてた？」

「喉をナイフか何かで掻っ切られてました」

「それだけかね？」

「長椅子に横たわって死んでた、紅茶が置かれてたからコルサコフさんは接客中に殺されたんだと思う」

コワルスキーがちっと舌打ちをした。

四郎はコワルスキーがどうしてこんな反応をするのか見当もつかなかった。その眼を見つめたまま言った。

「コルサコフさんは教養に溢《あふ》れた温厚な人だった。どうして殺されなきゃならないかわけがわからない」

「コミンテルンだよ」

「え？」

「白系ロシア人事務局はコルサコフにコミンテルンの監視を依頼してた。あのアパートの家賃もここから支払われてる。殺されたのはおそらくそれが理由だ」

「具体的にはどういうふうにコミンテルンの監視を？」

「コミンテルンは白系ロシア人に秘かに接触して、ソ連共産党の秘密党員に引き込もうとしてる。共産主義に共鳴させる思想工作と金銭《かね》を使っての釣りあげの両方でね。ハルビンに住むロシア人も相当数コミンテルンに感化されてると考えなきゃならん。白系ロシア人事務局はコルサコフにそういうロシア人の動きを調べさせ、報告させて来た」

「匂いがした」

「何のことだね？」

「コルサコフさんの部屋の扉は開いていた。不審に思って、なかにはいると匂いがしたんです、香水のね。だから、ぼくが死体を発見するまえにいた客は女だと思う」

「多いんだ、コミンテルンに感化される女も。ハルビン憲兵隊が来たら、そのことも詳しく報告して欲しい」

3

斎藤実内閣が五日まえの七月三日、ついに総辞職した。帝人事件の重みに耐えきれなかったのだ。そして、すぐに元老の西園寺公望《さいおんじきんもち》が元老会議を開き、後継首班に海相だった岡田啓介《おかだけいすけ》が推輓《すいばん》されて組閣の大命が下った。陸相は林銑十郎《はやしせんじゅうろう》が引きつづき留任したが、これで帝人事件の幕引きができたとは思えない。満州の恩恵を受けているのは財閥だけで、農村の窮乏は相変わらずなのだ。火種《ひだね》はまだあちこちに転がっている。

首相となった岡田啓介は前首相の斎藤実と同じく海軍大将で、軍艦の保有比率を決定した昭和五年のロンドン海軍軍縮会議で統帥権干犯論が浮上して帝国海軍内が艦隊派と条約派に分裂したとき、条約派の巨頭と目された。

昭和維新断行の動きは五・一五事件のあとも衰えていない。それは主として民間右翼が中心となって進められて来た。内地の新聞では一行も報じられなかったが、奉天総領事館にはその情報がはいって来ている。内務省や東京憲兵隊ではそういう動きの最大のものは神兵隊《しんぺいたい》事件と呼ばれていた。この事件の中心人物は大日本生産党の鈴木《すずき》善一《ぜんいち》と愛国勤労党の天野《あまの》辰夫《たつお》だった。一君万民祭政一致の天皇政治を標榜《ひょうぼう》し、襲撃目標には首相官邸や警視庁、井上日召《いのうえにっしょう》奪還のための裁判所、各政党本部や日本勧業銀行などが選ばれていた。最後に籠城《ろうじょう》するのは日本勧業銀行で、そこで『昭和維新断行、神兵隊』という大旗を掲げて東京全市の警官隊と交戦し、全員討死する計画だった。大日本生産党は最初三千六百名の動員を予定していたが、現実に集まったのはわずか百二十名余で、計画は事前に警視庁に察知されて逮捕される。一般にはまったく知られていないこの神兵隊事件は昭和維新の火がまったく衰えていないどころか、むしろじわじわと拡がりつつあることを意味していると言ってもいいだろう。

条約派の巨頭と見做された岡田啓介はいずれこの昭和維新運動の攻撃目標にされる可能性もある。高橋是清《たかはしこれきよ》前蔵相の経済政策に変更がないこともそういう連中を刺戟するかも知れない。低金利政策と赤字公債の発行は財閥を利するだけだという声が内地ではあがっているのだ。林銑十郎陸相留任も問題化するかも知れない。

敷島太郎《たろう》はそう思いながら岡田啓介内閣の閣僚名簿を眺めつづけた。奉天総領事館の人事に変動はない。満鉄総裁は内閣が変わると交替するのが慣例だったが、今回は林博太郎《はやしひろたろう》がその椅子に座りつづけるらしかった。満州事変のとき石原莞爾《いしわらかんじ》前作戦主任参謀に全面協力した十河信二《そごうしんじ》は理事として居残るのだという。太郎は閣僚名簿を傍らに置き、机の抽斗《ひきだし》からハルビン総領事館から渡された北満鉄道ソ連人従業員名簿と駐モスクワ大使館から送られて来たソ連共産党に関する極秘資料を取りだした。

ここのところ毎日このふたつの資料の照合作業に追われている。従業員のなかに共産党員は含まれているのかどうか？　それはそのまま北満鉄道を買収したときに退職金の額として跳ねかえって来るのだ。それだけじゃない。関東軍は北満鉄道沿線のソ連人駅長や助役三十名をすでに拘束し、路警署に留置しているのだ。当然ながらソ連はこの件につきすさまじい抗議をぶっつけて来ている。今年の四月に渡満して来た司法省出身の武藤富男《むとうとみお》がこの問題に対処するらしい。太郎もそれに加わることになっている。

北満鉄道ソ連人従業員は共産党員でなくてもコミンテルンの支配下にあると考えるのが妥当だろう。退職金額決定はかなり難行するにちがいない。ソ連は第二次五カ年計画に着手したばかりだ。財政状態は厳しい、それはそのままコミンテルンの活動費に影響する。ソ連人従業員たちはできるだけ多くの退職金を満州国と満鉄に要求しろと示唆《しさ》されていると思う。

新京の在満日本大使館の松永信義《まつながのぶよし》から電話が掛かって来たのは四時過ぎだった。奉天に来たのかと思ったが、そうじゃなかった。信義が緊張感のない声で言った。

「相変わらずですか、仕事は？」

「ずっとソ連人従業員の退職金査定問題ですよ」

「こっちは満州国国務院と組んでの憲法問題に首まで漬ってる」

帝政実施に伴い、建国当時の政府組織法は廃止されて、新組織法が公布されたのだ。それによれば、満州国は立憲君主制となり、司法・立法・行政の三権が分立する制度が採用された。皇帝は帝国を統《す》べる元首で、軍事面では陸海軍を統帥する。新組織法では、皇帝は神聖不可侵で、刑法上の責任を負わず国務についても無答責となった。要するに、皇帝の地位は統治権の総攬者《そうらん》として大日本帝国憲法の天皇と同じく絶対的地位が規定されたのだ。しかし、その憲法がまだ制定されていない。

「流産するかも知れないんですよ、その憲法がね」

「どうしてです？」

「憲法は国家の基本です。国家は領土と国民と主権から成り立つのが一般常識でしょう、国民が国民であるためには法的には国籍法が必要となる」

「で？」

「その国籍法が成り立ちそうにもないんです」

「どうしてです？」

「満州に住む日本人のだれもが満州国籍を欲してない。日本国籍にしがみついてますからね。満人や朝鮮人だけに満州国籍を与えるというわけにもいかないしね、国籍法を持たない満州帝国憲法は法的に何の効力も持ちません」

「どうなるんです、五族協和は？」

「わかりません。とにかく、わたしたち在満日本大使館は流産することがあらかじめはっきりしてる憲法のために毎日時間と労力を無駄にしてるんですよ」


七時過ぎに太郎は自宅に戻った。晩飯の仕度はすでに整っていたが、まず湯に浸《つ》かって汗を流した。浴衣《ゆかた》に着替えて食卓に着くと、桂子《けいこ》が酒を飲むかどうか尋ねた。太郎は首を左右に振って烏賊《いか》の煮付けの皿を引き寄せた。

桂子とはここのところ会話らしい会話がない。ハルビンでロシア女を買い、男性機能が回復したと思い込んでいたが、奉天に戻るとまた股間《こかん》は力を持たなくなった。臨《りん》陣格殺《じんかくさつ》の声が脳裏で響くことはもうない。しかし、桂子の吸いつくような肌を引き寄せても、そこが反応することはなかったのだ。何とかして男の子を産ませたい。そう思えば思うほど、太郎は自責の念に駆られた。ハルビンでロシア女がしたように、そこをしゃぶらせたら股間は力を持つのかも知れない。そんな誘惑を感じた一瞬が何度もあった。だが、それを強制することはできなかった。桂子は淫売《いんばい》じゃない。それにれっきとした日本女性なのだ、そういうはしたない真似《まね》をさせるわけには断じていかなかった。そして、桂子はもうじぶんとの性の営みを諦《あきら》めているのかも知れない。女盛りなのに、その不満を態度で示すこともなかった。その替わりだろう、桂子は溺愛《できあい》と言われてもしかたないほど智子《ともこ》をかわいがっている。

黙々と食事を終え一服しようとしたとき、居間の電話が鳴った。桂子が応対に出て、お隣りの堂本《どうもと》さんからですと言いながら受話器をこっちに向けた。

太郎は立ちあがって居間に向かい、それを受け取った。受話器の向こうで、堂本誠《せい》二《じ》がちょっとお邪魔してもいいかねと言った。太郎はもちろんだと答えた。

誠二がウィスキー瓶を手にしてやって来たのはそのほぼ十分後だ。

太郎は救われたような気がした。桂子を満足させてやれないことへの後ろめたさから解放されるからだ。居間の長椅子《いす》で卓台を挟んで向かいあった。桂子が硝子コップと水を用意した。ウィスキー瓶の栓が開けられ、琥珀《こはく》色の液体がふたつの硝子コップに注がれた。隣りあって住みながら、こうやって顔を合わすのは明満《あきみつ》の密葬以来だ。太郎は硝子コップを持ちあげながら言った。

「何か特別な話でも？」

「異動になった」

「え？」

「辞令が出た、満鉄炭鉱部総務課から離れる」

「離れてどこに？」

「満鉄経済調査会」

「それは栄転を意味するのかね？」

「栄転でも左遷《させん》でもない。ただ仕事内容ががらりと変わって来る。わたしはむしろ望むところだよ。満鉄経済調査会はある意味じゃ最大の知の集団だからね。調査と研究に没頭して満州国の経営を側面から支える。わたしは興奮してる。それを報《し》らせたくて、こうやってつい押し掛けて来た」

現在、十河信二が委員長となっている満鉄経済調査会は人材提供も経費負担もすべて満鉄が担《にな》っている。だが、現実には関東軍特務部と表裏一体となって活動しているのだ。何を調査研究しようと、関東軍の意向は絶対に無視できない。

「去年の暮に東京に移転した宮崎正義《みやざきまさよし》はいま何をしてるんだい？」太郎は煙草《たばこ》を取りだしながら言った。石原莞爾前参謀が満州事変後の最大の民間頭脳と見込んだこの男の動向はどうしても気になる。「いずれ、奉天に戻って来るのかね？」

「その予定はまったくないらしい。宮崎さんは東京で国家統制経済の研究をつづけると聞いてる」

「きみは満州に残るんだろ？」

「もちろんだよ」

「満州で何を調査研究するつもりなんだね？」

「まだ決まってない。しかし、やってみたいのは宮崎さんと同じく国家統制経済の研究だね。いまの日本は財閥がのさばり過ぎてる。それが青年将校たちの憤怒《ふんぬ》に火を点《つ》けるんだ。国家が規制しないと、そういう経済矛盾はどんどん拡大していく。いきなり内地で統制経済をやればいろんな反撥《はんぱつ》を招く。だから、とりあえず、この満州で実験してみたい」

太郎はその眼を見つめたまま銜《くわ》えている煙草に火を点けた。

誠二がうまそうにウィスキーを飲み干して話題を変えた。

「わたしは三日まえ新京に出張して来たんだが、協和会《きょうわかい》もすごい勢いで変質しつつある。満州青年連盟系も大雄峯会《だいゆうほうかい》系もたがいに綱引きで疲れきった。関東軍の小磯国昭《こいそくにあき》参謀長は政党否認が持論らしいんだよ。で、協和会を単なる宣伝教化団体としか認めない。今年になって会計不正も発覚したろ？　協和会内部もばらばらになって解散論まで唱えられる始末だよ」

「潰《つぶ》れるのかね、協和会は？」

「その可能性は低いと思う。何しろ、協和会は石原莞爾前参謀の肝煎《きもい》りで作られた団体だ、小磯参謀長がどんな悪さを仕掛けようと、簡単には潰れんよ。それに、もうすぐ板垣征四郎《せいしろう》少将が満州国軍政部の最高顧問になるんだ、協和会はおそらく生き残る。しかし」

「何だね？」

「わたしもむかしは五族協和やら王道楽土だのと理想論を言いつづけたが、いまは協和会が生き延びることが先決だ。国策決定が関東軍だけで行なわれるようになったら、うまく運ぶものも運ばなくなる。自戒を込めて言うんだが、そのためには満州青年連盟系でも大雄峯会系でも無理だと思う。もっと冷徹な人間によって協和会は運営されるべきなんだ。そういう人間はたったひとりしか想いつかない」

「だれだね、それは？」

「甘粕《あまかす》さんだよ、甘粕正彦《まさひこ》民政部警務司長以外は考えられない」

4

ボリス・コルサコフが殺されてからほぼ二カ月が経《た》つ。捜査はほとんど進展しないようだった。いや、こんな言いかたは妥当じゃない。これは白系ロシア人内部の問題だし、たとえコミンテルンが絡んでいたとしても、日本人とは所詮《しょせん》無関係な事件なのだ。ハルビン憲兵隊も満州国の国警も本気で捜査する気はないのだろう。

敷島四郎は相変わらずハルビン日日新聞で資料整理や校正の仕事をつづけていた。語学教師はいなくなったが、夜はチェーホフやトルストイの短編小説を辞書を片手に読む。いずれ、ドストエフスキーにも挑戦してみたいものだと思う。ときどきは白系ロシア人たちが集う酒房にも顔を出す。日常会話能力を錆《さび》つかせないためだ。午後六時になって、四郎は机のうえに拡げていた資料を纏めて立ちあがろうとした。

電話が掛かって来たのはそのときだ。

受話器を取りあげると一階の受付からだった。

「敷島さんにお客さんがお見えです」

「どなたです？」

「綿貫《わたぬき》さんとおっしゃるかたです」

四郎は一瞬、背すじを強《こわ》ばらせた。上海で別れてからどれぐらい経っているだろう？　ハルビンに来てからも縁は切れないのか？　胸の裡《うち》に急速に不快感が拡がって来る。だが、面会を拒否するわけにもいかなかった。すぐに降りていきますと答えて四郎は左脚を引きずりながら編集局を出た。

綿貫昭之《あきゆき》は受付のそばに突っ立って待っていた。上海にいたころに較《くら》べると、かなり老《ふ》けたように見える。四郎は頭を下げて会釈《えしゃく》した。昭之が低い声で言った。

「ハルビンに立ち寄ったんでな、覗《のぞ》いてみた」

「どうしてぼくがここで働いてることを？」

「まえから知ってた」

「まだときどき間垣さんと？」

「もちろんだ、皇国のためにはいつも関係を密にしておかなきゃならん」

「綿貫さんはいまどんな仕事を？」

昭之はそれには答えず腕時計をちらりと見た。四郎は厭《いや》な予感がした。また何かおかしなことを命じられるのではないか？　間垣徳蔵とのつきあいがつづいているのなら、昭之はじぶんが特高刑事を射殺したことも聞かされている可能性がある。弱味はすべて握られているのだ、何を命じられようと断わりきれない。昭之がこっちの眼を見据えながら言った。

「腹が減った。あんたも晩飯はまだだろ？　食いながら話そう。どこか静かなところへ案内してくれ」

四郎は頷いて昭之と肩を並べ、ハルビン日日新聞の社屋を出た。北満の空はきょうも澄みきっている。陽はまだ当分沈みそうもない。四郎は左脚を引きずってキタイスカヤ通りに向かいはじめた。

「左膝を射たれたそうだな、東北民衆自衛軍に？」

「え、ええ」

「怨《うら》んでるか、満人たちを？」

「そんな感情は持ったことがありません。あの連中は収奪同然に土地を買い取られてるんです。復讐《ふくしゅう》の刃《やいば》はとりあえず入植して来た日本人に向けられる。それだけのことですよ」

「相変わらずだな、おまえの考えかたは上海時代と変わってない」

「国家の手先となったぼくはとばっちりを受けただけです」

「そんな言いかたはやめたほうがいい。おまえはもう無政府主義が他愛もない夢想だということを骨の髄《ずい》まで知らされてるはずだ。どんな人間だっていまや国家の庇護《ひご》なしには生きられん」

　四郎は黙り込むしかなかった。

　昭之が声を強めてつづけた。

「いずれにせよ、謝文東の東北民衆自衛軍の動きはもう終息したに等しい。関東軍の掃討作戦は熾烈《しれつ》をきわめたからな。天然痘の予防接種騒ぎも収まった。散発的な土匪《どひ》の襲撃はつづくだろうが、北満は当分のあいだ平穏だろうよ。あとは共匪の動きがどうなっていくかだけが問題になる」

　四郎はキタイスカヤ通りの割烹《かっぽう》・錦水《きんすい》に案内した。ここは個室が十近くあるのだ。椿《つばき》の間という六畳の部屋に案内されると、昭之が仲居に電話を借りたいと言って、いったんそこから出た。四郎は座卓のまえで胡座《あぐら》をかき、その帰りを待った。ハルビン日日新聞の記者たちはときどきこの割烹を使う。だが、四郎自身はここに来るのははじめてだった。何をどういうふうに注文していいのかわからなかった。

昭之が戻って来て、向かいに座りながら言った。

「先付《さきづけ》だの小鉢《こばち》だのという手の込んだ献立《こんだて》は面倒だし、ハルビンでうまい刺身が食えるとは思えん。それに仲居にうろちょろされるのは目障《めざわ》りだ。だから、鋤焼《すきやき》を頼んだ。肉をごっそり持って来させる。酒は冷や酒でいいな？　湯呑《ゆの》みで飲《や》ろう」

四郎は無言のまま頷いた。

昭之が煙草を取りだしながら言った。

「おれはいま新京にいる。去年の十一月に戒煙所官制が公布されたろ、名目は癮《いん》にたいする救療施設だが、実際には満州の阿片《アヘン》専売のための機関だ。おれはその新京戒煙所に籍を置いてる」

「そこでどんな仕事を？」

「べつに何にも。ただ月々戒煙所から給料を受け取るだけだ。上海時代と同じように皇国のために自由に動ける」

そのとき、襖《ふすま》が引き開けられ、仲居が三人はいって来た。ひとりは炭火を熾《おこ》した七輪を抱えている。座卓が右隅にかたづけられ、部屋の中央にその七輪が据えられ、鉄《てっ》鍋《なべ》が置かれた。薄切りの牛肉がぎっしりと並べられた大皿。糸蒟蒻《いとこんにゃく》や焼豆腐、葱《ねぎ》や春菊《しゅんぎく》や椎茸《しいたけ》などが収められた大皿。生卵のはいった小鉢。一升瓶と湯呑み。それらが七輪のそばに置かれ、仲居のひとりが言った。

「これが割下《わりした》でございます。御要望でございますから、あたしたちはお酌も料理のお手伝いもいたしません。何かございましたら、お呼びください」

昭之が無言で頷き、鉄鍋のうえに牛脂を抛《ほう》り込んだ。仲居たちが部屋を出ていくと、鉄鍋から白いけむりが立ちあがりはじめた。四郎はそこに牛肉を載せ、割下を注ぎ込んだ。昭之が一升瓶の栓を抜き、その口を差し向けて来た。

四郎は湯呑みでその酒を受けた。

昭之がじぶんの湯呑みにも酒を注いで言った。

「瑞金はもうじき陥ちる。塘沽停戦協定で、蔣介石は第五次囲剿戦に全力を掛けてるんだ、剿共のすさまじさはこれまでとは比較にならんらしい」

「どうなるんですか、瑞金の中華ソビエト共和国臨時政府は？」

「もう崩壊したも同然だよ」

「潰れるんですか、中国共産党は？」

「微妙なところだよ」

四郎はその眼を見ながら湯呑みの酒を飲みはじめた。牛肉が煮えて来た。昭之が湯呑みを膝もとに置き、その肉を箸で掬《すく》いあげて生卵の小鉢に突っ込んだ。四郎も鉄鍋に箸を向けながら言った。

「どういうことなんです、微妙とは？」

「問題はふたつある。ひとつは国民革命軍の兵力補充だ。日本みたいに徴兵制が敷かれてるわけじゃない。兵士の補充にはいつも苦労してる。誘拐同様に若い連中を引き抜いて軍に組み入れることもあるし、斡旋《あっせん》人に金《かね》銭を支払って兵士を増員することもある。そういうことが今後どれだけつづくかは不明だ。兵力の補充がうまくいかなきゃ、工農紅軍を潰滅《かいめつ》させることはできん」

「もうひとつの問題とは何なんです？」

「コミンテルンだよ」

「どうだと言うんです、コミンテルンが？」

「毛沢東のAB団狩りはソ連共産党に見倣《みなら》ったものだ。レーニンが死んだあと、スターリンは党内の実力者を次々と粛清《しゅくせい》しはじめた。トロツキーの命は風前の灯火《ともしび》だし、レーニンの片腕だったジノビエフもカーメネフも反革命容疑で逮捕された。スターリンはみずからの権力保持のためなら何でもする。それが社会主義の原則から外れることでもな」

四郎はその言葉を聞きながら牛肉を溶き卵につけて口に運んだ。

昭之が膝もとの湯呑みを持ちあげながらつづけた。

「スターリンはいま蔣介石の国民党と毛沢東の共産党を天秤《てんびん》に掛けてる。ナチスの台頭でヨーロッパの緊張は相当なものだ。スターリンはできれば極東での日本との衝突を避けてヒットラーのドイツに備えたい。そのためには関東軍や支那駐屯軍が支那に掛かりっきりになるのが望ましい。日本が絶対に黒龍江《こくりゅうこう》を越えられない状況の持続がな」

「で？」

「日本にとっての脅威が何なのかをスターリンは考えてるはずだ。中国共産党を潰滅させ蔣介石が支那を統一することが日本にとって脅威なのか？　それとも、共産党を支援し、満州で共匪を跋扈《ばっこ》させつづけることが日本にとって脅威なのか？　スターリンの意のままに動くコミンテルンはそれを決めかねてるんだと思う」

「綿貫さんの想像ではスターリンはどっちに傾くと？」

「まったく読めん。これには第五次囲剿戦がどうなっていくかだけの問題じゃなく、ヨーロッパ情勢そのものが絡《から》む。だが、スターリンの判断はいずれはっきりする。コミンテルンから中国共産党への資金の流れがそれを証明してくれる」

四郎は空になった鉄鍋に牛肉を入れ、割下を掛けた。昭之がそこに葱と椎茸を抛り込んだ。肉の色がすぐに変わりはじめた。四郎はそれを箸で摘んで小鉢の溶き卵に入れ、掻きまわしてから口に運んだ。

「ところで、もう聞いてるか？」

「何をです？」

「今年の十一月に満鉄がすごい列車を走らせる。大連と新京のあいだの七百粁《キロ》を八時間半で結ぶ超特急だ。おそらく世界一だろうな。その超特急はあじあ号と命名されるらしい。北満鉄道を買収したら、ハルビンまで延びる。ロシア人どもは腰を抜かすぜ、あいつら、日本人を黄色い猿と考えてやがるからな」

襖が引き開けられたのは鋤焼を食い終えたときだった。お連れさんがお見えになりましたと仲居が言った。便衣に身を包んだ五十過ぎのでっぷりと太った男が会釈をして部屋にはいって来た。四郎は思わずあっと声をあげた。上海閘北《ざほく》で孤児院・仁愛堂の院長をしていた紅卍字会《こうまんじかい》の徐賢東《じょけんとう》がそこにいた。

「鋤焼を二人前追加してくれ」昭之が仲居にそう声を掛けた。「それから、湯呑みをもうひとつ」

　賢東が傍らに腰を下ろした。

　四郎は無言のまま静かに頭を下げた。

「上海じゃ紅卍字会の組織は青幇《チンパン》によって完全にぶっ潰されたし、天津《てんしん》の施設も次々と焼かれてる」昭之がそう言って三本目の煙草に火を点けた。「済南《さいなん》の本部もどうなるかわからん状態だ。紅卍字会の連中は新天地を求めて、満州になだれ込んでる」

「徐賢東さんはいつ満州に？」

「上海事変が終わった直後だよ」

　四郎はその横顔をじっと眺めた。

　昭之が銜え煙草のままつづけた。

「紅卍教の教義・万教同源は日本人には受け入れやすい。白蓮教《びゃくれんきょう》系の狂信的なところがまったくないしな。林出賢次郎《はやしでけんじろう》という名まえを聞いたことがあるかね？」

「いいえ、一度も」

「新京の駐満日本大使館の書記官だよ。東亜同文書院の卒業生でな、皇帝・溥儀の通訳を兼務してる。誠実な人柄でな、溥儀は絶対の信頼を置いてるらしい。その林出賢次郎も紅卍教の信者だ。紅卍字会は蔣介石からは徹底して弾圧されて来たが、満州国じゃ公認の宗教だよ」

　そのとき、鋤焼の追加ぶんが運ばれて来た。四郎は牛肉を鉄鍋のなかに敷き、割下をそのうえに掛けた。

「徐賢東さんをここに呼んだのはおまえと一緒に仕事をしてもらうためだ」

「一緒に仕事を？」

「紅卍字会は蔣介石を憎んでるが、それ以上に共産主義の浸透を畏《おそ》れてる。共産主義は宗教そのものを阿片と呼んで否定してるからな。コミンテルンの動きには神経をぴりぴりさせてる」

「で、どんな仕事を？」

「ハルビンの満人地区・傅家甸《ふかでん》で一緒に居酒屋を経営してくれ。場所の設定と料理人の手配は徐賢東さんに委せればいい」

「ぼくは何を？」

「客の観察だ。もうハルビン日日新聞で働くことはない。特務機関を通じて拓務省や総領事館からの通訳の仕事もはいるだろう。それにはつきあってやってくれ。あとは傅家甸の居酒屋で出入りする客を観てろ」

「客を観察して何になるんです？」

「ハルビンは北満最大の都市だ、いろんなやつが集まって来る。キタイスカヤ通りの監視は一応行き届いてるが、問題は傅家甸だ。コミンテルンの工作はおそらくあの満人地区で秘《ひそ》かに行なわれる。白系ロシア人のなかにもコミンテルンに感化される連中が増えて来た。そいつらが傅家甸で満人に接触する。その動きを確かめて、ハルビン特務機関に報告してくれ。おまえは満語がぺらぺらだし、ロシア語も習得中だと聞いた。適任だ、これだけの人材は他にはなかなか見当たらん」

「ぼ、ぼくにスパイになれと？」

「何が不満だ？」

「そういうことはしたくない」

「したくないだと？　私怨《しえん》のためには特高刑事まで殺せるのに、国家のためにはそんな些細《ささい》なこともできんと言うのか？」

5

北からの風はもう冷気を含んでいる。九月にはいってすでに十日が経つのだ。これからは日を追うごとに気温は下がっていく。

敷島次郎《じろう》は牡丹江に着いて三日後に突然の腹痛を覚え、日本人の経営する診療所に飛び込んだ。診断は虫垂炎《ちゅうすいえん》だった。すぐに盲腸の摘出手術を受けた。考えてみれば、もう三十四になるのだ。しばらくは休養したほうがいいと判断し、牡丹江の河沿いに建つ江華飯荘で三ヵ月間何もせずぶらぶらと時間を費して来た。

賀宜明《がぎめい》が牡丹江の町で娼楼《しょうろう》の支配人をやっているという話を聞いたのは二日まえだ。吉林お静《しず》を葉文光《ようぶんこう》に売ったあいつがすぐ近くで暮している。裏切りの理由はただただ吉林お静から性の玩具《がんぐ》として扱われたという恨みだったろう。それももう六年もむかしのことだ。しかし、その事実を知った以上放置しておくわけにはいかない。

次郎は牡丹江の南昌路に足を踏み入れた。風神《ふうじん》は江華飯荘の中庭に繋《つな》いである。猪《ちょ》八戒《はっかい》も連れて来てはいない。時刻は八時になろうとしている。夜空には半月が浮かんでいた。南昌路の人通りはそれほどでもなかった。おそらく満州建国から帝政移行に伴う景気は新京や奉天、ハルビンや大連といった大都市にしか恩恵を齎《もたら》してはいないのだ。前方に桃梅夢楼《とうばいむろう》という看板を掲げた二階建ての建物が見えた。宜明は煙館の向かいにあるそこで支配人をしているのだ。玄関のまえには朱色と桃色の灯籠《とうろう》が置かれていた。それは満人と朝鮮人の娼妓《しょうぎ》を抱えていることを意味する。次郎はその玄関のなかに足を運んだ。

七十近い老婆《ろうば》が出て来て満語で言った。

「お好みはどちらです？　満人の女、それとも朝鮮人ですか？」

「どっちでもいい」

「ぴちぴちの朝鮮女を十日まえに仕入れました。お勧めしますよ」

「いくらなんだね？」

「上等品ですからね、朝鮮銀行券か横浜正金銀行券で五円はいただかないと」

次郎は肩窄児《チエンチアル》の衣嚢《いのう》から財布を取りだし、代金を前払いした。老婆に案内されたのは二階の房間だった。安っぽい造りのその部屋には寝床台がぽつんと置かれているだけだった。老婆が出ていき、次郎はその寝床台に腰を落とした。

すぐに十八、九の若い女がはいって来た。薄桃色の裳襦《チマチヨゴリ》を着たその女は面影がどこか敦化《とんか》で死んだ朴美姫《ぼくみき》に似ている。羞《はに》かみの笑みを浮かべながら言った。

「金京淑《きんきようしゆく》と申します、お相手させてください」その満語はまったく訛《なま》りがなかった。生まれも育ちも満州なのだろう。「どうなさいます、煙管と煙膏《えんこう》をお持ちしましょうか？」

「阿片には興味がない。それより、支配人を呼んで来てくれ」

「あたしに何か問題でも？」

「そうじゃない、支配人にはむかし世話になった。その礼をまず言いたいだけだよ」

京淑が頷《うなず》いて房間から出ていった。

次郎は煙草を取りだして火を点けた。吸い込んだそのけむりを吐きだして、肩窄児のしたに吊《つる》している拳銃嚢《けんじゅうのう》からモーゼルを引き抜き、右腰の傍らに置いた。

宜明がはいって来たのはそれからすぐだった。敦化の狗肉料理店で逢《あ》ってから顔を合わせるのはこれが二度目だが、面影は変わっていない。ただ体つきが少年のそれから大人のものになっている。宜明が愛想のいい声で言った。

「わたしに何か御用がおありだとか」

「扉を閉めろ」

「え？」

「扉を閉めろと言ってるんだ」

宜明が後ろ手で扉を閉め、あらためてこっちの表情を見据えなおした。その頰がしだいに引きつりはじめた。六年もまえにたった一度しか逢ってはいない。しかし、憶《おも》いだしたのだ、黒い天鵞絨《ビロード》の眼帯をした緑林の攬把《らんぱ》を。宜明の喉《のど》がひくひくと顫《ふる》えた。

「憶いだしたんだな、このおれを」次郎は銜え煙草のままそう言って、傍らのモーゼルを摑《つか》んだ。「敦化の狗肉酒楼でおまえは海鳥老大《かいちょうラオター》に股間を握られてた」

宜明は何をどう言っていいかわからないようだった。

次郎はわずかに声を落としてつづけた。

「おまえは海鳥老大を吉林の総攬把・葉文光に売った。いくら受け取ったんだ、そのとき？　正直に言え」

「東三省官銀号券で五十元」

「海鳥老大はたった五十元のために体をばらばらに切り刻まれて殺された。海鳥幇《かいちょうパン》の他の六人もだ。その五十元を元手《もとで》にこの妓楼を開いたのか？」

「あのころはもう東三省官銀号券なんかほとんど価値がなかった。働いたんです、牡丹江で。緑林から足を洗い、汗を流して働いた。働きながら夜は私塾に通ったんです。字も読めるようになったし、帳簿もつけられるようになった。それで認められたんです、認められてこの妓楼を委《まか》せられるようになった」

「苦労したんだな、おまえも」

「ど、どうするんです、青龍攬把、このわたしを？」

「おれは海鳥老大とは特別な関係にあった。日本人でありながらたがいに緑林の徒を率いていたんだからな。何かと言うときは助けあったものだ。おまえにさしたる怨みがあるわけじゃない。しかし、海鳥老大とは暗黙の盟約がある。緑林時代の掟《おきて》を守らなきゃならんのだよ」

　宣明の表情が強ばりきった。

　次郎は安全装置を外してモーゼルの銃口をその左胸に向けて言った。

「冥府《めいふ》からこのおれを呪《のろ》え」

「ま、待ってください！」

　次郎は静かに引鉄を絞り込んだ。

　炸裂音《さくれつおん》とともに宣明の体が背後の壁に叩《たた》きつけられ、そのままずるずると床に沈み込んでいった。銃弾は左胸を貫通したのだろう、背なかから噴きだした血液が白い壁をべっとりと汚していた。その体が横倒しに崩れ落ちた。宣明はぽっかりと口を開けたままもう身動《みじろ》ぎもしようとしなかった。

　次郎はモーゼルを拳銃嚢に戻し、銜えていた煙草を吐きだして寝床台から腰をあげた。床に拡《ひろ》がっていく血液を避けながら戸口に近づき、扉を引き開けて房間を出た。いくつもの足音が階段を駆けあがって来る。二階の廊下に人影が溢《あふ》れ出て来た。玄関で応対した老婆もいれば、京淑もいる。他に男たちも。次郎は無言のまま擦れちがい、階段を降りていった。

階下に降りたとき、うえで悲鳴が響き渡った。

次郎はそのまま桃梅夢楼を出て、南昌路を江華飯荘に向かって歩きだした。急ぎはしなかった。建国以前の巡警部隊はいま国警と呼ばれる満州国警察に組み込まれている。満州国の民政部警務司長・甘粕正彦が懸命に梃子《てこ》入れしているらしいが、大都市以外の国警は現在ほとんど機能していない。殺されたのが日本人ならべつだろうが、娼楼の支配人の死には本気で捜査はまず行なわれない。次郎は南昌路から牡丹江の河沿いに出た。

だれかが追って来る気配はまったくなかった。北からの風が静かに頬を撫《な》でる。次郎はこれまで何人の人間を殺したかもう憶《おぼ》えていない。だが、今度の殺害ほど後味の悪さを感じたのははじめてだった。吉林お静との関係を理由に宣明の胸に銃弾をぶち込んだが、あれはただの口実に過ぎなかったのではないか？　そういう自問が射殺後にふつふつと湧《わ》きあがって来る。無聊《ぶりよう》に耐えかねて血を欲しただけではないのか？　だとしたら、救いがたい。柳絮《りゆうじよ》のごとく生きると決めたあげくがこれなのだ。いつのまにか悪霊《あくりよう》がじぶん自身を支配している。この苦々しさに苛立《いらだ》ちさえ覚えていた。

江華飯荘に着くと、次郎は房間には向かわず餐庁《さんちょう》へ体を運んだ。晩飯は六時過ぎに終えていたが、妙な空腹感があったのだ。牡丹江側の窓辺の席に着き、炒麵《チャーメン》を注文した。広い餐庁のなかに客は他にはだれもいなかった。炒麵が運ばれて来た。次郎はそれをがつがつと食いはじめた。

餐庁にでっぷりと太った男がはいって来たのは炒麵を平《たい》らげた直後だった。その男は無言のまま向かいに腰を下ろした。頬に薄笑いを浮かべている。すぐにだれなのかに気づいた。老頭溝《ろうとうこう》で満族旗人《きじん》の娘の誘拐を依頼して来た朝鮮人・全承圭《ぜんしょうけい》だ。頭髪はあのころに較べ相当後退しているがてかてかした肌の艶《つや》は相変わらずだった。次郎は無言のまま煙草を取りだした。承圭が腕組みをしながら言った。

「どうして殺したんです、賀宜明を？」

「あんたの知ったことじゃないだろう」

「賀宜明を傭《やと》ってるのはこのわたしなんです」

「何だと？」

「桃梅夢楼はわたしが経営してる。宜明は働き者なんで支配人として傭った。六年まえに鹿曾玉《ろくそうぎょく》の娘を誘拐してもらい、木材の伐採権を手に入れたんで、わたしの懐《ふとこ》ろはずいぶん温《あった》かくなった。で、この牡丹江に娼楼を開いたってわけですよ」

「越して来たのか、老頭溝から牡丹江に？」

「まさか。本拠地はあくまでも老頭溝ですよ。木材の伐採と娼楼の経営じゃ儲《もう》けの規模は比較にもならない。だれが老頭溝を離れますか、牡丹江には半年に一度、桃梅夢楼の経営状態を調べに来るだけでね、それがたまたま昨日からきょうだったということですよ」

次郎は黙って銜えている煙草に火を点けた。

承圭が腕組みを解き、だぶついた顎《あご》を撫でまわしながらつづけた。

「宜明が黒い天鵞絨の眼帯を掛けた男に射殺されたと聞いて、わたしはすぐにあなたのことを憶いだした。それで、牡丹江のあちこちの飯店や旅館に電話を掛けてみた。ここに泊まってることがわかったんで、こうやってここに来たんですよ」

「それで？」

「懐ろ具合はどうなんです？」

「何を言いたい？」

「馬賊とか緑林の徒の時代が終わったことは重々承知してます。そういう連中の懐ろが逼迫《ひっぱく》してることもね。しかし、わたしは青龍攬把の手腕を高く評価してます」

「青龍同盟は潰滅した。おれはもう攬把じゃない」

「それもわかってます、あなたがたったひとりでここに泊まってると聞いたときから
ね」
「全承圭」
「何です？」
「まわりくどいぞ」
「そうですか、はっきり言いましょう。あなたを一時的に傭いたいんです。もちろん、
充分な報酬は支払いますよ」
「おれに何をしろと？」
「わたしは老頭溝で金日成傘下《さんか》の遊撃隊に命を狙《ねら》われてる。日本帝国主義の走狗《そうく》だと
いう理由でね。わたしに言わせれば、ちゃんちゃらおかしい。わたしたち朝鮮人は日
本人と同じなんですよ。天皇陛下の赤子《せきし》なんだ。帝国主義がどうのこうのと言うのは
自力で稼げない無能な連中の虚言《たわごと》です。そういうやつらにわたしは命を狙われてる」
「で？」
「わたしはそういう連中から身を守るために九人の満人を傭った。牡丹江にもそのな
かから五人を連れて来てる。この江華飯荘のまえをいまも固めてます。しかしね、こ
の九人の満人はふだんはごろごろしてるだけなんですよ。老頭溝近くに潜んでる朝鮮

人遊撃隊を捜しだして殲滅《せんめつ》してくれと頼んでも、いっこうに動く気配がない。このまじゃ経費の垂れ流し状態がつづく。そこで、青龍攬把、あなたにお願いしたいんですよ。九人の満人を連れて遊撃隊殲滅に当たっていただきたい」

「高くつくぞ」

「報酬を吝嗇《けち》るつもりはありません。いくら支払っても、経費の垂れ流しよりは安くつく。それから、これだけは付け足しておきたい。わたしもあなたに多少の貸しがある」

「どんな？」

「宜明の殺害をわたしは国警に報告させてない。黒い眼帯の男に射殺されたと聞いて、すぐにぴいんと来ましたからね、それは青龍攬把だと。国警はまだよちよち歩きの状態だが、それでも追われるよりはましでしょう？」

6

敷島三郎は傍らでかすかな寝息を立てている奈津《なつ》の頭のしたに右腕を差し込んで引き寄せた。障子《しょうじ》の向こうが薄ぼんやりと明るい。あと二十分もすれば陽が昇るだろう。

結婚以来、奈津がじぶんより早く起きだしたことはない。熊谷家の末の娘として甘やかされて育てられたのだ、そういうふうには躾《しつ》けられなかったらしい。だが、そんなことはどうでもよかった。この吸いつくような肌は任務の苛酷《かこく》さを忘れさせてくれる。三郎は左手をその寝巻の襟《えり》のあいだに差し入れ、弾む乳房を揉《も》みながら唇を奈津の首すじに這《は》わせはじめた。

「眠いよ、三郎さん、あたしまだ」

「まだ起きなくてもいい」

「くすぐったいってば」

　階下で電話が鳴りだしたのはそのときだ。

　三郎は奈津の体を離し、蒲団《ふとん》から抜けだした。階段を降りて照明のスウィッチを入れ、居間の飾り棚に近づいた。受話器を取りあげて、敷島ですがと言った。受話器の向こうから宿直当番の設楽草吉《しだらそうきち》曹長の声が聞こえて来た。

「海龍近くで鉄路が爆破されました」

「いつだ？」

「一時間ちょっとまえらしいです」

「すぐに現地に向かう」

「車輛《くるま》をそちらにまわします」

受話器を戻したとき、奈津が二階から降りて来た。その表情はまだ眠そうだった。瞼《まぶた》を擦《こす》りながら言った。

「何かあったんですか？」

「たいしたことじゃないが、出掛けなきゃならん。迎えの車輛が来る」

「朝食は？」

「昨夜の残り物を出してくれ、冷や飯を握ってな」

「味噌汁《みそしる》だけは温めます」

三郎は頷いて階段を駆けあがった。寝室にはいって寝巻を脱ぎ棄《す》て、憲兵の軍服に着替えた。十四年式の収まる拳銃嚢を左肩から吊して階下に降り、浴室の脱衣場にある洗面台で顔を洗って歯を磨いた。

食卓にはすでに握り飯と昨夜の残り物の茄子《なす》の煮浸《にびた》し、それにハムが置かれていた。三郎はそのまえに腰を下ろした。奈津が温めなおした味噌汁を持って来た。

三郎はそそくさとその朝食を食い終え、煙草を取りだした。それに火を点けて、そのけむりを大きく吸い込んだ。奈津の顎のしたに赤い痣《あざ》ができている。昨夜、そこを強く吸ったのだ。三郎はけむりを吐きだし、右手を差しだしその痣に触わった。

「どうしたの？」

「ここに痣ができてる、強く吸い過ぎたかな」

「厭《いや》だ、三郎さん、あたし、外に出られなくなる」

「だれも痣の理由なんか考えないよ」

「今度はあたしが三郎さんを嚙《か》んでやる」

玄関の向こうでそのとき警笛が鳴った。

三郎は椅子から腰をあげながら点けたばかりの煙草を灰皿のなかで揉み消した。

「帰れるんですか、今夜は？」

「たぶんな。帰れない場合は電話を入れる」


三郎は設楽草吉憲兵曹長の運転するウーズレイ六輪自動車の助手席で腕組みをしたままフロントガラスの向こうを眺めていた。きょうはやけに風が強い。高粱《コーリヤン》の穂がそれに波打っている。鉄路を爆破された海龍は奉天と吉林を結ぶ満鉄奉吉線のほぼ中間地点に位置していた。楊靖宇が根拠地としている一帯からも遠くない。三郎は視線を腕時計にちらりと移した。

針は八時四十三分を指している。

草吉が低い声でぽつりと言った。

「きょうは雨になりますね」

「みたいだな」

「車輌《くるま》を停めて幌《ほろ》を張っておきましょうか？」

「降りだしてからでいい。ざっとは来ないだろう。ぽつりぽつりと来はじめたら、車輌を停めろ」

草吉がわかりましたと答えた。この憲兵曹長は一カ月まえに延吉《えんきつ》から奉天に転任して来た。年齢はこっちよりふたつ若いが、子供がふたりいた。満州生まれの満州育ちで満語は日本語と同じように喋《しゃべ》れる。草吉が話題を変えて言った。

「お綺麗《きれい》なかたでありますね、中尉《ちゅうい》殿の奥さまは。色が白くて、笑うと笑窪《えくぼ》ができる。眩《まぶ》しいほど健康的でいらっしゃる」

「独立守備隊時代の上官の妹なんだ、あれは」

「お子さまはいつごろお持ちの御予定でありますか？」

「なるべく早くと思ってるんだがな」

「中尉殿」

「何だ？」

「御忠告申しあげます。奥さまをなるべく満人たちの眼にお曝《さら》しにならないように」

「どういう意味だ、それは？」

「じぶんは満人のなかで一緒に育ちました。満人が何を考えるかは骨の髄まで知っておるつもりであります」

「それで？」

「満人のなかの下層の連中は日本の若い婦人にたいして淫《みだ》らな妄想を抱くのでありま す。とくに苦力《クーリー》にその傾向が強い。中尉殿も奥さまをそんな視線に曝させたくないはずであります」

三郎は何も言わずに腕組みを解き煙草を取りだした。燐寸《マッチ》を擦ったが、火は点かなかった。東からの風が強過ぎるのだ。何度擦っても同じだった。諦《あきら》めたとき、前方に海龍の町が見えて来た。三郎は銜《くわ》えていた煙草を唇から引き抜いて運転席に声を向けた。

「爆破現場は海龍駅の吉林寄りだと言ったな？」

「海龍からの報告ではそうであります」

ウーズレイ六輪自動車がそのまま海龍の町なかにはいっていった。

海龍駅のそばを通過し、三粁《キロ》ほど進んだところで人だかりが見えた。そこが爆破現場なのだ。草吉が車輛を停めた。集まっているのは関東軍独立守備隊と満州国の国軍兵士たちだった。

三郎は助手席から降りて、その人だかりのなかに足を踏み入れた。線路では復旧作業が行なわれていた。鶴嘴《つるはし》が振るわれている。敷島中尉と声を掛けられて、三郎はそっちに視線を向けた。

そこに国軍の顧問となって新京に赴任した義兄の熊谷誠六少佐がいた。奉天より新京のほうが海龍に近い。三郎はそのそばに歩み寄った。誠六が右手で顎を撫でまわしながら言った。

「たぶん、やったのは抗日連軍だよ」抗日連軍とは楊靖宇が中心となって結成された東北抗日連合軍の略称で、いまではこの呼び名がふつうになっている。「爆破が行なわれたのは午前三時ごろらしい」

「海龍の町の捜索は？」

「終わった。爆破に関係した疑いのある満人はひとりもいなかった。抗日連軍のやつらは森林のなかに潜んで夜馬でやって来たんだろうよ」

「新京の関東憲兵隊司令部からはだれも来てないんですか？」

「寛城子《かんじょうし》でも爆破騒ぎがあった。そっちに駆けつけたらしい」

そのとき、ぽつりぽつりと雨粒が落ちて来た。

誠六が上空を眺めてからつづけた。

「抗日連軍にこういうかたちで遊撃戦をやられたら、関東軍も国軍も振りまわされつづける。抗日連軍に加わったり、同調したりするのは割りに合わんということを満人どもに徹底して思い知らせなきゃならん」

「奉吉線はいつごろ再開できるんです？」

「三時間後になるそうだ」

雨足がしだいに強くなりつつある。

三郎も上空を一度見あげてから言った。

「お気を悪くされるかも知れませんが、わたくしはあらためて海龍の町を調べます」

「おれに遠慮はせんでくれ。こういうことは憲兵隊の専門だ。国軍なんかとは較《くら》べものにならん。徹底して洗ってみて欲しい。もし海龍の町に抗日連軍の関係者がいれば教えてくれ。国軍にとっても大いに参考になる」

「貸してもらえますか、国軍兵士を三名」

「もちろんだよ、勝手に選んで連れてってくれ」

強くなって来る雨のなかを三郎は草吉の運転する六輪自動車で三人の国軍兵士を連れて海龍の町に戻った。この人口がどれぐらいなのかは調べていない。だが、日本人の経営する店舗を捜索する必要はないだろう。海龍の町は駅前広場から伸びる道路沿いに商店街が拡がっている。妓楼や煙館、銭荘や雑貨商、剪髪《せんぱつ》や浴池。通化や敦化とは規模がちがうが、それらがずらりと並んでいる。三郎は腕組みをして通り過ぎていくその風景を眺めていた。

「どのあたりに停めましょうか、車輛を？」

「いまそれを考えてる」

「中尉殿」

「何だ？」

「じぶんの拙《つた》ない経験でありますが、町なかは調べる必要はないと思います。海龍の駅近くに住んでる満人は満州建国でそれなりの恩恵を受けてる」

「どこを調べろと？」

「郊外の農家であります。日本人が入植して来るんじゃないかと畏《おそ》れてる満人です。

ずであります」

只《ただ》同然で土地を強制的に買い取られると思い込んでる連中なら抗日連軍に協力するは

「しかし、入植は北満だぞ」

「じぶんが抗日連軍の宣伝工作を担当していれば、そんなことは隠して不安を煽《あお》り立てます。抛《ほう》っておけば、満州全土が日本人に盗《と》られるとね。もちろん、それだけじゃない。抗日連軍に協力しなければ、漢奸《かんかん》つまり売国奴と見做《みな》すと脅迫します」

「このあたりに農家はあるのか？」

「じぶんは延吉時代に二度ほど海龍に来たことがあります」

「で？」

「ここから六粁《キロ》東に七戸ほどの郷があります。じぶんの勘では海安屯《かいあんとん》というそこが一番臭い」

「そこを調べよう」

六輪自動車が海龍の町を抜けだした。そこからの道路はもう舗装されていない。左右には高粱畑が拡がっている。道路の陥没にはすでに水が溜《た》まっていた。六輪自動車は速度を極端に落とし、水しぶきを跳ねあげながら進んでいった。

「じぶんは中尉殿の名声は延吉時代から充分に聞かされております。しかし、じぶんに言わせれば、失礼ながらその名声はいわば特務機関的な働きによって作られたものだと思っております」

「否定はせんよ」

「憲兵隊の本来の仕事はもっと陰湿なものだとじぶんは考えております。ときには毒《どく》蜘蛛《ぐも》のようにひっそりと、ときには追い詰められた狂犬のごとく牙《きば》を剝《む》かなきゃならない」

三郎は何も言わなかった。雨が上半身を濡《ぬ》らしている。やはり、幌を張らせるべきだった。そう思いながら、腕組みをした。なだらかな丘を越え、荒れ果てた土肌の道が下り坂になった。雨しぶきの向こうに小さな郷が見えて来た。三郎は腕組みを解き、額の雨雫《あましずく》を右手で拭《ぬぐ》って言った。

「あれが海安屯かね？」

「そうであります」

「人口は？」

「四十人ぐらいだと思います」そう言ってから草吉が声を強めた。「お願いがあるんですが、中尉殿、聞いていただけますか？」

「何だね？」

「海安屯捜索のやりかたはこのじぶんに委《まか》せてもらえませんか？　中尉殿にこのじぶんがどんな人間か知っていただきたいし」

海安屯に六輪自動車を駐《と》めると、草吉はすぐに拳銃嚢から十四年式を引き抜いた。ふつう、拳銃は将校配備だが、憲兵隊だけは下士官にも兵にも与えられる。海安屯の郷は静まりかえっていた。聴こえるのは大地と甍《いらか》を打つ雨の音だけだ。草吉が運転席を離れ、一番手まえの人家に向かった。三郎も助手席を離れてその背なかを追った。後部座席にいた三名の国軍兵士も尾《つ》いて来る。草吉がその人家の扉を十四年式の銃把でがんがんと叩いた。

蝶番《ちょうつがい》を軋《きし》ませながらその扉が引き開けられた。

草吉が押し入るようにそのなかに足を踏み入れた。三郎もそれにつづいた。なかは薄暗かった。土間に三十五、六の男女がいた。夫婦だろう。十二、三の男の子と七、八歳の女の子もいる。土間からは炕《カン》のある寝間も見えた。そこに六十半ばの老女と二、三歳の女の子がいた。ここで六人が暮しているのだ。草吉が銃口を天井に向けて十四年式の引鉄《ひきがね》を引いた。

炸裂音とともに寝間の女の子がはげしく泣きじゃくりはじめた。土間でも女の子が母親の腰にしがみついた。父親と男の子の表情は怯《おび》えきっていた。

草吉が銃口を父親の額に向けて早口の満語を投げ掛けた。

「言え、ここの郷長はだれだ？」

「江英哲《こうえいてつ》ですが」

「どこに住んでる？」

「さ、三軒先です」

「おまえの名まえは？」

「蔡典伯《さいてんぱく》です」

草吉が銃口を土間に向け、行きましょうというふうに顎をしゃくった。三郎は無言のままその背なかを追った。戸口から抜けだすと雨はさらに強くなっている。国軍の兵士たちも背後からつづいて来た。草吉が三軒先の戸口の扉をふたたび十四年式の銃把でがんがんと叩いた。

扉がすぐに引き開けられた。さっきの銃声を聴いているのだ、抵抗する気はまったくないのだろう。五十半ばの痩《や》せた満人が顔を出した。

草吉が銃口をその胸に突きつけながらなかに押し入った。三郎も国軍兵士たちとともにそれにつづいた。土間のなかには他に五人いた。男の家族はみな成人だった。草吉が怒鳴るような満語で言った。

「抗日連軍の連中はいつここに来た？」

「な、何のことです？」

「白ばっくれても無駄だ、江英哲、蔡典伯がみんな喋った」

英哲の表情がじわじわと強《こわ》ばっていった。

草吉が一段と声を荒らげた。

「日本の憲兵隊を舐《な》めりゃあどうなるか聞いたことぐらいあるだろう！　おれは満人を殺すことなんか何とも思っちゃいねえ」

「か、家族には手を出さんでください」

「抗日連軍はいつ来た？」

「一昨日《おととい》の夜です」

「何人いた？」

「四人です」

「聞いたか、四人の名まえを？」

「だれも名乗らなかった」

「何をした、抗日連軍はここで？」

「べつに何も」

「嘘《うそ》をつくな！」

「ほんとうです、わたしらは食事を出し、塒《ねぐら》を提供しただけです。抗日連軍は四人とも銃を持ってた。機嫌を損ねると、何をされるかわからない。だから、食事と塒を」

「きょうの午前三時ごろ海龍駅近くの満鉄の鉄路が爆破された」

「ほ、ほんとうですか？」

「海安屯の郷はそれに協力したんだ」

「やめてください、協力なんかしてない！」

「協力しなかったという証拠を見せろ」

土間にいる二十五、六歳の男がそのとき英哲の左肘《ひじ》を突ついた。英哲が無言のまま表情を引きつらせて頷いた。息子らしきその男が土間に置かれている水甕《みずがめ》の裏側にまわり、何かを取りだした。それは二個のダイナマイトだった。ただ、両方とも導火線はついていなかった。

英哲がそれを受け取って草吉に差し向けながら言った。

「これは抗日連軍の連中が置いていったものです、新しく土地を開墾するときに使えと言って。けど、わたしらには使いかたがわからない」

草吉が黙って左手でそのダイナマイトを受け取った。

英哲が絞りだすような声でつづけた。

「信じてください！　これは無理やりに押しつけられただけです。わたしらは抗日連軍に協力する気なんかまったくない！」

「江英哲」

「な、何です？」

「おまえを鉄路破壊協力の容疑で逮捕する」

「馬鹿《ばか》げてる、馬鹿げてます！」

「これが何よりの証拠だ」草吉がそう言って左手のダイナマイトをかざし、その声を国軍兵士たちに向けた。「海安屯の郷長を拘束しろ、新京の憲兵隊司令部に連行し、徹底して調べあげてもらう」

兵士ふたりが英哲の腕を左右から掴んだ。海安屯の郷長は抵抗しようとはしなかった。替わりに英哲の妻らしき五十前後の女が、やめて！　やめて！　と泣き叫んだ。

兵士たちが英哲を連れて土間から出ていった。

三郎は呆然《ぼうぜん》とその光景を眺めつづけた。

草吉が無言のまままた顎をしゃくった。

三郎は踵《きびす》をかえし、土間から雨しぶきのなかに足を踏みだした。

草吉が肩を並べながら言った。

「たぶん、江英哲は嘘はついてないと思います」

「なら、何で逮捕させた?」

「見せしめですよ。抛っとけば、抗日連軍は細胞分裂みたいに増殖する。海安屯にいる若い連中が抗日連軍に参加しはじめたら、厄介なことになります。それを防ぐ方法はひとつしかない。恐怖です。抗日活動に加わったら、何をされるかわからないという恐怖を与えなきゃなりません」

三郎は何も言わずに六輪自動車に向かって歩を運んだ。横殴りの雨が頰を打つ。この悪天候はしばらくつづくのかも知れない。六輪自動車の後部座席には国軍兵士たちによって英哲がすでに押し込められている。三郎は助手席に乗り込んだ。

「満人の村をこのままにしてたら、手に負えなくなると思います」草吉が運転席に乗り込み、エンジンを始動させて言った。「抗日連軍は村から村へ渡り歩き、遊撃戦の仮りの拠点として使うでしょう。ひとつの村を潰《つぶ》しても、次の村が新しい拠点になる。そうなったら、抗日連軍は満州全土を自由に泳ぎまわれるようになると思います」

六輪自動車がいったん後退して、その向きを変えた。

草吉が声を強めてつづけた。

「満人の村の仕組みを変えなきゃならんとじぶんは思っております」

「どういうふうに？」

「中尉殿も御存じでしょう、支那人がはじめた保甲《ほこう》制度というやつ。十戸を甲となし、十甲をもって保となす。あの保甲制度の目的はふたつです。まず国民党が徴兵をしやすくする。二番目の目的は共産党と関係を持とうとするやつを密告させるためです。要するに、小さな単位に分けて、がちがちに仲間うちを監視させる制度でしょう？　じぶんは満州国もあの制度が利用できると思うんであります。満人の農民をいまみたいにばらばらに放置せず、たがいに監視させながら関東軍に協力させなきゃならない。もちろん、そのためには飴《あめ》と鞭《むち》をうまく使い分けることが肝要であります。そういう監視制度がうまく働けば、抗日連軍も満州の農村で好き勝手な真似《まね》はできなくなる。そういう中尉殿にお願いがあります、じぶんみたいな曹長じゃ相手にされませんので、中尉殿からそういう意見書を上申していただけませんか？　これは一考に値いする案だとじぶんは自信を持っております」

7

　豪雨に打たれながら敷島次郎は風神の背に跨《また》がり木立ちのなかの小径《こみち》を進んでいた。ときおり、稲妻が走り抜ける。そのたびに樹々《きぎ》の輪郭がくっきりと浮かびあがった。前方を進む猪八戒がこっちを振りかえる。時刻はそろそろ夜の八時になろうとしていた。やがて、暗がりのなかにぼっとした明かりが見えて来た。あの家を全承圭が傭っている九人の満人との落合先と決めてある。次郎はそこに近づき、風神から降りた。稲妻に戸口のまえの柵《さく》に繋《つな》がれている九頭の大馬《ターマー》が嘶《いなな》いた。次郎もそこに風神の手綱を繋いだ。

　老頭溝の承圭の間島大旅館は六年まえに来たときとは比較にならないほどでかく豪勢になっていた。満族旗人・鹿曾玉から木材伐採権を買い取り、したたま儲けたらしい。次郎が老頭溝にはいったのは五日まえだ。牡丹江で承圭から聞いたとおり、間島大旅館で飼われていた九人の満人はどうしようもない連中だった。朝から酒を飲み、間島旅館で働く阿媽《あま》たちを揶揄《からか》って暮していたのだ。短期間で鍛えあげる術《すべ》はありそうもなかった。

次郎はしかたなく九人の満人のなかからひとりだけを選びだし、承圭にその男に成功報酬を出させることにした。三十六歳になる河北省出身の孔精平《こうせいへい》。べつに九人のなかで指導的な立場にあったわけじゃない。ただ、何らかのかたちで成りあがりたがっていた。精平に無理やりにでも他の満人たちを纏《まと》めさせる。そう決めてから次郎は金日成傘下の抗日遊撃隊の潜伏場所の調査に当たった。

その結果、今夜を殲滅決行の日とした。承圭に頼んで老頭溝の満州国の国警に賄賂《わいろ》を渡し、手榴弾《しゆりゆうだん》二個を入手していた。

藁葺《わらぶ》きと土壁の家の窓には雨風除《よ》けに一応硝子《ガラス》がはいっている。洋灯が点灯されているのだ。ここは潜伏場所調査の過程で見つけた看板も何も掲げていない酒房なのだ。七十を過ぎた満人が酒を出す。客は間島地方で跋扈《ばつこ》する土匪《どひ》なのだ。しかも、それは抗日連軍が合流呼び掛けを諦めたほどの屑《くず》同然の連中だった。そして、この酒房が土匪に襲撃されることはない。襲撃されるほどの収益はあがってないのだ。酒は付けでも飲めるし、物々交換でも諒承《りようしよう》された。間島地方の土匪のあいだではここは緑林酒房と呼ばれているらしい。

次郎は猪八戒を連れてそのなかに足を運び入れた。

瘦せこけ歯の抜けた老人が無言のまま頭を下げた。承圭に飼われている九人の満人は卓台を囲んで白酒を飲んでいる。その視線がこっちに突き刺さって来た。次郎は櫃《き》台処《だいしょ》に腰を下ろした。肉づきの薄い老人が枯草を吹き抜ける風のような声で言った。

「何にします？」

「おれはいい。犬に餌《えさ》をやってくれ」

「肉は何を？」

「狗肉以外なら何でもいい」

「新鮮な人肉がはいってますが」

次郎は一瞬、背すじの強ばりを覚えた。ここには土匪が拉致《らち》したが身代金《みのしろきん》を取れない人間を売りに来ると聞いたことがある。わずかだが、金銭《かね》になるのだ。白蓮教系《びゃくれんきょう》の土匪が生肝《なまぎも》を好むらしい。それが生命力を倍加させると信じ込んでいるという。次郎は声を強ばらせて言った。

「ふざけるな。雉子《きじ》肉があるだろう、それを煮ろ。骨はちゃんと取り除け」

老人が歯のない口を開けてひひっと笑い、奥に引っ込んだ。

卓台席から精平の声が飛んで来た。

「いつ殺《や》る？」

「深夜零時。遊撃隊はぐっすり眠りこけてる」

「あと三時間半だな」

「灯油は用意してるな？」

「もちろんだ」

次郎は頷《うなず》いて肩窄児《チエンチアル》の衣嚢《いのう》に右手を突っ込んだ。一服しようとしたのだ。だが、豪雨に煙草《たばこ》はべとべとに水を含んでいた。次郎は諦めて視線を卓台席に向けた。

「こっちに来て飲めや」でっぷりと太った四十半ばの満人が鯱割《ひびわ》れた声を向けて来た。阮沢仲《げんたくちゅう》というこの男は老頭溝に着いたときから敵意を隠そうとしなかった。九人の満人のなかで一番の年長で、指導者気取りだったが、こっちの登場で沽券《こけん》を傷つけられたと思い込んでいる。「こいつを飲みゃあ精がつくし、度胸も座る」

卓台のうえには大きな硝子壺《つぼ》が置かれていた。なかには鶉《うずら》の卵よりすこし大きい白い玉がいくつもはいっている。硝子壺の中味は玉酒《ぎょくしゅ》なのだ。死んだ男の睾丸《こうがん》を抜き取り、それを白酒で漬けた酒を柄杓《ひしゃく》で掬《すく》って満人たちが飲んでいた。もう十年近くむかしのことだが、緑林の徒のなかにはこの玉酒を好む連中も多かった。精がつくと信じ込んでいるのだ。だが、次郎は青龍同盟時代一度も試したことはない。舐めてみる気さえしなかった。

「こっちに来て飲めと言ってるんだ、むかしは青龍同盟てえ馬賊の攬把《らんぱ》だっただろう、馴染《なじ》み深い酒じゃねえか」

「断わる」

「何でよ？」

「酒はもう飲むな」

「命令する気かよ、おれたちに？」

「酔っ払って仕事を失敗《しくじ》ったらどうする？」

沢仲がこっちを睨《にら》み据えたまま立ちあがった。卓台のうえの茶碗《ちゃわん》を手にした。そこに玉酒がはいっているのは明らかだった。沢仲が櫃台処に歩み寄って来て言った。

「腕ずくでも酒を飲ませてみせるからな」

「いい加減にしろ、沢仲、卓台に戻れ」

「やかましい！」

そのとき、奥の厨房《ちゅうぼう》から老人が出て来る気配がした。それとともに沢仲の左腕が伸びて来た。頭髪が摑《つか》まれた。沢仲の右手の茶碗が唇に押しつけられようとした。次郎はそれを撥《は》ねのけた。玉酒のはいった茶碗が土間を転がり、卓台の脚にぶち当たって砕ける音がした。

沢仲が腰にぶら下げている刀子《とうす》を鞘《さや》から引き抜こうとした。その一瞬、猪八戒の肉塊が飛んだ。沢仲の体と縺《もつ》れあって土間に転がった。肩口を咬《か》まれているのだろう、沢仲が両脚をばたつかせた。

次郎はぴっと口笛を吹いた。

猪八戒が沢仲の体から離れた。

沢仲は土間に仰向けに横たわったまま呻《うめ》き声をあげながら胸を大きく浮き沈みさせた。次郎は視線を櫃台処の向こうに移し、老人の手にしている皿を見た。そこには雉子肉らしきものがはいっている。その直後だった。背後で気配が動いた。次郎はふたたび振りかえった。沢仲が体を起こしながら肩窄児の内側に吊《つる》している拳銃嚢《けんじゅうのう》に右手を突っ込んでいた。

次郎もモーゼルを拳銃嚢から引き抜いた。安全装置も外した。沢仲の拳銃がこっちを向こうとした。その一瞬に次郎は引鉄を絞り込んだ。

半身を起こしていた沢仲の左胸から血しぶきが噴きあがった。でっぷりと太ったその体が横倒しになって動かなくなった。

次郎は櫃台処の牀机《しょうぎ》から腰をあげて卓台にいる残りの八人の満人を眺めまわした。だれもが黙りこくっている。こういう結果は想像しなかったのだろう。次郎は低い声でみんなに言った。

「おれは全承圭から遊撃隊殲滅の仕事を請け負った。これは遊びじゃない。命令系統だけははっきりさせとかなきゃならん。それに逆うやつは死体になるしかない。このことに文句のあるやつは他にもいるのか？」

だれも何も言おうとしなかった。

次郎は握りしめているモーゼルを拳銃嚢に戻した。

そのとき、背後で老人がひひっと笑って言った。

「この死体、わしがもらってもいいかね？　明日《あした》あたり、大刀会《だいとうかい》の連中が来ると思うんだよ。肝を食わせてやれば喜ぶ」

雨はいっこうに衰えそうもない。

稲妻が夜を引き裂き、雷鳴がそれを追いかける。

次郎は精平とともに豪雨に打たれながら闇《やみ》のなかを縫うようにしてせせらぎを渡った。猪八戒も尾《つ》いて来た。河原の向こうは崖《がけ》で、そこに洞穴がある。金日成傘下の抗日遊撃隊はその洞穴で起居しているのだ。これまでの調査で遊撃隊の数は十三名だとわかっている。洞穴の入口の広さは高さ六尺、幅一間半ぐらいで、三人が肩を並べて出入りできる。深さは確かめてない。次郎はその入口に辿《たど》り着いた。

精平が灯油缶を入口の左右に置いた。

「肩窄児を脱げ」次郎はそう言って衣嚢から小さな革嚢を取りだした。なかに燐寸《マッチ》がはいっているのだ。「肩窄児で雨除けを作ってくれ」

精平が肩窄児を脱ぎ、それで右側の灯油缶の蔽《おお》いを作った。

次郎はその蔽いのしたで燐寸を擦った。それを灯油缶に近づけた。黄色い炎が灯油の表面を滑りはじめた。それがめらめらと燃えあがっていった。あたりがぼうっと明るくなった。精平が肩窄児を左側の灯油缶に向けた。次郎はそこにも火を点けた。黄色い炎が拡《ひろ》がり、洞穴の入口の輪郭がくっきりと浮かびあがった。精平が肩窄児をふたたび纏い、拳銃嚢からモーゼルを引き抜いた。洞穴のなかで何かが動く気配はまったくなかった。午前零時を七分ばかり越えている、抗日遊撃隊の連中はぐっすり眠っているらしい。計算どおりだった。

次郎は肩窄児の衣嚢から手榴弾を取りだした。満州事変とともに開発されたこの九一式手榴弾の水糸《みずいと》を引いて安全栓を外した。胸の裡《うち》で三つ数えて、それを洞穴のなかに抛《な》げ込んだ。爆裂音とともに黄色い閃光《せんこう》が洞穴のなかから走り抜けて来た。呻《うめ》き声を聞いたような気がする。そのまま次郎は二個目の手榴弾を取りだした。安全栓を外した。抛げ込んだ。洞穴のなかでふたたびＴＮＴ火薬が爆発した。次郎は背後に飛びすさって拳銃嚢からモーゼルを引き抜いた。

洞穴のなかから人影が飛びだして来たのはそのほぼ十秒後だった。灯油缶からの黄色い炎にそれが照らしだされた。最初に出て来たのは三人だった。

せせらぎの向こう側から銃声が鳴り響いた。樹々のあいだに潜んでいる七人の満人たちが銃弾を浴びせかけはじめたのだ。これも打合わせどおりだった。同時に樹々に繋いである九頭の馬が狂ったように嘶《いなな》きはじめた。

抗日遊撃隊の三人の肉塊が河原の砂のうえに転がった。

次に洞穴から飛びだして来た影は四つだった。

次郎はモーゼルの引鉄を引いた。精平の銃口からも閃光が飛びだした。せせらぎの向こうの樹々のあいだからの銃撃もつづいた。馬の嘶きが一段と大きくなった。

四つの肉塊も次々と大地に叩きつけられた。

すべての銃声がそこでいったん熄《や》んだ。

洞穴のなかにはあと六人残っているはずだ。しかし、二個の手榴弾の爆裂によってすでに死んでいるとも考えられる。

次郎はモーゼルの銃把を握りしめたまま待ちつづけた。

洞穴のなかでは何の動きも感じられない。

一分以上経《た》ったが、それは同じだった。

次郎はモーゼルを拳銃嚢に収めながら精平に言った。

「引きあげよう」

「まだ六人残ってるんだろう？」

「おそらく手榴弾で死んでる。死なないまでも動けないほどの重傷を負ってるはずだ。生き存《なが》らえたとしても、もう遊撃隊としては使いものにはならんよ」

間島大旅館に戻ったのは午前四時過ぎだった。雨はすでに熄んでいた。次郎は八人の満人をがらんとした餐庁《さんちょう》に残して、全承圭の執務室に向かった。六年まえに鹿曾玉の娘を誘拐したときの商談は餐庁で行なったが、今回は執務室で話しあう。木材伐採権の獲得で商売の規模はぐんと拡がり、執務室を増設したのだという。そこは南洋材を使った巨大な両袖《そで》机や螺鈿《らでん》細工《ざいく》の調度品が置かれる贅《ぜい》を尽したものだった。

次郎は両袖机のまえに突っ立って承圭に言った。

「金日成傘下《さんか》の抗日遊撃隊は七名射殺。残りの六名の死は確認してないが、生き残ったとしても、戦場復帰は無理だ。依頼は完全にこなしたと考えてる」

承圭が満足そうに頷いて、抽斗《ひきだし》を開けた。取りだされたのは鍵《かぎ》だった。承圭がそれを手にして肘掛け椅子《いす》を離れた。背後に造りつけの戸棚があった。どの表面にも螺鈿細工が施されている。その扉のひとつを鍵を使って開けた。奥に鉄製の金庫が置かれている。承圭が円形数字盤を右や左にまわして、その鉄扉を開けた。なかから封筒が取りだされた。承圭がそれをこっちに差し向けながら言った。

「お約束した成功報酬です。なかに朝鮮銀行券で千三百円はいってます。おあらためください」

「支払いに関しちゃ、おれはあんたを信用してる」次郎はそう言ってその封筒を衣嚢に仕舞い込んだ。「ひとつ、忠告をしておこう」

「何です？」

「今度は殲滅できたが、今後も新たな抗日遊撃隊があんたを標的にするだろう。連中にしてみれば、あんたは民族の裏切り者だからな。安全を確保したけりゃ、鍛え抜かれた警護部隊を傭《やと》え。あんたが飼ってた満人連中じゃ手に負えんぞ。できれば、朝鮮人の部隊を傭ったほうがいい、充分な報酬を払ってな」

「青龍攬把」

「おれはもう攬把なんかじゃない」

「もう一度攬把として警護部隊を指揮してくれませんか」

「御免《ごめん》を蒙《こうむ》る。老頭溝に縛りつけられるような真似はしたくない」

「無理ですか、どうしても？」

「くどいぞ」

「しかたありませんな、しかし、御忠告のことは今後しっかり考えてみます」承圭がそう言って背後を振りかえり、金庫と螺鈿細工板の扉を閉めた。それから、肘掛け椅子に腰を下ろしてつづけた。「料理人がまだ起きておりません。朝食を差しあげられるのは一時間後になります」

「食わずに老頭溝から消える」

「どちらへ？」

「まだ決めてない、とにかく老頭溝から消える」次郎はそう言って踵をかえした。

「約束だから、孔精平にも成功報酬を支払ってやってくれ」

「ここに来るように言ってくれませんか」

次郎は執務室を出て餐庁にまわった。八人の満人たちはそこで煙草を喫《す》いながら笑いあっていた。おそらく、こういう仕事をしたのははじめてなのだ。興奮を隠しきれないらしい。次郎は精平に全承圭が執務室で待っていると声を掛けて餐庁から抜けだした。

大気はもう白じらとしている。

次郎は間島大旅館の玄関まえの柵に繋いでいた風神の手綱を解き、その背に跨《また》がった。大地に伏せていた猪八戒が体を起こした。夜明けまであと十分以上あるだろう。老頭溝の町は静まりかえっている。次郎は天図《てんと》軽便鉄路の廃駅に向かって風神を進めはじめた。

その駅舎に近づいたとき、一発の銃声が聴こえた。それは間島大旅館のあたりで響いたが、この銃声が何を意味するのか興味はなかった。考えたくもない。疲労が溜まっているのがわかる。そのまま駅舎のまえを通り過ぎた。

陽が昇ったのはそれからすぐだった。

三日間つづいた雨にたっぷり水分を吸った大地が瑞々《みずみず》しく輝きはじめた。

次郎は風神の脚を緩めさせた。背後から追って来る蹄《ひづめ》の音を聴いたからだ。七頭か八頭いる。しかし、次郎は振り向きはしなかった。

精平の声が背なかに飛んで来た。

「待ってくれ、青龍攬把」

次郎はそのまま風神をゆっくりと進めつづけた。

精平が馬の轡《くつわ》を並べて来て言った。

「いま全承圭をぶっ殺して来た」

「何で？」

「おれに支払おうとした成功報酬はたったの五十円だぜ。唸《うな》るほど金銭《かね》を持ってやがるくせに」

「それで殺したのか、全承圭を？」

「他の連中の手まえもあるしな。あの朝鮮人をぶっ殺して金庫のなかの金銭を掻《か》っ攫《さら》って、みんなで分けた。金庫のなかにはぜんぶで三千六百円あった」

「で？」

「みんなで話しあって決めた」

「何を？」

「その眼で見たろ、抗日遊撃隊を殺したときのおれたちの働きを。おれたちはああいうことに性が合ってる。で、決めたんだ、あんたを攬把に担《かつ》いで、ちゃんとした馬賊になることをな」

「馬賊の時代は終わったんだ、おれはおまえらと一緒に動く気はない」

「もう一度攬把になれるんだぞ！」

「断わる、馬賊になりたきゃおまえらだけでなれ」

「何で断わるんだよ？」

「同じことを何度も言わせるな。馬賊の時代はもう終わったんだ。それに、おれはいまだれとも群れたくない」

8

古賀《こが》哲春《てつはる》が自宅に訪ねて来たのは午後八時過ぎだった。この参事官補は父親の急逝《きゅうせい》で十日間故郷の福岡に出向いていた。きょう奉天に戻って来たらしい。哲春が玄関の三和土《たたき》で頭を下げてから言った。

「申しわけありませんでした、こんな忙しいときに長いあいだ仕事を空けまして」

「何を言うんだ、御父上が亡《な》くなられたんだ、あたりまえだよ。わたしも義母のときは総領事館に迷惑を掛けたんだ、おたがいさまじゃないか。それより、あらためてお悔みを言わせてもらうよ」

「これ、博多土産の明太子《めんたいこ》です、お口に合うかどうかわかりませんが」

「大好物だよ、わざわざすまんね」太郎はそう言ってその包みを受け取った。「とにかく、あがってくれ、内地の話を聞きたい」

哲春は一瞬、躊躇《ためら》ったようだが、靴を脱いだ。ふたりで居間にはいった。太郎は明太子の包みを桂子に手渡した。哲春とはこれまで十回近く顔を合わせているはずだ。桂子が頭を下げて言った。

「御不幸中なのに、こんな御気遣いなさらなくても」

「お嬢さんは？」

「寝てます、二階で」

太郎は哲春に長椅子に座るように促した。桂子が厨房に足を踏み入れた。太郎は哲春のまえに腰を下ろして言った。

「酒は何にする？　日本酒かね、ウィスキーかね？」

「ウィスキーをいただきます」

太郎は厨房に向かって、ウィスキーと摘《つま》みを持って来るように言った。哲春がこの自宅を訪れるのはこれで三度目になる。この参事官補は職場以外での上司との接触を避けたがる癖があった。太郎は煙草を取りだしながら言った。

「どんなふうなんだね、陸軍省のあれは？」

「陸軍パンフレットのことですか？」

「内地じゃあ、どう受け取られてる？」

哲春が考え込むように下唇を舐めた。

一週間まえの十月一日、陸軍省新聞班は『国防の本義と其《その》強化の提唱』と銘打たれた小冊子を発行した。これは通称・陸軍パンフレットと呼ばれ、すぐさま新聞各紙に転載された。その冒頭はこうはじまっていた。


たたかいは創造の父、文化の母である。試錬《しれん》の個人に於ける、競争の国家に於ける、斉《ひと》しく夫々《それぞれ》の生命の生成発展、文化創造の動機であり刺戟《しげき》である。茲《ここ》に謂《い》うたたかいは人々相剋《そうこく》し、国々相食《あいは》む、容赦なき兇兵乃至《きょうへいないし》暴殄《ぼうてん》ではない。此の意味のたたかいは覇道、野望に伴う必然の帰結であり、万有に生命を認め、其の限りなき生成化育に参じ、発展向上に与《あずか》ることを天与の使命と確信する我が民族、我が国家の断じて取らぬ所である。此の正義の追求、創造の努力を妨《さまた》げんとする野望、覇道の障碍《しょうがい》を駕御《がぎょ》、馴致《じゅんち》して遂に柔和忍辱の和魂に化成し、蕩々坦々《とうとうたんたん》の皇道に合体せしむることが、皇国に与えられた使命であり、皇軍の負担すべき重責である。たたかいをして此の域にまで導かしむるもの、これ即ち我が国防の使命である。

冒頭はこういうわかりにくい文章だが、各論になると、具体性を帯びて来る。まず、国際的争覇戦時代には国民すべての力を統制して国家発展を強化しなければならない。次に、国防力の要素は人的要素と自然要素と混合要素から成ると指摘し、国家総動員的国防観を創《つく》りださなければならないとする。三番目はロンドン海軍軍縮会議からアメリカ、支那の態度、連盟脱退とソ連の極東政策を述べたあと、与えられた運命を甘受して国家百年の大計を樹立しなければならないと説く。四番目には国防力充実の課題として航空兵力増強を説き、その阻害要因のひとつとして富の偏在を挙げている。そして、最後にこう記して国民の覚悟を要求していた。

此の有史以来の国難を突破し光輝ある三千年の歴史に、一段の光彩を添うることは、昭和聖代に生を稟《う》けた国民の責務であり、喜悦である。冀《ねがわ》くは、全国民が国防の何物たるかを了解し、新なる国防本位の各種機構を創造運営し、美事《みごと》に危局を克服し、日本精神の高調拡充と世界恒久平和の確立に向って邁進《まいしん》せんことを。

奉天総領事館ではなぜこの時期に陸軍省新聞班がこういうパンフレットを発表したのか、その真意を分析しきれていなかった。塘沽停戦協定以来、国民政府とのあいだは小康状態がつづいている。軍中央はいま何を考えているのか？　この分析は急務だった。

「社会大衆党の麻生久《あそうひさし》がこの陸軍パンフレットを大絶讃し、日本の左翼系知識人はみな唖然《あぜん》としてます」哲春が言った。社会大衆党は満州事変後に全国労農大衆党と社会民衆党が合同して結成したもので、資本主義の打破や無産階級の解放をスローガンとして掲げ、軍需インフレ反対と農村救済を推進する唯一《ゆいいつ》の合法無産政党なのだ。麻生久はいくつもの労働争議を指導して何度も投監されたあと、社会大衆党が結成されると、その書記長となった。「中野正剛《なかのせいごう》はドイツのナチス党の熱狂的な支持者だからこのパンフレットに賛同するのはわかりやすい。しかし、麻生久だけじゃなく、赤松克麿《あかまつかつまろ》も大絶讃してます」いまは離れているが、マルクス主義者だった赤松克麿は日本共産党の創立にも参加しているのだ。「とにかく、陸軍パンフレットの発行によって日本の言論界はぐらぐらに揺さぶられてますよ」

このとき、桂子が盆のうえにスコッチ瓶と硝子《ガラス》コップ、それにチーズ皿を載せて厨房から出て来た。それを卓台のうえに並べて哲春に言った。

「あたしもお相伴させていただいていいかしら？」

「どうぞ、どうぞ」

「ほんとうにお久しぶりですね、古賀さんがここにお見えになるのは」

傍らに座り硝子コップにウィスキーを注ぐ桂子の横顔を眺めながら、太郎はかすかな驚きを感じていた。じぶんから酒を飲みたいと言いだしたのはこれがはじめてなのだ。そう言えば、明満が死んでからここを訪れる他人はほとんどいない。たまには気を紛《まぎら》わせたいのだろう。そう思いながら太郎は短くなった煙草を灰皿のなかで揉《も》み消した。

哲春が琥珀《こはく》色の液を注がれた硝子コップを持ちあげて言った。

「どう思われます、敷島さんは？」

「陸軍パンフレットについてかね？」

哲春が頷いて硝子コップを舐めた。

太郎もウィスキーを舐めて言った。

「まだきちんと分析できてないんだよ」

「あのパンフレットは国民全体に呼び掛けてます。しかし、わたしは狙《ねら》いはべつにあるんじゃないかと思ってる」

「どういう意味だね？」

「あのパンフレットは軍務局軍事課政策班の池田純久《いけだすみひさ》少佐と新聞班の清水盛明《しみずもりあき》少佐が中心になって書かれたものらしいんです。永田鉄山《ながたてつざん》軍務局長の点検と承認を受け、最終的には林銑十郎陸相の決裁を受けたとも言われてるんです」

「それがどうしたんだね？」

「根拠を示せと言われると困るんですが、わたし自身はあのパンフレットは国民に向けて書かれたものじゃないと思ってる」

「だれに向けて書かれたと思うんだね？」

「表面的には国民全体の喚起を促してますが、狙いはひとつじゃないかと思う。荒木前陸相や真崎甚三郎《まざきじんざぶろう》教育総監を担いで昭和維新を叫びたがる若手将校たちに呼び掛けてる」

「どうしてそう考える？」

「パンフレットをわたしは何度も読みなおしました。あれには昭和維新を叫びたがる青年将校の喜びそうな言葉がいくつもちりばめられてる。皇国に与えられた使命だとか、富の偏在や農村の困窮とかね。しかし、農村の窮乏が軍事予算の拡大に起因してるのに、そういうことにはまったく触れられていない。すべては最終的には総力戦体制のための国家統制の強化によって解決すべきだという論調です。つまり、永田鉄山少将の考えにぴったり沿ってる」

傍らの桂子は手酌で注いだウィスキーをかなりの早さで飲みつづけている。こういう桂子も結婚以来はじめてみる。

「父の告別式の日に中学時代の友人と飲んだんです。そいつは中学から陸士に進んだんですが、いま陸軍の将校ははっきり二分されつつあると聞きました。荒木・真崎の両大将に夢を託す連中と永田少将の主張する総力戦体制の建設を志向する連中とにね。このふたつは血盟団や五・一五事件のときに掲げられた昭和維新という標語をめぐって完全に割れてるそうです」

桂子が空になったじぶんのコップにウィスキーを注いだ。

太郎は新しい煙草を引き抜いた。

「ふたつの対立が軍内人事をめぐっての派閥抗争なのか、それとも思想的な対立なのか、わたしには読めません。しかし、告別式で飲んだわたしの友人の話では、それはやがてはっきりすると言ってます」

「どういうふうに？」

「いずれ、天皇機関説をめぐって激烈なことが起こると」

硝子コップを手にしている桂子の重心が左肩に掛かって来る。体が寄せられたのだ。それがかなり重いような気がした。桂子の体重が増えて来たのかも知れない。

「とにかく、陸軍内じゃ得体の知れない空気が生まれつつあることだけは確かなようです。永田鉄山少将はそれを牽制《けんせい》するために陸軍パンフレットを発行させた。わたしにはそう思えてなりません」

太郎は頷いて銜《くわ》えている煙草に火を点《つ》けた。

哲春が腕時計にちらりと眼をやって腰をあげながら言った。

「さて、そろそろ失礼しないと」

「まだいいじゃないか」

「陸軍パンフレットに関しては明日また総領事館で私見を述べさせてもらいます」

桂子の体重が左肩から離れた。哲春が居間から玄関に向かった。桂子がその背なかを追った。またいつでもお越しください。玄関で桂子の声がした。太郎は煙草のけむりを大きく吸い込んだ。桂子が居間に戻って来て、ふたたび傍らに腰を下ろし飲み残しのコップを持ちあげた。

「どうしたんだ、桂子、今夜は？」

「たまにはいいでしょ、飲んだって」

「しかし」

「あたしだって寂しくなるときがある」

　太郎は黙り込むしかなかった。女盛りの桂子を満足させてやれない。そのことを暗に突かれたような気がしたのだ。太郎はふたたびけむりを大きく吸い込んだ。

「誤解しないでね、あなた、あたし、変なことを言おうとしてるんじゃない」桂子がそう言ってウィスキーを飲んだ。「明満のことを考えれば。だれだってもとに戻るのは時間が掛かるんだし」

9

　暮れなずむ北満の空を雪がちらほら舞っている。十月もすでに半ばを過ぎたのだ。松花江の川面《かわも》を一頭の馬の死骸《しがい》がゆっくりと流れていた。いつどこでどうやってあの馬が死んだのかは見当もつかない。道行く人びとはそれに何の興味も示そうとしなかった。死馬がしだいしだいに遠ざかっていく。

敷島四郎はそれを眺め終えてから左脚を引きずりながら満人地区・傅家甸《ふかでん》の酒房・烏蘇里《ウスリー》亭へと向かった。そこは紅卍字会《こうまんじかい》の徐賢東が用意した酒房で、烏蘇里亭という看板にウスリーというキリル文字が併記してある。満州とソ連の国境となっている河の名まえは共通なのだ。店舗の造作は支那風とロシア風の混淆《こんこう》で、馬蹄《ばてい》形のカウンターとテーブル席が設けられている。賢東が傭《やと》い入れた料理人はやはり紅卍字会に所属する程浩発《ていこうはつ》という山東省出身で、小籠包《シャオロンポウ》や餃子《ぎょうざ》といった支那の点心だけでなく、魚介類の包み揚げ《ピロシキ》や羊肉串焼き《シャシリク》といったロシアの小料理も出した。給仕としてソニア・クリコワとマリア・ナルビコワというふたりの白系ロシアの娘が働く。両方とも満語には何の不自由もない。バーテンダーには賢東自身が立つ。四郎は支配人として四人の働きぶりを眺めながら帳簿をつける。烏蘇里亭に足を踏み入れると、客はまだだれも来ていなかった。四郎はカウンターの向こうの賢東に声を掛けた。

「とても商売にはなりませんね、開店して二カ月近くが経つのに、こんな具合じゃ」

「焦《あせ》らずにやりましょう」賢東は上海の仁愛堂院長時代とはちがい、丁寧な口調になっている。日本人に傭われているという意識がそうさせるのだろう。「この店は儲《もう》けだけを目的に作られたわけじゃありませんし」

烏蘇里亭にやって来る客は満人が七割で、白系ロシア人が三割だった。日本人客はハルビン特務機関の首藤照久がたまに顔を出すだけだ。それが監視のためだということは明らかだった。

これまでのところ、コミンテルン絡《がら》みの臭《にお》いのする客は現われていない。綿貫昭之が関東軍の意を汲《く》んでこの烏蘇里亭を開設させたことはまずまちがいない。資金はおそらく阿片《アヘン》売買から出ているのだろう。しかし、烏蘇里亭がほんとうに機能するようになるのかどうかは予測もできない。

四郎はふたりの給仕女と会話するときはなるべくロシア語を使うようにした。せめてロシア語を上達させたい。そういう願いからだ。クリコワもナルビコワもわざと俗語を使った。それに戸惑うと、ふたりともけらけらと声をあげて笑った。四郎はそういう会話を通してロシア語能力がどんどん拡がっていくような気がしていた。

三人の客が連れ立ってはいって来たのは七時まえだった。何度か見掛ける満人たちで、目当てはふたりのロシア娘らしかった。つづいて、ふたりのロシア人がやって来た。このふたりもはじめてじゃない。白系ロシア人事務局に出入りしていることがわかっている。満人たちはロシア娘の興味を引くためにテーブル席で料理を注文するが、このロシア人客はカウンターでただウォトカを飲むだけだ。八時半まで客はこの五人だけだった。

やがて、ロシア人ふたりが勘定を済ませて店を出ていった。

それと入れ替わるように首藤照久がはいって来た。四郎はこの男と顔を合わせるたびに厭《いや》な気分になる。だが、応対しないわけにはいかなかった。照久が賢東にウォトカを注文して言った。

「だれか来たかね？」

「どういう意味です？」

「臭うやつだよ、何となくコミンテルンの臭いのするやつ」

「ひとりも来てませんよ、そんな客はまだ」

「すこしは考えたほうがいい」

「何を？」

「いまのあんたは無為徒食も同然だ。その金銭《かね》はどこから出てる？何の仕事もしないなら、あんたは北満の路頭に迷うんだぜ。そこのところをよく考えろ。成績しだいじゃ、あんたの懐《ふとこ》ろは温《あつた》かくなる」

「何の成績です？」

「頭を使えよ、この店はコミンテルン狩りのために設置されたんだぞ」

「客のだれかに濡《ぬ》れ衣《ぎぬ》を着せて特務機関に報告しろとでも？」

「そうすりゃあハルビン特務機関の株も関東軍のなかでぐんとあがる。世のなかはな、すべて実績しだいなんだ。実績てえのはな、特務機関の場合、どれだけの数の人間を挙げて取調べたかなんだよ」

四郎は無言のままその眼を見据えつづけた。

照久が煙草を取りだしながら言葉を継いだ。

「そんな眼で睨《にら》むな。おれはただ常識を教えてやっただけだ、生き抜く知恵をな。世のなかは綺麗《きれい》ごとじゃ通らないんだし」

「お断わりします。ぼくは他人に濡れ衣を着せるような真似《まね》は絶対にしたくない」

「おまえは敷島憲兵中尉《ちゅうい》の弟だという理由だけで厚遇されてるんだぞ。その御利益《ごりやく》がいつまでもつづくと思うな。この鳥蘇里亭でちゃんとした数字を作っておけ。そうでないと、かならず後悔することになる」


照久が引きあげてからほぼ一時間が経つ。テーブル席の満人客も消えていた。がらんとした店のなかでクリコワとナルビコワが笑いながら話しあっている。

立ち疲れたのだろう、賢東がカウンターの向こうから出て来て椅子席に腰を落とした。

頭部が大きく鉤鼻《かぎばな》の白人が扉を押し開けてはいって来たのはその直後だった。四郎ははっとなった。シャンハイ・ウィークリー・ニュースの記者ジョセフ・フリーマンがそこに現われたのだ。弥栄村の信濃《しなの》部落から引きあげる途中に出《で》っ会《く》わして以来だった。フリーマンがまっすぐカウンターに近づいて来て、満語で言った。

「ここで働いてると聞いたんで、顔を出してみたんですよ。元気そうですね」

「フリーマンさんはまたユダヤ自治州からユダヤ人の越境を支援に？」

「今度はそうじゃない。ハルビンに住んでるラビと打合わせるためです」

「何なんです、ラビって？」

「ユダヤ教の祭司ですよ。ユダヤ人はみなラビには絶大な信頼を置いてる」そう言ってからフリーマンはふと気づいたように賢東に白酒を注文した。それが来た。フリーマンがその白酒をちびちび舐《な》めながらつづけた。「ドイツですさまじいユダヤ人への迫害がはじまってます。この迫害はどこまで酷《ひど》くなるのか見当もつかない」

四郎は黙ってその眼を見つめた。だが、脳裏にはまだ照久の言葉がこびりついていた。この鳥蘇里亭でちゃんとした数字を作っておけ。そう言い残したのだ。四郎はフリーマンの瞳《ひとみ》のなかに暮れるまえに眼にした松花江を流れる死馬が浮かんだような気がした。

フリーマンが声を落として言葉を継いだ。

「国家を持たないユダヤ人は生《い》け贄《にえ》の羊として恰好《かっこう》の標的になるんです。独裁者は独裁を強化するためにはかならず生け贄を必要とする。ヒットラーもスターリンも狂信的なユダヤ人嫌いでね、生け贄としてのユダヤ人の血を求めつづけてる」

「国民はどうなんです？」

「少くとも、ドイツ国民はヒットラーを支持してる。先の欧州大戦のあと、ワイマール憲法を起草したのはプロイスというユダヤ人です。ワイマール憲法下で外相として対外交渉に当たったラーテナウもユダヤ人です。とにかく、戦後のドイツ経済はがたがたになり、その困窮の原因はユダヤ人のせいだとドイツ国民は考えた。それがユダヤ人撲滅を叫ぶナチス党を産みだしたんです」

「で？」

「ユダヤ人はどうしても自前の国家が要《い》る。ソ連を見れば、わかるでしょう、社会主義はユダヤ人排斥問題を解決できないだけじゃなく、排斥をむしろ強化する。ユダヤ人みずからが国家を持つしかないんです。そのためには日本の協力が必要になって来る」

「どういう意味です、それ？」

「ユダヤ人というと、すぐにヨーロッパじゃ金貸しを連想されますがね、ユダヤ人はもともと牧畜民族なんです。満州は広い。牧畜には恰好の大地だ。満州国はもともと五族協和をスローガンに掲げて発足した。その五族にもうひとつの民族ユダヤ人を加えてもらいたいと思いましてね、ハルビンのラビを通じて秘《ひそ》かに関東軍に接触をはじめようと思ってるんですよ」

「そういう話に乗ると思いますか、関東軍が？」

「わかりません。しかし、満州国の経営には莫大《ばくだい》な金銭が掛かる。世界各地に散らばったユダヤ人の財力はきわめて魅力的なはずだ。無下には断わらんでしょう。それに、日本人にはヨーロッパやアメリカの連中が持ってるようなユダヤ人にたいする悪意に充《み》ちた偏見がない。満州で一緒にやっていくことにそれほどの問題はないと思ってます」

10

敷島太郎は奉天駅から午後一時五十分発新京行きの超特急『あじあ』号に乗り込ん

だ。十一月一日に運行を開始したこの『パシナ』型蒸気機関車の最高速度は時速百十粁《キロ》で、平均速度は八十二・五粁なのだ。東京と神戸を結ぶ特急『つばめ』号の平均速度が六十七粁《キロ》だから、満鉄の技術の高さは世界の鉄道界の注目を浴びている。濃紺色の機関車は流線型で、それに手荷物郵便車、三等車、二等車、一等車、一等展望車など六輛《りょう》編成で、大連から新京までの七百粁《キロ》強を八時間二十五分で結ぶ。北満鉄道を買収した暁にはこの『あじあ』号はハルビンまで伸びることになる。車内は密閉式二重窓の空気調整装置つきで、速度だけじゃなく、これほどの設備を持つ列車は国内にはない。奉天を出発すると、太郎はすぐに食堂車に向かった。

給仕として働いているのは白系ロシアの娘たちだった。太郎は献立に眼をやり、ビーフシチュウとパン、それに食後の紅茶を注文した。テーブルを挟んだ向かいの椅子には新聞が置かれている。まえの乗客が置いていったのだろう。だが、それには興味はなかった。十一月もすでに下旬にはいっているのだ、窓の向こうには真っ白い雪に蔽《おお》われた大地がどこまでも拡がっている。満州の気温はこれから日毎《ひごと》に厳しくなっていく。『あじあ』号に乗るのはこれがはじめてだが、乗り心地はこれまで乗ったどの列車よりも快適に思えた。

太郎は二重窓の向こうの銀世界を眺めながら煙草《たばこ》を取りだし、それに火を点けた。

いまはこの『あじあ』号を誇る気分にはなれない。一昨日《おととい》、奉天総領事館に不穏な情報がはいって来た。十一月二十日の早朝、陸軍大学校の村中孝次《むらなかたかじ》大尉と砲兵第一連隊の磯部浅一《いそべあさいち》一等主計、それに陸軍士官学校予科区隊長の片岡太郎《かたおかたろう》中尉と五名の陸軍士官学校生徒が憲兵隊によって検挙され、軍法会議の取調べを受けたというのだ。陸軍刑法第二十五条違反容疑らしい。第二十五条は叛乱《はんらん》罪を規定している。詳細はまだ何もわかっていない。これは橋本欣五郎《はしもときんごろう》中佐らの桜会《さくらかい》が起こした三月事件や十月事件の系譜に繋《つな》がるものなのか？　それとも血盟団事件や五・一五事件の昭和維新の流れの一環なのか？　参事官補の古賀哲春は陸軍パンフレットに関して陸軍内が真っぷたつに割れようとしていると言った。今度の検挙とそのことはどんな関係にあるのか？　いずれにせよ、厭な予感がする。太郎はそう思いながら煙草を喫《す》いつづけた。

それを喫い終えたとき、ビーフシチュウが運ばれて来た。給仕するロシア女は若く大柄で、見るからに健康そうだった。太郎は一瞬、タチアナ・ブレジンスカヤを憶《おも》いだした。男性機能をいったん回復させてくれたキタイスカヤ通りのあの娼婦《しょうふ》を。給仕のロシア女が訝《いぶか》しげな眼つきをしてテーブルを離れた。

太郎はビーフシチュウを食いはじめた。

新京に着いたら列車を乗り替え、ハルビンに向かうことになっている。ハルビンで一泊して、翌朝黒河《こくか》に向かう。北満鉄道買収に関し、そこでソ連人従業員の退職金問題を話し合わなければならない。

ビーフシチュウを食い終わると、紅茶が運ばれて来た。給仕がロシア語で何か言いながら向かいの椅子のうえに置かれている新聞を手に取り、それをこっちに差し向けた。

太郎はその新聞を受け取って拡げた。『満州日日新聞』だった。紅茶を啜《すす》りながらその紙面に眼を落とした。

目新しいことは何も書いていない。

支那では第五次囲剿《いそう》戦が終わり、工農紅軍は国民革命軍に追われて逃げつづけている。日本では満州への移民を望む農民たちがひきも切らない。

記事はどれも奉天総領事館で眼にしたものばかりだ。

太郎は紅茶を飲み終えて腰をあげた。

キタイスカヤ通りのモデルン・ホテルを出て太郎はハルビン駅から北満鉄道の黒河行き列車に乗り込んだ。昨夜、娼館エカテリナを訪れてもう一度ブレジンスカヤを買おうかという誘惑に駆られたが、それは自制して寝酒のウィスキーを飲んで眠りに落ちた。ここのところつづいていた睡眠不足が完全に解消した。体が何となく軽くなったような気がする。長旅もまったく苦じゃなかった。黒河に着いたのは午後六時過ぎだった。黒龍江沿いのこの町を訪れるのははじめてだ。漆黒の夜空から、粉雪が吹きつけて来る。駅舎を抜けると、ウーズレイ六輪自動車のそばに毛皮の外套《がいとう》を纏《まと》った男が待っていた。太郎はそこに歩み寄って声を掛けた。

「赤峰《あかみね》さんですか？」

「そうです、黒河特務機関の赤峰宗男《むねお》曹長であります」三十代後半のその日本人がそう言って後部座席のドアを開けた。「お待ちしておりました、お乗りください。宿舎に御案内いたします」

太郎は頷《うなず》いて後部座席に乗り込んだ。

宗男が運転席に身を滑り込ませエンジンを始動させて言った。

「じぶんは敷島憲兵中尉殿と一緒に任務についたことがあります。さぞかし御自慢の弟さんでありましょうね？」

太郎は苦笑せざるをえなかった。

六輪自動車がゆっくりと動きだした。

「この時期、黒河の日没時刻はいつごろです？」

「四時過ぎであります。しかし、夏は八時近くまで明るいんです」

「宿舎はどのあたりです？」

「黒龍江沿いの黒河飯店であります。満人経営ですが、女将《おかみ》は松子《まつこ》という日本人でして、シベリア出兵のときに尼港《にこう》に流れて来た娼婦あがりですから、御気楽に何でもお申しつけください。その黒河飯店ではすでに弟さんがお待ちです」

「三郎が？」

「末の弟さんがであります」

「四郎がどうして？」

「参事官殿はロシア語の通訳を待機させるようにお申し込みになった。その通訳が四郎さんであります。ハルビンからわざわざ来てもらいました」

「ロシア語通訳を四郎が？」

「ハルビン特務機関の推薦でして」

太郎は啞然《あぜん》とした。いつの間に四郎はロシア語を習得したのだ？　そんな才能があるとは思いもしなかった。

「じぶんも黒河に長くおりますからすこしはロシア語がわかる。黒龍江対岸のブラゴエシチェンスクからやって来るロシア人もいますからね。そいつらを監視するにはどうしてもロシア語ができなきゃならない。しかし、北満鉄道買収に絡む通訳なんてとても務まらない。敷島憲兵中尉殿といい四郎くんといい、参事官殿は優秀な弟さんをお持ちだ、やはり血筋というものでありますね」

六輪自動車が河沿いの道路に出た。街灯に照らされた水面が見える。この大河が黒龍江なのだ。ハンドルが右に切られた。

「冬期には氷結すると聞いてますが」

「結氷がはじまるのは来月の終わりからであります。来年の五月には解氷します。そのときの光景は見応《みごた》えがあります。流れに乗って動く氷の塊《かたま》りがぶつかりあって、不気味な音を立てます。結氷はじわじわですが、解氷期は迫力に溢《あふ》れてる」

「来てみたいものだね、そういうときに」

「ぜひいらしてください、絶好の観測地に御案内いたしますよ」宗男がそう言って六輪自動車の速度を緩めた。「そこが黒河飯店です。明日の十時にじぶんがまた迎えにあがります。今夜は御兄弟でゆっくりお飲みください。黒河飯店には日本酒も置いてます」

部屋に案内されて旅装を解いたとき、扉が叩《たた》かれて四郎がはいって来た。太郎は女将の松子が運んで来ていた緑茶を勧め、煙草を取りだして火を点けた。部屋は洋式でも和室でもなく支那の房間で、寝床台と卓台と椅子が置かれている。ただ暖房には日本の有田焼の火鉢が使われていた。四郎が緑茶を断わり突っ立ったまま言った。

「驚いたでしょう、兄さん、ぼくが通訳だなんて」

「いつの間にロシア語を覚えたんだ？」

「ハルビンじゃ他にやることもありませんしね」

「上海東亜同文書院に通ったのは伊達《だて》じゃなかったんだな、おまえには語学の才能があるのかも知れん。いまは通訳として暮してるのか？」

「こういう仕事ははじめてです」

「ふだんは拓務省の仕事を？」

「連絡待ちの状態です。ふだんはハルビンの満人地区で烏蘇里《ウスリー》亭という酒房の支配人をやってる」

「儲《もう》かっているのかね、その酒房？」

四郎が困ったように頬を緩めた、複雑な笑みだった。

太郎は火を点けたばかりの煙草を灰皿のなかに揉み消して言った。

「まだなんだろ、晩飯は？」

「ええ」

「食いながら話そう」

四郎が頷き、ふたりで部屋を出た。

餐庁《さんちょう》に向かいながら太郎は言った。

「脚の具合はどうなんだ？」

「こうやって引きずるだけですから、歩くぶんにはどうってことありません」

「あんな不運に巻き込まれるとはな」

「幸運だったという人もいましたよ」

「どういう意味だ？」

「今後日本がどうなっても召集されることはない。こんな脚だと兵士として使い物にならない。そう説明されました」

餐庁にはいると、なかには五組の客が円卓を囲んでいた。どの客も満人だった。

松子が近づいて来た。四十半ばの太ったこの女将は満面に笑みを湛《たた》えて日本語で言った。

「お酒はどうなさいます？」

「もらおう、日本酒があるんだそうだね？」

「ございます、灘《なだ》の生一本《きいっぽん》が」

「熱燗《あつかん》でいただく。食事そのものはあとで注文するんで、適当な摘みを」

「海月《くらげ》と焼豚と皮蛋《ピータン》の前菜でよろしうございますか？」

太郎はそれで結構と言って、ふたたび煙草を取りだした。それに火を点け、あらためて四郎の表情を眺めながら言った。

「こないだハルビンで見舞ったとき、わたしは義母《かあ》さんの自殺の件を話した。そのとき、おまえはすさまじい苦悶《くもん》の色を浮かべた。そんなに衝撃だったのか、義母さんの自殺が？」

「ぼ、ぼくは兄さんたちとちがって長いあいだ義母さんと暮したんです、衝撃を受けるのは当然でしょう」四郎がそう言って話題を逸《そ》らすように口ぶりを変えた。「北満鉄道買収のために黒河に来たんでしょう？　明日《あした》はロシア人とどんな話をするんです？　通訳としては予備知識を持っていたい」

「満州国は北満鉄道のソ連人従業員三十名を拘束した、暫行懲治叛徒法《ざんこうちょうちはんとほう》違反容疑でな」

「何のためです？」

「買収のための既成事実を作ってしまうためだ」

「それで？」

「三十名はハルビンの北満鉄道路警署に集められることになった。そこで満州国司法部刑事科長の武藤富男《むとうとみお》の訊問《じんもん》を受ける。武藤さんはな、東京地方裁判所の判事だったんだが、年俸六千五百円で司法部に引き抜かれたんだ。六千五百円というと大審院院長と同じ年俸だよ。満州にはこれからもどんどんそういう官僚たちがやって来る、何せ人材不足だからな。それはともかく三十名のソ連人従業員のうちひとりだけハルビン行きを頑として拒んだ男がいる」

このとき、松子が徳利二本と猪口《ちょこ》、それに前菜を運んで来た。

太郎は四郎の猪口に酒を注ぎながらつづけた。

「そのひとりというのは黒河で駅長補佐をしていたパーベル・コワルスキーという男だ。ハルビンに移送されるぐらいなら死を選ぶと言いはじめた。従業員の拘束は買収価格を引き下げさせるための方便だ。ソ連もそのことはよく知ってる。だから、抗議もほどほどのところで押さえて来た。しかし、死なれてしまうと、状況は逆転する。ソ連が猛抗議によって逆に価格の釣りあげを図るのは眼に見えてる。何としてでも、穏便にハルビンに移送せにゃならん。わたしの任務はそのコワルスキーの説得なんだよ」

午前十時に宗男が迎えに来て、太郎は四郎とともに六輪自動車に乗り込んだ。黒龍江に粉雪が舞い狂っていた。この光景を見るだけでも北満の冬の厳しさが奉天とは較《くら》べものにならないことが想像できる。六輪自動車が黒河の北満鉄道路警署に到着した。太郎は日本人刑吏に案内されて四郎と肩を並べ取調べ室に向かった。

そこは窓のない部屋で、やけに寒かった。机が置かれ、四十半ばのがっしりとした体格のロシア人が座っている。眼つきが鋭く、いかにも筋金入りの共産主義者らしい印象を与えた。これが頑としてハルビン移送を拒否するパーベル・コワルスキーなのだ。部屋の右隅にはもうひとつ小さな机が置かれ、そのタイプのまえにほっそりとした体つきのロシア女が座っている。齢《とし》はまだ十九かそこらだろう。そのタイピストが軽く会釈《えしゃく》した。

太郎は机を挟んでコワルスキーのまえの椅子《いす》に腰を下ろした。四郎も傍らに座った。煙草を勧めたが、コワルスキーは無言のまま首を左右に振った。頑《かたく》なさをまずほぐさなきゃならない。太郎はそう思いながら四郎の通訳を介して会話をはじめた。

「わたしもいくつかロシアの小説を読んでますよ。トルストイとかチェーホフとかね。ロシアで革命が起こった理由は何となく理解できます。帝政時代はロシアの農民や労働者の暮しは相当酷かったらしいですね」

「ほんとうにそう思ってるのか？」

「え？」

「小説家が書くものなんてでたらめに近い。無理やりに誇張しやがる。そうでないと、売れないからな。おれは帝政時代も鉄道で働いてた。生活は革命後よりずっとよかった」

「しかし、あなたは」

「権力が変わっただけだ。変わったからと言って権力には逆らえん。ボルシェビキがこれまでどおり働けと言うから仕事をつづけて来ただけだ。べつに共産主義に共鳴してるわけじゃない」

太郎は一瞬、言葉を失った。眼のまえにいるコワルスキーは白系ロシア人じゃない。ソ連政府の管轄下《かんかつか》にある労働者なのだ。それがこんな科白《せりふ》を吐いている。筋金入りの共産主義者と決め込んでいたじぶんの浅墓《あさはか》な予断に呆《あき》れかえる。太郎は無言のままその眼を見据えつづけた。

コワルスキーが四郎の口を通じて言った。

「おれが拘束されてるのは暫行懲治叛徒法違反という容疑だよな？　教えてくれ、おれはその法律の第何条に違反した？」

太郎はこれには答えようがなかった。ハルビン総領事館の参事官・辻内芳明《つじうちよしあき》から渡された資料には三十名のソ連人従業員の行動歴や家族関係が書かれているだけで、拘束理由については触れられてもいなかったのだ。コワルスキーは日本のシベリア出兵まえに当時の東支鉄道で働きはじめ、現在妻子を黒河対岸のブラゴエシチェンスクに残している。それに関する詳細が書き込まれているだけだった。太郎はふたたび黙り込んだ。

「おそらく、これにはどんな日本人も答えられんだろう。おれたちが拘束されたのは法律の問題じゃない。政治的な駆引きのためだ。要するに北満鉄道を安く買いあげるために人質としておれたちは拘束された。それぐらいのことはだれにもわかる。ハルビンに集められりゃあ、人質は最大限に利用される。おれは投げ売りの材料じゃない。ハルビンなんかには死んでも行かんぞ」

「そこまで言うなら、はっきりさせよう。あんたの望みは何なんだ？」

コワルスキーはしばらくこっちの眼を見据えつづけた。その手が机のうえに置かれている煙草に伸びた。一本引き抜いて銜えた。太郎は燐寸《マッチ》を擦ってそれに火を点けてやった。コワルスキーが吸い込んだけむりを吐き出して低い声で言った。

「タイピストに席を外させてくれ。これからのことは記録に残したくない」

四郎がそれをタイプを打っていたロシア女に伝えた。

ほっそりしたその背なかが取調べ室から出て行った。

コワルスキーが四郎の口を借りて言った。

「近ごろは白系ロシアの連中のなかにもコミンテルンと通じてるやつがいるからな。油断は絶対にできん」

「言ってくれ、要求を」

「金銭《かね》だ」

「満鉄はソ連人従業員に退職金を支払う」

「そんな涙金銭《なみだがね》なんかで満足できると思うか？」

「額についちゃハルビンで決まる」

「おれに黙らせたいのか？」

「聞こう、言え」

「五千ドル欲しい。ソ連のルーブルでもなく日本の円でもない。米ドルで五千用意してくれ。そしたら、ハルビンに行く。ハルビンではどんな要求もしないことを誓う」

「五千ドルで何をするつもりだね？」

「ブラゴエシチェンスクにいる家族を秘かに黒河に呼び寄せる。それから、上海に向かいアメリカ行きの船に乗る」

「移民するのか？」

「それしかない。拘束されたときからずっと考えてた」

「そんなにソ連にいたくないのかね？」

「スターリンがいま何をやってるか考えてくれ。もし満鉄からささやかでも退職金を受け取ってソ連に引きあげてみろ、何が起こるかわかりきってる」

「何が起こるんだね？」

「ソ連共産党はわけのわからん法律をいくつも作ってる。満州の暫行懲治叛徒法みたいなやつをな。退職金を受け取ってソ連に引きあげりゃ反革命罪が待ってる。おれたちは退職金を巻きあげられたうえ、収容所送りだ。シベリアの材木の伐《き》り出しに一生こき使われる」

第三章　血溜《ちだ》まりの宿

I

三月にはいってから奉天の気温はじわじわと緩みつつある。路辺にはまだいくつもの残雪が散らばっているが、これもあと二週間足らずで完全に消え失《う》せるだろう。北満鉄道譲渡に関する満ソ間の協定は一月二十一日に成立し、三月二十三日に日満ソの三国間で正式調印されることになっている。価格に関してはいくつかの紆余曲折《うよきよくせつ》があったが、結局、一億四千万円とソ連人従業員退職金三千万円で落ちた。これにはパーベル・コワルスキーに裏金銭《うらがね》として渡した五千ドルは含まれていない。いずれにせよ、ソ連側の当初の提示額六億二千五百万円の四分の一なのだ。これによって延長千七百粁《キロ》に及ぶ北満鉄道は所属運転材料や付属施設、十八万六千町歩の森林やジャライノール炭鉱を含む付帯事業とともに満州国に移転されることになった。問題は満鉄と北満鉄道の軌間のちがいだが、北満鉄道の五呎《フイート》の広軌を満鉄の四呎八吋《インチ》の標準軌に合わせる作業は八月の末に行なわれることになっている。いずれにせよ、これで満州の経営は完全に軌道に乗ったと判断していいだろう。それだけじゃない。正式調印まえに満州国はウラジオストックとハバロフスクに領事館を開設することが決まったのだ。これはソ連の事実上の満州国承認を意味する。

敷島太郎《しきしまたろう》は参事官室にはいると、机上に置かれている内地からの新聞を拡《ひろ》げた。貴族院で岡田啓介《おかだけいすけ》首相が天皇機関説にたいして反対表明をしたことが取りあげられている。これは一月に国体擁護連合会なる団体が貴族院勅選議員・美濃部達吉《みのべたつきち》の著作は国憲を紊乱《びんらん》すると攻撃したパンフレットを配布したことに端を発していた。美濃部達吉はドイツ留学後、東京帝国大学法科教授となって憲法講座を担当し、『憲法撮要』や『憲法精義』などの論文を発表している。それらには、統治権は法人たる国家に属し、天皇はその最高機関であると規定していた。これにたいして貴族院は不敬罪に当たるのではないかと紛糾しはじめたが、美濃部達吉は舌鋒《ぜつぽう》鋭く反論していた。だが、天皇は現人神《あらひとがみ》とする世論は日増しに昂《たか》まり、岡田啓介首相はついに天皇機関説反対を表明せざるをえなくなったのだ。太郎は天皇機関説は当然のことだと思っている。だが、内地の雰囲気はそんなことを口にするのも憚《はばか》られそうだった。太郎は新聞のページをめくった。

袴田里見《はかまださとみ》検挙の見出しが飛び込んで来た。これは日本共産党中央委員会の壊滅を意味していた。大正末期にコミンテルン支部として結成されたこの非合法組織が浮上することはもうあるまい。帝国主義戦争を内乱へ！　満州事変のさなか、このスローガンを掲げて日本共産党は大森銀行ギャング事件なるものを起こす。コミンテルンとの関係悪化から資金不足に陥った党組織は武器購入のために川崎第百銀行大森支店を襲撃して三万円強を強奪したのだ。これを機に特高警察は共産党の炙《あぶ》り出しを本格化する。同じ年の十月末、党は熱海に全国代表者会議を招集したが、それに乗じて特高警察は党員や共産党シンパ六千五百人を検挙した。この検挙は一般に熱海事件と呼ばれている。そして、いまでは大森ギャング事件も熱海事件も特高警察のスパイMなる人物が絡《から》んでいたことが判明しているのだ。党中央委員の宮本顕治《みやもとけんじ》はスパイの多さに査問に乗りだし、一昨年暮れにスパイのひとりと目された小畑達夫《おばたたつお》を査問中に死なせて逮捕された。これは俗に赤色リンチ事件と呼ばれている。こうして最後に残った日本共産党中央委員会委員・袴田里見が昨日の三月四日検挙され、組織は完全に機能を消失した。

気になるのは日本共産党を潰滅《かいめつ》させた特高警察の次の標的がどこになるかだ。こういう公安組織はかならず治安維持法の適用対象を求めて熄《や》まない。それは内地での息苦しさが膨《ふく》らんでいくことを意味している。

太郎はそう思いながら煙草《たばこ》を取りだした。

そのとき、扉が叩《たた》かれ、古賀哲春《こがてつはる》がはいって来た。大判の封筒を手にしている。哲春がその封筒を机のうえに置きながら言った。

「どう思われます、綺田里見の検挙？」

「と訊《き》かれてもね」

「わたしは日本共産党にはこれっぽちの同情も感じない。むしろ、あんな組織は潰《つぶ》れて当然だと思ってます。しかし、あの検挙の裏では相当酷《ひど》いことが行なわれたはずです。特高警察の冷酷さは眼に余る」

「何を言いたいんだね？」

「去年、父の急逝《きゅうせい》で十日ほど帰国させていただいたでしょう、そのとき、小説家の小林多喜二《こばやしたきじ》がどうやって築地《つきじ》警察署で殺されたか耳にしたんです」

太郎は銜《くわ》えている煙草に火を点《つ》けた。

哲春が突っ立ったままつづけた。

「築地署で小林多喜二はおまえは共産党員だろうと特高刑事に詰め寄られ、そうでないと否定すると、激高した五人の刑事がすさまじい拷問《ごうもん》を加えたそうです。桜のステッキや野球のバットでさんざん殴りつけ、小林多喜二がそれでも黙秘してると、今度は首と両手を細紐《ほそひも》で絞めあげたらしい。気絶した小林多喜二は留置場に抛《ほう》り込まれたんですが、二月でしたからね、寒さで意識を取り戻して便所に行きたいと訴えたそうです。そして、肛門《こうもん》と尿道から血を噴きだして便所を真っ赤に染めて息絶えた。憲兵隊だってこんな酷《むご》たらしい取調べはやりませんよ。とにかく、特高警察はいま血に飢えてる。共産党を潰滅させたいま、治安維持法の対象はどこになるとお思いですか、参事官は？」

「ずっと満州にいるんだ、見当もつかんよ」

「これはわたしの単なる勘に過ぎませんがね、集会を開催できるような組織はすべて対象になる。理屈はあとでいくらでもつけられますからね」

「たとえば、どういう組織を念頭に置いてるんだね？」

「おそらく大本教《おおもときょう》」

「何でそう思う？」

「特高警察は何でも好き勝手にやれるわけじゃない。たえず、陸軍の意向に沿うように行動してる。大本教の信者には海軍の将校が多い。陸軍と海軍の微妙な対立に乗じて、特高警察は大本教の出口《でぐち》王仁三郎《おにさぶろう》に眼をつけてるような気がしてならないんです」

太郎は無言のまま煙草を喫《す》いつづけた。

哲春がよけいなことを喋《しゃべ》り過ぎたというような表情をした。

「その封筒のなかの資料は士官学校事件の詳細についてです。相当、興味深い。あとで御感想をお聞かせください」

　太郎は哲春が参事官室を出ていってから、封筒のなかの資料を取りだした。去年の十一月二十日、陸大の村中孝次《むらなかたかじ》大尉《たいい》と砲兵第一連隊の磯部浅一《いそべあさいち》一等主計、それに陸士予科区隊長の片岡太郎《かたおかたろう》中尉と五名の陸士生徒が叛乱《はんらん》罪容疑で憲兵隊に検挙された。それが士官学校事件と呼ばれているのだ。太郎はその資料に眼を通しはじめた。

　士官学校事件が起こる五日まえ、まず偕行社《かいこうしゃ》で幕僚将校と隊附将校の懇談会が持たれている。幕僚側は牟田口廉也《むたぐちれんや》大佐や今田新太郎《いまだしんたろう》少佐や辻政信《つじまさのぶ》大尉ら。隊附将校側は山口一太郎《やまぐちいちたろう》大尉や磯部浅一一等主計ら。席上、幕僚側は隊附将校側をこう威圧している。

軍内の横断的団結は軍を破壊する危険があるから避けるべきだ。国家革新は軍の責任において、みずからの組織を動員して実行する。青年将校は政治策動から手を引いて、軍中央を信頼し軍務に精励すべし。青年将校らが荒木貞夫《あらきさだお》大将を担《かつ》ぎ革新の頭首として仰ぐことは、軍内に派閥を作り政党を結成するようなものだ。平素、青年将校は政党を攻撃しながら、みずから政党化するのは矛盾ではないか。

これにたいし、隊附将校側は憤然として席を立ち引きあげたと資料には記されている。この五日後に事件は生じた。関東軍から参謀本部附に転じていた片倉衷《かたくらただし》少佐が陸士中隊長の辻政信大尉を使って動きだす。

資料にはこの大尉の経歴についても記されていた。

名古屋の幼年学校につづき士官学校でも首席を通し恩賜の銀時計を手にした辻政信は金沢の歩兵第七連隊に配属されたあと、陸大に入学する。秩父宮雍仁《ちちぶのみややすひと》親王と同期だ。卒業順位三番目で陸大を出たあと金沢の原隊に戻り、上海事変に出動した。江湾鎮第一回総攻撃で左足に被弾したが、第二回と第三回の総攻撃にも中隊を指揮。その功によって金鵄勲章《きんしくんしょう》功五級を受けている。陸士本科生徒隊中隊長に赴任したのは陸士幹事の東条英機《とうじょうひでき》少将の引き抜きによるものだと資料は言う。

辻政信大尉は陸士生徒のなかにスパイを選びだし、村中孝次大尉や磯部浅一一等主計の動きを探らせる。一等主計は主計局だけの階級名で、大尉に相当する。その結果、憲兵隊が動き、五・一五事件と同様のクーデタ計画ありとして三将校と五名の陸士生徒が逮捕されるのだ。そして、軍法会議が開かれるが、村中、磯部の両大尉は今年の二月、獄中から片倉衷少佐と辻政信大尉を今回の逮捕は真崎甚三郎《まざきじんざぶろう》教育総監の失脚を狙《ねら》った陰謀だとして誣告《ぶこく》罪で告訴する。

資料に書かれているのはそこまでだ。

太郎は読み終えてふっと溜息《ためいき》をついた。

この士官学校事件と呼ばれるものが今後どんな展開を見せるのか見当もつかない。だが、帝国陸軍内の亀裂《きれつ》はもう修復不可能な状態まで深化していることだけは確かだろう。

机上の電話が鳴ったのはその資料を封筒に仕舞い込みなおしたときだった。受話器を取りあげると聞こえて来たのは天津総領事館の参事官・門倉吉文《かどくらよしふみ》の声だった。

「どんな具合ですか、奉天は？」

「と言われてもね」

「士官学校事件の影響は関東軍にも表われてますか？」

「弟にはずっと逢《あ》ってないんだよ。だから、関東軍があの事件をどう捉《とら》えてるのかさえわからん。天津の支那駐屯軍のほうには何か影響は出てるのかね？」

「いまのところ格別な動きはないようです。ただ、満州事変以来、支那駐屯軍と関東軍は功名争いをめぐる微妙な対立関係にありますからね、支那駐屯軍のあの事件にたいする反応は関東軍の動きしだいで変わって来ると思いますよ」

確かに、関東軍と支那駐屯軍の関係はすっきりしていない。去年の暮、板垣征四郎《いたがきせいしろう》少将が関東軍参謀副長に着任したが、それは満州事変のみならず熱河《ねっか》侵攻の功績を評価された人事だとさえ言われている。そして、満州建国後の軍事予算は関東軍に多くが割《さ》かれるようになった。そのことが支那駐屯軍の不満を呼び起こすのはある意味では当然だった。陸軍省はこの微妙な対立を解消するために今年の八月の定期異動で梅《うめ》津美治郎《づよしじろう》中将に替わって満州国軍政部最高顧問だった多田駿《ただはやお》少将を支那駐屯軍司令官に充《あ》てるらしい。

「支那駐屯軍が士官学校事件にどう反応するかはべつとして、敷島さん、一度天津に遊びに来られませんか？」吉文が語調を変えてそう言った。「塘沽《タンクー》停戦協定以来、天津の景気はすさまじいですよ。日本租界じゃ夜《よ》毎《ごと》どんちゃん騒ぎがつづいてる。国民政府が日本を刺《し》戟《げき》するようなことをしなくなりましたからね」

太郎はこれを聞いて苦笑いせざるをえなかった。天津の好景気は熱河産阿片《アヘン》の流入に支えられている。国民政府との軋轢《あつれき》の消失は日支和解を意味するものじゃない。今年の二月から立てつづけに声明を発した。まず、蔣介石《しょうかいせき》が日支親善方針を新聞各紙に発表、つづいて行政院長の汪兆銘《おうちょうめい》が中央政治会議で親日演説を行なった。そして、二月末、ふたりは連名で排日運動厳禁の訓令を発した。それもこれも、剿共戦《そうきょうせん》に専念するためだということはどの日本人もわかっている。太郎は肘掛《ひじか》け椅子《いす》に深く座りなおしながら言った。

「いつまでつづくと思うんだね、きみの見通しじゃ天津の好景気は？」

「まだ当分は大丈夫だと思います」

「それは北支の現情の継続が前提だね？」

「当然です。敷島さんは現情に何らかの変化が生じるとでも？」

「特別な情報を持ってるわけじゃない。しかし、奉天にいると絶えず軍部の動きに振りまわされて来たんでね、わたしは楽観癖が完全に殺《そ》げ落ちてるんだよ」

受話器の向こうでしばらく沈黙がつづいた。太郎は一瞬、水を差すような発言をしたんじゃないかと思った。やがて、吉文が話題を変えて言った。

「あと一カ月で溥儀《ふぎ》が訪日しますね」

「四月二日に溥儀は大連から戦艦・比叡《ひえい》に乗艦する。六日に横浜に入港予定だよ。それから特別列車で東京駅に着き、天皇陛下のお出迎えを受ける。奉天総領事館にはいって来てる情報はその程度でしかない。もっと詳しいことを知りたければ、新京の日本大使館に問い合わせてもらうしかないよ」

2

三月ももう下旬にはいっている。

残雪はいまはどこにも散らばっていない。

南の彼方《かなた》に包頭《ほうとう》の町が見えて来た。

敷島次郎《じろう》は風神《ふうじん》の背に揺られながら南に向かいつづけた。七、八米《メートル》先を猪八戒《ちよはつかい》が進む。陽はすでに大きく西に傾いている。敦化《とんか》からの長旅だが、疲れはほとんど感じない。次郎は大掛児《ターコオル》の内側の衣嚢《いのう》から煙草を取りだして火を点けた。

前方から二瘤駱駝《ふたこぶらくだ》の隊商が近づいて来る。背に荷駄は積んでない。おそらく、ナラヤン・アリの亜州羊毛公司に新疆《しんきょう》産の羊毛を運び込み、これからウルムチに引きあげるのだろう。

次郎は老頭溝《ろうとうこう》での仕事をこなしたあと、厳冬期を敦化で過ごした。朴美姫《ぼくみき》が死亡したことはもちろんわかっている。だが、敦化は馴染《なじ》み深く、落ち着ける。敷東旅館に逗留《とうりゅう》し、無為徒食に明け暮れた。敦化の町は東北抗日義勇軍の襲撃を受けたが、いまはむかし以上の賑《にぎ》わいだった。満州国が帝政に移行してから日本人の流入が増えているらしい。新京で逢ったベンガル出身のインド人、パラス・ジャフルが敷東旅館に訪ねて来たのは一週間まえだ。次郎はどうしてここに滞在していることがわかったと訊きはしなかった。どうせ、このインド人は日本の特務機関と関係があるのだ、穿鑿《せんさく》は何の意味もない。ジャフルの依頼は包頭のアリへの再度の協力だった。具体的には何をと質問しても、とにかく包頭に向かって欲しいと言う。次郎はそれを受け入れて、こうして南に向かっていた。

憶《おも》いだすのは敦化の町を出てからすぐに眼にした光景だ。百人近い満人たちが満州国の国警の連中に急き立《せ》てられるように動いていた。身なりで農民たちだとすぐにわかった。家財道具を荷車に積んで黙々と進んでいたが、べつに何らかの罪状で引っ張られているという雰囲気ではなかった。あれはいったい何だったのだ？　いまだにあの満人たちの群れの意味については何の判断材料もない。

包頭の町のなかにはいったのは五時半過ぎだった。人通りはちらほらで、静まりかえっている。次郎は亜州羊毛公司の店舗のまえで風神の背から降りた。扉を開けて、なかに足を踏み入れると、アリがお待ちしてましたと言った。すぐに中庭から自宅の居間に案内された。

「夕食は六時半に用意させます」大掛児を脱ぎ、卓台を挟んで長椅子で向かい合うと、アリは給仕女に紅茶を持って来るように命じてから言った。「ところで、項麗鈴《こうれいれい》は達者ですか？」

「と思う。しかし、おれは通化《つうか》にはずっと行ってない。気になるのかね？」

「べつにそういうわけじゃありません。麗鈴はあなたに差しあげたものだし」

次郎は長椅子の傍らに置いてある大掛児の内側の衣嚢から煙草を取りだし、それに火を点けた。吸い込んだけむりを吐きだしてから話題を変えた。

「おれを包頭に呼んだ理由は？」

「ふたつあります」

「聞こう」

「インドの状況は日増しに進展してます。御存じないでしょうね、つい最近、一九三五年インド統治法というのが発布されることが決定しました。これは四百七十八カ条から成る法律でしてね、われわれは世界最長文の欺瞞《ぎまん》憲法と呼んでます。この統治法はインド人にある程度の自治を認めながら、イギリス人総督の絶対的権限を強化したものなんですよ」

「で？」

「インド国内はガンジーの非暴力路線とチャンドラ・ボースを中心とした急進派の対立がいま浮き彫りになってる。新統治法はふたつを完全に分裂させるために発布された。しかし、このような欺瞞を使わざるをえないのは、逆の見かたをすればイギリスの国力の低下を物語るものです」

「おれはインドの国内事情を知りたいわけじゃない」

「そうでしょうが、まあ聞いてください。わたし自身は非暴力路線なんか信じてないんです。インド独立のためにはどうしても武力を強化しなきゃならないと思ってる。そのためには金銭《かね》が必要です」

「それで？」

「新疆からの羊毛はこの亜州羊毛公司でほぼ独占できるようになりました。しかし、それだけじゃインド国内の武器調達資金としちゃとても覚束《おぼつか》ない。それに羊毛で儲《もう》けようとすると手間が掛かるんです。もっと手っ取り早い方法で金銭を作りたい」

「阿片かね？」

「それしかありません。熱河産阿片のほとんどはいま阪田《さかた》組が扱ってます。熱河侵攻で兵站《へいたん》輸送を請負った阪田誠盛《まさもり》が設立したあの会社がね。熱河産阿片をヘロインに精製し、満州国や関東軍と組み、襤褸《ぼろ》儲けしてます。しかし、その販路は北支に限られてる」

次郎は無言のままその眼を見つめながら煙草を喫いつづけた。

アリが腕組みをして言葉を継いだ。

「熱河産阿片の販路はまだ中支には拡がってないんです。それをこの亜州羊毛公司で扱わせて欲しい。わたしたちインド人は上海に拠点を持ってるし、青幇《チンパン》連中とも話をつけられる」

「どうしろと言うんだね、このおれに？」

「保険を掛けたいんです」

「まどろっこしい言いかたはやめて欲しい」

「明日の午後七時に奉天特務機関の連中がここに金銭《かね》を運んで来ます。それを受け取るのは国民党の連中で、その金銭は国民革命軍に流れます」

「いったい、どういうことなんだね、それは？」

「わかりません。しかし、わたしはインド人だ、日本人でも支那人でもない。極秘裡《り》の金銭の受け渡し場所としてはこの亜州羊毛公司は絶好の場所です。今後のことを睨《にら》み、わたしは場所提供に応じた。受け渡しが済んだら、熱河産阿片の中支での販路について奉天特務機関に相談したいと思ってる」

「それで？」

「関東軍と国民党の取引。その場所の提供が危険きわまりないことはだれの眼にも明らかです。そういう極秘行為を知る人間はたえず密殺される畏《おそ》れがある。わたしはべつに国民党の連中は心配してない。支那人のほうは何があっても金銭《かね》で話がつくと思ってる。怖いのは関東軍です。秘密を知るわたしを密殺すると決めたら、かならずるでしょう。だから、わたしはあなたを呼んだ。あなたに取引現場に同席してもらいたい。いくら関東軍でも、秘密を知る人間がわたしひとりじゃなく、同胞たる日本人もいるんだということになれば、わたしひとりにたいしての密殺指令は簡単には下せない。そういう意味での保険になってもらいたいんです、あなたにね。もちろん、保険料はたっぷり支払わせていただく。とにかく時間が欲しいんです。時間さえあれば、わたしは関東軍とべたべたの関係になってみせる自信がある」

給仕女が紅茶を運んで来たのはそれからすぐだった。

次郎は短くなった煙草を灰皿のなかに揉《も》み消し、そのカップを持ちあげながら言った。

「おれを呼んだもうひとつの理由とは？」

「ニマオトソルです」

「どうしたんだね、あの蒙古《もうこ》族が？」

「新疆からの隊商の護衛を断わって来た」

「支払いの額が不満なのかね？」

「それならまだ話しようがあるんですがね、問題は政治絡みなんです」

「どういうことなんだね？」

「ついに徳王《とくおう》が動きだした、蒙古スニト旗の旗長デムチュクドンロブがね」

次郎はゆっくりと紅茶を啜《すす》った。徳王は去年、国民政府の管制下に百霊廟《ひゃくれいびょう》で蒙古地方自治政務委員会を設立して、その秘書長に就任している。同時に、関東軍との接触は一層頻繁になって来たという噂《うわさ》も敦化で耳にしていた。次郎は紅茶のカップを手にしたままアリの新たな言葉を待った。

「内蒙古独立にどれだけの現実味があるのかわかりませんが、徳王は相当本気らしいんです。ニマオトソルは徳王の蜂起《ほうき》に備えて部隊を率い、わたしのもとを離れた」

「いま新疆からの隊商の警備は？」

「ウイグル族を傭《やと》ってる。しかし、わたしはその連中を信頼してない。ニマオトソルに戻って来て欲しいと思ってるんです」

「ニマオトソルはいまどこに？」

「綏遠《すいえん》」

「そこで何を？」

「軍事訓練に勤《いそ》しんでるらしい」

「それでおれにどうしろと？」

「ニマオトソルを説得して欲しいんです、報酬については充分に考慮するんで、とにかく包頭に戻って来てもらいたいと」

次郎はカップを卓台に置いて笑いだした。

アリが咎《とが》めるような声で言った。

「何がおかしいんです？」

「あんたはインド独立のために阿片にまで手を染めようとしてる。それなのに、ニマオトソルが内蒙古独立のために軍事訓練をつづけるのをやめろと言ってる。それを矛盾とは感じないのかね？」

「感じませんね。あなたがた日本人は国益のために大アジア主義を利用してる。わたしはそれを責めようとは思わない。だれだってじぶんの民族のことだけを考える。内蒙古が独立しようがしまいがわたしには関係ない。ニマオトソルが亜州羊毛公司のために働いてくれればそれでいいだけだ。そのことが論理的には矛盾であっても、そういう矛盾をわたしが考え悩む必要はない」

「おれは不思議に思う」

「何がです？」

「どうしてあんたはニマオトソルがおれの説得に応じると思い込んでるのかがね」

「あなたが発する匂《にお》いですよ」

「どういう意味だね？」

「何ものにも捉われない自由の匂い。わたしはあなたとこうして接してると、インド独立のためにあくせくすることが馬鹿《ばか》臭く思えるときがある。ニマオトソルも同じかも知れない。あなたに説得されれば、内蒙古独立なんか忘れてわたしのもとで働き、それなりの金銭を受け取って好き勝手に生きたほうがいいと思う可能性がある。だから、あなたにニマオトソルの説得を依頼してる」

「揶揄《からか》ってるのかね、おれを？」

「わたしは本気で言ってる。理由はそれだけじゃない。ニマオトソル自身がね、しょっちゅうわたしに訊いてたんです、あの日本人はいまどろどうしてるってね。だから、あなたが一番の適任なんです」

「綏遠で訓練中だと言ったな？」

「そうです」

「説得だけはしてみよう。しかし、結果についちゃ責任を持たんぞ。おれはある意味じゃ金銭だけで行動して来た。しかし、そうでない連中も数えきれんほど知ってる。関東軍と国民党の秘密取引の保険として現場に立ち会うことは簡単だが、ニマオトソルの説得には何の責任も持てん」

「わたしも責任を持って欲しいとは言ってない」

「それでも報酬だけは支払ってもらうぞ」

「当然です、すべてのことには経費が掛かる。わたしは商人です、そのことに誇りを持ってる。誇りに傷をつけるような真似《まね》は絶対にしませんよ」

晩飯を食い終えると、アリが今夜も夜伽《よとぎ》の女は必要ないのかと訊いたが、次郎は不要だと答えて寝酒の葡萄《ぶどう》酒を一瓶受け取って寝室に向かった。午前一時過ぎまで眠れなかったのはアリが吐いた自由という言葉のせいだった。柳絮《りゅうじょ》のごとく生きるとは決めて来たが、それが自由を意味するとは考えたこともない。しかし、他人にはそう見えるのか？　そんなことをあらためて問いなおしても、何にもならないのはわかっている。それでも、アリの言葉が脳裏で浮かんでは消え、消えては浮かんだのだ。眼を醒《さ》ましたのは七時過ぎで、朝食は八時に用意されていた。奉天特務機関と国民党の連中がやって来るという午後七時まで何もすることがなかった。次郎は猪八戒を連れて包頭の町をぶらつき、四時過ぎにアリの自宅に戻った。寝室で時間を潰し、七時まえに居間に向かった。

「国民党の連中は金銭を受け取ったら、そのまま引きあげるでしょう」アリが長椅子に深く体を沈めたまま言った。「ですが、関東軍の人たちは晩餐《ばんさん》に誘います。そのときも御同席願います」

次郎は戸口のそばの壁に背なかを預けたまま頷《うなず》いて煙草を取りだした。

給仕がふたりの黒っぽい背広に身を包んだ男を連れて居間にはいって来たのはその煙草を喫い終えた直後だ。一眼で日本人だとわかった。ひとりは四十半ばの痩《や》せた男で、四角い革鞄《かわかばん》をぶら下げている。もうひとりは三十一、二だろう。

「お待ちしてました、佐藤《さとう》少佐」アリが四十半ばの男にそう言って長椅子を勧めて立ちあがった。「相変わらずですね、約束の時刻五分まえにはかならずいらっしゃる」

佐藤と呼ばれたその男は革鞄を卓台のうえに置いて長椅子に腰を落とし、ちらりとこっちを見た。その眼は爬虫《はちゅう》類のようだった。

「そのかたはむかし青龍《せいりゅう》同盟という馬賊集団を率いてた日本人なんです」アリが窓辺に歩み寄りながら説明した。「いろいろとわたしの仕事に協力してくれてる。今夜は何が起きるかわからない。だから、立ち会ってもらってるんです」

長椅子に腰を下ろしている男は何も言おうとしなかった。

もうひとりの日本人は壁際《かべぎわ》に突っ立ったままだった。
三、四分して給仕がふたりの支那人を連れて居間にはいって来た。両方とも四十前後で、焦茶《こげちゃ》色の背広に身を包んでいる。ひとりだけが長椅子に腰を下ろした。佐藤と呼ばれた日本人とは顔見知りのようだったが、挨拶《あいさつ》は交わさなかった。

日本人が北京語で低く言った。

「領収書は持って来てるな？」

「もちろんだ、国民政府財務部第四課発行の領収書をな」

「金額はいくら書き込んだ？」

支那人は背広の内ポケットから封筒を引き抜いた。

日本人がその封筒から紙片を摘みだした。そこに書き込まれた額をあらためて、ふたたび封筒に差し込んでポケットに仕舞い込んだ。その左手がズボンのポケットに捩《ね》じ込まれた。そこから取り出されたのは鍵《かぎ》だった。それを支那人に無言のまま手渡した。

支那人がその鍵で卓台のうえの革鞄を開けた。なかにぎっしりと横浜正金銀行券の札束が詰め込まれているのが見えた。支那人は無言のまま革鞄の蓋《ふた》を閉め、それに鍵を掛けて壁際に立っているもうひとりの支那人に顎《あご》をしゃくった。

「札束数を確認しなくてもいいのか？」日本人が低い声で言った。「領収書の数字と額がちがったらどうする？」

「たがいに国家の名誉が掛かってるんだ、ちゃちな真似はするわけがない」

「ほんとうは満州中央銀行券で渡したかったんだがな、それじゃあそっちが不満だろうし」日本人の北京語にはまったく淀《よど》みがなかった。「とにかく、これで協力費の第二回目の支払いは終わった。軍統局の連中によろしく伝えてもらいたい」

支那人が頷いて立ちあがった。壁際にいた支那人が卓台に近づき、革鞄を持ちあげた。ふたりがそのまま無言で居間から出ていった。

「取引は恙《つつが》なく終わったようですね、喜ばしいことです」アリが弾んだ声で言った。「おふたりには食事の用意がしてあります、食堂のほうにお越しください」

食堂の食卓のうえにはすでに銀製の食器類が並べられていた。厨房《ちゅうぼう》のほうからはカレーの匂いが漂って来ている。みんなで食卓を囲んだ。アリが葡萄酒の栓を抜き、それを四つのグラスに注ぎながら言った。

「まずは葡萄酒で乾杯を。わたしは回教徒ですが、葡萄酒は酒とは思ってない。みなさんがたは酒はお強いんでしょう?　ウィスキーもブランデーも用意してあります。お好きなものを御遠慮なく」

ふたりの日本人は何も言わなかった。

乾杯が行なわれたあと、給仕たちが銀皿のなかにカレーを注いでまわった。

　アリが佐藤と呼ばれた日本人に言った。

「わたしたちインド人はある意味じゃ日本人と命運をともにしてる。だから、わたしは関東軍への協力を惜しまないつもりです」

「しかし、ガンジーは日本を批判してる」

「あの人は単なる夢想家ですからね、非暴力でインドの独立が達成できると考えてる。わたしに言わせれば、馬鹿げてます。血を流さずに独立なんか獲得できるわけがない。日本にいるビハリー・ボース、国民会議派内のチャンドラ・ボース、そのことはみんなわかってる。日本軍との歩調を合わせることなしにインド独立なんか考えられない」

「とにかく、礼を言わせてもらう。インド人が経営する羊毛公司で関東軍と国民党が会合を持つなんて他の支那人は想像もできんだろうからな」

　次郎は大匙《おおさじ》で羊肉を掬《すく》いながらふたりのやりとりを聞きつづけた。

　アリがグラスを弄《もてあそ》びながら言った。

「亜州羊毛公司はもっと本格的に日本軍に協力したいと思ってるんです。こんな場所貸し程度のささやかなことじゃなくてね。しかし、そのためには金銭を稼がなきゃなりません、経済的な基盤をしっかり確保しなきゃあね」

「はっきり言って欲しいんだがな」

「ずばりと行きましょう、熱河産阿片の販路のことです」

佐藤という日本人はアリを見据えながら羊肉を口に運んだ。

アリが葡萄酒を空にしてつづけた。

「熱河産阿片の販路を阪田組が握ってることはもちろん知ってます。その一部を寄越せとは言わない。しかし、阪田組が流す熱河産は北支に限られてる。中支は空白のまだ。中支での販路をこの亜州羊毛公司に委《まか》せて欲しい。利益は当然、満州国および関東軍と分けあいます」

「狙われることになるぞ」

「だれにです？」

「馬占山《ばせんざん》がヨーロッパから戻って来て、包頭周辺を担当することになった。あいつはいまや完全な支那の民族的英雄だ。その評価に応《こた》えるために、関東軍と組んだインド人商人の首を欲しがるかも知れん」

「だとしても、わたしはかまわない。馬占山だって剿共戦が完遂するまでは動けないはずだ。そのあいだにわたしは熱河産阿片で財力を貯《たくわ》え、私兵を常備できるまでになってる。それに日本軍だって、みすみすわたしを見捨てるような真似はしないでしょうしね」

日本人が頷きながら羊肉を嚥《の》み込んだ。

カレーの銀皿を引き寄せながらアリが言葉を継いだ。

「無理な提案ですか、わたしの言ってることは？」

「そうじゃない」

「可能性はあると考えても？」

「いいと思う。しかし、いまこの場でわたしの一存だけじゃ決められん。奉天に持ち帰って検討する」

「ありがとうございます」

「これだけは言えると思う。いまのところあんたの提案を拒否する材料は何もない。今度の件でもきちんと関東軍に協力してくれたんだし」

食事が終わると、アリはふたりの日本人に夜伽が欲しければ給仕女を提供すると言った。ふたりがそれを断わって食卓の椅子から腰をあげた。食堂を抜けるとき、これまで一言も発しなかった三十一、二歳の日本人がこっちに日本語で声を向けた。

「外ですこし話しませんか、敷島さん、夜風に当たりながら」

次郎は一瞬、動揺を覚えたが、頷いて立ちあがった。アリが訝《いぶか》しげな眼をした。それを制して食堂の戸口を抜けた。ふたりの日本人のうち、佐藤少佐と呼ばれた男はすでに中庭から消えていた。次郎はそこで待っている日本人に歩み寄って言った。

「どうしておれの名まえを知ってる？」

「黒い天鵞絨《ビロード》の眼帯の噂は聞いてるんです。それに、わたしはあなたの弟さんとある意味じゃ親しい」

「三郎《さぶろう》と？」

「四郎《しろう》くんとですよ、上海の東亜同文書院で一緒だった。それに間垣徳蔵《まがきとくぞう》さんとも懇意にさせてもらってる」

「あんたの名まえは？」

「綿貫昭之《わたぬきあきゆき》」

次郎は月影に照らされたその表情を眺めながら肩窄児《チエンチアル》の衣嚢から煙草を取りだした。それに火を点けて言った。

「東亜同文書院を出て奉天特務機関入りしたのか？」

「嘱託です。ふだんは戒煙所の仕事をしてる」

「佐藤少佐というのは本物なのか？」

「正真正銘の特務少佐です。佐藤成男《しげお》奉天特務機関庶務班長。関東軍と支那駐屯軍の両方の意を受けて包頭に来てるんです」

「歩きながら話さないか」

「いいでしょう、わたしもここにいると何だかアリに見張られてるような気がする」

ふたりで中庭を抜けだし、亜州羊毛公司の店舗まえに出た。静かに月光を吸いつづける路上を歩き、包頭城の西門に向かって進んでいった。

「どうにも解《げ》せんね、どうして関東軍は国民党に金銭《かね》を渡した？」次郎は傍らの昭之に低い声を向けた。「山海関《さんかいかん》やら熱河侵攻やらであれほど国民革命軍と血を流しあったのに」

「政治は加減乗除で成り立ちます」

「どういう意味だね？」

「満州じゃ東北抗日義勇軍は潰滅したも同然です。替わって浮上して来たのが抗日連軍だ。この背後にはコミンテルンと結びついた中国共産党がある。抗日連軍を潰すには共産党を潰さなきゃならない。要するに、蔣介石の剿共戦を何としてでも成功させなきゃならんのですよ」

「で？」

「しかし、いま国民革命軍の戦費不足は眼に余るものがある。関東軍が熱河産阿片を完全に押さえましたからね。蔣介石は上海を中心にして青幇《チンパン》にペルシャ産やインド産、それに雲南産などを扱わせてるけど、阿片収入は激減してる。上海や浙江省《せっこう》の財閥も資金繰りが苦しくなってます。つまり、国民革命軍に慢性的な戦費不足の傾向が生じはじめた。それで、蔣介石はアメリカに資金援助を要請したんです。同時に、軍統局の藍衣社《らんいしゃ》を通じて極秘裡に関東軍に接触を求めて来た」

「戦費調達に協力してくれと？」

「そうです、共産党の工農紅軍は日支共同の敵ですからね。国民党とは話ができる。けど、共産党となるともうどうしようもない。コミンテルンと結びついてるし、コミンテルンはスターリンのソ連が牛耳《ぎゅうじ》ってる。工農紅軍は関東軍としても絶対に放置できない。放置すれば抗日連軍の跳梁《ちょうりょう》を赦《ゆる》すことになる。だから、関東軍は国民党の提案を受け入れることになったんです」

「二回目の支払いだと言ってたな、さっき」

「横浜正金銀行券で二十万渡しました。第一回目は去年の暮でしたよ。効果はすぐに表われた。蔣介石は親日方針を発表した。関東軍としても、しばらくは満州国の整備に専念できる」

「塘沽《タンクー》停戦協定はどれぐらい持続する？」

「さあね、現状維持をつづけるのは難しいかも知れない。北支の地下資源はあまりにも魅力的過ぎるんです」昭之はそう言ってから足を緩めた。「近くに日本人がやってる居酒屋があります。飲み足りないし、そこで話しませんか。わたしはあなたの生きかたに多大な興味を持ってます。今後何をどうなさるつもりなのかいろいろお聞かせ願いたいんですがね」


その居酒屋は大通りから路地に一歩はいったところにあった。志のぶという看板が掛かり、戸口には縄暖簾《なわのれん》がぶら下がっている。ふたりでなかに足を踏み入れると、三組の客が椅子席にいた。みな日本人だった。昭之はここの経営者と馴染《なじ》みらしい、奥の小あがりで飲むと言った。ふたりでそこの座卓で向かいあった。

「わたしは日本酒を飲《や》りますが、敷島さんは何を？」

「おれも日本酒にする」

「摘《つま》みは適当でいいですね？」

次郎は頷いて煙草《たばこ》を取りだした。

昭之が二合徳利二本と烏賊《いか》の塩辛を注文した。次郎は銜《くわ》えている煙草に火を点《つ》けた。椅子席でときどき笑い声があがる。昭之が声を潜めて言った。

「客は商社の連中ですよ。日本人に緊張感がないでしょう？　もちろん、国民党と関東軍の極秘取引については何も知らない。けど、肌で感じるんでしょうね、包頭じゃ当分何も起こらないと。確かに、しばらくは安泰です。馬占山が包頭担当になりましたが、蔣介石の指示なしには何も動けませんからね」

次郎は無言のまま煙草を喫《す》いつづけた。

酒と摘みが小あがりに運ばれて来た。

昭之が徳利の口をこっちに向けながら言った。

「瑞金《ずいきん》を追われた工農紅軍は西へ西へと向かってます。兵士の消耗はすさまじいらしい。補充もうまくはいってない。しかし、つくづく思いますよ、毛沢東《もうたくとう》は政治的大天才だとね。ロシア革命でもあれほどの人物は現われなかった」

「どこが天才なんだね、毛沢東の」

「工農紅軍は敗走しつづけてるんです、西に向かってね。いまごろは四川《しせん》省のどこかでしょう。それを単に西遷《せいせん》と言うのなら、まだわかる。十万の兵力を三万に減らしたあの逃走を毛沢東は長征と名づけた。まさに詐術《さじゅつ》です。何にも知らない連中には工農紅軍が勝利しているような誤解を与える。たった一発の命名で、支那人はごまかされる。抗日連軍もこの命名で勢いづいた。まさに天才と呼ぶしかない」

次郎は銜えている煙草を唇から引き抜いて猪口《ちょこ》に注がれた温燗《ぬるかん》を舐《な》めた。アリの食堂で飲んだ葡萄酒の酔いは完全に醒めている。温燗がやけにうまく感じられた。次郎は猪口を飲み干して言った。

「たとえ敗走を長征と名づけたところで敗走の現実を変えることはできんだろう。国民革命軍はいつ工農紅軍を潰滅《かいめつ》させる？」

「無理です」

「何だって？」

「蔣介石が工農紅軍を潰滅させることはまずないと思う。支那の辺境に閉じ込めておけばそれでいいと考えてるはずです。工農紅軍を無力化させた段階で、あらためて抗日に転じる。それが蔣介石の先安内後攘外《せんあんないごじょうがい》だと思わなきゃならない。安内とは共産党の殲滅《せんめつ》ではなく無力化に後退してる」

「しかし、蔣介石は日本の支那への侵略を皮膚《ひふ》の悪疾《あくしつ》に譬《たと》え、共匪《きょうひ》の存在を心腹《しんぷく》の患《かん》と断言してるんだろ？　心腹の患を取り除かなきゃ皮膚病は治せないと言いつづけて来た。心腹の患の除去とは工農紅軍の潰滅を意味してるのじゃないのかね？」

「むかしはそうだった」

「どういう意味だね？」

「取引したんですよ、コミンテルンとね。蔣介石は第五次剿共戦に取り掛かるまえに何度もソ連大使と会ってます。御存じですか、蔣介石の息子の蔣経国《しょうけいこく》はモスクワに留学してる。けど、留学とは名ばかりで、現実には人質です。おそらく、スターリンは工農紅軍を潰滅させれば、蔣経国の命は保証しないと脅してる。そこで妥協が成立したと考えなきゃならない。つまり、潰滅ではなく無力化で手を打った。スターリンにしてみれば同じ社会主義政党とその軍事組織を見捨てたという社会主義者たちの批難はとりあえず躱《かわ》せる。蔣介石は息子の命の保全を図《はか》れるだけじゃなく、ソ連と面と向かって対峙《たいじ》することもなくなる。そういう水面下の取引はすでに成立してると思いますよ」

「そのことがわかってて関東軍は国民党に金銭《かね》を渡しているのかね？」

「工農紅軍を無力化してくれればいいし、国民革命軍も相当消耗する。それを考えりゃ実に安いものですよ。金銭そのものは熱河産阿片で産みだされるんだし」

次郎は灰皿に置いていた煙草を取りあげてふたたび銜えた。昭之が酒を勧めて来た。

次郎は黙ってその酒を猪口で受けた。

「アリがなぜあなたを包頭に呼んだのか何となく想像がつきますよ」昭之がそう言って手酌でじぶんの猪口に酒を注いだ。「保険なんでしょう？　関東軍と国民党の極秘取引の場所提供者は口封じの危険がつき纏《まと》う。その保険として第三者の目撃者が欲しい。それであなたを呼んだ。ちがいますか？」

「封じるつもりなのかね、アリの口を？」

「いまのところ、そんな予定はまったくない。だが、アリの生命は保証できません」

「どういう意味だね、それ？」

「アリは熱河産阿片の中支での販路委託を希望した。関東軍はそれを認めるでしょう。アリ暗殺の芽がこれで出て来る」

「何を言いたいんだね？」

「中支での阿片販路は青幇に握られてる。その利権を犯す者はかならず狙《ねら》われる。それだけじゃない。阿片の利益がインド独立のために使われるとわかったら、イギリスが黙ってない。刺客《しかく》を送ったとしても、何の不思議があります？　さらにもうひとつ。アリの包頭での羊毛商売はパラス・ジャフルの斡旋《あっせん》によるものです。金銭の流れはジャフルの視界にはいってる。しかし、熱河産阿片についてはアリの独断だ。そこからあがる収益はジャフルの眼を盗める」

「それで？」

「すでにお気づきだと思いますが、ガンジーの非暴力ではなく、インド独立のためには武力闘争も辞さないとする急進派のなかにも分裂の兆《きざ》しが表われてる。宗教ですよ。ヒンドゥ教徒と回教徒の対立は避けがたい。アリが阿片の収益を急進派内の回教徒だけに送ったら、ヒンドゥ教徒は黙ってると思いますか？」

「ジャフルがアリを殺すとでも？」

「刺客を送らない保証はどこにもありません。つまり、アリは熱河産阿片を扱うことによって暗殺される可能性はきわめて大きくなる。しかも、命を狙うのはひとつの組織だけじゃない。青幇、イギリス、ヒンドゥ教徒。この三つが存在の否定に取り掛かる」

「綿貫さんという名まえでしたな」

「そうです、綿貫昭之」

「あんたは奉天特務機関の嘱託としてだけじゃなく、パラス・ジャフルにもアリの監視を頼まれたのかね？」

昭之の頬がじわじわと緩んで来た。次郎はその眼を見据えつづけた。昭之が猪口の酒をうまそうに飲み干して言った。

「御想像にお委せしますよ」

「おれはそういう言いかたを好まない」

「アリがジャフルに零《こぼ》したらしい」

「何を？」

「ニマオトソルという蒙古族が隊商の護衛をやめて徳王の独立運動に加わるために綏遠に向かったとね。替わりに傭ったウイグル族は信頼が置けないと愚痴ってる」

次郎はその眼を見つめたまま煙草を喫いつづけた。

昭之が徳利の口をふたたびこっちに向けながら言った。

「唐突ですが、敷島さん、綏遠に行ってくれませんか？」

「何をしに？」

「徳王支援」

「何だって？」

「満州国の経営が軌道に乗ったら、いずれ第二の満州が必要になって来る。内蒙古にそれを作らなきゃならない。いや、蒙古だけじゃなく、新疆も含まれる。蒙疆に新たな国家を日本は必要として来るんです。そのときはまた溥儀の役割を荷《にな》う人物が欲しい。関東軍は徳王に眼をつけてる。徳王は溥儀みたいに猜疑心《さいぎ》の塊り《かたま》じゃない。ずっとずっと骨のある人物ですよ。少くとも、蒙古族の尊敬を一身に集めてる」

「それで？」

「徳王はとりあえず蒙古に自治政府を作るための武装蜂起を計画してる。関東軍は国民党との関係で表立ってそれを支援できない。しかし、民間の日本人がそういう支援を行なうことは関知しない」

「おれに徳王の部隊を指揮しろと言うのかね？」

「いくら支払えば、綏遠に？」

「引き受けるつもりはない」

「たがいに日本人同士なんだ、肚《はら》の探りあいはやめましょう。はっきり言ってください、いくらなら蒙古族部隊を指揮してくれますか？」

「懐《ふとこ》ろは足りてるんだ、この話は打ち切る」

「祖国のためなんですよ」

「おれの知ったことじゃない」

「自由ですか？」

「何だと？」

「そんなに自由が大事なんですか？」

「おれは刹那刹那《せつな》で生きてるだけだ。自由がどうだこうだとは考えたこともない」

「そのうち持て余しますよ」

「何を？」

「自由をですよ。自由というのはある意味じゃ厄介なものだ。実に扱いにくく、そのうえ重い。わたしはその重さに潰《つぶ》された連中を何人も知ってる。持て余して捨てたくなったら、わたしに報《し》らせてください。自由よりずっと心地いい境地を用意します」

「何なんだね、それは？」

「国家への隷属《れいぞく》ですよ。孤独でしょう、自由は？　しかも、だれからも赦されることがない。みずからすらからも。国家に隷属しさえすればすべてが赦されるんです、どんな残酷な犯罪も。一度、天皇陛下万歳と叫んでごらんなさい。あらゆることが一瞬にして救済されます」

3

列車は大連に向かって走っている。

時刻はまもなく二時になろうとしていた。

敷島三郎は腕組みをしたまま車窓の向こうに視線を向けていた。まだ播種《はしゅ》されていない高粱《コーリヤン》畑が延々とつづいている。雲間から突き抜けて来る陽光がその赤茶けた大地を照らしだしていた。

皇帝・溥儀はいま日本を訪れている。

それが今後満州にどういう影響を与えるのかいまは明確なことは何も言えない。ただ、内地の政治状況は揺れに揺れている。三日まえの四月七日、天皇機関説の美濃部達吉博士が不敬罪で召喚され、『憲法撮要』などの著作が発禁処分となった。岡田啓介首相の天皇機関説反対声明を受けてのことだ。文部省は近々、国体明徴《こくたいめいちょう》を訓令するらしい。

三郎自身は国体というものが具体的に何を意味するのかよくわからない。俗にいう思想には興味を持てないのだ。そんなことは考えるだけで頭が痛くなる。

内地はその思想とやらに揺れ動いているが、満州はいまかなり落ち着いていた。毛沢東が長征と名づけた工農紅軍の西への逃走を国民革命軍は追いつづけている。そのせいだろう、現在、関東軍との激突の予兆はまったくない。問題は満州での抗日連軍の動きだけだった。共匪は長征と命名されたことによって工農紅軍が全面的に国民革命軍との戦闘を開始したと信じ込んでいるらしい。楊靖宇《ようせいう》の抗日の呼び掛けはますます喧《かまびす》しくなっている。しかし、共匪の襲撃はここのところ散発的でしかなかった。

三郎はその散発的襲撃に備えて大連行きの列車に乗り込んでいた。向かいの席には奉天憲兵隊の設楽草吉《しだらそうきち》曹長が座っている。三郎と同じように私服だった。薄鼠《うすねず》色の背広を纏っている。

列車内の席は七割がた埋まっていた。他の車輛《しゃりょう》も同じだろう。乗客には日本人もいたし満人もいた。

三郎は腕時計に眼を落とした。

針は二時七分を指している。

草吉が低い声でぽつりと言った。

「あと三、四分ですね」

「ああ」

「かたは簡単につくでしょう」

三郎は頷きながら視線をふたたび窓の向こうに向けた。鉄路は大きく左に曲がり、彼方《かなた》に海城《かいじょう》の町が見える。情報ではあそこから乗り込んで来るのだ。三郎は背広の内側に吊《つる》している拳銃嚢《けんじゅうのう》から静かに十四年式を引き抜いた。

列車が海城の駅舎で停まった。三郎は草吉とともに十四年式の安全装置を外した。車輛のなかに手提げ袋を持った五人の満人が乗り込んで来た。五人とも四十前後で、席に着こうとはしなかった。列車が海城駅を離れ、やがて町なかから抜けていった。突然、五人の満人が手提げ袋のなかから拳銃を引き抜いた。それはどれもモーゼルだった。ひとりが怒鳴るように満語を発した。

「動くな、みんな！　おれたちは抗日連軍の者だ」

三郎はその声とともに板張りの席から腰をあげた。草吉も同じように動いた。銃口を怒声をあげた満人に向けた。引鉄《ひきがね》を引いた。炸裂音《さくれつおん》とともにその額から血しぶきがあがった。銃声はもちろん一発じゃなかった。草吉も引鉄を引いた。乗客たちのなかに紛れ込ませていた四人の私服の満州国の国警の連中も銃弾を発射したのだ。五人の満人たちが折り重なって列車の通路に転がっていった。

他の車輛からも銃声が響いている。海城駅から乗り込んで来る抗日連軍の襲撃に備えて他の車輛にも七名の奉天憲兵隊と国警三十二名を配置していたのだ。銃弾はその連中から放たれている。どの車輛でもおそらくこっちに被害はあるまい。

やがて、他の車輛の銃撃音も熄《や》んだ。

それとともに金切り声があがった。四十半ばの日本の女が悲鳴をあげている。列車のなかにはまだ硝煙が漂っていたが、その悲鳴にそれが揺れるようだった。

草吉が叱《しか》りつけるように言った。

「静かにしなさい！ じぶんらは奉天憲兵隊と国警の者です。共匪掃討の任務を遂行中なんだ、騒がないでください！」

女の金切り声がそれで熄んだ。

国警の四人が通路に転がる五人の満人たちの死を確かめはじめた。

共匪三十数名が海城駅から乗り込んで来て日本人殺害に取り掛かるという情報が飛び込んで来たのは昨夜の十一時過ぎだ。それは関東軍が金銭で手懐《てなず》けていた満人の密告者によって齎《もたら》された。抗日連軍は楊靖宇が望んだようにだれもが強い抗日意識に燃えているわけじゃない。玉石混淆《ぎょくせきこんこう》なのだ。しかし、そういう状態がこれからもずっとつづくという保証はどこにもない。楊靖宇は今後抗日連軍のなかに潜む密告者狩りに取り掛かるだろう。

「あとの始末は調所《ずしょ》少尉《しょうい》に委《まか》せる」三郎は十四年式を拳銃嚢に収めながら声を草吉に向けた。憲兵少尉・調所公彦《きみひこ》はふたつ後方の車輛に乗っている。「調所少尉の指示どおりに動いてくれ」

「中尉殿は？」

「次の大石橋《だいせっきょう》駅で降りて、湯崗子《とうこうし》駅に引きかえす。対翠閣《たいすいかく》で逢《あ》う約束をした人間がいるんでね」


対翠閣に着いたのは五時半過ぎで、陽は西の彼方に沈もうとしていた。天津を脱出した溥儀もここに逗留《とうりゅう》した。満鉄の高級職員か関東軍の佐官以上しか泊まれないことになっているこのホテルに足を踏み入れるのはもちろんはじめてだった。造りは和洋折衷《せっちゅう》で、どの部分も贅《ぜい》が凝らしてあった。

三郎はすぐに一階の十畳間に案内された。

そこは日本庭園に面した座敷で、間垣徳蔵と四十前後の小太りの男が酒を飲んでいた。ふたりとも浴衣《ゆかた》のうえから丹前《たんぜん》を羽織《はお》っている。もう入浴を済ませたのだろう。湯崗子は温泉で有名なのだ。三郎は無言のまま敬礼をした。徳蔵が盃《さかずき》を手にしたまま言った。

「座れよ、そこに。胡座《あぐら》をかいて楽にしろ」

「はい」

「これが噂《うわさ》の敷島三郎憲兵中尉ですよ」徳蔵が座卓で向かいあっている小太りの男にそう言って、その声をふたたびこっちに向けた。「こちらにいらっしゃるのは東京の憲兵司令部から来られた仁志《にし》景義《かげよし》中佐だ。満州に視察に来られた」

三郎は景義に向かってもう一度敬礼した。

徳蔵が苦笑いを浮かべてつづけた。

「そうしゃっちょこ張るな、中佐は固苦しいことを好まれん。とにかく、そこへ座れ。酒は温燗か、熱燗か？」

「温燗をいただきます」

徳蔵がぱんぱんと両手を打って仲居を呼んだ。三郎は座卓のまえで正座した。仲居が襖《ふすま》を開けた。徳蔵が温燗と摘みを頼んだ。

「あんたが満州じゃ有名な敷島憲兵中尉か、頼もしい面《つら》がまえだな」景義が鷹揚《おうよう》そうな口ぶりで言った。「膝《ひざ》を崩せ、たがいに憲兵という面倒な仕事をしてるんだ、階級なんかにこだわらず肚を割って話そう」

三郎は目礼して胡座をかいた。

徳蔵が煙草を取りだしながら言った。

「もう情報ははいってる。海城から乗り込んで来た三十六名全員を射殺したそうだな。

これで敷島憲兵中尉の名まえはますますあがる」

「わたくしは死体を数えていません。事後処理は調所公彦少尉に委せました。共匪の襲撃情報入手は設楽草吉曹長の功績です」

「べつに手柄を隠すことはあるまい」

「隠してなんかいません。わたくしは事実を述べてるだけです」

このとき、襖が開いて仲居がはいって来た。温燗の徳利と盃、それに小女子《こうなご》の佃煮《つくだに》のはいった小鉢が座卓のうえに並べられた。

「手酌で飲《や》ってくれ、無礼講《ぶれいこう》のつもりでな」徳蔵がそう言って煙草に火を点けた。「きみが満州国軍政部に提出してた上申書のことだがな」これは海安屯で共匪捜索のあと、設楽草吉の提案を受けて支那の保甲《ほこう》制度に類似する農村の仕組みを考えるべきだと上申したものだ。「あれはすでに実施されてる」

「ほんとうですか？」

「ただし、きみの上申に基いてじゃない。似たような考えかたはまえから出されていたんだ。それが実施されたに過ぎん。名まえは暫行《ざんこう》保甲制度とか、集団部落制度と呼ばれてる。最初の発案者は吉林省の参事官で前島昇《まえじまのぼる》という男だよ。一昨年《おととし》の暮れ、土匪と良民をきちんと分けるために、ばらばらだった農家を一ヵ所に集めることが提案された。一部落に四、五十戸を集め、土匪を排除した部落には報奨金を与え、土匪に協力した部落には連帯責任を取らせる。すべては匪賊対策だよ。支那みたいに徴兵の便を図るといった目的はもちろんない」

「うまくいってるんですか、その集団部落制度は？」

「抗日連軍が活発化して来たんで、満州国は本腰を入れはじめた。満人たちは厭《いや》がってる。そりゃあそうだろ、生まれ育ったところから無理やりに引き剝《は》がされ、一カ所に集められるんだからな。しかし、いずれ落ち着く。満州国や関東軍にきちんと協力してれば、懐ろにはいって来るのは土地を耕やして手に入れる金銭だけじゃない。報奨金という見返りがあるんだ、いまはぶつぶつ言ってても、結局はこれに従ったほうが得だと考えるようになる」

「何度か目撃しましたよ」

「何をだね？」

「満人たちが家財を荷車に載せてぞろぞろとどこかへ向から光景をです。あれは集団部落に向かって動いてたんですね？　とにかく、農村でその制度がきちんと機能すれば、満人の通匪の問題はかなり解消できます」

会席膳《ぜん》が並べられはじめたのはそれからほぼ十分後だった。

景義が先付の鰈《かれい》の煮凝《にこご》りに箸《はし》を向けながら言った。

「きみはどう思う、敷島中尉、俗にいう士官学校事件について？」

「そう言われましても」

「軍法会議は村中孝次大尉や片岡太郎中尉、磯部浅一一等主計らを証拠不充分で不起訴としたが、陸軍省は停職に追い込んだ。同時に誣告《ぶこく》罪で訴えられた辻政信大尉も喧《けん》嘩《か》両成敗のかたちで陸士中隊長の職を免じられ、水戸連隊に左遷された」

三郎は無言のままその眼を見つめた。

景義が煮凝りを口に運んでつづけた。

「しかし、士官学校事件はこれで落着したわけじゃない。停職処分を受けた三人の将校が騒ぎつづけてる。これは昭和における安政の大獄だとね。井伊《いい》直弼《なおすけ》の腹心・間部《まなべ》詮勝《あきかつ》になぞらえたのははっきりしてる。永田《ながた》鉄山《てつざん》少将だよ。陸軍パンフレットを書かせて総力戦体制を敷こうとしてる軍務局長を指してる」

黙りこくったまま三郎も鰈の煮凝りに箸を伸ばした。

景義の声がわずかに強まった。

「いま内地じゃ天皇機関説をめぐって荒れに荒れてる。頭山満《とうやまみつる》は機関説撲滅同盟を組織したし、真崎甚三郎教育総監は機関説が国体に反する旨《むね》を全軍に訓示した。岡田啓介首相も文部省に国体明徴を訓令させざるをえなかった。厄介なのはこの天皇機関説撲滅論が国家改造を望む若手の隊附将校たちの心情と深く結びついてることだよ」

「また何か起こるんですか、五・一五事件みたいなことが？」

「はっきりとは言えんが、何かが起こっても不思議でない状況にあることは確かだ。憲兵隊としちゃたえず神経をぴりぴりさせとかなきゃならん。ところで、きみは天皇機関説についてどう思う？」

「深く考えたことは一度もありません。与えられる任務をこなすのが精一杯です。帝国軍人としてはそれを考えるべきですか？」

「そんなことはない、軍人として精神的に健康な証拠だよ。関東軍が羨《うらや》ましい」

「どういう意味です？」

「満州事変から熱河侵攻、それにつづく共匪掃討。よけいなことを考える余裕もなかった。だが、内地はちがう。上海事変のときに一部が参加したが、戦争とは無縁な日々を送って来たんだ、若手将校はどうしても頭でっかちになってしまう。そこに思想家と称する輩《やから》がつけ込んで来るんだ」

三郎はこの言葉にどう反応していいかわからなかった。つけ込んで来る思想家とはおそらく北一輝《きたいっき》のことを指しているのだろう。若い隊附将校のあいだでその著作『日本改造法案大綱』が熱心に読まれていると聞く。だが、三郎はそれに眼を通したこともなかった。

「よけいなことを喋《しゃべ》り過ぎたようだな、忘れてくれ」景義がそう言って苦笑いした。「きみはべつに内地のごたごたに首を突っ込む必要はない。これまでどおり、与えられた任務に励んでくれ」

「そのつもりです」

「八月の定期人事異動」

「え？」

「定期異動できみは大尉に昇進し、新京の関東憲兵隊司令部附になる」

三郎は一瞬、背すじを伸ばした。

景義が徳利の口をこっちに差し向けながらつづけた。

「これまでの実績からすれば当然過ぎる人事だが、とりあえずおめでとうを言わせてもらおう」

「ありがとうございます」

「飲んでくれ、ゆっくり。対翠閣にはきみの部屋も取ってある。今夜は奉天に戻る必要はない。もうすぐ芸者衆が来る。東京にいると、何かと世間の眼が厳しいんでな、久しぶりにどんちゃん騒ぎで破目を外したい。きみもつきあえ」

4

烏蘇里亭《ウスリー》の客の入りはふだんとほとんど変わりがない。満人と白系ロシア人はほぼ半々となり、その割合いは今後もつづきそうだった。日本人が傅家甸《ふかでん》地区に足を踏み入れることはめったにないのだ。コミンテルンの臭《にお》いのするやつを嘘《うそ》でもいいからハルビン特務機関に報告しろ。首藤照久《しゅどうてるひさ》にそう促されてはいたが、敷島四郎はまだ一度もそんな真似《まね》はしていなかった。確かにいまの暮しは安逸だ。しかし、そんなことまでしてこういう生活を守りたいとは思わない。無為徒食が咎《とが》められるなら勝手に烏蘇里亭から抛《ほう》りだせばいいだろう。

そう思いながら四郎は烏蘇里亭に残っていた最後の満人客からの勘定を受け取った。ソニア・クリコワとマリア・ナルビコワが帰り仕度をはじめた。このふたりの白系ロシアの娘は埠《ふ》頭《とう》区に住んでいるが、ここからは遠くない。歩いて十分も掛からないだろう。四郎は共同経営の徐賢東《じよけんとう》に満語で声を掛けた。

「傅家甸には何の変化もありませんね、皇帝が日本から戻って来ても」

「そりゃそうだろう、ふつうの満人には何の意味もないことだし」

「ハルビン日日新聞には訪日は大成功だったと書いてありますがね」

「やっぱり、あんたも日本人だ」

「どういう意味です、それ？」

「邦字紙の書くことを信用し過ぎる」

四郎は苦笑いせざるをえなかった。事実なのだ、揶揄《からか》われてもしかたがない。溥儀は東京駅で天皇の出迎えを受け、最大の持て成しを受けて帰満する。そして、回鑾訓民詔書《かいらんくんみんしようしよ》なるものを渙発《かんぱつ》するのだ。四郎は三日まえにハルビン日日新聞に発表されたその詔書の最後の文章をはっきり憶《おぼ》えていた。


朕《ちん》、日本天皇陛下と精神一体のごとし。爾衆庶《なんじしゆうしよ》ら、さらに当《まさ》に仰《あお》いでこの意を体《てい》し、友邦と一徳一心もって両国永久の基礎を奠定《てんじよう》し東方道徳の真義を発揚すべし。すなわち、大局の和平、人類の福祉かならず致すべきなり。およそわが臣民、務めて朕が旨に遵《したが》い、もって万禩《ばんし》に垂れよ、これを欽《つつし》め。

ロシア娘ふたりはすでに引きあげている。

料理人の程浩発《ていこうはつ》も一礼して戸口から出ていった。

時刻は午前一時になろうとしている。

ふたりで店を閉めようとしたときだった。扉が開き、ふたつの影が店のなかに足を踏み入れて来た。ひとりは首藤照久で、もうひとりは四十二、三のがっちりとした体格の日本人だった。

照久が何か言おうとしたが、もうひとりの男がそれを制して口を開いた。

「敷島四郎くんだね？」

「そうですが」

「わたしはハルビン特務機関の落合《おちあい》少佐だ。落合章介《しょうすけ》。きみのことは首藤曹長から聞いてる、敷島憲兵中尉の弟さんで、上海東亜同文書院で学んだとね」

四郎はこれにどう応じていいかわからなかった。

章介が照久に向かって言った。

「おまえはここまででいい、引きあげてくれ」その声が満語に切り替えられ、賢東に向けられた。「あんたも席を外してくれ、この日本人とふたりだけで話したい」

ふたりが無言のまま頷《うなず》いて店から出ていった。

　章介が煙草を取りだしながら言った。

「テーブル席に移りたいんだがね」

「どうぞ、けど、料理は出せませんよ。竈《かまど》の火を落としましたから」

「要らん、深夜は食わないことにしてる」

「酒はどうされます」

「飲めないんだよ、体質的にね」

　ふたりでテーブルを挟んで向かいあった。章介はすぐには何も言わなかった。こっちの眼を見据えたまま煙草を喫いつづけた。四郎は緊張を隠しきれなかった。ハルビン特務機関の将校がわざわざやって来た。今度はいったい何を押しつけられるのだ？

　やがて、章介が灰皿のなかに短くなった煙草を揉《も》み消して口を開いた。

「ジョセフ・フリーマンというイギリス国籍のユダヤ人を知ってるね？」

「え、ええ」

「ここにも来たろ？」

「はい」

「シャンハイ・ウィークリー・ニュースのあの記者はセファルディかね、それともアシュケナージかね？」

「何ですって？」

「フリーマンはセファルディかアシュケナージかと訊《き》いてるんだよ」

「何なんです、それ？」

「知らないのか、ユダヤ人は二種類いるってことを？」

四郎は黙って首を左右に振った。

章介が低い声でつづけた。

「セファルディとはユダヤ王国滅亡後、流浪《るろう》の民となってイベリア半島に向かったユダヤ人だ。主に貴族階級でな、保身のためにキリスト教に表向き改宗したが、家庭内じゃ頑《かたく》なにユダヤ教の戒律を守ってた。それが十三世紀の宗教裁判でスペインやポルトガルから追放され、イタリアやアムステルダム、ロンドンに散らばっていった。新大陸が発見されると、アメリカや中南米にも向かった。スエズ運河の株を買い取って植民地政策を確立したイギリスの首相ディズレーリや大富豪ロスチャイルドなどユダヤの名家はほとんどセファルディだ」

「アシュケナージというのは？」

「流浪の民としてドナウ川とライン河の流域を北上した庶民階級のユダヤ人だ。ドイツや北フランス、ポーランド、ロシアへと流れていった。アメリカにも多い。帝政ロシア時代に迫害された大量のアシュケナージが流入したからな」

「ユダヤ人のなかでそのふたつは対立してるんですか？」

「何とも言えん。ただ、ちがいははっきりしてる。アシュケナージは数のうえでは圧倒的だ、九割を占めてるからな。ただ資力はセファルディが持ってる。言葉もちがう。セファルディは古来のヘブライ語を使うが、アシュケナージはドイツ語にヘブライ語などの要素を取り込んだイーディシュ語という言語で暮してる」

四郎はこの少佐がなぜユダヤ人についてこれほど詳しいのか見当もつかなかった。新しい煙草が引き抜かれた。その眼を見つめながら訊いた。

「ハルビン特務機関はいまジョセフ・フリーマンを追ってるんですか？」

「いいや、待ってる」

「どういうことです、それ？」

「こないだフリーマンが来たとき、わたしはハルビンを留守にしてた。五日後に上海からまた来る。そのまえにフリーマンについての予備知識を仕込んでおきたいと思ってな」

「ぼくは上海で知り合った。フリーマンはユダヤ国家樹立を念頭に動いてる。けど、具体的なことは知りません。それに、セファルディかアシュケナージかと訊かれても答えようがない。そんな言葉は今夜はじめて聞きました。ぼくが言えるのはそれだけです。しかし、フリーマンと逢ってどんな話をなさるつもりです？」

「上海の有力ユダヤ人たちは満州事変勃発《ぼっぱつ》直後からずっと日本の満州建国方針に注目しつづけて来た。上海ユダヤ協会は機関誌を発行してるが、その社長兼主筆のエズラは重光葵《しげみつまもる》外務次官と会見して、満州のユダヤ移民を打診した」

「で？」

「外務省ははっきりした返事をしてないが、無下には断われん。皇国は日露戦争のときにユダヤ人には大きな借りがあるしな」

「どういう借りです？」

「日露戦争の戦費は外債で賄《まかな》うしかなかった。当時、日本銀行副総裁だった高橋是清《たかはしこれきよ》蔵相が渡米して、それを募《つの》った。その外債を買ってくれたのがユダヤの資本家なんだよ」

四郎はゆっくりと腕組みをした。こんな話はいまはじめて聞く。日露戦争は日本の自力だけで戦われたといままで信じ込んでいたのだ。章介が引き抜いていた煙草《たばこ》を銜《くわ》え、燐寸《マッチ》で火を点けた。四郎は無言でその眼を見つめつづけた。

「今年の九月にドイツですさまじい法律が発布される。それはニュルンベルク法と呼ばれるらしい。ユダヤ人嫌いのヒットラー好みの法律だよ。優生学的な血統主義の国籍法でな、ユダヤ系と疑われた連中は二世代まえまで遡《さかのぼ》ってユダヤ系でないことを証明しなきゃ、国民としての権利を剝奪《はくだつ》される。ユダヤ人とドイツ人の通婚は禁止だ。その法律が施行されると、ユダヤ人にとっちゃ残酷きわまりない事態が発生するだろう」

「関東軍はどうしたいんですか？」

「何を？」

「ユダヤ人の満州移民をですよ」

「どうするかまだ決めかねてる、外務省と同様にな。皇軍にはふたりのユダヤ問題研究家がいる。帝国陸軍に安江《やすえ》仙弘《のりひろ》中佐。帝国海軍には犬塚《いぬづか》惟重《これしげ》大佐。このふたりの意見を参考にして態度を決定することになるだろうが、ユダヤ移民受け入れの利点ははっきりしてるんだよ」

「お聞かせ願えますか？」

「まずセファルディが持ってる金銭《かね》だ。満州経営には莫大《ばくだい》な資金が要《い》る。セファルディからの投資を呼び込めりゃ資金繰りはぐんと楽になる。次に、アメリカの対日感情が大幅に改善されるだろう。セファルディもアシュケナージもアメリカの言論界に強烈な影響力を持ってるからな。三番目は黒龍江を挟むソ連のユダヤ自治州にでっかい楔《くさび》を打ち込める」

「それだけの利点がありながらどうして態度を決めかねるんです？」

「危険も多いんだ」

「どんな？」

「まずドイツとの関係だ。ユダヤ移民を受け入れりゃ確実にヒットラーを怒らせる。米英との関係がこれだけぎくしゃくしてるときにドイツとの関係がぶっ壊れりゃどうなる？　でっか過ぎる博奕《ばくち》だ。危険はまだある。アシュケナージのなかには共産主義者が多い。マルクスはユダヤ人だった。レーニンもトロツキーもユダヤ人だった。ドイツ共産党を創設した女革命家のローザ・ルクセンブルクもユダヤ人だった。満州に移民して来るアシュケナージのなかにもそういう連中がかならず紛れ込んで来ると考えなきゃならん」

四郎は急速に喉《のど》が渇いて来たような気がした。上海事変とその後の慰安所建設。満州での武装移民への協力。そして、烏蘇里亭を拠点とするコミンテルンの監視。それらはみな極東での濁流のなかの事象と捉《とら》えていたが、いまはもっと大きな世界史の渦に足を踏み入れたという想《おも》いに駆られる。四郎は失礼しますと言って、いったん席を立ち、カウンターの奥から硝子《ガラス》コップふたつに水を汲《く》んで、ふたたび章介と向かいあった。

「すまんね、わざわざ」章介がそう言ってコップの水を飲んだ。「ところで、うるさいかね？」

「何がです？」

「首藤曹長だよ」

「え？」

「コミンテルン関係者の名まえを報告しろと責付《せっつ》いてるだろう？」

「え、まあ」

「あいつが点数稼ぎを強要する理由は何となくわかる。しかし、民間人のきみにとっちゃ、迷惑な話だろう？」

四郎は何も言わなかった。替わりに頬が緩んだ。そして、思った。鏡を見ているわけじゃないが、わかる。じぶんはいま最低の表情をしているだろう。特務少佐にたいして追従《ついしよう》の笑みを浮かべているのだ。特務曹長にたいする不快感をその上官によって払拭《ふつしよく》してもらいたがっている。できれば、上官命令でコミンテルン関係者をでっちあげろという要求を引っ込めさせたいと願っている。それが阿《おもね》りの笑いとなって表情に出ているのだ。ああ、じぶんはいつここまで墜《お》ちた？　四郎は顫《ふる》える手で硝子コップを持ちあげた。

「明日、午後七時半に首藤曹長をこの店に来させる」そう言って章介は右手を背広の内ポケットに差し込んだ。それはモデルン・ホテルのカフェで出される平べったい燐寸箱だった。「そのとき、これを首藤曹長に手渡してもらいたい」

四郎はそれを受け取って眼を落とした。表面はモデルン・ホテルの名まえと住所、それに電話番号が印刷されている。なかを調べた。燐寸がぎっしりと詰まっている。裏を見た。万年筆でこう書かれていた。十月十八日、七十三。四郎は中味を上箱に戻して言った。

「何なんです、これ？」

「きみが知る必要はない」

「渡せばいいんですか、これを首藤さんに」

「そうだ、手渡してくれ」そう言いながら章介が椅子《いす》から腰をあげた。「ただし、こっそり手渡してくれ。そのとき、こう言え。これは満鉄経済調査会の江頭《えがしら》さんからです。繰りかえしてみてくれ」

「これは満鉄経済調査会の江頭さんからです」

「そうだ、そう言ってこの燐寸箱を首藤曹長に手渡してくれ。喋るときはなるべく低声《こごえ》でな」

5

敷島次郎は天津の常宿・鼓楼飯店《ころうはんてん》の餐庁《さんちょう》で晩飯を食い終え、煙草に火を点けた。時刻はまもなく九時になろうとしている。通りを歩く酔客の笑い声がここまで聞こえて来た。天津の街は城内も租界内も好景気に沸きに沸いている。熱河産阿片《アヘン》の流入がそれを支えているのだ。鼓楼飯店の繁盛《はんじょう》ぶりも相当なものだった。餐庁には宿泊客でない連中もひっきりなしに出入りする。次郎は煙草を喫《す》いながらその慌《あわ》ただしさを眺めつづけた。

鼓楼飯店に逗留してから十日が経《た》つ。

包頭のナラヤン・アリの依頼で綏遠《すいえん》に赴き、徳王麾下《きか》の蒙古族部隊として軍事訓練に励むニマオトソルに逢ったのは一カ月ちょっとまえだ。アリの意を伝えたが、ニマオトソルは二度と隊商の護衛なんかやりたくないと断わった。それからぶらりぶらりと風神を進め、張家口《ちょうかこう》、北平を経て天津に着いたのだ。

ここに何かの用があるわけじゃない。骨休みをしたいだけなのだ。毎日無為に過ごして来た。しかし、それにも飽きて来ている。

次郎は短くなった煙草を灰皿のなかに押し潰して立ちあがった。足もとに踞《うずくま》っている猪八戒が体を起こした。餐庁を出て、天津城内から日本租界に向かって歩きだした。

時刻は九時を過ぎていたが、松島街の扇谷《おうぎや》薬局の店舗はまだ開いていた。次郎は猪八戒とともにそこに足を踏み入れた。応対に出たのは二十七、八の日本人で、いかにも遊び人風に見えた。

「扇谷圭一《けいいち》さんに逢いたいんだがね」

「だれなんだ、あんた？」

「敷島次郎と言ってくれりゃわかる」

その日本人がいったん店舗の奥に引っ込み、圭一とともにふたたび現われた。下駄を履いている。二年まえに天津総領事館の参事官・門倉吉文《かどくらよしふみ》と宮島街《みやじま》の小料理屋で逢ったときよりもさらに太っていた。赤峰《せきほう》近くの龍水屯《りゅうすいとん》から連れて来た孟平義《もうへいぎ》をこの薬局で傭《やと》わさせるのを条件に、妾《めかけ》に囲ったその姉の孟婉紅《もうえんこう》の身請けを纏《まと》めてやったことを忘れてはいないらしい。圭一がてかてかとした血色のいい頬を緩めて言った。

「久しぶりですな。さ、どうぞどうぞ、なかにはいってください」

次郎はその背なかにつづいて店舗から奥へ伸びる通路に足を踏み入れた。猪八戒が尾《つ》いて来る。通路の両側は棚で、そこに箱詰めされた薬品類がずらりと並んでいた。突き当たりは土間だった。その向こうに上がり框《がまち》があり、板張りだったが和風の茶の間が作られている。そこは囲炉裏《いろり》が切られ、二階につづく階段も見えた。圭一が框のまえで下駄を脱いだ。次郎は猪八戒に土間で待機しているように命じてその茶の間にあがった。

「酒は何にしましょう？」圭一が囲炉裏のまえで胡座をかきながら言った。「相当儲《もう》けましたからね、どんな高級な酒でも置いてますよ」

「酒は結構です、晩飯を食ったばかりなんで飲む気にはなれない。すぐに引きあげるつもりですし」

「なら、茶を持って来させます」圭一がそう言って両手をぱんぱんと叩《たた》いた。「わたしも血圧が高くて医者から酒を停められたし」

「だいぶ景気がいいみたいですね、天津は」

「いまの天津は上海以上でしょう」

「扱いはじめたんですか、熱河産阿片を？」

「茂川《しげかわ》機関に寄附してるし、阪田組も協力してくれてますからね」

「店に立ってる日本人は？」

「用心棒を兼ねた店番として傭い入れました。横浜で指を詰められそうになって逃げだして来た元やくざですよ。わたし以上に北京語が喋れない。しかし、もうひとり、大陸浪人の長かった男が一緒に働いてくれてる。その男はもちろん北京語がぺらぺらで支那人客の応対には不自由をしません」

「阿片商売もそのふたりと？」

「それはまたべつです。阪田組が紹介してくれた連中と組んでる。商売が商売ですからね、どうしてもその筋の専門知識が要りますし」

このとき階段を降りる軽い足音がして、黄八丈の小袖《こそで》に花柄の帯をした若い女が降りて来た。龍水望館から落籍させた孟婉紅だった。まえに見たときは旗袍《チーパオ》を纏ってい たが、圭一の好みで和服を着させているのだろう。婉紅がこっちに向かって会釈《えしやく》をした。だが、表情は硬かった。圭一が片言の北京語で、茶を出せと言った。婉紅が土間に降り、竈に向かって歩いていった。

「日本語はまだ？」

「覚えようともせんのですよ。ただの妾だからいいが、女房ならぶん殴るところだ」

「弟の平義はどうしてます？」

「消えた」

「え？」

「半年まえにぷっつりいなくなったんです。まだ子供だと思って甘やかし過ぎたかも知れん。婉紅とちがって平義は日本語を覚えるのも早かった。だから、眼をかけてやったつもりです。それなのに、消えやがった。支那人というのは恩義を知りませんな」

「婉紅も知らないんですか、弟が消えた理由を？」

「べつに問い質《ただ》してはおらんのです。わたしの北京語じゃまず無理だしね。それに、恩知らずな小僧がどんな理由でどこへ消えようと、べつにどうってことはない。金銭を持ち逃げされたわけでもないし」

次郎は肩窄児《チエンチアル》の衣嚢から煙草を取りだしながら土間に視線を向けた。婉紅は竈に火を熾《おこ》していた。その背なかに北京語を投げ掛けた。

「平義はどうしてここから消えた？」

「知りません」

「何か不満があったのか？」

「わかりません」

「行先は？」

「知りません」

「天津からも姿を昏《くら》ましたのか？」

「わかりません」

次郎は取りだした煙草を銜えて火を点けた。

婉紅の答えだけは聞き取れたのだろう、圭一が腕組みをしながら言った。

「平義のことなんかもうどうでもいいですよ。そんなことよりどう思います、敷島さん、今後の北支の情勢は？」

「そう言われてもね」

「板垣征四郎少将の北支分離工作はまだつづいてるんですかね？」

「さあね」

「天津じゃ青幇《チンパン》がまだ甘粛《かんしゅく》省産や四川省産の安い阿片を扱ってる。北支を分離してあの連中を支那駐屯軍の手で追い払えば、阿片商売は日本人が独占できるんですがね」

その表情を眺めながら次郎は煙草を喫いつづけた。

圭一が声を強めて言葉を継いだ。

「もし北支が南京の国民政府から分離されれば、わたしは通州《つうしゅう》あたりに越そうと思ってます。天津はとにかく日本人が多過ぎる。阿片商売が独占できたとしても、それを日本人同士が食い合うわけですからね。通州に行けばもっともっと濡《ぬ》れ手で粟《あわ》の商売ができる」

「扇谷さん」

「何です？」

「齢《とし》はいまおいくつです？」

「六十四になりましたが」

「寿命というものはお考えにならない？」

「何をおっしゃりたいんです？」

「これ以上、金銭《かね》を儲けてどうされるつもりです？　札束を咥《くわ》えたままお亡《な》くなりになりたいんですか？」

「妙なことをおっしゃるもんですな。金銭が邪魔だという人間をわたしは見たことがありませんよ。それにね、どんな人間でも何かの目的を持たなきゃならない。わたしは金銭儲け一筋で生きて来た。血圧が高くても、目的があればこそ、わたしはこうやって元気で生きていけてる。どうしてその目的を捨てる必要があるんです？」

婉紅が淹《い》れてくれた緑茶を飲み、圭一と雑談をつづけたあと、次郎は扇谷薬局を出た。時刻は十一時を過ぎている。猪八戒を連れて松島街《まつしま》を歩いた。月光が冴《さ》え渡っていた。夜風が頬を撫《な》でる。この時刻になっても松島街は酔客の往来が絶えなかった。前方に呑平《どんべい》という居酒屋の提灯《ちょうちん》が見えた。満腹感はもう完全に収まっている。次郎は縄暖簾《なわのれん》を掻《か》き分けて猪八戒とともになかに足を踏み入れた。

そこは出店されたばかりの居酒屋らしく造りは何もかもが新しかった。焼魚の臭いでむんむんしている。渤海湾《ぼっかい》で獲《と》れた魚を出しているのだろう。客はみな日本人だった。六つの椅子席の半分が埋まっている。

次郎は一番奥の椅子席に腰を下ろし、鱸《すずき》の塩焼と日本酒の冷や酒を注文した。猪八戒は足もとに踞っている。酒と焼魚が運ばれて来た。次郎は鱸の肉を口に運んではちびちびと酒を飲みはじめた。

店内の客が退きだしたのは午前零時をまわってからだった。三本目の二合徳利を頼んだとき、次郎以外の客がいなくなった。

「そろそろ火を落としますんで、何かお食べになるんならどうぞ」四十半ばのぶ厚い眼鏡を掛けた男が厨房《ちゅうぼう》から出て来て言った。店内で客あしらいをしていたのは四十前後の女なのだ、夫婦だけでここを切り盛りしているのだろう。肩窄児姿が天津じゃ珍しいらしい、こっちを眺めまわしながらつづけた。「酒のほうはいつでも用意できます。べつに急《せ》かせてるわけじゃありません」

「食い物はもういい、この徳利を空にしたら引きあげる」

「お客さん、大陸浪人ですか？」

「そう見えるかね？」

「もう食えんでしょう、いまどき大陸浪人なんて」

次郎は苦笑いしながら硝子コップの冷や酒を舐《な》めた。

男が椅子席に歩み寄って来てつづけた。

「わたしもむかしは憧《あこが》れたものですよ。馬賊になって颯爽《さっそう》と満州を駆けめぐる。そんな夢を見たこともあった。けど、結局、度胸がなかったんですな、このとおりちゃちな居酒屋商売に落ち着くしかなかった」

「しかし、流行《はや》ってるんじゃないかね」

「おかげさんでね、息子と娘を郷里の熊本に残してるんですが、仕送りもできてる。客も日本人ばかりだから北京語を勉強する必要もない。満足してますよ」

「この店は開いたばかりに見えるが」

「半年まえに大連から越して来たんです。熱河を盗《と》ったからには、これからは天津の時代になると思いましてね」

そのとき、彼方《かなた》から乾いた音が聴こえて来た。すぐに銃声だとわかった。それは一発きりで、あとはつづかなかった。

「ときどき、ああいう馬鹿《ばか》な日本人がいるんですよ。ふざけ半分で拳銃《けんじゅう》を振りまわす手合いがね。租界憲兵隊も領事館警察も本気で取締ろうとしない。商売をやってる身にもなってもらいたいもんです」

天津総領事館の参事官・門倉吉文が鼓楼飯店を訪ねて来たのは七時半過ぎだった。次郎は身仕度を整えて餐庁に向かおうとしていたが、房間の扉が叩かれて迎え入れた。

窓硝子を突き抜けるようにしてはいって来る朝の陽光を浴びたまま吉文が言った。

「ここに泊まってらっしゃると扇谷さんから聞きましてね、押し掛けて来たんですよ」

「何なんです、こんな朝っぱらから？」

「深夜から未明に掛けて日本租界でふたつの殺人事件が発生した」

「それで？」

「まず松島街でひとり」

「何時ごろです？」

「一時過ぎ」

「そのころ、おれは松島街の呑平という居酒屋で飲んでた。確かに銃声を聴いた」

「呑平の近くです。松島街の北洋飯店というホテルで胡恩溥《こおんふ》という支那人が就寝中に頭部を拳銃で一発」

次郎は肩窄児の衣嚢《いのう》から煙草を取りだした。

吉文が燐寸を擦ってその炎をこっちに向けながらつづけた。

「それから四時間後の未明に白榆桓《はくゆかん》という支那人が須磨《すま》街の自宅で殺された。これも就寝中に頭部に拳銃弾をぶち込まれてるんです」

「で？」

「この連続事件には問題がふたつある。まず支那駐屯軍司令部の膝《ひざ》もとの日本租界で発生した。次に、殺害された支那人ふたりは大の親日家だった。胡恩溥は『国権報《こくけんほう》』の発行人で、白楡桓は『振報《しんぽう》』の発行人です。両方とも親日政策こそが支那を救う道だという論陣を張りつづけた新聞です。ふたりの死は支那駐屯軍にたいする国民政府の挑戦だと受けとめられた」

次郎はその眼を見つめながら吸い込んだ煙草のけむりを吐きだした。

吉文が一瞬それに噎《む》せてから言った。

「領事館警察はすぐに容疑者を逮捕した。いま留置場にいます。領事館警察は拷問《ごうもん》をしてでも国民政府との関係を吐かせたいと考えてる。しかし、わたしにはどうしてもその容疑者が殺害に関与したとは思えない。とにかく、まだ子供なんです」

「そのこととおれにどんな関係が？」

「容疑者があなたのことを口にしたんです、青龍と呼ばれていた日本人のことをね」

「何だと？」

「それでわたしはここに押し掛けて来た」

「その容疑者の名まえは？」

「孟平義」

次郎は背すじの強《こわ》ばりをかすかに覚えた。

吉文が声をうわずらせてつづけた。

「領事館警察が租界憲兵隊に貸しを作っておきたい気持は充分に理解できる。しかし、天津は各国が租界を持つ国際都市です。そういうちゃちなでっちあげをやったら、国際世論から袋叩きに合う。天津総領事館としちゃ何としてでもそれは防がなきゃならない。そこであなたにお出ましを願いたいんです」

次郎は吉文とともに領事館警察に向かった。八畳間ほどの取調べ室には机と椅子と電話が置かれているだけでがらんとしていた。七、八分待たされて平義が署長に伴なわれてそこに現われた。二年ぶりに見るその顔はわずかに大人《おとな》びている。口髭《くちひげ》もうっすらと生えていた。でっぷりと太った五十過ぎの署長は尾身由伸《おみよしのぶ》と名乗った。次郎はまず平義と話したいと言った。同席させてもらうぞと由伸が答えた。次郎は頷いて平義に北京語を向けた。

「おまえは半年まえに扇谷薬局からぷっつり消えたそうだな？」

「あんなところにはいられない」

「我慢できないようなことがあったのか？」

「新しく傭われた日本人がおれにおかしなことをしようとするから」

「何なんだ、おかしなことって？」

「おれを女みたいに扱おうとした」

「北京語を喋れるほうの日本人か？」

「うん」

「扇谷薬局を飛びだしてどこに行った？」

「城内」

「何で食ってたんだ、城内で？」

「モルヒネを売ってた」

「青幇と繋《つな》がったのか？」

「しかたないだろ、食わなきゃならないんだし」

次郎はゆっくりと腕組みをした。

吉文も由伸もじっと平義を見ている。

「おまえはどこで領事館警察に捕まった？」

「白河の河原だよ、日本租界のそば」

「何をしてた、そこで？」

「癮《いん》を待ってた、ときどきモルヒネを欲しがるやつが河原に来るから」

「なぜ捕まったか、わかるか？」

平義が無言のまま首を左右に振った。

次郎は腕組みを解き、椅子に深く座りなおしてつづけた。

「夜明けまえにふたりが日本租界で殺された」

「それとおれがどんな関係があるんだよ？」

「おまえはその容疑者として逮捕された」

「そ、そんな馬鹿な！」平義が大声をあげて椅子から立ちあがった。「お、おれは人なんか殺さない！」

「落ちつけ、座れ」

平義がふたたび椅子に腰を落とした。

次郎は右手で顎《あご》を撫でまわして言葉を継いだ。

「おまえはずっと白河の河原にいたんだな？」

「うん」

「だれかそれを見てたか？」

「月の光しかないんだ、だれが見てたかわかるわけがないよ」

「平義」

「何だよ？」

「いくつになった、おまえ？」

「十七歳」

「これまで銃を射ったことがあるか、拳銃を？」

「ないよ、一度も。早く射ってみたいと思ったことはあるけど、モルヒネ売りじゃ銃なんか買えない」

次郎は平義の傍らに座っている由伸に視線を移した。眼に落ちつきがない。小心さがそこに滲《にじ》み出ている。次郎は日本語に切り替えて言った。

「話はどれぐらい聞き取れました？」

「すこしだ、わたしの北京語じゃすべて理解できたとは言えん」

「平義はモルヒネを売るために白河の河原で癮が来るのを待ってた、それだけです。事件とは何の関係もない」

「関係ないとはどういうことだ？」

「拳銃は？」

「何だと？」

「胡恩溥と白楡桓は拳銃弾で暗殺されたんでしょう？　凶器に使われた拳銃は押収《おうしゅう》したんでしょうな？」

「白河に投げ捨てたんだろう」

「それは冗談ですか、署長、そんないい加減なことで逮捕を？」

「証人がいるんだ」

「だれです？」

「孔順起《こうじゅんき》という支那人だ」

「ここに呼んでもらいましょう」

由伸の眼に躊躇《ためら》いの色が滲み出た。次郎はそれを睨《にら》み据えた。沈黙と緊張がしばらくつづいた。やがて、由伸が立ちあがり、壁に掛けてある電話の受話器を取りあげ、孔順起を取調べ室に連れて来いと言った。

「その孔順起とやらがいい加減な証言をしていたら釈放してくれるんでしょうな、孟平義を？」次郎は壁際《かべぎわ》から戻って来た由伸に言った。「平義はね、このおれが赤峰近くの龍水屯から連れて来たんだ、責任がある。でたらめなことで留置させとくわけにはいかない」

警官に連れられて取調べ室にはいって来た孔順起という支那人は五十前後だった。いや、実際には四十ぐらいかも知れない。痩《や》せこけ皺《しわ》の多い顔には精気が感じられないし、足もともふらついている。どろんとした眼には光がなかった。長いあいだ湯を浴びてないのがすぐにわかった。纏っている便衣も汚れていた。吉文が立ちあがった。警官がそこに順起を座らせた。

次郎はその表情を眺めながら北京語を発した。

「見たのかね、そこに座ってる若い男が日本租界で人を殺すのを？」

「殺したところは見てない。けど、殺して出て来るところは見た」

「どこから出て来た？」

「北洋飯店」

「それはどこにある？」

「日本租界」

「日本租界のどこ？」

「須磨街」

由伸の表情が一瞬引き締まった。

次郎はそれを無視してつづけた。

「殺されたのはひとりだったのかね？」

「もうひとり」

「それはどこで殺された？」

「ええと」

「明石《あかし》街じゃなかったかね？」

「そうだ、明石街」

由伸の表情は強ばりきっていた。

次郎は警官に順起をもう連れていってもいいと言った。

警官が順起を連れて取調べ室から出ていった。

次郎は煙草を取りだして火を点《つ》け、由伸に言った。

「釈放してもらえるでしょうな、孟平義を？」

「な、何で？」

「何を考えてるんですか、署長、あなたはいったい！」次郎は怒声を発して机のうえをばんと右手で叩いた。「あんな癮を利用できると思ってるのか？　松島街の北洋飯店を須磨街とまちがえる。須磨街の白楡桓の自宅を明石街だと言った。あんたがいくら教え込んでもモルヒネで頭のやられた癮に憶《おぼ》えられるわけがない。癮の証言を楯にして拷問し、国民政府との関係を無理やりにでっちあげて点数稼ぎをしようとした。それでも、署長か？　恥を知れ、恥を！」

垂れ下がった由伸の眼のしたの肉がひくひくと動きだした。怒りに顫《ふる》えているのだ。だが、その口からは何も言葉は出て来なかった。

「こんな真似《まね》をして一時的に点数を稼げても、いずれは暴《ば》れるんだ、そんなことも想像できないのか？　あんたの頭もモルヒネでやられてるのか？」

由伸はこれにも何も言わなかった。

次郎は北京語に切り替えて平義に言った。

「すぐに天津から抜けだすぞ。モルヒネ売りなんかやめろ。長くつづけられる商売じゃない」

「天津を抜けだしてどこに？」

「満州だ。天津を離れるまえに扇谷薬局に行け。婉紅に逢《あ》って無事だということを報告しろ」

「満州に行って何をするんだよ？」

「働け。仕事はおれが見つけてやる」

6

その三階建ての建造物の外観は白亜の大理石だった。正面玄関の左右の円柱には七つの蠟燭《ろうそく》の彫刻が施されていた。なかに足を踏み入れようとすると、門衛が小さな帽子を差しだして満語で言った。

「これをお被《かぶ》りください。簡易頭巾《ずきん》のヤムルカです。ここは無帽の人ははいれません」

それを頭上に載せてゆっくりと歩を進めた。

礼拝堂のなかは薄暗く、ずらりと並んだ椅子席が常夜灯にぼんやりと照らしだされている。正面は祈禱壇《きとうだん》らしく、両脇《わき》には燭台が置かれていた。正面には巨大な銀の紋章が据えつけられている。

敷島四郎はユダヤ教寺院にはいるのはこれがはじめてだった。カトリックの聖堂ほど豪勢じゃない。だが、ここはそれよりもずっと神秘的な印象を受けた。

いまハルビンのこのユダヤ教寺院で礼拝が行なわれているわけじゃない。なかは静まりかえっている。

その静寂のなかで椅子席からひとつの影が浮かびあがった。約束どおり、ジョセフ・フリーマンがそこで待っていた。

四郎はその椅子席に歩み寄った。

「すこし説明しておきましょう、寺院の内部を」フリーマンが静かな口調で言った。「祈禱壇のうえに据えつけられている六光星をかたどった銀の紋章、あれがダビデ章です。わたしたちユダヤ人の民族的な象徴です。この椅子席に座れるのは男性だけで、女性は二階の回廊で礼拝を行ないます。礼拝の最後には全員でモーゼの五書を朗唱するんです」

「どうしてここでは帽子を被らなきゃならないんです？」

「ユダヤ教の戒律です。論理的な説明は不要でしょう」そう言って傍らの席を指差した。「そこにお座りください。突っ立ったままじゃ疲れますし」

四郎は頷《うなず》いてそこに腰を落とした。

フリーマンも傍らに座って腕組みをした。

「どんな話をしたんですか、落合特務少佐と？」

「いろいろですよ、ソ連のユダヤ自治州から難民が発生した場合、満州国はどの程度それを受け入れられるかとか、ユダヤ人は満州の五族協和の理念と合致するかどうかとか、そういうことをですよ」

「結論は出たんですか？」

「まだとても結論を出せるような状態じゃない。わたしたちユダヤ人は理想論だけじゃ何も解決しないことを歴史に学んでる。金銭《かね》です。満州国と話をつけるには金銭しかない。それも先の欧州大戦でイギリスの外相バルフォアに騙《だま》されたようなことが起らないように細部を詰めた話をするためには具体的な額を明示しなきゃならない。わたしたち上海に住むユダヤ人はアメリカのユダヤ資本と本格的な検討にはいらなきゃなりません。それに、日本とドイツの関係もきわめて微妙です」

「もうすぐドイツでおかしな法律が制定されるそうですね」

「ニュルンベルク法です。あれが制定されたら、ユダヤ人には残酷な事態が発生します。優生学的血統主義というとんでもない欺瞞《ぎまん》に基《もとづ》いてますからね。帝政ロシア時代のユダヤ人迫害よりももっと酷《ひど》いことがね」

「阻止する方法は？」

「ありません。ヒットラーは狂犬と同じです。人道とか権利とか、フランス革命以降ヨーロッパが育てて来た概念はまったく通用しない。そして、ドイツの国民がその狂犬を熱狂的に支持してる。ニュルンベルク法発布を阻止する手段はありません」

四郎は黙って常夜灯に輝やくその眼を見つめた。

フリーマンが低い声でつづけた。

「わたしたちアジアやアメリカに住むユダヤ人は近々起こると思われるドイツでの惨劇の被害をいかに小さくするかに専念しなきゃならない。そのためにも満州国の存在は大きいんです」

「フリーマンさん」

「何です？」

「あなたはセファルディですか、それとも？」

「セファルディです。落合特務少佐にも同じことを訊《き》かれましたよ。セファルディとアシュケナージのあいだには対立めいたものがあるのかどうかともね」

「あるんですか？」

「あると言えばある。しかし、それはどこの国にもある階級の問題です。ユダヤの下層大衆たるアシュケナージにたいしてセファルディはみな裕福ですからね。それでも民族内対立という段階には至ってません。ユダヤ人全体にたいする迫害がそういう民族内亀裂《きれつ》を呼び起こさせない要因になってる」

「どんな見解を持ってるんです、落合少佐はそのことについて？」

「特別な見解は聞いてません。落合少佐が興味を持ってるのはユダヤ人が満州移民のためにどれだけの資金を用意できるかだけですよ。ユダヤ人の命運に関心があるわけじゃない」

「日本軍のなかにもユダヤ研究家がいると聞きましたが」

「陸軍の安江仙弘中佐と海軍の犬塚惟重大佐でしょう？　わたしはふたりに逢ってます。日本人には珍しくユダヤ問題に詳しい。しかし、妙な偏見もあります」

「どんな？」

「この本を読んでみてください」フリーマンがそう言って足もとの鞄《かばん》を取りあげ、そのなかから一冊の書籍を取りだした。「ふたりの偏見はおそらくこの本に基いてる」

四郎はその書籍を受け取って眼を落とした。

その表紙には酒井《さかい》勝軍《かつとき》著『猶太《ユダヤ》人の世界征略運動』と銘打たれている。

「わたしは日本語が読めるわけじゃない。しかもその本は英語にも北京語にも翻訳されてないんです。だから、上海の知合いの日本人に概略を聞かせてもらっただけです。それによると、その本にはユダヤ・日本人同祖論が書き込まれ、ユダヤ人への親近感が表明されてる。同時に、ユダヤ人が持ってる世界制覇の陰謀に警戒しなきゃならないと表明してるらしい。つまり、親ユダヤと反ユダヤが混在する本なんです。読んでみてください」

「どうしてぼくに?」

「親ユダヤでも反ユダヤでもいい、とにかくユダヤ人に興味を持ってもらいたいんです。そうでないと、議論にもならない。わたしとしてはあなたに流浪《るろう》の民への多少の同情を持ってもらい、もしソ連のユダヤ自治州から大量難民が発生した場合、満州国への受け入れに協力して欲しいんです」

礼拝堂にもうひとつの人影がはいって来たのはそれからすぐだった。四郎はかすかな緊張を覚えた。そこに現われたのはハルビン特務機関の首藤照久曹長だったのだ。茶褐色の背広を着ていた。頭にヤムルカと呼ばれる簡易帽を被っている。照久はこっちを見たが、何も言おうとしなかった。

四郎は声を潜めてフリーマンに言った。

「待ち合わせたんですか、ここで?」

「だれと？」

「いま礼拝堂にはいって来たのはハルビン特務機関の曹長ですよ」

フリーマンが無言のまま首を左右に振った。

照久は椅子席のほうには近づいて来なかった。黙って左側の壁際に身を寄せた。その動きからこの礼拝堂のなかに先客がいるとは思ってもいなかったことが見て取れる。照久が背なかを壁に預けて腕組みをした。

やがて、もうひとつの影が礼拝堂に現われた。長身で痩せた白人だった。年齢は三十半ばだろう。右手に鞄をぶら下げている。視線がこっちに向けられた。だが、気にしようとはしなかった。長身が照久に近づいた。

照久が何かを手渡した。紙片か何かだろう。長身が鞄を差し向けた。照久がそれを受け取った。

そのときだった、二階の右側の回廊で何かの気配が動いたような気がした。四郎は視線をそっちに向けた。回廊の低い囲壁の向こうに五つの人影が立ちあがっていた。だれもが憲兵の軍服を着ている。右手には拳銃が握られていた。どの銃口も照久に向いていた。

四郎は視線を左側の壁に戻した。

照久の体が強ばりきっている。
長身の白人がそこから後ずさりはじめた。
同時に、三つの人影がまた礼拝堂にはいって来た。ふたりは憲兵の軍服を纏《まと》ってい
る。もうひとりは薄緑色の背広に身を包んだ特務少佐・落合章介だった。
照久が受け取った鞄を力なく床に落とした。
憲兵のひとりが拳銃を向けたまま言った。
「ハルビン憲兵隊の中本大尉《たいい》だ、首藤照久曹長、おまえを陸軍刑法第二十七条違反で
逮捕する」
四郎は陸軍刑法をちゃんと読んだことはない。しかし、陸軍刑法第二十七条は通敵
間諜《かんちょう》罪を規定したものだとだれかに聞いたことがあった。それは死刑を意味する。
表情を歪《ゆが》めた照久が口を開いた。眼はいつのまにかこっちを見ていた。そして、発
せられた声も四郎に向けられていた。
「お、おまえ、いつ落合少佐と？」
四郎はごくりと喉《のど》を鳴らした。四日まえ、章介に頼まれたとおりに満鉄経済調査会
の江頭さんからですと言ってモデルン・ホテルの燐寸《マッチ》箱を烏蘇里《ウスリー》亭で照久に手渡した。
あれはいったい何だったのだ？ とにかく、照久の視線にはすさまじい憎悪《ぞうお》が込めら

れている。四郎は全身が強ばって来るような気がした。

照久の視線がゆっくりと章介に向かい、絞りだすような声が礼拝堂のなかに響いた。

「ソーニャは関係ありませんよ、少佐、みんなじぶんの独断でやったことだ。信じてください、ソーニャは何の関係もない！」

「調べればわかる」

「ソーニャも子供たちも何の関係もないんです！」

四郎は身動《みじろ》ぎもせずにその光景を眺めつづけた。ソーニャとは照久のロシア人妻の名まえだ。いったい、何がどうだと言うのだ？　頭のなかは混乱しきっていた。

中本と名乗った憲兵大尉が言った。

「すべては取調べ室で訊く」その声が傍らの憲兵に向けられた。「手錠を掛けて連行しろ」

その一瞬だった、照久の右手が動いた。それが背広の内側に差し込まれた。拳銃が引き抜かれた。銃口が口のなかに突っ込まれた。炸裂音《さくれつおん》が跳ねかえった。照久の後頭部から真っ赤なしぶきが噴きだした。血液が背後の白い漆喰《しっくい》壁を汚した。照久の背なかがずるずるとその壁を伝わって沈んでいき、茶褐色の背広に包まれた肉塊が大理石の床に転がった。

二階の回廊でばたばたという足音がした。

そこから銃口を向けていた五人の憲兵が降りて来るのだろう。

大理石の床に倒れている照久の体はもうぴくりとも動こうとしなかった。

白い漆喰壁を濡《ぬ》らした血液が常夜灯に生々《なまなま》しく映えている。

硝煙の臭《にお》いはまだ礼拝堂のなかに漂っている。


照久の死体がかたづけられはじめると同時に章介がこっちに近づいて来た。四郎はまだ動かなかった。動けそうにもなかった。章介が眼のまえで足を停めて言った。

「きみの協力で獅子身中《しししんちゆう》の虫を処理できた。自殺されたのは不手際だったが、証拠はすべて揃《そろ》ってる。ある意味じゃ訊問《じんもん》はもう必要なかった」

「どういうことなんです、少佐、これは？」

「わたしたちはしばらくまえから首藤曹長に眼をつけてた。挙動に不審点があったものでね。だが、最後の詰めが必要だった。首藤曹長がコミンテルンに情報を売りつけてるという決め手になる証拠がね。それできみに協力してもらった」

四郎は無言のままその眼を見つめつづけた。何をどう言っていいのかもわからないのだ、黙って聞くしかなかった。

章介がまだ礼拝堂のなかに残っている長身を指差してつづけた。

「あそこにいるのはウラジミル・ショーロフというユダヤ系の白系ロシア人だ。コミンテルンの活動家だったが、首藤曹長に気づかれないように秘《ひそ》かにハルビン特務機関で買収した。満鉄経済調査会の江頭文幸《ふみゆき》というのも実在する。コミンテルンに搦《から》め捕られた自由主義者だよ。いまごろ大連憲兵隊に逮捕されてるだろう。江頭からだと言って手渡せと頼んだ、あの燐寸箱、裏に書いてあった数字は何だと思う？」

四郎は何も言わずに首を左右に振った。

章介が一段と声を落とした。

「偽《にせ》情報だよ。十月十八日、七十三。これは七十三機の航空機が関東軍に十月十八日納入されるという偽情報なんだ。首藤曹長はその情報をコミンテルンに売りたくて江頭文幸に頼んでたからな。それにまんまと引っ掛かってショーロフに売った。ハルビン特務機関が買収済みだということも知らずにな。ここを情報と金銭《かね》の交換場所に指定したのはショーロフだ。ユダヤ人だからな、ユダヤ教寺院にはいってもだれも疑わない。そう説得したんだよ。だがね、あの鞄のなかに金銭なんかはいってなかったんだ。首藤曹長はそれさえ気づかなかった。哀れなものだよ。とにかく、首藤曹長は偽情報を書き込んだ紙片をショーロフに渡し、あの鞄を受け取った。どんな言いわけもできはしない」

「落合少佐」

「何だね？」

「どうして首藤曹長はそんなことを？」

「金銭だよ、金銭以外には何の理由もない。首藤曹長の思想傾向は何度も調べたが、社会主義や共産主義にいかなる幻想も持っていない。金銭だけのために祖国を売ろうとした。そのことに気づいていた人間がむかし、ひとりだけいた」

「だれです、それ？」

「殺されたコルサコフ。白系ロシア人事務局の近くに住んでいたトルストイの研究者ボリス・コルサコフ。きみがロシア語を習っていたあの老人は首藤曹長が何をしてたか気づいてた。それが殺された理由だよ」

「首藤曹長がコルサコフさんを殺したと？」

「正確に言えば、殺させた。刺客《しかく》を使ったんだよ。コルサコフが殺害されたあと、ハルビン特務機関とハルビン憲兵隊が合同で調査した結果、その説が有力となった。刺客がだれだったのかはまだ判明してないが、首藤曹長がショーロフとここで接触したことでコルサコフ殺害関与は決定的となった」章介がそう言って腕組みをした。その声がそれにつれて高くなった。「とにかく、首藤曹長の失敗は小手先でわたしたちの眼を躱《かわ》せると考えたことだよ。きみにコミンテルン関係者の名まえを報告しろと責付《せっ》いたのもそのひとつだ。それが特務機関にあがってくれば、わたしたちはその調査に追われる。注意を分散させることが保身に繋がると考えたんだ、その姑息《こそく》さには呆《あき》れかえる」

「どうなるんです、首藤曹長の奥さんは？」

「今後の調査しだいだよ」

「ぼくの最初のロシア語教師はソーニャさんだった」

「それがどうした？」

「あの女性《ひと》は金銭には恬淡《てんたん》としてた」

「四郎くん」

「何です？」

「それはソーニャにたいして何の弁護にもならんよ。表面はどうあれ、金銭を欲しがらない人間をわたしはまだ一度も見たことがない。それに、ソーニャは白系とは言え、ロシア人だ。思想のちがいを越えて祖国のために動いたとしても何の不思議もない」

硝煙の臭いはもう完全に礼拝堂のなかから消えている。

憲兵たちが照久の死体の運びだしに取り掛かった。

四郎は眼差《まなざ》しをゆっくりと傍らに向けた。フリーマンは無表情なままだった。その胸の裡《うち》は計りようもなかった。四郎は視線をふたたび章介に戻して言った。

「ここで首藤曹長が逮捕されることをフリーマンさんは知ってたんですか？　それでフリーマンさんはこの礼拝堂でぼくに逢おうと？」

「フリーマンは何も知らんよ。ただ、ここできみと逢うように勧めたのはこのわたしだ」

「なぜです？」

「関東軍の調査能力と非情さを見せつけるためだよ。正直に言おう。わたしは首藤曹長が自殺することをある程度予測してた。関東軍は機密保持のためには同胞だって自殺に追い込む。そして、ユダヤの聖なる礼拝堂が売国奴の血によって汚《けが》されることも厭《いと》わない。それをフリーマンに確認させようと思ってな」

7

黄沙《こうさ》の季節が終わり、大気は澄みきっている。敷島三郎はウーズレイ六輪自動車の助手席で腕組みをしたまま前方を眺めていた。高粱《コーリヤン》の播種《はしゅ》の季節なのだ、波打つような丘陵の大地で満人農夫たちの影が動いている。

「これからも相当振りまわされそうですね、抗日連軍には」運転席の折口松夫《おりぐちまつお》軍曹が低い声で言った。ここのところ一緒に行動している設楽草吉曹長は一足先に現地に赴《おもむ》いているのだ。松夫は二十九歳で、公主嶺《こうしゅれい》から奉天に転属して来ている。「いつごろ衰えて来ると思われますか、あいつらの戦意は？」

「結局、蔣介石しだいだよ」

「どういう意味でありますか、それは？」

「抗日連軍の依《よ》りどころはあくまでも共産党だ。党内では毛沢東と王明の路線対立が抜き差しならんところまで来てるという噂《うわさ》も流れてる。しかし、工農紅軍が潰《つぶ》れんかぎり、コミンテルンは抗日連軍への支援をやめん。問題は蔣介石が国民革命軍にきちんと工農紅軍の殲滅《せんめつ》を命じてるかどうかだよ」

「命じてない可能性も？」

「奉天憲兵隊にはいってる情報じゃ追撃がどうも手温《てぬる》い」

「工農紅軍はいまどのあたりに？」

「陝西《せんせい》省に向かって逃走中らしい」

「黄土高原に向かってですか？　黄沙の発生地ですよ。あんなところに逃げ込んでどうしようというんです？　あそこで居を構えるのは地獄でしょうよ」

「行ったことがあるのかね？」

「どこにです？」

「黄土高原」

「じぶんはありません。しかし、知合いの満人から聞いたことがあります。ふだんはからっからの日照りだけど、雨ともなればすさまじい土砂降りだそうです。河川は溢《あふ》れ出てすべてを洗い流し、黄色い剝《む》きだしの大地が拡《ひろ》がってる。あちこちに垂直の崖《がけ》が現われ、雨で大地にできた罅《ひび》割《わ》れた亀裂が蜘蛛《くも》の巣みたいに伸びてる。農作物で獲《と》れるのは雑穀と綿花ぐらいだそうですよ。そんなところじゃいくら何でも持ち堪《こた》えられないでしょうね、工農紅軍は」

「だといいんだがね」

前方に満鉄奉吉線の列車が進んで来るのが見えた。

三郎は腕組みを解き、軍服の衣嚢から煙草《たばこ》を取りだした。時刻は十一時になろうとしている。燐寸《マッチ》を擦って、銜《くわ》えた煙草に火を点けた。

「天津で起きたあの事件なんですがね」松夫が話題を変えた。「あれは支那駐屯軍の謀略なんでありますか？　関東軍が張作霖《ちょうさくりん》爆殺や柳条溝事件を起こしたように？」

あの事件とはもちろん先月の五月二日から三日に掛けての深夜未明に起きた親日漢字紙発行人が暗殺されたことを指している。『国権報』発行人・胡恩溥と『振報』発行人・白楡桓が日本租界で就寝中に頭部に銃弾をぶち込まれたのだ。殺害犯がだれなのかはまだ判明していない。

「支那駐屯軍の謀略だという情報は一切はいって来てない。国民革命軍には剿共戦《そうきょう》をやらせておいてその疲労を待たなきゃならん。いま国民政府に謀略を仕掛けても意味はない。日支はたがいに公使館を大使館に格上げしたばかりだしな」

「謀略でないとしたら、だれが殺《や》ったんでしょうね？」

「奉天憲兵隊じゃ三つの線を洗ってる」

「お聞かせ願えますか？」

「ひとつは国民党内部の亀裂があの暗殺を呼んだと考えられる。国民党のなかには蔣介石や汪兆銘の先安内後攘外路線《せんあんないごじょうがい》に異を唱える連中が相当数いるらしい。先安内後攘外とは剿共のためには当分親日策を採るということだからな。それを棄《す》てさせる目的で、国民党内部の急進派が親日紙の発行人を殺害した。支那駐屯軍に強硬策を採らせ、国民政府の親日姿勢を放棄させる。そういう狙《ねら》いでな」

「もうひとつの路線とは？」

「共産党のだれかが殺った」

「保衛総隊ですか？」

「その可能性は薄い。保衛総隊は内部粛清のための組織だからな。共産党の指令で暗殺が行なわれたとしたら、ふだんは何食わぬ顔をして天津で商売をしてる支那人の手によって行なわれた。俗にいう共産党の地下細胞がふたりの親日紙発行人を殺した。目的ははっきりしてる。支那駐屯軍と国民革命軍を激突させ、剿共戦の戦力を殺《そ》がせる」

「最後に疑われるのは何です？」

「コミンテルンに取り込まれた天津在住の日本人。狙いは共産党と同じだ。工農紅軍殲滅《せんめつ》を阻止するための暗殺」

「そんな日本人がいるんですか？」

「内地じゃ日本共産党は潰滅《かいめつ》したに等しい。しかし、その残党が天津に流れて来てる可能性もあるし、コミンテルンの接触によって支那で共産主義にかぶれた日本人もいる」

「結局、結論は？」

「まだ出てない」

「それにしても、うまく使えそうですね？」

「何が？」

「天津でのあの事件ですよ。北支分離工作に利用できる」

三郎は吸い込んだ煙草のけむりをゆっくりと吐きだした。確かに、そのとおりなのだ。ふたりの暗殺は日本租界で起きた。支那駐屯軍参謀長・酒井隆《さかいたかし》大佐は司令官・梅津美治郎中将の承認を得て、先月末に国民政府軍事委員会北平分会主任の何応欽《かおうきん》上将を訪ねて抗議した。暗殺の背後に北平の国民革命軍憲兵第三団長・蔣孝先《しょうこうせん》がいると指摘し、北支分離の布石を打ったのだ。それがどのようなかたちで発展していくのかはまだわからないが、松夫は現実を言い当てている。三郎は煙草を銜えなおして運転席に視線を向けた。

「じぶんは思います、皇国はついてるとね。わざわざ謀略なんかしなくても、いい風が勝手に吹いて来る。それもこれも、満州事変、上海事変、熱河侵攻と皇軍がやるべきことをやったからだとじぶんは考えております」

前方に清原《せいげん》の町が見えて来た。そこが抗日連軍の襲撃を受けたという情報が奉天憲兵隊にはいって来たのは今朝九時半過ぎで、満州国の国警がそれに応戦中とも。まず設楽草吉曹長がハーレー・ダビッドソンで現地に向かった。三十分ほど遅れて三郎はいま清原入りしようとしている。戦闘はとっくに終わっているらしい。銃声はまったく聴こえて来なかった。六輪自動車が清原の町なかにはいり込んでいった。家並みから考えて、人口は一万に充《み》たないはずだ。清原駅から伸びる道路を挟んで土壁の家がずらりと並んでいた。

駅前近くに国警の制服を着た六、七人の満人たちが集まっている一画があった。そこが公署なのだ、かつての巡警部隊の屯所を転用しているらしい。六輪自動車がそのまえで停められた。

助手席から降りると、国警警吏たちのあいだから草吉が抜けだして来た。

「どんな具合だ？」

「戦闘は三十分ほどで終了したそうです」

「清原に日本人は？」

「七家族、二十九名です」

「被害は？」

「日本人に死傷者はいません。二十名弱で襲撃して来た抗日連軍の目標は国警です。国警側死者七名、負傷者五名。抗日連軍側の死者は四名であります」

「死体は？」

「国警公署の裏庭に安置してあります」

「襲撃されたときの状況を詳しく」

「午前七時過ぎに抗日連軍二十名弱が馬を連ねて突入して来ました。清原北東七粁《キロ》の地点に小車屯《しょうしゃとん》という郷があります。そこは暫行《ざんこう》保甲制で南の集団部落に移されましたから廃村になってる。抗日連軍の部隊はその廃村で一夜を明かし、夜明けとともにこの清原に向かったと推量されます」

「で？」

「国警公署を襲撃後、反満抗日・打倒帝国主義のビラを撒《ま》いて逃散《ちょうさん》しました。いま撫順からの関東軍騎兵中隊が国軍兵士とともに追走中であります。けど、追討は期待できません。抗日連軍とは土地勘がちがう。森林地帯に逃げ込まれたら、それっきりです。清原在住の日本人に被害がなく、国警の応戦で抗日連軍兵士四名を射殺できたことがせめてもの救いであります」

三郎は無言のまま頷いた。

草吉が語調を変えてつづけた。

「死体の検分を願います」

三郎はその背なかにつづいて国警公署の建物の脇の小径《こみち》に足を踏み入れた。そこを進むと土塀に囲まれた裏庭に出た。その大地に十一の死体が横たえられている。七つは国警の制服を纏っている。残りの四つは便衣姿だった。三郎は四つの死体を眺め下ろした。

四名はどれも痩せこけ、不精髯《ぶしょうひげ》を生やしている。年齢は二十代前半から三十過ぎぐらいに見えた。死体の瞼《まぶた》はどれも閉じられている。しかし、眼を開ければ相当精悍《せいかん》な印象を与えるだろう。

「抗日連軍のこの連中が使用した武器は拳銃《けんじゅう》であります。どれもモーゼルでした」傍らで草吉が言った。「武器はみな詰所に移管してあります。もうひとつ押収したものをぜひとも中尉殿に見てもらわなきゃなりません」

「何だね、それ?」

「手牒《てちよう》であります。楊靖宇が配布したものと推察されます」

三郎は裏庭からふたたび小径を通って大通りに出た。国警の満人たちはまだ詰所のまえに突っ立っていた。ふたりでそのあいだを抜け、詰所のなかにはいった。そこは四つの机が並べられ、奥に鉄格子《てつごうし》の部屋が設けられている。留置場なのだ。机のひとつに黒く小さな冊子が四つ積まれていた。草吉がそのうちの一冊を引き寄せてこっちに手渡した。三郎はそれに眼を落とした。

黒い表紙には何も印刷されていない。頁《ページ》をめくった。東北抗日連合軍第一旅という文字が飛び込んで来た。そのしたに手書きで呉力求《ごりつきゆう》と記されている。所持者の名まえだろう。頁をさらにめくった。遊撃要諦《ゆうげきようてい》と印刷された題字のあとはこうつづいていた。

敵情不明　不可妄進　敵情既明　先発制人
敵如来攻　譲其接近　集中威力　殲没殆尽
山険寨多　不易硬攻　小部活動　最易成功
主力迂回　抄敵側背　殲敵之効　以此為最
前進包囲　後進包囲　勝利之後　必須窮迫

これぐらいの漢文はもちろんすぐに理解できた。敵情不明ならば妄《みだ》りに進まず、敵情明らかならば先んじて敵を制す。敵が攻めて来ればその接近を許し、威力を集中しことごとく殲滅せよ。山は険《けわ》しく寨《とりで》も多い、無理な攻めは不要なり。小部隊の活動こそは、もっとも成功しやすし。主力は迂回《うかい》し、敵の側背《そくはい》を襲う。敵の殲滅には、それが最上の策。進んで包囲し、退いて包囲せよ。勝利のあとは、かならず猛追すべし。

そう書かれていた。

三郎は次の頁をめくったが、あとは白紙だった。草吉が残りの三冊を差し向けて来た。署名がちがうだけで、他は同じだった。遊撃要諦の次の頁は白紙なのだ。三郎は手牒を机のうえに置いて草吉を見た。

「署名の筆跡がみな同じです、だれかひとりが本人に替わって書いたんであります」

「何のためにだね？」

「満人の六割は字が読めません。支那人の六割がそうなんです」

三郎はこの言葉に奉天憲兵隊にはいって来た尋烏《じんう》調査という資料を憶いだした。それは中国共産党が尋烏という地方で調査した識字率の記録だった。それによると、六割が文盲で、字を識《し》っている連中もその二割が二百字程度なのだ。つまり、北平や天津などに住んでいる支那人とは別種の大衆が存在していると考えなきゃならない。三郎は草吉の眼を見つめつづけた。

「四つの手牒の所持者は字を読めないんです。だから、だれかが本人から名まえを聞いてそこに書き込んだんです。遊撃要諦のあとの頁が白紙だということもそれを証明してる。字を識ってれば、そこに何らかの記録をつけますからね」

「それなら、何のために楊靖宇はこんな手牒を？」

「まさにそこが重要であります。楊靖宇は遊撃の要諦を叩《たた》き込むと同時に兵士の識字率の向上を図ってる」

「教えてくれ、どういうことだ？」

「遊撃要諦の中味は四文字ずつに区切られてつづいてる。声を出して読めばちゃんと節がつくんです。おそらく、山のなかでその手牒を開かせ、だれかが歌うように要諦を読みあげるんだと思う。それが繰りかえされればどうなります？　一種の経文と同じ効果を持つことになる。しかも、白蓮教《びゃくれんきょう》とかそういう宗教とちがって要諦はきちんと筋が通ってます。要諦は抗日連軍の兵士たちの骨の髄まで染《し》み込んでいく。同時に、要諦を眺めながら節をつけて唱和することが繰りかえされれば、兵士たちは自然に文字を覚えていきます。楊靖宇はそこまで計算してる」

三郎は無言のままゆっくりと頷いた。

草吉が声を強めて言葉を継いだ。

「清原襲撃は二十名弱で行なわれた。小隊の半分の兵力で！　軍隊の常識じゃ考えられませんよ。やりかたは匪賊《ひぞく》と同じだが、目標がちがう。狙ったのは国警の詰所ですからね。つまり、抗日連軍の兵士たちは遊撃要諦に書かれたとおりに行動してるんです。小部隊の活動こそはもっとも成功しやすし。それに則《のっと》って清原襲撃は敢行された。中尉殿、楊靖宇恐るべしであります。抗日連軍はこれまでの抗日義勇軍なんかとは比較にならない存在だと考えなきゃなりません」

8

北支の情勢が実にめまぐるしい。

天津の親日漢字紙『国権報』と『振報』の発行人ふたりの暗殺に端を発した支那駐屯軍の動きはまず『梅津・何応欽協定』となって表われた。蔣介石の対日二重政策の放棄。国民革命軍憲兵第三団および軍事委員会政治訓練処、国民党部と藍衣社《らんいしゃ》の北支からの撤退。このふたつが駐屯軍司令官・梅津美治郎中将によって要求され、軍事委員会北平分会主任・何応欽上将が受け入れたのだ。同時に蔣介石は『敦睦邦交令《とんぼくほうこうれい》』というあらためての親日政策を公布する。それが先月六月十日から十一日に掛けてのことだった。

その十七日後には『土肥原《どいはら》・秦徳純《しんとくじゅん》協定』なるものが締結される。支那駐屯軍ではなく今度は関東軍が動いたのだ。きっかけは些細《ささい》なものだった。関東軍特務機関員四名が熱河省南西に隣接するチャハル省の多倫《ドロン》から張家口《ちょうかこう》へ移動中、張北《ちょうほく》という地点で国民革命軍第二十九軍によって拘束されて一昼夜監禁されたのだ。関東軍では奉天特務機関長・土肥原賢二《けんじ》少将を交渉主務者として第二十九軍の塘沽停戦協定線西南への後退とチャハル省主席・宋哲元《そうてつげん》の解任を要求した。国民政府はチャハル省主席代理の秦徳純にこれを受諾させる。それがこの協定なのだ。

とにかく、支那駐屯軍と関東軍は競うように北支分離工作を進めている。それを受けて国民政府は陸海軍総司令部参議だった親日派の殷汝耕《いんじょこう》をもうすぐ北支の行政責任者に任命するらしい。それが日本軍の鉾先《ほこさき》をとりあえず躱《かわ》すためだということはだれの眼にもはっきりしている。

蔣介石はこのまま譲歩をつづけるのだろうか？

敷島太郎は断じてちがうと思う。

西へ西へと向かう工農紅軍を追う国民革命軍に日本軍に対峙《たいじ》する余裕はもちろんないだろう。しかし、蔣介石はかならず反撃して来る。安内を終えれば、攘外に取り掛かるだろう。太郎はそう考えながら煙草に火を点《つ》けた。奉天総領事館にはいって来る情報がそれを物語っている。

蔣介石は第五次剿共戦を準備する過程でドイツに急接近しているのだ。先の欧州大戦で全面敗北したドイツは支那にたいする一切の特権を放棄し、十三年まえから平等条約を締結していた。ナチスの勃興《ぼっこう》により軍事物資の増産が必要となると、南支で豊富に産出されるアンチモニーとタングステンに眼がつけられる。つまり、国民政府とナチスの結びつきは経済的要請からはじまったと言ってもいいだろう。

国民政府は退役上級大将ハンス・フォン・ゼークトを招聘《しょうへい》する。ゼークトは欧州大戦ではドイツ軍参謀として世界的に名を馳《は》せ、ワイマール共和国では国防省統帥部長《とうすいぶ》官の任に当り、ドイツ国防軍の父と呼ばれた最高級の将軍なのだ。蔣介石は二年まえにみずから開設した廬山《ろざん》軍官訓練団の指導をこのゼークトに委《まか》せている。それは国民革命軍が今後確実に近代化することを意味している。

もうひとつの気になる情報はイギリス財務省顧問リース＝ロスの招聘を決定したことだ。現在の支那の脆《もろ》さのひとつは幣制にある。いろんな銀行がさまざまな通貨を発行し、通貨に信頼性がない。そのために富裕層は銀行に預金せず金銀や宝飾品を家に貯《た》め込む。それが土匪《どひ》の跳梁《ちょうりょう》を呼ぶのだ。国民政府にとって通貨の安定は急務だった。リース＝ロスは幣制改革のために支那にやって来る。

上海のユダヤ財閥サッスーンがこのリース＝ロスに協力するらしい。上海総領事館やハルビン総領事館からはユダヤ人の満州移民計画の可能性に関する情報も流れて来ていた。満州国を認めようとしない国民政府の幣制改革にユダヤ資本が協力する？ これはどう考えればいいのだ？ 入り組んだ状況はいかなる予断も許しそうにない。

太郎は短くなった煙草を灰皿のなかに揉《も》み消した。

電話が掛かって来たのはそのときだ。

受話器を取りあげると受付の声が聞こえて来た。

「新聞連合の香月《こうづき》さんがお見えですが」

「通してくれ、参事官室に。それから茶を頼む。茶菓子もな」

太郎は卓台を挟んで応接用の長椅子《いす》で香月信彦《のぶひこ》と向かいあった。すぐに茶と菓子が運ばれて来た。信彦は東京から奉天に来たばかりだと言う。べつに格別な用があるわけじゃない、仕事の邪魔ならすぐに引きあげる、とも。太郎は首を左右に振って湯呑《ゆの》みを持ちあげながら言った。

「どんな様子ですか、内地は？」

「狂ってるとしか言いようがないよ」

「どういう意味です？」

「天皇機関説排撃と国体明徴運動だよ。その喧《かまびす》しさに陸軍内部の人事抗争が絡みついてる。内地はいま一種の集団的狂騒の状態にあるとしか考えられん。もう読んでるだろ、士官学校事件で停職になった村中孝次と磯部浅一のあの小冊子？」

太郎は頷いて番茶を啜《すす》った。停職処分を受けたふたりは『粛軍に関する意見書』という小冊子を印刷してあちこちに配ったのだ。その内容は『陸軍パンフレット』を書かせて総力戦体制を整えようとする軍務局長・永田鉄山少将にたいする怨嗟《えんさ》に充ちたものだった。太郎は湯呑みを卓台に置いて言った。

「よくあんなものを配布できたもんですね？」

「若手将校の裏には真崎甚三郎教育総監がいるんだよ。それが反永田鉄山を煽《あお》ってる。天皇機関説排撃を絡めてね。いまや天皇機関説は美濃部達吉博士の法理論の問題じゃない。陸軍内の対立の道具と化してる。それに、頭山満らの天皇機関説撲滅同盟が乗っ掛り、大衆運動となってうねりだしてるんだよ」

「陸軍内の統制はどうなるんです？　北支では分離工作が進んでるが、いずれ蔣介石は牙《きば》を剝《む》きます。そういうときに陸軍内部がばらばらだと、どう対処するんです？」

「この分裂は何か激烈なことが起きなきゃ収まらんよ」

「何です、激烈なことって？」

「そいつはわたしにもわからん。だが、この状態は当分つづくと思う」信彦がそう言って足もとの鞄を持ちあげて膝《ひざ》のうえに置いた。「おもしろいものを見せよう。こういうものがいま東京じゅうに出まわってる」鞄のなかから取りだされたのは謄写版刷《とうしゃばんず》りの文書だった。「兵士たちにだけじゃなく、民間人も金銭《かね》さえ出せば買えるんだ。かなりの人間がこれを読み漁《あさ》ってる」

太郎はそれを受け取って眼を落とした。それには最後に軍民連合潜兵隊と記されている。その謄写版刷りの冒頭はこうはじまっていた。

断乎《だんこ》として昭和の入鹿《いるか》を撃殺せよ。時まさに至りつつ時いよいよ熟しつつあり、諸官らはいたずらに眠れる大陸の獅子《しし》と終わるなかれ。軍服の聖衣を身に纏《まと》える諸官の家庭を見よ、田畑を売り姉妹を売り木の実を食い疲弊困憊《ひへいこんぱい》その極に達せるを。

かつて除隊営門を出る彼らの希望に満ちたる潑剌《はつらつ》たる姿もいまはまったく疲労しきっているではないか！　想起せよ、必然不可避的第一維新はすでに第一期にはいりたるも、われらの陸海軍同志および民間同志はいまなお獄中に呻吟《しんぎん》しつつあり。起《た》て！　而《しか》して熟したる維新の戦闘を開始せよ。視《み》よ！　国会に蟠居《ばんきょ》する昭和入鹿の奴輩《やつばら》を、その国賊に等しき奸策《かんさく》を、行動を！　自利自欲に飢えたる狼《おおかみ》のごとき野望を！　口に兵農両全を叫び実行に軍民離反を企図せる自由主義的亡国亡者《もうじゃ》どもの群れを！　前哨戦《ぜんしょうせん》ありてすでに三年、勝敗は兵家の常とは言い、三月の失敗、十月の敗戦、再度十一月の退却はわれら皇軍青年将校の恥辱なり。

太郎はその文書の全文を読み終えて、信彦に返しながら言った。

「やたらと蹶起《けっき》を呼び掛けるだけで内容はないに等しいですね、この軍民連合潜兵隊とは何なんです？」

「その文書はおそらく村中孝次が書いたんだよ。『粛軍に関する意見書』と文体が似過ぎてる。昭和の蘇我入鹿《そがのいるか》とはロンドン海軍軍縮条約で条約派となった岡田啓介首相や財政問題の専門家・高橋是清蔵相だよ。村中孝次は士官学校事件を安政の大獄と呼び、永田鉄山軍務局長を間部詮勝と罵倒《ばとう》してる、梅田雲浜《うめぞうんぴん》やら橋本左内《はしもとさない》などの志士を処刑したあの勝手掛《かつてがかり》だとね。とにかく、東京じゃいまこの種の怪文書がいくつも出まわってる。ある意味じゃ、新聞の論調なんかよりこういうもののほうがはるかに影響力を持つ。天皇機関説排撃論者はこういう単純な青年将校の気分を利用して国体明徴運動を繰り拡げ、野党の政友会がそれに乗っ掛ってる」

「真崎教育総監も天皇機関説排撃の訓示をやりましたね」

「青年将校たちをおだて阿《おもね》り、それによって陸軍内の権力の確保を図ってるんだ。いまじゃ荒木前陸相よりずっと人気がある。国体が何たるかについても青年将校たちが心酔してる北一輝の表現を借りつづけてるしね」

「どう表現されてるんですか、北一輝のいう国体って？」

「国体とは何ぞや。神詔を体してこの日本国を肇建《ちょうけん》し給《たま》える神武国祖の御理想、すなわち、君民一体、一君万民、八紘一宇《はっこういちう》の謂《いい》である。北一輝は青年将校たちにそう言ってる」

「耳慣れませんね、八紘一宇という言葉」

「国柱会《こくちゅうかい》を創立した日蓮《にちれん》主義者の田中智学《たなかちがく》が明治三十六年に言いだしたんだよ」

「石原莞爾《いしわらかんじ》前参謀が心酔してたあの田中智学？」

「そうだよ、純正日蓮主義を唱えるあの田中智学が造った言葉なんだよ。『日本書紀』

のなかに大和橿原《やまとかしはら》に都を定めたときの神武天皇の詔勅があるんだ、六合《りくごう》を兼《か》ね、もって都を開き、八紘を掩《おお》いて宇となすという一節がね。六合とは国の内を差し、八紘とは天のしただ。宇とは家を意味する。要するに、天下をひとつの家にするということだろうよ」

太郎は背広のポケットから煙草を取りだした。

信彦が茶菓子の羊羹《ようかん》を楊枝《ようじ》で突き刺して、それを口に運んだ。それを嚥《の》み込んだあと冷えた番茶を喉に流し込んでから吐き棄《す》てるように言った。

「わたしに言わせれば、国体明徴運動というのは実に馬鹿《ばか》げてる。明治維新以降の歴史を知らな過ぎるとしか言いようがない」

「どういう意味です？」

「曲がりなりにもヨーロッパの論理学で恰好《かっこう》をつけた天皇機関説を排撃して何になる？　その理屈は絶対に蒸し返しちゃならんのだよ、それは奥の院にそっと仕舞い込んでおかなきゃならん！」

「何を興奮してるんです？」

「天皇というのは虚構なんだ」

「え？」

「天皇は日本人が産みだした最高の虚構なんだよ！」

「穏やかじゃありませんね、香月さん」

「考えてみろよ、太郎くん、天皇は三つの性格を持ってる。まず立憲君主制のなかの君主。次に、兵馬の大権を独占する大元帥。三番目に神事を司《つかさど》る最高の祭司。つまり、法律的最高権威であり軍事的最高権威であり宗教的最高権威なんだ。そのことは現人《あらひと》神《がみ》という虚構でしか纏《まと》められん」

太郎は銜えている煙草に火が点けられなかった。こんなことは考えたこともない。それをいきなり突きつけられたのだ、緊張感に背すじが強《こわ》ばって来る。太郎は黙って信彦の眼を見つめた。

「現人神・天皇という虚構は立憲君主国家を目指す伊藤博文と兵営国家を作りあげようとした山県有朋の妥協の産物として生まれた。そして、それは最高の虚構として機能した。明治維新からたった六十八年間で日本がこれだけの強国となったのはこの虚構のおかげだ。江戸時代に天皇はどんな役割を持ってた？　室町時代や鎌倉時代は？天皇にできたのは元号を決めることぐらいだった。それが現人神という虚構となって日本人を纏めあげ、日本は欧米列強に対峙できるまでになったんだ。国体明徴を唱え天皇機関説を排撃すれば、論理的には天皇とは何かという問題に行き着かなきゃならなくなる。せっかく日本人が創《つく》りだした最高の虚構をあらためて白日のもとに曝《さら》すことになるんだよ！　馬鹿げてるとは思わないか？　虚構は虚構としてそっとしておかなきゃならない。最高の虚構はなおさらだ。それなのに、天皇機関説排撃を言い立てて政府を追い詰めようとする政友会には腹が立つ。機関説排撃によって青年将校を煽り、その動きに阿り、陸軍内の抗争に利用しようとする真崎教育総監らにはもっと腹が立つ。やっていいことと悪いことがある。やつらは明治維新以降の日本の成功の秘密にまったく気づいてない！　わたしはそのことを危惧《きぐ》してる」

太郎は銜えている煙草にまだ火を点けられなかった。信彦がこれだけの剣幕で喋りつづけるのははじめてだったし、ましてや内容が内容なのだ。どう反応していいのかもわからなかった。こっちの沈黙に気づいて信彦がようやく口を噤《つぐ》んだ。電話が鳴ったのはその直後だ。太郎は火の点いてない煙草を唇から引き抜いて失礼と声を掛け、長椅子から腰をあげた。

両袖《そで》机に近づいて受話器を取りあげると、聞こえて来たのは交換の声だった。

「そちらに新聞連合の香月さんはいらっしゃいます？」

「いるけど」

「香月さんに電話が掛かってます」

「だれから？」

「新聞連合新京支局からだそうです」

　太郎はそれを信彦に伝えて受話器を差し向けた。

　信彦が長椅子から立ちあがり、こっちに近づいて来た。受話器を受け取り、香月ですがと言った。それからは無言のまま耳を傾けつづけた。やがて、受話器を置いてぼそりとした声をこっちに向けた。

「更迭《こうてつ》されたよ」

「え？」

「真崎甚三郎教育総監が更迭された」

「どういうことなんです、それ？」

「わからん。まったくわからん。すぐにヤマトホテルに戻って取材に取り掛かる。しかし、陸軍のなかに激震が走ることは確実だ。それが満州にどう跳ねかえるのか見当もつかん。奉天総領事館も相当振りまわされると思ったほうがいい」

9

敷島次郎は松花江沿いにある小料理屋・黒門《くろもん》の暖簾《のれん》を掻《か》き分けて猪八戒とともになかに足を踏み入れた。店内はほぼ満席状態だった。客は全員日本人だとわかる。だれもが便衣を纏っているこっちを満人だと思ったのだろう、場ちがいだというふうな眼差《まな》しを向けて来た。毎度どうもと五十過ぎの経営者が言った。吉林に着いて十日が経《た》つが、夜はずっとここに寝酒を飲みに通って来ているのだ。次郎はひとつだけ空いている椅子席に腰を下ろして冷や酒と揚出《あげだ》し豆腐を注文した。

天津から連れて来た孟平義は吉林の材木商・陸小山《りくしょうざん》のところで働くように斡旋《あっせん》した。すでにそこの住み込みとなっている。仕事は木材の伐採だが、扇谷薬局の雑用より平義の性に合っているのだろう。それが証拠に傭《やと》われることが決まったとき、平義の表情は実に活《い》き活きしていた。

酒が運ばれて来た直後に斜め向かいの卓台で飲んでいた五十過ぎの太った日本人が立ちあがってこっちに近づいて来た。手には徳利を持っている。その足取りは明らかに酔っていた。勝手に向かいの席に腰を下ろして言った。

「そんな恰好《かっこう》をしてても、日本人なんですね。まだ大陸浪人がいるんですな、満州には。嬉《うれ》しいね、嬉しい。やっぱり、ここは男の浪漫の大地なんですな」

次郎は何も言わずに猪口《ちょこ》の酒を舐《な》めた。

徳利から酒を喇叭《らっぱ》飲みして男がつづけた。

「大陸浪人ってのは夢があるでしょうが、御見受けするところ、あんたはもう三十をとっくに越えてる。体力も衰えてるはずだ。もっと楽をして生きる方法があるんだがね」

「何を言いたいんです？」

「あんた、金銭《かね》を持ってるか？」

「どうしてそんな質問を？」

「わたしはねえ、吉林の土地を買うためにわざわざ横浜から出張《でば》って来たんだ。吉林はでっかくなりますよ。わかってる、ここは由緒《ゆいしょ》ある土地だ。しかし、由緒あるだけで新京の国都建設の勢いに隠れてた。そうでしょう？　日本人ならだれもが新京の土地を欲しがる。けど、新京はもう地価が高過ぎる。ふつうの日本人には手が出せん」

次郎は猪口を卓台のうえに置き、煙草を取りだした。それに火を点け、あらためて向かいの男を眺めやった。

「狙いどころはここだ、吉林だよ。吉林の不動産価格はこれからまちがいなく跳ねあがる。もし小金銭を貯めてるのなら、ここに投資しなさい。あと三年ばかり経ったら土地は何倍になるかわからん、いまのうちだ、悪いことは言わん、投資しときなさい」

「酔ってるんですか？」

「もちろん酔ってる、嬉しくて嬉しくて、こんな気持のいい酒は久しぶりだ。日本から持って来た金銭をすべて使って、あちこちの不動産を手に入れた。わたしにはいま薔薇《ばら》色の未来が視えてるんでね。ああ、今夜はほんとうに酒がうまい」

「何を根拠に吉林の不動産があがると？」

男が徳利の酒を完全に飲み干した。唇のしたがべっとりと濡《ぬ》れている。それは酒なのか涎《よだれ》なのかわからなかった。男が唇のしたを左手の甲で拭《ぬぐ》い、急に声を潜めて言った。

「ここだけだよ、ここだけの話」

次郎は無言のまま煙草を喫《す》いつづけた。

さらに声を潜めて男が言葉を継いだ。

「できるんだよ」

「何がです？」

「ダム」

「え？」

「ダムができるんだよ、吉林から三十粁《キロ》ばかり南にな。松花江を堰《せ》き止めてでっかいダムができる、水利と発電を兼ねたとてつもない規模のダムができあがるんだよ」

次郎はこの言葉に三年まえの十一月松花江支流で外岡靖春《とのおかやすはる》という東北帝大の地学教授に逢《あ》ったことを憶《おも》いだした。あのとき、靖春は地学の専門家が満州中をまわっていると言った。そして、もしここでダムが完成すればアメリカのボルダーダムに匹敵する多目的ダムになるともつけ加えたのだ。満州国は靖春の調査報告に基いて吉林から三十粁《キロ》南の地点にダムを建設することに決定したのか？　次郎は男の眼を見据えて口を開いた。

「どこから聞いたんです、その話は？」

「わたしの従弟《いとこ》が大蔵省の主計局におるんだがな、そいつが酔っ払った拍子にぽろっと洩《も》らした。満鉄の経済調査会も歩調を合わせてる。ダムができるのはまちがいない」

「着工はいつ？」

「それは四、五年先になるらしい。ダム建設計画が発表されたときは投資にはもう遅い。吉林の不動産価格はふつうの日本人には手が届かんほど跳ねあがってる。買え！　とにかく吉林の不動産を買え！　わたしは親切心で言ってるんだぞ」

次郎は銜え煙草のまま苦笑いした。

男の声が一段と熱を帯びて来た。

「ダムが建設されるとなりゃすさまじい量の人間がこの吉林に集まって来る。苦力《クーリー》も満人だけじゃ足らん。河北省からも山東省からも蟻《あり》のように支那人が押し寄せて来る。日本人技術者も内地からぞろぞろとな。そうなりゃ吉林じゃ何をやっても儲《もう》からあな。運輸業、女郎屋、飲食店。膨大な量の人間がダム建設で集まって来るんだ、どんな商売だってうまくいく。そのためにはいまのうちに絶対に不動産を押さえておかなきゃならん。その年齢《とし》だからすこしは金銭を貯めてるんだろう、買え！　悪いことは言わん、すぐにでも吉林の不動産を買っておきなさい」

次郎はへべれけになりはじめた男を残して小料理屋を出た。ダムの建設がはじまれば、吉林が様変わりすることは眼に見えている。古都の趣きは確実に失われていくだろう。そう思いながら次郎は逗留《とうりゅう》先の吉林旅荘に向かった。

その前庭に近づいたときだった、白楊の幹に背なかを預けている人影が見えた。月光に照らされたその貌《かお》はパラス・ジャフルだった。次郎は猪八戒とともにそのまえで立ち停まった。ジャフルが低い声で言った。

「また包頭に出向いてもらわなきゃならない」

「何があった？」

「ナラヤン・アリが殺されました」

「何だと？」

「亜州羊毛公司も焼かれた」

「どういうことだ？」

「わからない。わからないからこそ、あなたに包頭に出向いて調べてもらいたいんです」

次郎は月光に照らされているジャフルの表情をじっと眺めつづけた。アリは佐藤成男という奉天の特務少佐に熱河産阿片《アヘン》を扱わせて欲しいと持ち掛けた。あの商談が成立したのかどうかは確かめていない。しかし、アリ邸を出たあと、志のぶという小料理屋で綿貫昭之という奉天特務機関の嘱託と飲んだ。熱河産阿片に手を染めるとアリ暗殺の芽が出て来る。昭之はそのときそう言った。同時に、暗殺指令を下す可能性は三つある、とも。ひとつは中文で阿片の販路を独占する青幇《チンパン》。次に、何としてでもインド独立を阻止したいイギリス。三つ目はインド独立急進派内で回教徒の台頭を危惧するジャフルらのヒンドゥ教徒。次郎はその言葉を憶いだしながら低い声をジャフルに投げ掛けた。

「アリを殺《や》ったのはあんたらヒンドゥ教徒じゃないのかね？」

「わたしらが？　いったい、何のために？」

「アリは回教徒だった」

「それがどうだと言うんです？」

「インド独立後はヒンドゥ教徒と回教徒は対立関係に陥る。そのことはアリ自身がこのおれに仄《ほの》めかしてた」

「馬鹿げてる。まったく、馬鹿げてます。もちろん、ヒンドゥ教徒と回教徒はときどき揉めごとを起こす。宗教がちがうんですからね。多神教と一神教は最終的には相容《あいい》れないのかも知れない。しかしね、いまはイギリスからの独立という共通の目的があるんです。何のためにわたしらがアリを殺さなきゃならない？」

　次郎は煙草を取りだして銜えた。夜風は東から西に流れている。燐寸を擦っても、すぐには火は点かなかった。四度目でようやくけむりを吸い込み、それを吐きだして次郎は言った。

「アリは熱河産阿片を扱いはじめてたのかね？」

「最初にアリが送り込んだ阿片は蘇州《そしゅう》に流れた。評判は上々だった。販路拡大の見通しが出て来たばかりでした。上海に住んでるインド人はみなそのことを知ってた」

「インド独立派は期待してたのかね、阿片からあがる収益に？」

「どんな金銭でも色がついてるわけじゃない。その金銭で独立闘争のための武器が購入できれば、何人の支那人が癮《いん》になったところでどんな痛痒《つうよう》も感じませんよ。亜州羊毛公司はいまや単なる新疆からの羊毛の中継商社じゃなく、インド独立の財政支援拠点のひとつとなろうとしてたんです。その経営者のアリを殺され、すべてを焼かれた。いったいだれがそんな真似《まね》をしたか、ぜひとも知らなきゃならない。わたしらインド人が包頭をぶらつくと目立ち過ぎる。だから、こうしてあなたにお願いするんですよ」

10

ラジオからは『東京音頭』が流れて来ている。小唄勝太郎《こうたかつたろう》と三島一声《みしまいっせい》の唄声《うたごえ》は実に心地よさそうだった。西条八十《さいじょうやそ》作詞・中山晋平《なかやましんぺい》作曲のこの唄は熱河侵攻後内地で爆発的に売れたらしい。だれもかれもが『東京音頭』に合わせて踊りまくる。それは幕末のええじゃないかの狂騒に似ているという説も出たと聞く。

敷島三郎は奈津《なつ》とともに奉天から運ばせた家具や調度品のあらかたを置くべきところに置き終えた。大尉《たいい》に昇進し新京の関東憲兵隊司令部附となって新京に移って来てから二日目になる。ここは国都の中心・大同広場の東二粁《キロ》半の距離にあり、俗に新天地と呼ばれる住宅地だ。関東軍や満鉄の中堅幹部が居住するために開発されたのだが、まだ家影に埋め尽されているわけではない。空地には雑草が生い茂り、ときおり雉鳩《きじばと》の啼《な》き声が聴こえる。三郎はかたづけの手を休めて居間に置いた長椅子に腰を沈め、煙草《たばこ》に火を点けた。

時刻はそろそろ六時になろうとしている。

窓からは西陽が差し込んで来ていた。

「すぐにお茶を淹《い》れるわ」

「水でいい」

奈津が厨房《ちゅうぼう》に向かい、硝子《ガラス》コップに水を汲《く》んで戻って来た。

三郎はその手首を摑《つか》んで引き寄せた。奈津の腰を膝のうえに乗せ、硝子コップを受け取った。その水を飲んでから、あらためて煙草を銜《くわ》えて言った。

「寂しく感じるか？」

「どうして？」

「国都はまだ建設中だ、この新天地もがらんとしてる。おれは任務が任務だし、いつも一緒にいられるとはかぎらんしな」

「平気よ。あたし、計画があるし」

「どんな？」

「苗木《なえぎ》を買って来て、何にもないここの庭に樹《き》を植える。蜜柑《みかん》がいいかな、食べられるし」

「満州じゃ蜜柑は育たないよ、寒過ぎる」

「林檎《りんご》は？」

「たぶん、大丈夫だよ。落ち着いたら、おれが苗木を買って来てやる」

電話が鳴ったのはそのときだ。

奈津が膝のうえから離れて飾り棚に向かった。関東憲兵隊司令部が用意したこの官舎にはもちろん電話線が引き込まれている。昨日《きのう》奉天から越して来て三郎が最初に手をつけたのは電話の設置だった。奈津が受話器を取りあげて応対し、声をこっちに向けた。

「間垣さんからですよ、あなた」

三郎は立ちあがって飾り棚に向かい、受話器を奈津から受け取った。それを右耳に宛《あて》がって銜え煙草のまま敷島ですと言った。

「軍務局長が殺された」

「何ですって？」

「永田少将が斬殺《ざんさつ》された、軍務局長室で」

「ど、どういうことです、それは？」

「詳しいことは逢ってから話す。いま千代鶴《ちよづる》にいる。大同広場近くの長春街に面した小料理屋だ。長春街に看板が出てる。すぐに来てくれ」

三郎は新天地の新居から自転車に乗って長春街に向かった。この自転車は奈津が奉天で買物用に使っていたものだ。新京での利用頻度は高くなる。大気はすでに黄色く変わっていた。八月はまだ半ばだが、風にはもうまったく熱気を感じない。東四道街にはいり、そのまま長春街に向かった。

頭のなかは混乱しきっている。内地ではいったい何がどうなっているのだ？　陸大はじまって以来の英才と謳《うた》われ、今後の帝国陸軍の中核となるはずの永田鉄山少将が斬殺された？　しかも、軍務局長室で！　士官学校事件以来、青年将校たちの鉾先《ほこさき》が軍務局長に向けられていることはもちろん知っていた。だが、陸軍省という官衙《かんが》のなかでの斬殺。そんなことは満州では予測できるはずもなかった。

三郎はペダルを漕《こ》ぐ脚を強めた。

これにはおそらく真崎甚三郎教育総監の更迭問題が絡《から》んでいるだろう。先月の七月十五日附で教育総監は渡辺錠太郎《わたなべじょうたろう》大将と交替したが、これは永田軍務局長の画策の結果だと噂《うわさ》されている。今年になってからの国体明徴運動で、天皇機関説排撃の先鋒《せんぽう》となったのは在郷軍人会だったが、それを煽動《せんどう》したのが真崎大将らしい。

天皇機関説排撃の狂奔《きょうほん》に弱り果てた斎藤実《さいとうまこと》首相は林銑十郎《はやしせんじゅうろう》陸相に真崎大将の更迭を依頼する。その工作を永田軍務局長が引き受けた。陸軍将官の異動は大正二年に裁可された『省部関係業務担任規定』により、陸相の原案を参謀総長と教育総監が協議して決定することになっている。真崎教育総監はこの規定を楯に更迭を拒否したらしい。

これに引導を渡したのは閑院宮《かんいんのみや》載仁《ことひと》参謀総長だった。皇族でもあるこの参謀総長は真崎大将にすさまじい嫌悪《けんお》感を抱いていた。そのことは満州でも知れ渡っている。真崎大将は参謀次長時代、老齢の閑院宮参謀総長を完全に傀儡《かいらい》扱いしていたことが理由らしい。いずれにせよ、真崎大将は閑院宮参謀総長の一言《ひとこと》によって陸軍三長官のひとつ教育総監から軍事参議官という閑職に追いやられた。
だが、士官学校事件で停職となった村中孝次や磯部浅一といった予備役将校たちは
この人事に激怒し、怪文書を撒《ま》く。天皇機関説を実行し皇軍を攪乱《じょうらん》し維新を阻止し、
国家壟断《ろうだん》、国体破壊を強行せんとする陰謀、天人ともに許さざる七・一五統帥権干犯
事情、国民総蹶起の秋《とき》。こういう前置きで、教育総監更迭の経緯を詳述し、この黒幕
が永田軍務局長だと決めつける。士官学校事件で帝国陸軍を追われた連中にしてみれ
ば、将官人事ですらが統帥権の干犯に当たるのだ。三郎にはこの論理がまったく理解
できない。いずれにせよ、天皇機関説排撃とそれに連動した国体明徴運動は常軌を逸
しているとしか言いようがないだろう。
軍務局長斬殺はこういうことと密接に絡んでいるとしか考えられない。
長春街にはいって進路を大同広場に向けた。
夕暮れのなかを無数の人影が動いている。満人の苦力《クーリー》が帰路につきはじめたのだ。
国都建設にはまだまだ人手が足りない。満州国民政部警務司長で協和会《きょうわかい》の重鎮たる甘《あま》
粕正彦《かすまさひこ》はこの問題を解決するために大東公司《だいとうコンス》を設立した。入満苦力の統制を図るため
だ。この大東公司は確実に機能しはじめている。今後も長城線を越え、河北省から山
東省から支那人が押し掛けて来て苦力となり、満人となって満州に落ち着くだろう。

前方に千代鶴という提灯《ちょうちん》が見えて来た。

間垣徳蔵はその小あがりで猪口《ちょこ》を傾けていた。真っ白い背広に身を包み、座卓のまえで胡座《あぐら》をかいている。店のなかはもちろんもう照明が灯され、白熱灯のその明かりにきょうも徳蔵の額から左頬にかけて伸びる刃の傷痕《きずあと》がやけにくっきりと浮かびあがって見える。三郎は無言のまま会釈《えしゃく》をして靴を脱ぎ、小あがりの座卓の向かいに腰を下ろした。まだ六時過ぎなのだ、客は他にはいなかった。徳蔵が経営者に酒の追加と肴《さかな》を頼んだ。

「どういうことなんです、いったい？」三郎は声を潜めて言った。「いつなんです、軍務局長が殺されたのは？」

「きょう八月十二日の朝だ」

「斬殺だと電話でおっしゃいましたね？」

「永田少将を斬《き》り殺したのは第五師団福山歩兵第四十一連隊附の相沢三郎中佐でな、八月の定期異動で台湾の歩兵第一連隊への赴任が決まっていた。陸軍戸山学校剣術教官をやったほどの剣道の達人だよ。座禅を好み、純情朴直にして尊皇の念が厚いが単純という評判だったが、五年ほどまえから西田税《にしだみつぎ》らと親交を深めてる」

「で？」

「相沢中佐は真崎甚三郎教育総監更迭に憤激し、軍務局長室に乗り込んだ。永田少将が椅子から立ちあがった瞬間に軍刀を引き抜き、袈裟《けさ》掛《が》けに斬り下ろし、体が反転したとき背後から心臓めがけて突き刺した。軍務局長はもちろん即死だよ。軍務局長室に居合わせた山田長三郎《やまだちょうざぶろう》兵務課長は腰を抜かして隣室に逃げだしたらしい」

三郎は呼吸《いき》を殺してその眼を見つめた。

小あがりに徳利と酒肴《しゅこう》が運ばれて来た。

徳蔵が徳利の口をこっちの猪口に差し向けながらつづけた。

「凶行のあと、相沢中佐は軍務局長室に居合わせた連中にこう言ったそうだ。これから偕行社《かいこうしゃ》で買物を済ませて台湾に赴任するつもりだ、とな」

「狂ってるんですか、相沢中佐は？」

「わたしにはそうとしか思えんが、昭和維新を叫ぶ青年将校たちはおそらくべつの見かたをする。私心のない崇高な精神の持主として相沢中佐の行動に絶大な讃辞を贈るだろう」

三郎は注がれた猪口を舐めたが、酒の味はまったくしなかった。

徳蔵が煙草を取りだしながら言葉を継いだ。

「とにかく、陸大はじまって以来の英才と謳《うた》われた永田鉄山少将はこうやって殺された。八月の定期異動で仙台の歩兵第四連隊から参謀本部作戦課長に転じた石原莞爾大佐が赴任するその日にだ。帝国陸軍内は蜂《はち》の巣を突ついたような騒ぎになってるらしい」

「どうなるんですか、今後の軍内の統制は？」

「予断を許さんよ。青年将校たちは快哉《かいさい》を叫んでるだろうし、更迭されたとは言え真崎甚三郎大将は隠然たる力を持ってる。荒木貞夫前陸相もそれに歩調を合わせてるんだ。軍務局長斬殺を再浮上の好機と捉《とら》えているとしても何の不思議もない。このことは軍法会議の判決にも相当影響して来るだろう」

「真崎大将が相沢中佐を使嗾《しそう》したと？」

「そこまで考えるのは無理がある。しかしな、真崎大将も荒木大将も青年将校たちに阿《おもね》ることによって帝国陸軍内の力を保持して来たんだ。今後ますます阿諛《あゆ》の度合いを強めるだろう。具体的にはいったん鎮静化した国体明徴運動を再燃させようとするにちがいない」

三郎は手にしていた猪口を座卓のうえに置いた。酒肴に箸《はし》をつける気にはなれなかったし、もう飲む気もなかった。

「当面の問題は空席となった軍務局長の座にだれを据えるかだが、これは揉めに揉めるだろうよ」徳蔵がそう言って煙草に火を点けた。「さらに、林銑十郎陸相もこのままじゃ済まない。何しろ、これほどの大事件だ、当然責任は問われる」

無言のまま三郎も煙草を取りだした。

徳蔵が銜え煙草のままつづけた。

「これは相沢中佐の凶行とは関係なくまえから決まってたことだが、来月関東憲兵隊司令官に東条英機少将が赴任して来る。知ってるかね、東条少将は中尉時代には陸軍士官学校の教練班長として甘粕正彦を指導した。要するに師弟の関係だった。これによって満州は大きく変わって来ると考えなきゃならん」

「どういうふうに変わるんです？」

「紆《う》余曲折《よきょくせつ》はあったが、満州国は石原莞爾大佐の五族協和論と板垣征四郎少将の実行力が両輪となって創りあげられた。しかし、東条少将はこのふたりのどっちにも似てない。とにかく微《こま》かなことにうるさい性格でな、理想とか胆力とかに興味を示さない性質だよ。関東憲兵隊司令部も大雑把なことは許されなくなるだろうよ」

三郎は銜えていた煙草にようやく火を点けた。けむりを吸い込んだが、味はほとんど感じられなかった。内地での激震が満州にどう跳ねかえって来るのか？　三郎は徳蔵の眼を見つめつづけた。

「東条少将は殺された永田少将に心酔してた。東条少将がバーデンバーデンの誓約に遅れて参加したことは知ってるな？　あのときの誓約はふたつだ。まず帝国陸軍内の長州閥の打破。次に、総力戦体制の構築。このうち、永田少将は後者を重視してた。それがそのまま天皇機関説に繋《つな》がっていくんだ。しかし、東条少将は長州閥の打破しか念頭になかっただろうよ」

「どういうことです、それは？」

「東条少将の父親はな、盛岡出身の東条英教《ひでのり》という軍人で、西南の役では田原坂《たばるざか》の激戦に身を投じた。それから陸大一期生となり最優秀の成績で卒業してドイツに留学した。そこで徹底して兵学を学び、山県有朋に長州閥の弊害を諌言《かんげん》した。日露戦争では旅団長として第一線に立つが、師団長の命令をみずからの兵学思想に反する作戦だとして拒否する。そのうちに、兵学者としては一流だが、実戦指揮能力不足として予備役に追い込まれたんだよ。そして、予備役編入の前日に一日だけ名誉中将に任じられた。東条英教はこの屈辱を山県有朋を中心とする長州閥の陰謀だとして死ぬまで怨《うら》みつづけた。それが息子の東条少将には忘れられない。だから、永田少将の長州閥打破にバーデンバーデンで飛びついた」

　そのとき、小料理屋のなかに二組の日本人客がはいり込んで来た。これから立て込んで来るのだろう。もうそういう時刻だった。

　徳蔵がそのことを気にするように店内を眺めまわしてわずかに声を潜めた。

「それはともかくとして東条少将は永田少将に心酔しきってた。永田少将を斬殺させた勢力として真崎大将や荒木大将への復讐心《ふくしゅうしん》に燃えあがるだろう。東条少将はそういう性格なんだよ。憲兵隊という最大の諜報《ちょうほう》組織を手に入れたんだ、今後満州じゃ真崎・荒木の国体明徴路線派を切り刻みはじめるにちがいない。気をつけたほうがいいぞ」

「何をです？」

「きみの義兄の熊谷誠六《くまがいせいろく》少佐は陸士時代に山下奉文《やましたともゆき》少将の教導を受けてる」

「それがどうだとおっしゃるんです？」

「山下少将は大佐時代に陸軍省軍事課長としてきわめて荒木大将に近い存在だった。東条少将の眼にはかならず国体明徴派と映る。つまり、きみの義兄は山下少将の人脈として組み込まれ、監視の対象となる畏《おそ》れがある」

11

包頭の亜州羊毛公司の跡地はまだかたづけられていなかった。黒焦《くろこ》げの柱や崩れ落ちた屋根瓦《やねがわら》、変色した土壁などが散らばっている。中庭に駐《と》められていたと思える六輪輸送車も炎に包まれたらしく、黒い残骸《ざんがい》となって正午過ぎの陽光に曝《さら》されていた。

敷島次郎は風神の馬上からそれを眺めつづけた。ナラヤン・アリの殺害者の狙《ねら》いははっきりしている。すべてを焼き払ったのは個人的怨恨《えんこん》のためではない。熱河産阿片の流通に手を染めることがどれほどの危険を伴うかを表明する目的がここにははっきりと示されていた。パラス・ジャフルが言ったとおり、インド独立派の内部抗争という見方はもう棄《す》てていいだろう。亜州羊毛公司の資金は上海在住のインド人たちから拠出されているのだ。ヒンドゥ教徒と回教徒の争いならアリひとりを殺せば済む。包頭の流通拠点たる亜州羊毛公司を全焼させてしまうのは無意味なばかりではなく、インド独立派の損失があまりにも大きい。次郎は肩窄児《チエンチアル》の衣嚢《いのう》から煙草を取りだして、それに火を点けた。

焼跡に隣接する包頭塩務稽核処《えんむけいかくしよ》から五十過ぎの瘦《や》せた支那人が出て来たのはその直

後だった。亜州羊毛公司はすさまじい炎に包まれただろうに、塩務稽核処の建物は延焼を免《まぬが》れただけでなく、無傷に近かった。支那人がこっちを見あげながら言った。

「亜州羊毛公司の取引先なのかね、あんたは？」

「あ、ああ」

「知らなかったのかね、ここは七月の終わりに焼け落ちた」

「経営者は死んだと聞いてる」

「死んだのは経営者だけじゃない。その家族も、働いてた女たちもみな死んだ」

「死体はどうなった？」

「引き取り手がいないんで、巡警部隊が町外れの丘の麓《ふもと》に埋めたらしい。ナラヤン・アリという経営者は回教徒だったけど、このあたりには回族はいない。だから、回教徒がどういう葬儀をするのか知らん。しかたないから、巡警部隊はただ穴を掘って、そこに死体を投げ込んだと聞いてる」

「聴いたかね、亜州羊毛公司が燃えるまえに銃声を？」

「そのとき、わしはここにはいなかった。燃えたのは夜八時ごろだったらしいんで」

「理由は何なんだね？」

「何の？」

「焼跡を見るかぎり、火の勢いは相当なものだったと思うが、塩務稽核処は火の粉さえ被《かぶ》ってないみたいだ。それはどういうことなんだね？」

支那人はこっちを見あげたまま眼を瞬《しばた》たかせた。表情にわずかながら警戒の色が滲《にじ》み出ている。次郎は馬上からそれを眺め下ろしながら煙草を喫いつづけた。支那人が口ごもりながら言った。

「な、何なんだね、あんた？」

「亜州羊毛公司とときどき商売してた。それだけだよ」

「詳しいことはもうみんな巡警部隊に話をしてる」

「わざわざそこに出向けと言うのかね？」

「報《し》らせがあった、わしがまだ働いていた七時ごろに」

「どんな？」

「亜州羊毛公司が火事になるかも知れない、延焼を防ぎたかったら大量の水を用意しておけ、と」

「だれがそんなことを？」

「知らないやつだ、包頭じゃ見掛けたこともない。わしはその言葉を信用したわけじゃないが、念のために大量の水を用意させておいた。そしたら、わしが家に引きあげたあと、ほんとうに火の手があがった。水を用意してたおかげで塩務稽核処に残ってた連中が防火に当たって、ここは助かったんだよ」

次郎は短くなった煙草を大地に投げ棄てた。支那人が踵《きびす》をかえして塩務稽核処に戻ろうとした。それを呼び止めるように次郎は言った。

「包頭で流氓《りゅうぼう》がよく泊まるところは？」

「偉晴賓館《いせいひんかん》」

「それはどこに？」

「包頭城南門の近く。看板が出てるからすぐにわかる」

次郎は風神を前庭の柵《さく》に繋いで、猪八戒とともに偉晴賓館の餐庁《さんちょう》に足を踏み入れた。一時を過ぎたばかりだというのに、そこには客はだれもいなかった。すぐに給仕が近づいて来た。次郎は麻婆茄子《マーボなす》と鶏肉落花生炒《いた》めを注文し、猪八戒用の煮豚を頼んだ。給仕が頷《うなず》いて卓台から離れようとした。次郎はそれを引き止めて言った。

「ここの総経理は？」

「呂偉晴《ろいせい》ですが」

「この飯店の名まえはそこから採ったのかね？」

「そうです」

「いまいるかね？」

「ええ」

「呼んで来てくれないか、ここに。それから二、三日宿泊したいと伝えてくれ」

給仕が頷いて背なかを向けた。

六十前後の太った支那人が近づいて来たのはその二、三分後だった。訝《いぶか》しそうな眼でこっちを見つめたまま言った。

「わたしが総経理の呂偉晴ですが」

「ずいぶん閑《ひま》そうですな？」

「景気がいいのは上海とか天津だけでしょう。包頭はさっぱりです。七月の終わりにはおかしな事件もありましたしね」

「そのことで伺いたいことがある」

「だれなんです、あなたは？」

「とにかく、そこに座って欲しい」次郎はそう言って衣嚢から財布を取りだした。偉晴が卓台の向かいに腰を下ろした。次郎は財布から横浜正金銀行券十円札二枚を抜きだし、それを卓台のうえに滑らせてつづけた。「あなたに迷惑は掛けない、ただ情報が欲しいだけだ」

偉晴はしばらく二枚の紙幣に視線を落としていた。やがて、ぷっくりとしたその手がそれを手まえに引き寄せた。次郎は無言のまま財布を衣嚢に仕舞い込んだ。偉晴がうわずった声で言った。

「何を知りたいんです？」

「四十日まえにナラヤン・アリというインド人が家族や従業員もろとも殺され、亜州羊毛公司が全焼した」

「そういうことなら、巡警部隊の詰所に出向かれたらどうです？　わたしは何にも知りませんよ」

「呂偉晴さん」

「何です？」

「あなたは巡警部隊を信頼してるのかね？」

偉晴がゆっくりと首を左右に振った。

次郎は衣嚢から煙草を取りだしながらつづけた。

「亜州羊毛公司が炎上するまえ、隣接する塩務稽核処に警告があった。延焼を免れたかったら大量の水を用意しておけとね。その男は包頭じゃ見掛けない顔だった」

「それが何だと言うんです？」

「四十日まえ、この偉晴賓館の宿泊客は何人だった？」

「九人」

「常連客は？」

「五人」

「残りの四人はたがいに話を？」

「してました。しかし、わたしには聞き取れなかった。四人は仲間うちでは北京語を使ってなかった。使ってたのは上海語だと思います」

「四人は長逗留を？」

「ここに来たのは亜州羊毛公司が焼ける三日まえです。滞在中はときどき綏遠《すいえん》の麗沙《れいさ》飯店というところから電話が掛かって来た」

「そのとき、どんな話を？」

「聞き取れませんよ。電話を受けるときは北京語だが、電話口で話してるのは上海語なんだし」

「四人はいつまでこの偉晴賓館に？」

「亜州羊毛公司が燃えた翌日の朝早く出て行った」

「そのことは巡警部隊に？」

「どんな得があるんです、巡警部隊に報告して？　あれやこれやを質問されて、あげくの果ては難癖をつけられ賄賂《わいろ》をむしり取られるだけだ。そんなことはあなたにだってわかるでしょう」

次郎は無言のまま煙草に火を点《つ》けた。

偉晴が腕組みをして話題を変えた。

「亜州羊毛公司の燃えかたはすさまじかった。何しろ、この一帯は雪が溶けてから一度も雨が降ってない。乾燥しきってる。あなたに言われてはじめて知ったんだが、塩務稽核処に水が撒かれてなかったら、炎は包頭中に燃え拡《ひろ》がったかも知れない」

「火を放ったのはおそらくここに泊ったその四人だと思う」

「だとしても、わたしに責任はありませんよ」

「四人は宿泊簿に記載した？」

「もちろん」

「金銭《かね》は別途にちゃんと支払う。あとでその宿泊簿をこのおれに見せて欲しい」

昼飯を食い終えてから次郎は宿泊簿に眼を通した。偉晴が指摘した四名の名まえを頭に叩《たた》き込んだ。雷春俊《らいしゅんしゅん》。呉徳眉《ごとくび》。黄仁天《こうじんてん》。杜鏡仁《ときょうじん》。偉晴は四人の推定年齢や人相も喋《しゃべ》った。次郎は夕暮れを待って上海に電話を掛けた。吉林でパラス・ジャフルから上海の電話番号を教えられ、五時過ぎには確実に電話の近くにいるので、何かあったら連絡して欲しいと言われていたのだ。受話器の向こうにジャフルが出た。次郎はこれまでの経過を説明し、四人の名まえを挙げて言った。

「亜州羊毛公司が焼かれるまえに隣接する包頭塩務稽核処に延焼を免れるよう警告が出されてる。これはおそらく国民政府が本格的に乗りだして来るのを畏れたからだろう。四人の犯行と決めつけるのはまだ早いが、いまのところそれ以外には考えられん。包頭では四人はたがいの会話に上海語を使ってる。上海から送り込まれたんだ」

「でしょうね」

「イギリスが送り込んだにせよ、青幇《チンパン》だったにせよ、四人は上海からやって来た。偽名だとも考えられるが、四人を洗ってみてくれ。こういう荒っぽい真似をやる連中ならその筋じゃ名まえが知られてるだろうよ。とにかく、国民政府を真正面から刺戟《しげき》することを避けて、アリの殺害と亜州羊毛公司の焼打ちはそういうふうに行なわれた。

包頭で調べられるのはここまでだ。引き受けたおれの仕事はこれで終わったと考えてくれ」

「待ってください」

「他に何を調べろと言うんだ？」

「四人は綏遠と連絡を取りあってたんでしょう？」

「綏遠の麗沙飯店だ、そこからときどき電話が掛かって来たらしい」

「その麗沙飯店を覗《のぞ》いてください」

「何のために？」

「新しい情報がはいるかも知れない」

「また経費が嵩《かさ》むぞ」

「これは金銭の問題じゃない。インド独立のためなら、どんなちっちゃな疵《きず》も見逃せないんです。上海で調べられることはちゃんとこっちで調べます。あなたにはぜひとも綏遠に行って欲しい。綏遠で四人がどんな行動をしたか報告してもらいたいんです」

「無駄足になっても知らんぞ」

「かまいません。無駄はこういう調査にはつきものだ、そんなことをわたしはごちゃごちゃ言いませんよ。インド人を見くびって欲しくありませんな」

次郎は電話を切って、宛《あて》がわれた房間に向かった。部屋は狭く、寝床台もやけに小さかった。包頭に来ると、いつもアリの自宅に泊まっていたのだ、流氓用とは言え、この飯店の造りの見窄《みすぼ》らしさは格別だった。昼飯に頼んだ料理の味も酷《ひど》かった。次郎は寝床台に横たわって仮眠を摂《と》り、六時まえに偉晴賓館から猪八戒を伴なって抜けだした。

暮れなずむ包頭の町は人影もまばらだった。

馬占山が包頭担当になったという噂は聞いているが、蔣介石は敦睦邦交令《とんぼくほうこうれい》を公布しているのだ、抗日の気配はまったく感じられない。しかし、国民革命軍が剿共戦《そうきょう》を完遂すれば、こういう状況は激変するだろう。

次郎は大通りから路地にはいり、志のぶという看板の掛かる居酒屋の縄暖簾《なわのれん》を掻《か》き分けて猪八戒とともになかに足を踏み入れた。ここはまえに綿貫昭之に案内されたところだ。まだ六時にもなっていないのだ、客はひとりもいなかった。次郎は一番奥の席に着いて、カウンターの向こうの四十半ばの経営者に親子丼《どん》を注文した。

「酒はどうなさいます？」

「腹が減ってる、まず飯だ。偉晴賓館に泊まってるんだが、あそこの料理はまずくて食えたものじゃない」

「日本人なのに偉晴賓館に？」

「おかしいかね？」

「やられますよ、壁蝨《だに》に。ですから、日本人はあそこにはだれも泊まらない」

次郎は苦笑いを浮かべて肩窄児の衣嚢から煙草と燐寸箱《マッチ》を取りだした。火を点けようとしたが、箱に燐寸は残っていなかった。

経営者が燐寸の大箱を手にしてカウンターの奥から出て来た。それをこっちの眼のまえに置いて言った。

「まえにお越しになりましたよね、綿貫さんと」

「憶《おぼ》えていてくれたのかね？」

「忘れられませんよ、その黒い天鵞絨《ビロード》の眼帯は」

「あの日本人はあれから？」

「一度も包頭には来てません。来れば、綿貫さんはここに顔を出しますから」

次郎は大箱から燐寸を引き抜いて、それを擦った。煙草に火を点け、そのけむりをゆっくりと吐きだして言った。

「亜州羊毛公司が焼けたときはどうしてました？」

「ここで商売してましたよ、ふだんどおりね。あとで聞きましたよ、あそこを経営してたインド人が家族や従業員もろとも殺されたそうですね。包頭もだんだん物騒になって来る」

「インド人殺しについて何か噂は？」

「ほんとうかどうかは知りませんがね、犯行は上海語を喋る四人の手で行なわれたって噂が飛んでます。最近、おかしなやつがやけに包頭に流れて来る。支那人だけじゃなく日本人もね」

「それはおれにたいする皮肉なのかね？」

「ちがいますよ、お客さんは綿貫さんに連れて来られたんだ、信用してます」経営者はそう言って突っ立ったまま腕組みをした。「亜州羊毛公司が焼かれる十日ぐらいまえでしたかねえ、ふたりの日本人が包頭にやって来た。そいつら、何だと思います？雨乞師《あまごいし》ですよ、雨乞師。ここのところ、この一帯は日照りつづきでしょう、旱魃《かんばつ》に弱り果てた包頭郊外の農民たちが呼んだんです」

「で、雨乞いの祈禱《きとう》を？」

「畑に祭壇みたいなものを作り、けばけばしい恰好《かっこう》をして祝詞《のりと》まがいの祈禱の声をあげたそうです。しかし、その後、雨は一滴も降ってない。ただのいんちき雨乞師なんです。農民たちはなけなしの金銭を集めて、ふたりに支払ってる。今度逢《あ》ったら叩き殺すと騒いでるそうです。貧しい農民たちを騙《だま》して小金銭を巻きあげるなんて、同じ日本人として恥ずかしい。ああいうやつがいるから支那人の反感を買うんです。真面《まじ》目《め》に仕事をしてるわたしらは大迷惑だ、腹が立ちますよ、まったく!」

12

九月半ばの松花江の川風はもうかなり冷たかった。大気は澄みきっている。時刻は午後二時になろうとしていた。敷島四郎は河畔の岸壁に腰を下ろし、ハルビン日日新聞社から借りて来た二週間ぶんの内地の新聞に眼を通しつづけた。六時まえにはあの狭苦しい烏蘇里《ウスリー》亭にはいらなきゃならない。肌寒さは感じるが、広々とした河畔は心地よかった。

九月一日付の紙面にはアメリカで交戦国に武器弾薬の輸出を禁じた中立法が成立したことが報じられている。蔣介石が敦睦邦交令を公布した現在、日支が激突する気配はない。しかし、剿共戦が終われば国民革命軍はふたたび支那駐屯軍や関東軍と向かいあうことになるだろう。そのとき、アメリカで成立したこの中立法はどんな意味を持つのか見当もつかない。

七日付の新聞にはイギリスから支那に派遣される経済顧問リース＝ロスが東京に立ち寄り、広田弘毅《ひろたこうき》外相と高橋是清蔵相と会談したと書かれていた。その内容は満州国が支那の債務を継承分担する替わりに、国民政府が満州国を承認する案を打診したものだ。軍中央がそんなことを受け入れるはずもないだろう。リース＝ロスは提案を拒否されると、そのまま上海に向かって離日した。

そして、昨日、ナチスがニュルンベルク法を公布してユダヤ人の市民権を剝奪《はくだつ》した。それとともに、鉤《かぎ》十字ハーケンクロイツがドイツの国旗に制定された。

ドイツではジョセフ・フリーマンの予測どおりのことが進行しているのだ。四郎はフリーマンからユダヤ教寺院で手渡された酒井勝軍著の『猶太《ユダヤ》人の世界征略運動』に書かれていることを憶いだした。そこに記されている内容は支離滅裂としか言いようがない。ユダヤ・日本人同祖論の根拠はこうだった。大和民族はユダヤ亡国の折、世界各地に離散した失われた十支族のうちカド族やエヅモ族が日本列島に辿《たど》り着いたものだ。カドは敬称がついてミカドとなり、エヅモは出雲《いずも》族になった。この連中はソロモンの神宝を日本に運び、その証拠がソロモンの殿堂と平安京の類似なのだ。『猶太人の世界征略運動』はこのように親ユダヤ論を展開すると同時に、国際秘密結社フリーメーソンは異民族をユダヤ化する目的で創設され、ユダヤ賢人会議のシオン議定書によって世界征略が明示されたと説く。マルクスの唱えた共産赤化思想と国際ユダヤ資本の謀略。これに警戒せよと結んで反ユダヤ論に移行するのだ。四郎はフリーマンの言葉を反芻《はんすう》した。親ユダヤでも反ユダヤでもいい、とにかくユダヤ人に興味を持ってもらいたい。そう言ったのだ。ユダヤ人が満州国へ合流することを夢想しているとすれば、まずそこからしかはじまらないだろう。四郎はそう思いながらハルビン日日新聞社から借りて来た内地の新聞を取り纏《まと》めて膝《ひざ》のうえに置いた。

背後に人の気配を感じたのはそのときだった。

振りかえると、ハルビン特務機関の落合章介少佐がそこにいた。薄緑色の背広に身を包んでいる。四郎は無言のまま軽く頭を下げた。章介が低い声で言った。

「内地の新聞かね？」

「ええ」

「何日ぶんかね、それは？」

「二週間ぶんです」

「興味があるのかね、相沢事件に？」

「べつにありません。ぼくは殺された永田軍務局長がどんな人間だったのかまったく知識がありませんし」

「三面の片隅に載ってる記事には眼を通した？」

「いいえ、見出しの大きな記事しか読んでません」

「今年も去年につづいて凶作らしい。農村からの娘の身売りは引きも切らない。小作争議も頻発してる。このぶんだと、争議件数は史上最高を記録するだろう。内務省じゃ年間五千件を越えると予想してる」

　四郎はあらためて新聞を拡げようとした。

　それを制するように章介が言った。

「川風が気持いい。歩きながら話さないか」

「落合少佐」

「何だね？」

「尾《つ》けて来られたんですか、ぼくを？」

「まさか。特務機関はそれほど閑じゃない。たまたま見掛けたんで近づいて来たんだ、頼みたいこともあるしな」

四郎は立ちあがって章介とともに松花江河畔の道路を左脚を引きずりながら歩きはじめた。ハルビンの埠頭区《ふとうく》はいまあちこちで大掛かりな土木工事が行なわれている。関東軍特務部と満鉄経済調査会の共同立案によって大ハルビン建設会社が設立されたのだ。埠頭区でも二年まえの松花江大氾濫《はんらん》の再発を防ぐために江岸改良工事と排水施設の建設中なのだ。新京の国都建設に長城線を越えて来た支那人苦力が従事していると聞くが、ここハルビンもそうだった。日本人技術者の指示に従って無数の便衣姿の苦力が鋤《すき》や鍬《くわ》を振るっている。四郎はそれを眺めながら章介に言った。

「何なんです、ぼくに頼みたいことって？」

「きみのこれまでの経験が必要なんだよ」

「まわりくどい言いかたはやめてください」

「武装移民の入植はこれから第五次にはいる。満州拓植会社の運営も一応軌道に乗った。だが、問題は山積してる。内地の農村過剰人口は満州でこれから吸収できるが、朝鮮半島も同じ問題を抱えてるんだよ。内地と同じように朝鮮も去年は凶作だった。今年もたいした収穫は見込めんらしい。満州は鮮人農民も吸収しなきゃならん。そのために満拓と同じような組織を作るんだよ。満州国が満鮮拓植股份有限公司を作る。朝鮮総督府も拓殖会社を設立する。ふたつの連携で鮮人農民を受け入れるんだ」

四郎は無言のまま松花江の河畔を歩きつづけた。

章介がこっちの歩調に合わせながら言葉を継いだ。

「鮮人農民が四十戸、綏化《すいか》に入植した」綏化はハルビンの北百三十粁《キロ》の地点に位置している。「土地は満鉄がきちんとしたかたちで買いあげてる。だから、支那人と鮮人がぶつかりあった万宝山《まんぽうざん》事件のようなことが起こる危惧《きぐ》はない」

「落合少佐」

「何だね？」

「要点をおっしゃってください」

「綏化の鮮人の村でしばらく暮して欲しい」

「何のためにです？」

「監視」

「え？」

「抗日連軍に合流した金日成傘下《さんか》の鮮人遊撃部隊が北満でも活動を開始した、コミンテルンの方針に基いてな。楊靖宇指揮の抗日連軍は謝文東《しゃぶんとう》の東北民衆自衛軍とはまるで性格がちがう。単なる民族主義じゃないんだ、愚かなことに共産主義はあらゆる矛盾を解決できると信じ込んでる」

四郎は歩を停めて章介の表情を見つめた。

章介がズボンのポケットに両手を突っ込んでつづけた。

「綏化に入植した鮮人農民たちの身辺調査は一応完了済みだ、思想的にはいまのところ何の問題もない。しかし、金日成傘下の遊撃部隊はかならず綏化に楔《くさび》を打ち込んで来る。絶対にそれを阻止しなきゃならん。農民といえども大地にへばりついてるわけじゃない。食料やら薬品やら衣服を仕入れるために出入りの業者と接触する。そのなかに遊撃部隊が紛れ込む。それを監視してもらいたくてな」

「無理ですよ、ぼくは朝鮮語がまったく理解できない」

「それは心配せんでもいい。入植する鮮人たちの村長は日本語がぺらぺらだし、他の連中も日本語がかなり喋れる。何せ、国籍は日本なんだからな。きみのこれまでの経験からしてみりゃ、おかしな動きはすぐにでも察知できる」

四郎はふたたび黙り込むしかなかった。

章介が煙草《たばこ》を取りだしながら言葉を継いだ。

「綏化には鉄道自警村が設置されてる」

「何です、それは？」

「最初は鉄路自警村と呼ばれたんだが、北満鉄道買収に伴い鉄道自警村と改称された。

これは弥栄村《いやさかむら》や千振村《ちぶりむら》みたいに試験的な武装移民の村落じゃない。職業軍人が集まってる。村民はすべて関東軍の予備役だ。手にしてる武器も歩兵銃だけじゃない。機関銃も配備されてる。鮮人農民の村でおかしな動きを察知したら、すぐに鉄道自警村に連絡して欲しい」

四郎は無言のままその眼を見据えつづけた。章介の話しぶりはユダヤ教寺院で自殺した首藤照久と較《くら》べればずっと物静かで丁重《ていちょう》だった。しかし、はるかに強制力を感じさせる。これが佐官と下士官のちがいなのかも知れない。四郎はそう思いながら静かに下唇を舐《な》めた。

「きみはもう烏蘇里亭に行く必要はない。あんな薄暗いところでコミンテルンの関係者をでっちあげるなんて仕事は才能の浪費だ。綏化に出向いてくれ。きみの表面上の肩書きは綏化の朝鮮人安全農村の指導員だが、身分はハルビン特務機関顧問だ、それ相応の報酬が支払われる」

「特務機関の顧問ですって？」

「そうだ、すでに登録済みだ。弥栄村では拓務省から報酬が支払われてたが、今後はハルビン特務機関から一切の経費と報酬が捻出《ねんしゅつ》される」

「冗談じゃない！　お断わりします、特務機関のために働くなんてまっぴらだ！」

「何をそんなに興奮するんだね？　きみは断われはしないよ。間垣さんから情報はすべてはいって来てるんだ。きみが内地で何をしたかもわかってるし」

13

敷島次郎は風神に跨《また が》り麗沙飯店を出た。時刻は午前十時を過ぎたばかりだ。内蒙古の中心地・綏遠の雰囲気はむかしと較べてがらりと変わっていた。やけにぎすぎすしている。理由ははっきりしていた。蒙古独立の機運が昂《たか》まっているのだ、蒙古族のほとんどが徳王の一挙手一投足に注目しているように感じられる。関東軍はいずれここに手を突っ込むだろう。支那人たちはそれにぴりぴりしているようだった。猪八戒がまえを進む。次郎は綏遠の町を離れた。

麗沙飯店での収穫は何もなかったに等しい。偉晴賓館に泊まっていた四人の支那人は確かに麗沙飯店にも投宿した。雷春俊。呉徳眉。黄仁天。杜鏡仁。宿泊簿には同じ名まえが記されていたのだ。四人が喋っていたのは上海語で河北省出身の麗沙飯店の経営者には内容を理解できなかったという。四人が綏遠を離れたあとも六十前後ので っぷりと太った支那人がひとり麗沙飯店に居残った。宿泊名簿の記載名は範明兆《はんめいちょう》。やはり、上海語を喋る。包頭と電話で連絡を取りあったのはこの支那人だろう。調べがついたのはそれだけだった、他には何もない。

上空は雲ひとつなく、大気は澄みきっている。乾ききった北からの風はもうかなり冷たい。九月も下旬にはいったのだ、蒙古の大地はこれから日毎《ひごと》に冷え込んで来るだろう。

前方に何人もの人影が大地に腰を落としているのが見えて来た。その数は二百人近いだろう。笛の音も聴こえて来る。二頭の馬もいた。その中央で赤や青の布が閃《ひらめ》いていた。幟《のぼり》も立てられている。そこは耕作された大地だった。おそらく、高粱《コーリヤン》か玉蜀黍《とうもろこし》が栽培されるのだろうが、いまはただの赤茶けた大地となって拡がっていた。

次郎はそっちに向かって風神を進めた。

陽光に照らされるその光景がだんだん鮮明になって来る。

赤茶けた大地に座っているのは便衣を着た支那の農夫たちで、祭壇めいたものを囲んでいた。遊牧の蒙古族の大地に支那人たちが長城線を越えて入植して来ているのだ。

二百近いその人影の向こうには家並みが拡がっていた。

次郎はそこに近づいて風神の背から降りた。

祭壇めいたものは箱らしきものを並べ、そのうえに緋毛氈《ひもうせん》を敷いたものだった。そこで神官のような服装をした男が踊りながら唸《うな》り声をあげている。ただ、その衣服は純白ではなかった。赤や黄色い布を縫い合わせて仕立てられている。大袈裟《おおげさ》な身振りで踊りながら発する声は凶々《まがまが》しさを感じさせる旋律に彩《いろ》どられていたが、何を言っているのかはまったく理解できなかった。

そのそばで横笛を吹いている男は真っ白い神官の衣服を纏っている。幟には墨痕《ぼっこん》鮮やかに大日本帝国神農降雨大祈願《だいにっぽんていこくしんのうこううだいきがん》と書かれていた。それが北からの風にはためいている。

次郎は包頭の居酒屋・志のぶで聞いた言葉を憶いだした。いんちき雨乞師の日本人が農民たちのなけなしの金銭を集めている。おそらく、眼のまえで笛を吹き踊っているのは包頭から消えたそのふたりだろう。綏遠でも旱魃がつづいているらしい。ふたりは来年こそは恵みの雨を願う入植して来た支那の農民の藁《わら》をも摑《つか》みたい心理につけ込んでいるのだ。次郎は無言のまま雨乞いの儀式らしきものを眺めつづけた。

大地にしゃがみ込んでそれを見ている農民たちの表情は真剣そのものだった。次郎はゆっくりと腕組みをした。それから、五、六分後だろう、背後から近づいて来る気配を感じた。振りかえると、大車を曳《ひ》く大馬《ターマー》がこっちに向かっていた。大車のうえには家財道具が積まれ、手綱を四十半ばの男が引いている。そのそばには妻らしき女と二十歳前後の息子と思える若い男がいた。

降雨祈願の舞いはまだ終わりそうにない。けばけばしい衣服を纏った男の祈禱の声は一段と高くなっている。笛の音も急速に大きくなって来ている。

背後の動きが慌《あわ》ただしくなった。もう一度振りかえった。四十半ばの男が手綱を離して駆けだして来た。二十歳前後の若者もこっちに向かって走りだした。四十半ばの男がすぐ傍らで足を停め、大声で叫んだ。

「騙されるな、みんな！　その日本鬼子《リーベングイツ》はいんちき祈禱師だ、おれたちは包頭から来た、そのふたりに騙された！」

笛の音がぴたりと熄《や》み、祭壇のうえの舞いも終わった。

それを見守っていた支那人たちの表情が呆然《ぼうぜん》となった。

「そいつらは包頭で雨乞いの儀式をやった！　十日後にかならず雨が降ると言って、おれたちから金銭《かね》を集めた！　けど、一カ月以上経《た》っても、一滴の雨も降ってない。騙されたんだ、おれたち包頭の農民は土地を捨てなきゃならなくなった。そいつらはいんちき祈禱をやり、金銭だけ盗って包頭から消えたんだ、騙されるな、日本鬼子に！」

祭壇のうえの日本人は全身を強《こわ》ばらせていた。

傍らの支那人が吼《ほ》えるように言い放った。

「殺せ！　殺せ！　ふたりの日本鬼子を殺せ！」

祭壇を取り囲んでいた二百人近い農民たちが一斉に腰を浮かそうとした。

それとともに祭壇のうえにいた赤と黄色の衣服を纏った日本人が動いた。祭壇から飛び降りて二頭の蒙古馬に向かった。純白の神官衣裳《いしょう》を着ている日本人も横笛を投げ捨て、それにつづいた。ふたりが蒙古馬に飛び乗り、力まかせに踵《かかと》でその腹を蹴《け》った。

二頭の蒙古馬が走りはじめた。

「殺せ、殺せ、殺せ！」傍らの支那人が叫びつづける。「おれたちから金銭を盗んだ日本鬼子を殺せ！」

農民たちが立ちあがって二頭の蒙古馬を追っていった。その足音は地響きのようだった。乾ききった大地からうっすらと砂塵《さじん》があがる。だが、逃走する二頭の蒙古馬との距離は急速に拡がっていった。

やがて、農民たちが追うのを諦《あきら》めた。

北からの風がすこし強まったかも知れない。

大日本帝国神農降雨大祈願と記された幟がそれにはためいている。

午後一時過ぎに次郎は盛豊《せいほう》という小さな町にはいった。綏遠からここまで距離は十五、六粁《キロ》だろう。人口がどれぐらいなのかはわからない。だが、通りを歩く人影はほとんどが蒙古族だった。盛豊菜館と書かれた看板が見える。入口のまえの柵《さく》には二頭の蒙古馬が繋《つな》がれていた。次郎はそこで昼飯を食うことにした。

風神を蒙古馬の隣りに繋ぎ、猪八戒とともに店内に足を踏み入れた。なかは狭く、卓台は三つしか置かれていない。そして、奥の席には綏遠郊外で雨乞いの祈禱を行なっていた日本人ふたりが箸を動かしていた。赤と黄色のけばけばしい祈禱服。純白の神主衣裳。すべてを捨てて蒙古馬に飛び乗ったのだろう、着替えはしていない。店の経営者は蒙古族ではなく支那人だった。次郎は二番目の卓台に腰を下ろして炒飯《チャーハン》を注文した。

祈禱服を纏ったほうの日本人がこっちを窺《うかが》った。黒い眼帯をつけ肩窄児《チエンチアル》を着込んでいるのだ、農民たちのなかで目立たないはずがないのだ、祭壇のうえで舞いながら見たこっちをはっきりと憶えているのだろう。支那人たちが差し向けた匪賊《ひぞく》と考えたのかも知れない、その眼差《まなざ》しは怯《おび》えきっている。向かいに座っていた白い神官服の男もこっちを振りかえった。

次郎は煙草を取りだしながら声を掛けた。

「いくら巻きあげたんだね、支那人たちから？」

「に、日本人なんですか？」

「言葉を聞きゃわかるだろう？」

「大陸浪人なんですか？」

「そんなことよりいくら巻きあげた？」

「相手は支那人ですからね、たったの三十元ぽっち」

「農民にしてみりゃ貴重な現金だぞ」

「しかたがありませんよ、おれたちだって生きなきゃならないんだし」

「どこで覚えた、あんないんちき祈禱を？」

「てめえで考えだしたんですよ、これでもおれはむかし役者だったもんでね。それらしく振舞って観客をちょろまかすなんてことは造作もねえ」

次郎は銜《くわ》えた煙草に火を点けてその表情を眺めつづけた。年齢は三十一、二で、整った貌立《かおだ》ちをしている。役者だったというのは嘘《うそ》じゃないかも知れない。次郎は吸い込んだけむりを吐きだして言った。

「もうやめたほうがいい、いんちき雨乞師は。包頭じゃ今度おまえらを見つけたら叩き殺すと騒いでるらしい。綏遠でも農民たちは黙っちゃいまい。さっき逃げだせたのは単に運がよかったと思え」

「そう言われてもね」

「いんちき祈禱で巻きあげられる金銭《かね》はたったの三十元なんだろう？　支那人たちから袋叩きにされてくたばってもいいのか？」

「おれたちにはまっとうな仕事につけない事情があるんですよ」

「どんな？」

「逃げだしてる」

「どこから？」

「北満の武装移民の入植地から逃げだしたんです。しかも、移民政策のでたらめさを追及するビラをばら撒《ま》いて。関東軍に見つかったらどんな処分が待ってるか知れたもんじゃない」

「弥栄村から逃げだして来たのか？」

「よく御存じで」

「敷島四郎という男を知ってるか？」

「知ってるも何も、おれは四郎と同じ劇団にいたんです、燭光座《しょっこうざ》という無政府主義系の劇団にね。食いっぱぐれて武装移民に応募して弥栄村に行ってしばらく経ったら四郎がやって来た。拓務省に傭《やと》われた通訳としてね。たがいにびっくりこきましたよ」

「むかしに較《くら》べて変化はあったか、四郎に？」

「もちろん変化はあった、たがいに齢《とし》を食ったんだしね。四郎は燭光座をやめて、いったん上海の東亜同文書院に通うようになったけど、いろんな事情があって満州に流れて来たらしい。でもね、何となくひ弱なところは変わってない」

「弥栄村から逃げだしたのはいつごろかね？」

「謝文東とかいう満人が東北民衆自衛軍って遊撃部隊を組織するまえですよ。逃げだしてよかった。屯匪《とんぴ》と呼ばれたうえにそういう連中にぶっ殺されたんじゃたまったもんじゃない」

次郎はその眼を見据えたまま煙草を喫《す》いつづけた。ふいに祈禱服を纏った男がはっとした表情になった。その体が椅子《いす》から立ちあがった。次郎は銜え煙草のまま言った。

「どうした？」

「もしかして」

「何だ？」

「ちょっとだけだけど、四郎から弥栄村で聞いたことがある」

「何を？」

「二番目の兄は満州で馬賊をやってると」

次郎は何も言わなかった。経営者ができあがった炒飯を運んで来た。次郎は煙草を灰皿に揉《も》み消して箸を引き寄せた。

祈禱服の男が近づいて来て言った。

「あなたは敷島次郎さんなんでしょう？　おれは森山宗介《もりやまそうすけ》。神官服を着てるのは三波《みなみ》直也《なおや》です。おれたちをあなたの配下に加えてください、何でもします！」

「おれはもう馬賊集団なんか率いてない」

「しかし」

「たとえまだ馬賊だったとしても、おまえらを配下に加える気はさらさらない」

「ど、どうしてです？」

「支那の農民を騙して小銭を巻きあげるようなやつに馬賊は務まらん。おまえらは人を殺せるか？　ときには巡警部隊やら国民革命軍とも撃ち合いをやらなきゃならん。場合によっちゃ関東軍ともだ。おまえにそんな度胸はあるまい」

宗介がこの言葉に黙り込んだ。

次郎は炒飯を口に運んでからつづけた。

「北京語はどれぐらい喋れる？」

「何とか日常の暮しに困らない程度ですよ。弥栄村から逃げだして覚えただけだから。支那の農民を騙すにはむしろ無口のほうがよかった、何となく重々しい感じを与えますからね」

「満州に引き返せ」

「え？」

「いま満州じゃあちこちで大掛かりな工事がはじまってる、それに合わせてすさまじい量の人間がなだれ込んで来てるんだ、内地からも長城線の南からも」次郎は宗介が漂《ただよ》わす一種の軽薄さに何となく嫌悪《けんお》を感じていた。それはおそらくじぶんもそういう側面を持ち合わせているせいだと思う。「関東軍も満州の国警も忙しい。弥栄村から逃げだした武装移民のひとりやふたりにかまっちゃいられない。眼をつけられると思うのはおまえらのじぶん自身にたいする買い被《かぶ》りだ。おれのように流氓《りゅうぼう》になりたくなかったら、満州に引き返せ」

「そう言われましてもね」

「仕事ならいくらでもある。そんな恰好をして支那の農民を騙しても、手にはいる金銭はいくらでもないんだろう？　満州じゃふつうに働いても日本人は結構な稼ぎになる。その昼飯を食い終えたら、さっさと満州に向かってここを発て」

次郎は炒飯を食い終え勘定を済ませて盛豊菜館を出た。宗介と直也はまだなかに残っている。これからどうするのかを話し合うのだろう。蒙古馬のそばに繋いでいた風神の手綱を解き、その背に跨った。盛豊の町を離れようとしたときだった。前方から蒙古馬に乗った十騎の兵士が近づいて来るのが見えた。一眼で徳王傘下の蒙古族部隊の一分隊だとわかる。次郎はそれと擦れちがおうとした。

「青龍攬把《せいりゅうらんぱ》じゃないか」声が飛んで来た。パラス・ジャフルの要請で新疆からの隊商を一緒に襲い、ナラヤン・アリの依頼で護衛部隊への合流を交渉して断わられたニマオトソルだった。この蒙古族はこっちの本名を知らない。だから、青龍攬把といまも呼ぶのだ。「何をしてる、こんなところで？」

「綏遠にちょっとした用があってな、その帰りなんだよ」

「近いぞ」

「何が？」

「蒙古の独立」

次郎は無言のままその眼を見つめた。

ニマオトソルは顔を輝やかせていた。

「これから徳王に報告に行くんだ、おれはずっと部隊の訓練に当たって来たからな。もういつでも戦える。関東軍の支援も決定したし、あとは徳王からの指令を待つだけだしな」

次郎はこれにどう応じていいかわからなかった。

もう一騎がすぐそばに近づいて来たのはその直後だった。顴骨《けんこつ》の張ったその男は蒙古族には見えなかった。飛んで来た甲高い声は日本語だった。

「青龍攬把、本名・敷島次郎。おまえのことは奉天特務機関を通じて情報ははいってる。相変わらず流氓か？　すこしは皇国のために汗を流せ」

「だれなんだね、あんたは？」

「承徳《しょうとく》駐在の加地《かじ》正行《まさゆき》特務中尉《ちゅうい》だ、熱河侵攻後に第八師団第三十一歩兵連隊から転属になった。蒙古独立工作に従事してる」

「具体化するのかね、そんなことが？」

「当然だ、板垣少将が徳王と会見して関東軍の全面協力を約束した。あとは口実さえあればいい。おれは特務中尉として蒙古部隊の指導に当たってる。歩兵操典に書かれてることはみっちり叩き込んだ」

「御苦労なこった」

「敷島次郎」

「おまえに呼び棄てされる憶えはないぞ」

「弟の敷島憲兵大尉に逢ったら伝えておけ」

「何を？」

「銃弾はまえから飛んで来るとはかぎらんとな」

「どういうことだ、それは？」

「おまえの弟は熱河侵攻に際して、このおれに耐えがたい屈辱を与えた。絶対に忘れられんような侮辱をな！　あの借りはいつか倍にして返してやる。そのことをあいつに知らせてやれ！」

第四章　抗日の風と波

I

十月にはいってすでに一週間が経《た》っている。北満の風はもう相当厳しかった。だが、まだ小雪が舞い交うようなことはない。綏化《すいか》はハルビンの北百三十粁《キロ》の地点に位置していた。大地はなだらかな丘陵がつづき、第一次武装移民が入植した弥栄村《いやさかむら》より農業にはずっと適しているように見える。

敷島四郎《しきしましろう》は金正俊《きんせいしゅん》から勧められた白湯《さゆ》をゆっくりと舐《な》めた。綏化に入植した四十戸百九名の朝鮮人たちの村では茶を買う金銭《かね》さえないのだ。ここはハルビン特務機関の落合章介《おちあいしょうすけ》少佐の説明とはかなりちがっていた。まだ村落の体《てい》を成していない。土匪《どひ》の襲撃を防ぐための囲壁もなければ、銃器の類《たぐ》いも置かれてはいなかった。家屋も掘立て小屋で、それが何の脈絡もなくばらばらと丘陵地に散らばっているだけだった。集まって来た朝鮮人たちも国境を越えて来た連中じゃなかった。満州事変直後に張学良《ちょうがくりょう》の東北辺防軍に襲われていったん離農した家族が集まって来ただけなのだ。関東軍や満州国からの援助も一切ないらしい。片言ながらだれもが満語を喋《しゃべ》れる。三十八歳の正俊は日本語も流暢《りゅうちょう》だった。四郎は白湯を飲み終えて正俊に日本語で言った。

「何の連絡もないんですか、満州国政府からも関東軍からも？」

「ぜんぜんありません」

「酷《ひど》いな、酷過ぎる」

「しかたありませんよ、わたしら、朝鮮人ですからね」

「何を言うんです、朝鮮人も日本国籍を持ってる！」

正俊が痩《や》せこけた頬をわずかに緩めた。それは憐《あわ》れみと嘲《あざけ》りの入り混じった笑みだった。あんたは何にもわかっちゃいない。そうとでも言いたいらしい。正俊が煙管《キセル》に刻み煙草《たばこ》を詰めながら言った。

「どんな身分で来られたんです、敷島さんはここに？」

「一応、ハルビン特務機関顧問ということになってますが」

「ほんとうの目的は監視なんでしょう？」

「何を言いたいんです？」

「わたしたちが金日成《きんにっせい》傘下《さんか》の遊撃部隊と連絡を取ってないかどうかを調べに来た」

四郎は無言のまま空の茶碗《ちゃわん》を弄《もてあそ》んだ。綏化に派遣された目的がはっきりと見抜かれている。正俊が燐寸《マッチ》を擦《す》って煙草に火を点《つ》けた。そのけむりが吐き出された。四郎はその視線を避けるように眼を逸《そ》らせた。

「わたしら、見てのとおり、何にも持ってない。満州事変直後には兵匪にやられた。妻はね、わたしの眼のまえで四人の兵匪に輪姦《りんかん》された。こういう状態だから、今度は土匪や宗匪が襲って来るでしょう。それを防ぐ術《すべ》は何も持ってない」

四郎はこの言葉にどう応じていいのかわからなかった。

正俊がふたたび笑みを浮かべてつづけた。

「要するに、わたしらは屑《くず》として扱われて来た。これからもそうでしょう。どうせそうなんだから、あなたもわたしらを利用すればいい」

「どういう意味です？」

「わたしらが共匪と通敵したと特務機関に報告なさるがいい。あなたの株はぐんとあがりますよ」

「ば、馬鹿《ばか》なことを！」

「何を怒ってらっしゃる？」

「ぼくはそんな卑劣な人間じゃない！」

「敷島さん」

「何です？」

「お若いですね、まだ」

「どういう意味です、それ？」

「正義感が何かを解決したことがありますか？　逆です。むしろ、おかしな正義感はいつも状況を歪《ゆが》めて来た。わたしら朝鮮人はたえずそれを実感させられて来たんです」

四郎はその眼を見据えなおしてから弄んでいた茶碗を卓台のうえに置いた。土間に置かれている牀机《しょうぎ》から腰をあげ、戸口に向かおうとした。

「もうハルビンにお帰りになる？」

「明日、戻って来ますよ、ここに」

「どこに行かれるんです？」

「綏化鉄道自警村」

「やはり、日本人は日本人同士なんですね」

四郎は踵《きびす》をかえして土間の戸口を抜け、正俊の掘立て小屋のそばの白樺《しらかば》の樹《き》に繋《つな》いでいた蒙古《もうこ》馬の手綱をほどいた。歩くときは左脚を引きずるが、馬に乗れば不自由は何もない。その背に跨《また》がって馬首を東に向け、両腹を踵《かかと》で小突いた。

時刻は午後二時をわずかに過ぎている。

鉄道自警村は綏化駅の北西三粁《キロ》の地点に設けられていた。二カ月あまりまえに第十四代満鉄総裁に松岡洋右《まつおかようすけ》が就任した。国際連盟脱退演説をしたあの松岡洋右が。満鉄と関東軍の結びつきはそれによって一段と強化された。鉄道自警村の活動も熱がはいるようになったと聞いている。この朝鮮人の入植地に来るまえに立ち寄った。そこでは機関銃まで用意され七十名の村人は元関東軍独立守備隊の兵士とその家族で、半農半兵の暮しを営んでいた。いま使っている蒙古馬も鉄道自警村で貸与されたものだ。外套《がいとう》の内側にぶら下げた拳銃嚢《けんじゅうのう》の十四年式も。村長は四十一歳の岩崎幹男《いわさきみきお》という予備役曹長だった。

そこで仕入れた情報はほとんどなかったと言っていい。鉄道自警村の連中は朝鮮人が入植している事実は知っていたが、ただの一度も接触したことはないのだ。要するに、日本国籍を持っていようと朝鮮人のことなんか眼中にないとしか思えない。

北風が強くなっている。

遅くとも日没まえには綏化鉄道自警村に着けるだろう。

鉄道自警村に着いたのは五時過ぎだった。村長の官舎を兼ねる自警村本部のまえの柵《さく》に蒙古馬を繋ぎ、そのなかに足を踏み入れた。まだ暮れてはいなかったが、本部の部屋には洋灯の火が入れられている。村長の幹男の他にふたりが事務机に向かって書類を眺めていた。壁に立て掛けられている三八式歩兵銃は一昨日《おととい》訪れたときとまったく変わりがない。こっちを見て、幹男が言った。

「どうしました、敷島さん」その声に緊張感は微塵《みじん》も感じられない。「どんな具合でした、鮮人入植地は？」

「いくつか伺いたいことがあります」

「何でもどうぞ。じぶんに答えられることならすべてお話しするつもりです」

四郎は幹男の事務机のそばに歩み寄った。

幹男が煙草を取りだして火を点けた。

「ハルビンで落合特務少佐から聞いたことと現地じゃずいぶん事情が異なってる。関東軍と満州国からの支援の形跡が何もない」

「支援はまだ先のことですよ、そのまえにこの鉄道自警村を充実させなきゃならない」

「どういう意味です、それ？」

「ちょっと待ってください」銜《くわ》え煙草のまま幹男がそう言って机上のぶ厚い書類を取りだした。それには朝鮮人安全農村設置案と銘打たれている。幹男がその書類をめくりながらつづけた。「満州事変以降、離農した鮮人はこの書類によれば九千四百二十八名です。凶作によって朝鮮半島から押し寄せて来る連中を四万と予測してる」

「で？」

「これは当面の予測です。おそらく、この三倍が雪崩《なだれ》込んで来るでしょう。満州国はこれを受け入れざるをえない。座視すれば、朝鮮半島の治安そのものがおかしくなるし、赤化の危険がある。ただ、内地からの日本人移民の受け入れ体制もまだ整ってない。その折り合いをどうつけるかが問題なんです。国家予算には限りがありますしね」

「満州国は満鮮拓植股份有限公司を作る。関東軍も満鉄も朝鮮人安全農村の建設に協力することになってる。当然ながら、それは鉄道自警村もその任務を帯びてるはずです」

「じぶんらも、そう思ってます。けどね」

「何です？」

「あそこに入植したのはまだ四十戸です。この書類によれば、綏化安全農村の目標戸数は四百戸だ。予定の一割が入植してるだけなんですよ」

「それがどうだと言うんです？」

「つまり試験段階に過ぎないってことですよ」

「ぼくは第一次武装移民の弥栄村にしばらくいた。同じ試験段階でも綏化の安全農村とは大ちがいだった。土匪に備えての囲壁もあったし、武器もあった。関東軍も警備に当たってた。それなのに、綏化には何もない。水だって近くの小川から汲《く》んで来てる。冬になれば凍るでしょう。そういう状態を放置するんですか？」

「鮮人ですからね」

「何ですって？」

「入植して来たのは満州事変で東北辺防軍に食い散らかされた鮮人農民です。新しく国境を越えて入植して来た鮮人ともちがう。要するに、そういう不便さには慣れてる。土匪や宗匪だって、そういう鮮人からは奪うものが何もないことぐらい知ってる。じぶんらが面倒を看《み》ないほうが逆に安全なんです」

　四郎はその眼を見据えつづけた。

　幹男が書類を閉じて言葉を継いだ。

「そりゃあ予定どおり綏化安全農村が四百戸まで膨らめば鉄道自警村でもときおり見廻らなきゃならなくなるでしょうがね、いまはまだそういう時期じゃない。北満鉄道が満鉄に組み込まれたんで、その警備も押しつけられてる。人手《ひとで》が足りないんです。こんなときに鮮人の面倒まで看られるはずがないでしょう。それぐらいおわかり願いたいもんですな」

「そういうことがあの連中を追いやるんだ」

「追いやるって、どこに？」

「朝鮮人へのそういう蔑視《べっし》があの連中を共産主義へと追いやる」

「敷島さん」

「何です？」

「いま重大なことをおっしゃいましたな」

「何なんです、重大なことって？」

「綏化安全農村の鮮農は共匪と通敵してるということですな」

「冗談じゃない！　だれがそんなことを言いました？　仮りの話をしただけです。朝鮮人への蔑視があの連中の絶望を産み、それが救いとしての共産主義に結びつける可能性があると言っただけだ。妙な誤解はしないでもらいたい。とにかく、綏化安全農村をこのまま放置したら、満州国政府も関東軍も統治能力を疑われることになる。手を拱《こまね》いてるときじゃない。あの窮状を何とかすべきです」

そのとき鉄道自警村本部に三十過ぎの男がはいって来た。身形《みなり》で村民のひとりだとわかる。用意ができましたとその男が言った。

「宿舎は福寿荘《ふくじゅそう》でしたね」幹男が短くなった煙草を灰皿のなかに押し潰《つぶ》して言った。

「一緒に行きましょう」

「どういう意味です、一緒にって？」

「協和会《きょうわかい》青年部の連中が綏化に着いたんですよ、きょうの正午過ぎに。福寿荘でその歓迎会をやることになってる。車輛《くるま》の用意ができた。敷島さんも歓迎会に参加してください」

四郎は鉄道自警村が用意したウーズレイ社製の六輪自動車に乗り込み、綏化駅近くの福寿荘に着いた。この町に住んでいる日本人は百三十人ほどだと聞いている。福寿荘の経営者は信州出身で、庖丁《ほうちょう》も握る。四郎の部屋は二階だが、歓迎会のために一階の十二畳二間の仕切り襖《ふすま》が取り外され、そこに十二人の男たちが胡座《あぐら》をかいていた。そのなかにひとり憲兵隊の軍服姿がいる。年齢は三十半ばで、襟章の階級は准尉《じゅんい》だった。鉄道自警村から来た六人も食膳《しょくぜん》のまえに座った。四郎も腰を落とした。すぐに五人の芸者が盆に何本もの徳利を載せて広間にはいって来た。熱燗《あつかん》がみんなの猪口《ちょこ》に注がれはじめた。四郎は何のためにじぶんはここにいるのだろうかと思いながらそれを眺めていた。

幹男が猪口を手にしたまま立ちあがって言った。

「ようこそ、協和会のみなさん、遠いところを綏化までわざわざ。満州国は協和会のみなさんの奮闘の甲斐《かい》あって、ようやくここまでになりました。わが綏化鉄道自警村も北満開拓のために奮励努力いたしますので今後ともよろしく御指導ください。ま、何はともあれ、とりあえず乾盃《かんぱい》しましょう」

だれもが猪口をかざし、乾盃と言って酒を飲み干した。

四郎も熱燗を一気に喉《のど》に流し込んだ。

芸者たちが空になった猪口に酒を注いでまわった。

「これからは堅苦しいことは抜きにして無礼講でやりたいと思いますが、そのまえに一応紹介しておきます」幹男がそう言ってちらりとこっちに視線を向けた。「いまここにはハルビン特務機関から派遣された敷島四郎さんも同席していらっしゃいます。敷島さんの兄上ふたりも満州国のために懸命に努力されてる。ひとりは奉天総領事館の参事官で、もうひとりはかの有名な敷島三郎憲兵大尉です。敷島さんはいまハルビン特務機関顧問として綏化安全農村の実態調査に取り掛かっていらっしゃいます」幹男の眼がもう一度こっちを向いた。「敷島さん、一言、何か」
四郎は立ちあがって協和会のみんなを眺めまわした。青年部と称しているのだ、年齢は二十四、五から三十歳ぐらいまでに見えた。敷島です、よろしく。一言そう言って頭を下げ、ふたたび食膳の向かいに腰を下ろした。

　そのままがやがやと私語が飛び交いはじめた。

　四郎はもちろん協和会が石原莞爾《いしわらかんじ》の唱導で満州青年連盟と大雄峯会《だいゆうほうかい》を軸に結成されたことは知っている。最初は協和党という名称を目指したが、清朝復辟《ふくへき》にこだわる溥《ふ》儀《ぎ》の心情を考慮して板垣征四郎《いたがきせいしろう》が協和会と名称変更させたことも。だが、協和会は実質的に満州唯一《ゆいいつ》の政党として機能しているのだ。しかも、その構成員は選挙で選ばれるわけではない。そして、この協和会を裏で支配しているのはあの甘粕正彦《あまかすまさひこ》だと聞いている。

いくつもの徳利が空き、そのたびに芸者たちが新しい熱燗を運んで来た。もうだれもその場にじっとしてはいなかった。食膳のまえを離れ、たがいに酒を注ぎあった。笑い声と北満開拓についての大言壮語。そのどれもが虚《むな》しく聞こえた。ああ、どうしてじぶんはここにいるのだ？

四郎は何度も同じ自問を繰りかえしながら酒を飲みつづけた。

徳利を手にした憲兵准尉が近づいて来て食膳の向かいで胡座をかいたのは広間のなかのざわめきが一段と大きくなったときだった。顔は酒で赤くなっていたが、眼は微塵も酔ってはいない。憲兵の習性なのだろう。その准尉ががらがらした声で言った。

「じぶんは関東憲兵隊綏化分屯地の准尉・膳場《ぜんば》武彦《たけひこ》であります。こんなところで敷島憲兵大尉殿の弟さんに御眼に掛かれるとは思ってもいませんでした。ぜひとも、じぶんの酒を受けてください」

四郎は無言のまま猪口を差しだした。

だれかが奇抜な冗談を言ったのだろう、広間のなかで笑いが弾《はじ》けた。

武彦が熱燗を猪口に注ぎながら言った。

「協和会の連中は気楽なもんです、王道楽土だの五族協和だのとはしゃいでればいいだけですからね。しかし、憲兵隊となりゃそうはいかない。連中のはしゃぎを支えてやるためにはきわどいことにも手を染めなきゃなりませんからな。兄上の憲兵大尉殿も御苦労されてると思いますよ」

四郎はこれにどう反応していいかわからなかった。注がれた酒を飲み干し、こっちの徳利を手にしてその口を武彦の猪口に向けた。

「特務機関の顧問には釈迦《しゃか》に説法でしょうがね、北満だけじゃなくいま満州全体に急速に共匪が蔓延《はびこ》って来てる。その中心は楊靖宇《ようせいう》です。それに鮮匪が合流した。金日成傘下の共産主義者どもがね。コミンテルンがその連中に武器を供給してます。金日成は厄介だ。理由は御存じでしょう。金日成はひとりじゃない。何人もいるんです。要するに、鮮匪どもの言葉を借りりゃあ民族解放の象徴なんです。金日成を殺しても、また新しい金日成が現われる。コミンテルンのだれがこんなことを思いついたか知りませんが、ややこしいかぎりですよ」

そのとき、三味線の音が響きはじめた。芸者のひとりが撥《ばち》で弦《げん》を弾き鳴らしながら唄《うた》いだした。踊り踊るなら、ちょいと東京音頭。それに合わせて協和会や鉄道自警村の連中が立ちあがった。東京音頭の唄声に合わせて、だれもが好き勝手に手や腰を振りながら広間のなかを歩きまわりはじめた。

四郎も立ちあがってその列に加わった。武彦と視線を合わせているのが苦痛だったからだ。やっとなあ、それ、よいよいよい。手を振り、腰を振った。じぶんでも相当酔っているのがわかる。何もかもが虚しい。そう思いながら四郎は踊りつづけた。

眼を醒《さ》ましたが、起きあがれそうにもなかった。頭のなかがずきんずきんと痛む。胃のむかつきもすさまじかった。こんな酷い宿酔《ふつかよ》いはいつ以来だろう？　四郎は蒲団《ふとん》を頭から被《かぶ》ったまま横たわりつづけた。部屋の襖が開く音につづき、朝食はどうされますという女中の声が聞こえた。要らないと答えた。そのまま宿酔いが醒めるのを待った。

頭のなかに懸かっていた霞《かすみ》がようやく晴れたのは十一時過ぎだった。起きあがって階下に降りていった。昨夜どんちゃん騒ぎをした二間つづきの広間は襖で仕切られ、十二畳間に座卓が六つ並べられている。福寿荘は人手が足りないのだろう、部屋食じゃない。ここはふだん食堂として使われているのだ。客はいまひとりもいなかった。五十前後の経営者が訝《いぶか》しげな眼をしてこっちに近づいて来た。瞼《まぶた》を拭《ぬぐ》って訊《き》いた。

「鉄道自警村の人たちは？」

「朝飯を食って戻られましたよ」

「協和会青年部は？」

「一緒に自警村に」

「昼飯を食わせてくれますか、ここで？」

「けど、握り飯に沢庵《たくあん》ぐらいしかありませんよ」

「それで結構です。甘えて申しわけありませんが、新聞があれば新聞も」

「うちはハルビン日日しか取ってませんけど」

四郎はお願いしますと言って食堂の一番奥の座卓に向かった。胃のむかつきももう完全に収まっている。胡座をかくと、番茶とハルビン日日新聞が運ばれて来た。それにしても、東京音頭に合わせて踊り狂った昨夜のあの醜態は何だ？　そう思いながら四郎は熱い番茶を啜《すす》り、ハルビン日日を開いた。

すぐに大きな見出しが眼に飛び込んで来た。共匪、満鉄を襲撃。邦人五名死傷。これにつづく記事はこう書かれていた。

昨夕午後五時過ぎ、満鉄奉吉線盤石《ばんせき》駅近くで共産匪と思われる一団が拳銃を手にして列車に乗り込んで来て乗客から金品を強奪し邦人客二名を射殺、三名に重傷を負わせて逃走した。金品を奪われただけで満人客には肉体的被害を与えておらず、打倒日本帝国主義、粉砕偽満州国のビラを残していることから楊靖宇麾下《きか》の抗日連軍遊撃部隊のしわざと推察される。連絡を受けた満州国警が国軍と協力して追撃に取り掛かったが、いまのところ成果は報告されていない。

四郎はその記事に眼を通して、ふたたび番茶を啜った。そのとき、経営者が昼飯を運んで来た。握り飯に沢庵漬だけじゃなく、鰺《あじ》の開きと味噌汁《みそしる》がついていた。四郎は新聞を傍らに置いて昼飯を座卓に並べる経営者に言った。

「勘定を済ませておきたいんですが」

「お出掛けになる？」

「ええ」

「どちらに？」

「鉄道自警村」

「車輛の用意はできませんよ」

「歩きます、たいした距離じゃないから」

昼飯を食い終えてから勘定を済まし、いったん二階の部屋にあがって外套を羽織り旅行鞄《かばん》を手にした。時刻は正午になろうとしている。四郎は福寿荘を出て綏化駅に向かった。上空はぶ厚い雲に蔽《おお》われている。北からの風は昨日《きのう》よりさらに冷たかった。綏化の町は木材の集積地なのだ、国都建設のために需要が拡大している、人口が急速に増加しつつあることは一眼でわかる。通り沿いに饅頭《まんじゆう》売りや小籠包《シヤオロンボウ》の屋台がずらりと並んでいるのだ。そこで立ち食いをしているのはおそらく長城線を越えてやって来た連中だろう。

前方からウーズレイ六輪自動車が近づいて来るのが見えたのは綏化駅まであと百米《メートル》近くになってからだ。幌《ほろ》が外されている。運転しているのは膳場武彦憲兵准尉だった。そして、四郎は思わずあっと声をあげそうになった。後部座席には金正俊が乗っている。ふたりの憲兵が左右からその両肩を摑《つか》んでいた。

四郎は旅行鞄を手にしたまま通りの真んなかに飛びだした。両腕を拡《ひろ》げた。六輪自動車のブレーキが踏まれた。武彦が咎《とが》めるような眼差《まなざ》しをこっちに向けた。四郎は運転席に近づいて武彦に言った。

「どういうことなんです、これは？」

「逮捕したんですよ」

「何の容疑で？」

「共匪との通敵」

「馬鹿げてる！」

「何が馬鹿げてるんです？」

「いったい、どんな証拠があるんです？」

「証拠はすぐにあがる、分屯地で調べりゃあね」

「やめてください、でたらめなことは！」

「敷島さん」

「な、何です？」

「あなたはハルビン特務機関から派遣されたと言っても、ただの顧問でしょう？　憲兵隊のやることによけいな口は挟まんでいただきたいですな。いくら敷島大尉の弟さんでも越権行為です。憲兵隊には憲兵隊のやりかたがある。そこをどいてください」

四郎は後部座席に視線を移した。

正俊は冷やかな笑みを頰に滲《にじ》ませてこっちを眺めている。

何がどうなったかはだいたい想像できた、昨夜、こっちが泥酔《でいすい》しているときに鉄道自警村の村長・幹男が武彦に喋ったのだ、正俊が共匪と通敵しているかも知れないと。

自警村でもそれなりの情報活動を行なっているふりをしたかったのだろう。

「あなたももちろんもう知ってるはずだ、先月の二十一日に東条英機《とうじょうひでき》少将が関東憲兵隊司令官に赴任して来られた」武彦が声を強めて言った。「東条少将は手抜きをもっとも嫌われると聞いてる。じぶんは今後ますます厳しく任務をこなしていくつもりです」

「し、しかし」

「どけと言ってるんです！」

四郎はこの語勢の強さに後ずさった。

それとともに後部座席から笑いがあがった。

「よかったですね、敷島さん、おめでとう」正俊が笑いを含んだ声で言った。「その憲兵准尉が何を言おうと、わたしが逮捕されたのは敷島さんに正直に話したからですよ、いい点数稼ぎになりましたね」

「ちがう！」

「わたしはあなたに言ったはずだ、おかしな正義感は状況を歪めると。あなたは得意になって朝鮮人の窮状をぺらぺらと披瀝《ひれき》したんでしょう。その結果がこれだ。正義感という自己満足のためにわたしはこれから拷問《ごうもん》を受けるんです。笑うしかない。笑う以外にどうやってわたしはこころの折り合いをつけるんです？」

2

車窓の向こうにはゆったりと波打つ丘陵地がどこまでも拡がっている。高粱《コーリヤン》の収穫は一カ月まえに終わったのだ、褐色の地肌が十月の陽差しを浴びて輝いていた。時刻は午前十時になろうとしている。

敷島三郎《さぶろう》は銜え煙草のままぼんやりとその風景を眺めていた。

向かいの座席には設楽草吉准尉《しだらそうきちじゅんい》が座っている。曹長から准尉に昇進し、三郎とともに奉天憲兵隊から新京の関東憲兵隊司令部に転任して来たのだ。満鉄奉吉線を走るこの列車は煙筒山《えんとうざん》駅を出て盤石駅に向かっている。

「もうお逢《あ》いになられましたか？」

「だれに？」

「新司令官」

「まだだ」

「ずいぶんお親しかったという噂《うわさ》を聞いております」

「だれとだれが？」

「新司令官と軍務局長」

三郎はこれには何も言わなかった。先月の二十一日付で関東憲兵隊司令官に赴任して来た東条英機少将のことは間垣徳蔵《まがきとくぞう》からだいたい聞いている。軍務局長室で相沢三郎中佐に斬殺《ざんさつ》された永田鉄山《ながたてつざん》少将とは親しかった程度の間柄じゃなく師弟関係に近かったらしい。陸軍省のなかで白昼行なわれたあの惨劇はいま相沢事件と呼ばれている。その責任を取って林銑十郎《はやしせんじゅうろう》陸相は辞任し、後任に川島義之《かわしまよしゆき》大将が就いた。軍務局長には人事局長だった今井清《いまいきよし》中将が横滑りしたが、ふたりとも優柔不断な性格だと聞く。相沢事件の公判はいつ開かれるのかわからない。とにかく、士官学校事件からの複雑な事情を引きずっているのだ。いや、五・一五事件、そのまえの十月事件や三月事件までが絡《から》んでいる。いま皇軍のなかはさまざまな思惑が交錯し、まともな軍法会議が設けられるかどうかすら危い状態にあると言ってもいいだろう。三郎は唇から煙草を引き抜き、その火先に眼をやった。

「どう思われます、大尉殿は？」

「何についてだ？」

「天皇機関説」

「そんな難しいことを訊かんでくれ。おれは帝国軍人として与えられた任務を遂行する。それしか考えてない」三郎はそう言ってふたたび煙草を銜えた。「そんなことより、土地勘はどれぐらいあるんだ、盤石周辺の？」

「ないに等しいと言うしかありません。じぶんは盤石の町しか覗《のぞ》いてない」

「町の郊外は車窓の向こうのような風景がつづいてるのか？」

「似たようなものであります。しかし、東の彼方《かなた》には低山が連なってます」

三郎は頷《うなず》いて短くなった煙草を床に落とし、それを軍靴の踵で踏み潰した。

一昨日の夕刻、盤石駅近くで満鉄列車が襲われ、邦人五名が死傷した。打倒日本帝国主義、粉砕偽満州国。車内にはそう書かれたビラが残された。満州国警と満州国軍が追跡したが、成果がなかっただけじゃない。国警の警官十四名が盤石に戻って来なかった。

「面識はあったのか、大宮安治《おおみややすじ》と？」

「一度だけ」

「領事館警察出身か？」

「ちがいます」

「軍歴は？」

「ありません。むかしは大工だったそうです」

「寛城子《かんじょうし》で講習を受けただけか？」

「だと思います」

「階級は？」

「警尉です」

甘粕正彦の後任として民政部警務司長となった長尾《ながお》吉五郎《きちごろう》は満州の警察機構強化のために寛城子警察官講習所を設けた。そこに外務省や関東軍から推薦を受けた日本人と満人が入所して来る。共匪の追撃に取り掛かった盤石警察隊の責任者・大宮安治はそこで講習を受けただけだというのだ。もちろん、銃器の扱いは訓練を受けているだろう。しかし、共匪との戦闘に適しているとは到底思えなかった。

「警尉のあの性格は気になります」

「どういう意味だ？」

「妙に責任感が強過ぎます。とにかく、融通がきかない」

このとき、列車が速度を落としはじめた。

車内の乗客たちの何人かが座席から立ちあがった。

盤石駅にまもなく到着するらしい。

草吉とともに盤石の駅舎を出ると、満州国軍顧問の梶井友幸《かじいともゆき》中尉が待っていた。こっちとほぼ同年齢だろう。ほとんど眠ってないのだと思う、眼が赤く充血している。敬礼を済ませたあと、友幸が言った。

「列車が襲われたのは盤石駅を出てすぐです。共匪七名がこの駅から乗り込んだことはすでに確認しました。乗り合わせてた邦人五名を銃撃し、金品強奪後に逃走しました」

「負傷はしなかったが、満人客も金品を奪われたという話だが」

「新聞の誤報です。満人客の被害は一切ありません。邦人二名死亡、三名重傷、それだけです」

「襲われた邦人五名の職業は？」

「関東軍の糧秣《りようまつ》と官給衣類を扱ってる業者たちです」

三郎はその充血した眼を見つめながら、共匪の犯行は偶発的なものじゃなく、あらかじめこの五人に狙《ねら》いを定めてのことだろうと思った。襲われたのは関東軍の出入り業者なのだ。ただの偶然であるはずがない。三郎は下唇を舐めて言った。

「逃走方法はもう判明してるのかね？」

「七名とも走行中の列車から飛び降りました。そこに七頭の馬を連れた満人が待ち受けてた。満人乗客がそれを見てる。何もかもが計画的です」

「逃走先は？」

「あそこです、盤石山《ばんせきざん》です」友幸がそう言いながら東の彼方を指差した。「高くはありません、せいぜい海抜三百米《メートル》といったところでしょう。しかし、橅《ぶな》の樹が密生してる。索敵《さくてき》行動は容易じゃありません」

「国警とは一緒に追撃を？」

「国軍はずっと遅れました、三十粁《キロ》南の海龍から駆けつけましたから」

「海龍から何名で？」

「一小隊四十名です。指揮は王宣馳《おうせんち》上尉が執ってます」

「日本語は？」

「ぺらぺらです、明治大学に留学してましたから」

「小隊はいまどこに？」

「盤石警察隊の公署裏で休憩を摂《と》ってます。ほとんど寝てませんから」

「中尉」

「はい」

「きみも疲れてるだろう」

「わたしは大丈夫です。これぐらいのことで音をあげたら、顧問として示《しめ》しがつかない」

三郎は思わず苦笑いした。

友幸も笑みを浮かべてつづけた。

「国軍には索敵行動再開は正午からだと言ってあります。それまでに腹拵《はらごしら》えをしておけとも。昼食は済まされましたか？」

「まだだ」

「一緒に食いませんか、食いながら話したいんですが」

三郎は頷いて、踵をかえしたその背なかを草吉とともに追った。盤石は小さな町だった。農産物の単なる集積地らしい。通りに面した店舗も三十に充《み》たなかった。三郎は歩きながら友幸に訊いた。

「ここの邦人数は？」

「十二家族四十九名です。満人は四千強といったところでしょう。診療所もないんで、五名の邦人死傷者は海龍に運ぶしかなかった」

前方に盤石菜館という看板が見えた。

友幸はそこに案内した。なかはだだっ広かったが、満人客四人が卓台ひとつを囲んでいるだけだった。三人で右側の壁際《かべぎわ》の席に座った。給仕が注文を取りに来た。肉野菜炒《いた》めと餃子《ぎょうざ》、酢豚と炒飯《チャーハン》。それを頼む友幸の満語は実に流暢《りゅうちょう》だった。

「新京にはいって来た情報じゃ消えた国警十四名のうち日本人は三名だけだが」三郎はそう言いながら煙草を取りだした。それに火を点けてつづけた。「それは残りはすべて満人だということを意味するんだな？」

「こんな小さな町ですからね、他のところみたいに半分以上を日系で占めるというわけにはいかなかったんでしょう。指揮を執ってるのは大宮安治警尉で、ふたりの日系警尉補がいます。残りの十一名は満系の警長と警士で、追撃に向かいました」

「盤石にはだれも残らなかったのかね？」

「ひとりも残ってません」

「それはどういうことなんだ？」

「わかりません」

三郎はその眼を見つめながら吸い込んだけむりをゆっくりと吐きだした。列車のなかで草吉に聞いた話では大宮安治は元大工で寛城子警察官講習所で短期間訓練を受けただけなのだ。おそらくふたりの日本人警尉補も同じだろう。明らかに経験不足だ。盤石警察隊公署にひとりも連絡員を残さないとはふつう考えられもしない。三郎は煙草を銜えなおして言った。

「国警はさらなる改革が必要だな」

「まったく同感です。無認可の煙館の取締まりや戸口調査、単純犯罪の検挙ぐらいなら、いまのままでもいいかも知れない。しかし、現下の満州では共匪《きょうひ》の掃討が第一の課題です。それにはどうしても国軍との密なる関係が必要だ。わたしは国軍の顧問をしてつくづく感じることがある。国軍の満人たちの士気はきわめて低い。国軍の強化と国警との連携は緊急の課題です。両方をいったん解体して軍警として再編する必要があるのかも知れない。そうでないと、共匪は半永久的に撲滅できないと思う」

「梶井中尉」

「何です？」

「おれと隣りの設楽准尉は清原《せいげん》という町で抗日連軍兵士の死体が身につけてた手牒《てちょう》を見た。それには遊撃要諦《ゆうげきようてい》なるものが印刷されてた。今度の盤石の列車攻撃はまさにその要諦に基いてると言っていい。楊靖宇の抗日連軍は日に日に戦闘力を強化してると言わなきゃなるまい。抛《ほう》っておけない。きみの言うとおり、国軍と国警を再編しなおし、軍警として機能させなきゃならんのかも知れん。新京に戻ったら、おれはそのことを一応上申してみるつもりだ。それが具体化するかどうかは保証のかぎりではないがね」


昼飯を食い終えて盤石の駅まえに戻ると、満州国軍一小隊が整列していた。三分の一が大馬《ターマー》の手綱を手にしている。他に三頭が駅舎のそばの柵に繋がれていた。新京から関東憲兵隊司令部の将校と下士官が索敵行動に参加することは友幸から報《し》らされていたのだろう、全員が敬礼した。三郎はそれに軽く答礼した。将校服に身を包んだ三十三、四歳の長身が進み出て来て滑らかな日本語で言った。

「小隊指揮の王宣馳上尉です」上尉は日本の大尉に当たる。満州国軍の階級は支那《しな》のそれに倣《なら》って命名されているのだ。「索敵再開の準備はすべて整ってます」

「明治大学に留学経験があると聞きましたが」

「卒業はしてません。駿河台《するがだい》には三年通いましたが」

「軍歴は？」

「奉天の陸軍訓練処で学びました」

三郎は失望を覚えざるをえなかった。満州国軍の腑甲斐《ふがい》なさは熱河侵攻時に見せつけられている。それでも一応、戦火は潜《くぐ》った。いま眼のまえに立っている満人上尉はそういう体験すらないのだ。奉天中央陸軍訓練処は陸軍士官学校を模して作られたが、内容があまりにもちがい過ぎる。実際には幼年学校程度の知識しか与えられないのだ。皇宣馳はそこを出ただけで上尉となったのだ。明らかに、満人懐柔策の一環だった。皇軍の大尉ならふつう中隊を預る。小隊の指揮権しか与えられていないのはそういうことにたいするせめてもの配慮だろう。三郎はその眼を見据えながら言った。

「昨日《きのう》と一昨日《おととい》、索敵行動を実施したんですよね？」

「そうです、全力をあげました」

「具体的に説明してくれませんか」

宣馳が頷いて軍服の衣嚢から折りたたまれた紙片を取りだした。それが眼のまえで開かれた。手書きの地図だった。宣馳がその地図を指差しながら言った。

「ここが盤石駅です。列車が襲われたのはこの地点で、犯行後に共匪七名が次々と列車から飛び降りたのはここです。そこで用意されてた馬に乗って高粱畑を突き進み、盤石山に向かいました」

「国警はそれを追った」

「そうです、蹄《ひづめ》の跡が残ってましたから」

「国軍も同じ経路を？」

「他に方法はありますか？」

「盤石山の麓《ふもと》まではどれぐらい掛かります？」

「高粱畑を馬で二時間掛けて横切れば麓に辿《たど》り着きます。しかし、そこからは樵の樹々のあいだをくねくねと進まなきゃなりません。蹄の跡もところどころしか残ってない。国警も追撃には苦労したと思います」

「国警の足取りは摑めてないんでしょう？」

「盤石山の樹々のあいだに分け入ったことだけはわかってます。しかし、それから先はただの予想に過ぎません。予想の根拠はほとんど何もない。言っておきますが、国軍は手を抜いたわけじゃありませんよ。一昨日は野営したし、昨日の睡眠時間も三時間足らずですからね」

傍らで友幸が腕時計に眼をやる気配がした。

草吉が盤石駅のそばに繋がれている三頭の馬の手綱をほどいて、こっちに引っ張って来た。宣馳が背後を振り向いて国軍兵士たちに向かい、乗馬！　と満語で命令した。

兵士たちの三分の一が馬の鐙《あぶみ》に左足を掛けた。

三郎も草吉が曳《ひ》いて来た馬の背に跨《また》がった。

「ふつうの大馬です、軍馬補充部から供給された軍馬じゃない」宣馳がそう言って踵《きびす》をかえした。「充分に訓練されてませんので、そのおつもりで」


盤石山の麓に辿り着いてから小一時間が経《た》っていた。先頭を進むのは宣馳で、そのあとに一小隊がつづいている。友幸がそれを追い、三郎は草吉とともに最後尾にいた。

樵の樹々《きぎ》のあいだを右へ左へとくねくねと曲がりながら進んでいくと、登り勾配《こうばい》がしだいに強くなって来た。四、五分経ったところでもう馬に跨ったまま進むのは無理になった。先頭の宣馳が下馬するように満語で命じた。馬に乗っていた兵士たちが降りはじめた。

三郎も草吉とともに馬の背を離れた。

そこからは手綱を曳いて急斜面を登りはじめた。

風が出て来ているのだ、樹々の梢《こずえ》が揺れる。

「こういうところを根拠地にして遊撃戦を展開されたんじゃたまったもんじゃない」

草吉が低い声で言った。「共匪撲滅は容易なことじゃありませんね」

「士気が高い」

「え？」

「抗日連軍の士気だよ。おそらく、塒《ねぐら》も糧秣もろくなもんじゃないだろう。それを耐え抜くには相当士気が高くなきゃやってられない。あんたが清原でおれに言ったとおりだ、楊靖宇恐るべしだよ。それは認めなきゃならん」

小隊の歩みが止まったのはそのときだ。

宣馳が友幸のところに戻って来て言った。

「分岐点に到着しました。一昨日はまっすぐ進み、昨日は左に折れた。きょうは右側を探索しようと思いますが、顧問としての御意見をお聞かせください」

「その判断でいいでしょう」

宣馳が踵をかえしてふたたび先頭に向かった。

満州国軍一小隊がまた進みはじめた。

「何なんだね、分岐点というのは？」三郎は右手で渇いた唇を拭って言った。「そこから何の痕跡《こんせき》も残ってないという意味かね？」

「そうです、倒木が何本もありましてね、直射日光を受けてるために斜面が乾ききってる。そこまではところどころ蹄の跡や幹を擦《こす》った痕跡があったんですが、その先が消えてるんです」

「それまで発見した痕跡は共匪のものか国警のものか判別できたのかね？」

「できていません、しかし」

「何だね？」

「その両方だという前提で索敵に当たって来ました」

三郎は頷いて手綱を曳きながら歩きはじめた。

分岐点と名づけられたところに出たのはそれからすぐだった。そこには七本の樵の樹が倒れていた。倒木の理由は見当もつかないが、人為的に倒されたものじゃないことだけは確かだろう。直射日光が斜面の大地を照らし、二十坪あまりに雑草が生い茂っている。小隊はそこを右に折れた。

樵の樹々のあいだにまた分け入った。

それから斜面を縫うように進み、三十分近く経って小隊の動きが再度止まった。宣馳がもう一度、友幸のところに戻って来て言った。

「国警はこの方向に進んだ、まちがいありません」

「断定の理由は？」

「これです、これが落ちてた」

友幸が差しだされたものを受け取って、それに眼を落とした。三郎もそれを眺めやった。燐寸《マッチ》の平べったい小箱だった。耐水燐寸・陸軍需品本廠《ほんしょう》と素っ気なく印刷された紙が貼《は》られている。三郎がいま衣嚢《いのう》のなかに収めている燐寸箱と同じものだ。友幸が箱を引き開けた。なかには一本の燐寸棒も残っていなかった。空箱になったので捨てたらしい。友幸がそれを宣馳に返して言った。

「すこし速度をあげましょう。索敵殲滅《せんめつ》とはいかないだろうが、少くとも国警がどう動いて来たのかぐらいは知りたい」


満州国軍一小隊の動きが止まったのはそれからほぼ十五分後だった。風が一段と強くなっている。樹々の梢の騒ぎがせわしくなって来ていた。陽はかなり西に傾き、斜めに差し込んで来る木洩《こも》れ陽《び》が橅の樹の根元に生える下草を照らしだしている。何頭かの馬が嘶《いなな》いた。国軍兵士たちの動きがやけにぎこちない。三郎は拳銃囊《けんじゅうのう》から十四年式を引き抜いて安全装置を外した。手綱を曳いていた兵士たちもそれを放し、三八式歩兵銃をかまえてあたりを窺《うかが》いはじめた。

友幸が前方の宣馳に向けて声を発した。

「どうしました、何があった？」

「死体を発見しました」

「いくつ？」

「三体です」

「共匪の？」

「国警の制服を着てます、三体」

「すぐに行く！」

三郎は草吉とともに手綱を放してその背なかを追った。歩兵銃をかまえている国軍兵士たちのそばを擦り抜けていった。何頭かまた嘶いた。宣馳のそばに駆け込んで怒鳴るように言った。

「兵士たちに周囲を固めさせろ！」

宣馳がそれをみんなに満語で命じた。

兵士たちがばらばらとまわりに散らばり、こっちに背を向けて銃口を樹々のあいだに向けた。だが、その動きはとても統制が取れているとは言えなかった。

国警の制服を纏っている三つの死体は橅の樹の根元に転がっていた。どれも胸や首筋が黒く変色した血液で穢《よご》れている。銃弾をそこにぶち込まれたのだ。腹がわずかに膨んでいる。腸内の瓦斯《ガス》が発生しはじめているのがわかる。死臭も漂って来ているが、まだそれほどじゃない。殺されたのは一昨日なのだろう。死者は三体とも眼を瞠《みひら》いたまま仰向けに横たわっていた。

草吉が三つの死体を検分しはじめた。

三郎は下唇を舐《な》めてから訊いた。

「死体のなかに大宮安治警尉は？」

「います。残りの二体も日系警吏です。名まえは憶《おぼ》えてませんが、盤石の町で逢ったことのある警尉補です」

「殺されたのは日本人だけなのか？」

「そういうことになります」草吉がそう言って踵をかえし、こっちに近づいて来た。

「残りの十一名の満人警吏は死体を残して、どこに消えやがったんでしょうね？」

三郎はもう一度下唇をゆっくりと舐めた。

宣馳がそばに歩み寄って来て言った。

「共匪は日系警吏だけを殺し、満系警吏は馬と一緒に拉致《らち》していったんでしょうね、無理やりに遊撃隊に組み込むつもりなんだ」

「そうとはかぎらん」

「どういう意味です？」

「満系警吏が自発的に日系警吏を殺害し、抗日連軍に合流したとも考えられる」

「まさか」

「死体を馬の背に積んでください。吉林《きつりん》に運ぶ。死体を解剖してみりゃ相当のことがわかる。盲管銃創《もうかんじゅうそう》もあるだろう、銃弾が体内に残ってる」

「それで？」

「抗日連軍が使ってる拳銃はモーゼルだ。国警は十四年式を使用してる。体内に残ってる銃弾で日系警吏をぶち殺したのがだれだか判明します。とにかく急いでもらいたい。暮れるまえに盤石山を降りるべきです。暗くなって抗日連軍に包囲されたら終わりだ、すぐに兵士たちに命令してください」

三人の日系警吏の死体を馬の背に積んで満州国軍一小隊が盤石山を下りはじめた。大気はもうすっかり黄ばんでいる。日没まえに高粱畑に辿り着くのはまず無理だろう。だが、樹々のあいだをくねくねと右へ左へと折れ曲がりながら進まざるをえないのだ、これ以上馬の脚を速めるわけにはいかなかった。

友幸が低い声で言った。

「おわかりいただけたでしょう、大尉、満州国軍の能力がどれくらいかが。索敵行動がこの程度なんです、殲滅戦なんかにはとても使えませんよ」

「推察できるよ、きみの苦労が」

「無理なんでしょうね、日本人と同じようにやれと要求しても」

「おれの義兄も国軍の顧問をしてる」

「お名まえを伺ってもよろしいですか？」

「熊谷誠六《くまがいせいろく》」

「あの熊谷少佐ですか、驚いたな。豪快な人です。わたくしは何度も酒を御馳走《ごちそう》してもらいましたよ。今度、新京で三人一緒に飲みませんか」

三郎は低い声でそうしようと答えた。

それからしばらくは黙々と斜面を進みつづけた。

前方に分岐点と呼ばれた倒木の拡がりが見えて来た。

そこを通り過ぎたとき、草吉《きぐ》が言った。

「じぶんはこういう事態を危惧しておりました。大宮安治警尉の性格が災《わざわ》いした。軍事の知識はないに等しいのに、妙な責任感のために深追いし過ぎた。明らかに素人《しろうと》の範囲を逸脱した結果がこうなった」

「おれはそうは思わない」

「どういう意味でありますか？」

「もしおれが指揮を執っていたとしてもこうなったかも知れん」三郎は馬の手綱を握りしめたままそう言った。「おそらく関東軍はこれまで相手にしたことのない連中と向きあってる」

「しかし、共匪といえども匪賊は匪賊でしょう？」

「同じ匪賊でも満州建国まえの馬賊とはまったくちがう。建国後の兵匪や宗匪ともまるで異質だ。遊撃要諦を一緒に見たじゃないか、あんなふうに遊撃隊兵士をきちんと鍛えあげた匪賊はどこにもなかった。おれは抗日義勇軍掃討も経験した。義勇軍も抗日反満を標榜《ひょうぼう》してたが、組織のなかはばらばらだった。抗日連軍にはその気配が何も感じられん。金銭《かね》も利《き》かないだろうし、内部分裂も図れんと思う。実に厄介な連中が現われた」

草吉がこの言葉に黙り込んだ。

三郎は声をすこし強めてつづけた。

「馬占山《ばせんざん》や蘇炳文《そへいぶん》の軍内結束も強力だった。しかし、あれは軍隊だ。軍事理論で対処できる。掃討には苦労したが、結局、兵力と兵器の差が趨勢《すうせい》を決める。だが、抗日連軍にはこれまでの軍事理論が役に立たないような気もして来た。とにかく、こういう山岳を根拠地にして予測不可能な時期に突然襲って来る。資金はコミンテルンから出てるんだろうが、邦人の安全だけを考えればいいというものじゃない。放置すれば確実に満州は侵蝕《しんしょく》されていく。組織というものは指導者しだいで大きく変わる。楊靖宇だ。とにかく、楊靖宇を潰《つぶ》さなきゃならん。関東軍は全力をあげて楊靖宇を殺し、抗日連軍を潰滅《かいめつ》に追い込まなきゃならない。そうでないと、満州国が王道楽土の国家だなんて恥ずかしくて口にもできんよ」

「新任の憲兵隊司令官は抗日連軍のことをどうお考えなんでしょう？」

「まだ顔を合わせたこともないんだ、そんなことがおれにわかるわけがない。しかし、楊靖宇と抗日連軍は徹底して潰さなきゃならんという報告はかならず東条少将も眼を通す。そのための予算も確実にぶん捕ってくれるだろう」

3

きょうは日曜日だが、夜八時には奉天ヤマトホテルに向かわなきゃならない。上海総領事館の参事官・瀬古《せこ》勝久《かつひさ》が来ているのだ、ホテルで拾って、十間房の菊文で会食することになっている。

時刻は五時を過ぎようとしていた。

奉天はこれから日を追って寒さが厳しくなる。硝子《ガラス》窓と窓枠のあいだから隙間風《すきまかぜ》がはいって来るし、扉の締まりもおかしかった。敷島太郎《たろう》はこの官舎が何年まえに建てられたのか知らない。しかし、老朽化というほどではないにせよ、相当がたが来ていることは確かだった。

ふたりの大工が来て、いまあちこちの不具合を修理している。太郎は居間の長椅子《いす》に腰を下ろし、智子《ともこ》を抱いたままその作業を見守っていた。陸軍創設以来の英才と謳《うた》われた永田鉄山少将が相沢三郎中佐に軍務局長室で斬殺されてから二カ月半が経つ。それにたいする軍法会議がいつ開かれるのかはまだ決まっていない。しかし、青年将校たちと民間右翼の天皇機関説排撃の動きはますます勢いを増していると聞く。そして、この動きを抑制しようとする将軍もいるのだ。真崎甚三郎《まざきじんざぶろう》大将のあとを受けて教育総監に就任した渡辺錠太郎《わたなべじょうたろう》大将が今月の三日、名古屋の偕行社《かいこうしゃ》に第三師団管下の将校を集めて訓示を行なった。その草稿が奉天総領事館にもはいって来ている。太郎は大工ふたりの仕事を眺めながらそれを憶《おも》いだした。

機関説が不都合であるというのはいまや天下の世論であって、万人無条件にこれを受けている。しかしながら機関説は明治四十三年ころからの問題で、当時山県有朋元帥《げんすい》の副官だった小生はその事情を詳知しているひとりである。山県有朋元帥は上杉慎吉《うえすぎしんきち》博士の進言によって当時の憲法学者を集め、研究を重ねた結果これにたいしてきわめて慎重な態度を採られ、ついに今日《こんにち》に及んだのである。機関という言葉が悪いという世論であるが、小生は悪いと断定する必要はないと思う。軍人勅諭のなかに『朕《ちん》を頭首と仰ぎ』とおおせられている。頭首とは有機体たる一機関である。天皇を機関と仰ぎ奉《たてまつ》ると思えば何の不都合もないではないか。天皇機関説排撃、国体明徴とあまり騒ぎまわることはよくない。これを喧《やか》ましく言いだすと、南北朝の正閏《せいじゅん》問題をどう決定するかまで遡《さかのぼ》らなければ解決しえないことになる。

渡辺錠太郎大将は日露戦争に中隊長として出征し、その後は駐在武官、旅団長、参謀本部部長、陸大校長、師団長など要職を歴任して来た。台湾軍司令官のときに霧社《むしゃ》事件が起きた。そのとき、菱刈隆《ひしかりたか》関東軍司令官に対処が生温《なまぬる》いと批判されたが、鎮圧には成功している。青年将校たちに阿《おもね》る発言を繰りかえし、その支持を集めて来た真崎甚三郎大将に替わって教育総監に就任しただけじゃない、こういう天皇機関説擁護の演説を行なったのだ。その胆力には驚嘆させられる。天皇自身が機関説でいいではないかと発言したという噂も洩《も》れ伝わって来ているが、青年将校たちはそれを君側《くんそく》の奸《かん》の策謀だと決めつけているらしい。名古屋偕行社でのこの訓示によってもはや確実に暗殺対象となっているだろう。それを承知のうえで国体明徴の狂騒に釘《くぎ》を刺したのだ、渡辺錠太郎大将は荻窪《おぎくぼ》の自宅で就寝するときは枕《まくら》のしたに拳銃を置いているという情報も奉天総領事館にはいって来ていた。

「すべて終わりました」大工のひとりが言った。もうひとりは道具を仕舞いはじめている。ふたりとも二十代後半だった。「もう隙間風がはいることも扉の開け閉めで面倒をお掛けすることもないと思います」

「御苦労さん」

「もし御不都合が出て来ましたら、御遠慮なくお呼びつけください。どんなちっちゃなことでもすぐに駆けつけますから」

そのとき厨房《ちゅうぼう》から桂子《けいこ》が出て来た。終わりました、奥さん。大工がそう伝えた。桂子が満面に笑みを浮かべて言った。

「すぐにお茶を淹《い》れますから」

「せっかくですが、まだ他に仕事がありますんで」

「お酒のほうがおよろしい？」

「お気遣いなさらないでください、奥さん、ほんとうにまだ仕事が残ってるんです」

「でも」

「失礼します」

ふたりの大工が出ていくと、太郎は智子を阿媽《あま》の夏邦祥《かほうしよう》に預けた。胸の裡《うち》には憤怒《ふんぬ》に近い感情が渦巻《うずま》いている。太郎は桂子の左手を摑《つか》んで引っ張った。

「何なんです、あなた？」

太郎は何も答えずその手を摑んだまま階段に向かった。二階にあがって寝室のなかに足を踏み入れた。桂子はまえに参事官補の古賀哲春《こがてつはる》が訪れて来たときも妙にはしゃいだ。そして、きょうだ。明満《あきみつ》が死んでから、ああいう笑みはふたりきりのとき見せたこともない。太郎はその胸を突いて桂子を寝台のうえに倒した。

「どうしたんです、いったい？」

「何で色眼《いろめ》を使う？」

「え？」

「大工に色眼を使った」

「馬鹿《ばか》なことを言わないでよ！」

太郎はこの言葉に胸の裡の憤怒が嫉妬《しっと》に基いているものだとはっきり自覚した。嫉妬。あらゆる感情のうちもっとも見窄《みすぼ》らしい感情！　それがいま完全にじぶんを支配している。もう払拭《ふっしょく》はできなかった。太郎は桂子のうえに蔽《おお》い被《かぶ》さってその口に唇を近づけた。

「厭《いや》です、こんなの！」

「黙ってろ」

「やめて！」

「黙れと言ってるんだ」

「けど」

太郎は寝台に横たわる桂子の背なかのしたに両腕を捩《ね》じ込んだ。抱き締めて唇を合わせた。その口を吸った。桂子の体から力が抜けていった。口を吸いつづけた。舌と舌が縺《もつ》れあった。桂子の両腕がこっちの首に巻きついて来た。胸のしたから押しあげて来る乳房の弾みが心地よかった。太郎は久しぶりにじぶんの股間《こかん》が熱して来るのがわかった。

太郎は八時ちょうどに迎えに来た宋雷雨《そうらいう》のフォード車に乗り込み、奉天ヤマトホテルに向かった。全身が満足感に浸されている。何はともあれ、桂子と交合《まぐわ》えたのだ。嫉妬という貧困な感情が発条《ばね》になったにせよ、男性機能が回復した！　その事実にこれまで経験したことのない喜びを感じている。明満に替わる男児を桂子に産ませなきゃならない。太郎は何度もじぶんにそう言い聞かせた。奉天の夜が電飾に彩《いろど》られている。見慣れた風景だが、今夜はその輝きが祝福のように感じられる。フォード車が奉天ヤマトホテルの玄関まえに滑り込んだ。太郎は後部座席から降りて、ロビーのなかに体を運んだ。

受付に向かう必要はなかった。

瀬古勝久はロビーの長椅子に腰を下ろして待っていた。太郎は右手をかざした。電話では何度も話しているが、顔を合わすのは七年ぶりだ。肥満し、頭髪が大きく後退している。勝久が立ちあがってこっちに近づいて来て言った。

「老《ふ》けたな、たがいに」

「それは言いっこなしにしよう」

「寒いね、満州はさすがに」

「車輛《くるま》を待たせてある、出よう」

ふたりで奉天ヤマトホテルを出てフォード車の後部座席に乗り込んだ。車輛が静かに動きはじめた。

「明朝、新京に向かうんだって？」太郎はそう言って煙草《たばこ》を取りだした。「何か特別の目的があるのかね？」

「関東軍の真意を確かめたくてね」

「どういう意味だい、それ？」

「工農紅軍第一方面軍が陝西省《せんせい》北部の根拠地に到達したろ、第二方面軍も第四方面軍もそれに合流しようとしてる」

太郎は頷いて燐寸を擦り、銜《くわ》えている煙草に火を点《つ》けた。国民革命軍に追われつづけた共産党のこの西遷《せいせん》の途中、貴州《きしゆう》省で毛沢東《もうたくとう》の党内絶対指導権が確立したことはあちこちの筋から情報がはいっている。それにしても、あの敗走を長征と名づけた政治的能力には驚嘆させられる。太郎は吸い込んだけむりを吐きだして勝久の新たな言葉を待った。

「国民革命軍は工農紅軍を陝西省北部に追いやったが、潰滅させる気はない。何せ、蔣介石《しょうかいせき》の息子の蔣経国《けいこく》はモスクワに留学してる。つまり、蔣介石は悴《せがれ》を人質に取られてるも同然だろ？　工農紅軍を潰滅させりゃコミンテルンの怒りを買う。スターリンがどんな報復措置を取るか知れたものじゃない。だから、国民革命軍は工農紅軍を無力化する程度に抑える。陝西省北部に押し込んだまま組織だけは温存させようとするだろう」

「それが関東軍とどんな関係があるんだい？」

「上海総領事館に妙な情報がはいって来てる」

「どんな？」

「関東軍の国民革命軍にたいする資金援助」

「何だって？」

「共産主義が支那全土に拡《ひろ》がることを関東軍は真剣に危惧してる。そのためには国民革命軍に工農紅軍を殲滅させるしかない。それが資金援助の理由だよ。熱河《ねっか》を盗《と》ったんで、熱河産阿片《アヘン》からあがる収入の一部を援助に充《あ》てるらしい」

「ほんとうなのか、それは？」

「たぶん事実だろう」

「信じられんな」

「しかし、国民革命軍が工農紅軍を潰滅させる気がないことを関東軍は知らないんじゃないかと思う。そのことを伝え、これからどうするつもりか訊《き》かなきゃならん。関東軍の意思を確かめないかぎり、上海総領事館としちゃ今後動きようがない」

「だれに会う？」

「板垣征四郎関東軍参謀副長。南次郎《みなみじろう》司令官や西尾寿造《にしおとしぞう》参謀長より話は早いだろ？」


十間房の料亭・菊文に着くと、すぐに電話で予約していた白菊《しらぎく》の間に案内された。料理もあらかじめ注文してある。仲居が茶を運んで来た。太郎はすぐに酒と料理を出してくれと言った。仲居がかしこまりましたと言って引き下がった。

六畳間はすでに火鉢で暖められている。

勝久が部屋のなかを眺めまわしながら言った。

「ここが関東軍の独走を止めるために軍中央から派遣されて来た建川美次《たてかわよしつぐ》少将が酔い潰れたあの菊文か、歴史的な料亭だな」

「そういうことになってる」

「どういう意味だい、それ？」

「酔い潰れたふりをしただけだということがいまとなってははっきりしてる。建川少将は最初から関東軍の動きを止める気なんかなかった。軍中央はあのとき建川少将の猿芝居に騙《だま》されたんだ」

勝久がほうと言って煙草を取りだした。

仲居が先付《さきづけ》と徳利を持ってはいって来た。

「しばらくふたりだけで話したい」太郎は腕組みをしながら言った。「酌《しゃく》も必要ない。料理もいっぺんに運んで来てくれ」

仲居が消えると勝久が徳利の口を差し向けて来た。

太郎はその酒を受けてから質問した。

「上海総領事館は広田《ひろた》三原則をどう視《み》てる？」

「奉天総領事館はどうなんだい？」

「国民党は呑《の》まんだろうと考えてる」

「上海総領事館も同じだよ」

今月の七日、広田弘毅《こうき》外相は蔣作賓《しょうさくひん》駐日特命全権大使に三つの要求を突きつけた。まず、排日言動の徹底取締りと欧米依存政策からの脱却。次に、満州国の黙認と北支における満州国との経済的文化的提携の実現。最後に、外蒙から来る赤化勢力排除のための施設への支那側の協力。この三つが俗に広田三原則と呼ばれているのだ。これにたいする国民党の反応が外務省では注目されていた。

「三原則のうちの最初に取りあげられた欧米依存政策というのはリース＝ロスのことを言ってるんだよな」太郎は徳利の口を勝久の盃《さかずき》に向けながら言った。「リース＝ロスの幣制改革は実際に進んでるのかい？」

「進んでる。おそらく半月後には国民政府は幣制改革を公布するよ」

イギリス財務省から派遣されたリース＝ロスの幣制改革の骨子はこうだった。支那には金融資本家や軍閥などがばらばらに発行する貨幣は硬貨だけでも数十種、紙幣に至っては数百種あると言われている。それを中央銀行、中国銀行、交通銀行の三つだけに絞り、政府の認めたこの三種の法幣以外の流通を禁止する。法幣はイギリスのポンド貨に連結させ、国際的な信用を担保する。リース＝ロスのこの幣制改革はこれまでの各種銀行が発行している銀の兌換券《だかんけん》の停止を伴い、それはそのまま銀の国有化を意味していた。

「従来の兌換券の停止は個人から銀を吐き出させることだよ。そんなことを支那人が納得するかな？」

「納得しなきゃならないところまで状況は来てる。上海事変から熱河侵攻と、学生たちの民族意識の高揚は上海で見てるかぎりすさまじいとしか言いようがない」

「対欧米依存のもうひとつドイツ軍事顧問団のゼークトはもうすぐ交替するんだろ？」

「ゼークトの評判は最低だった。ドイツと支那のあいだで軍事物資交換条約が去年締結されたろ、ゼークトはその物資交換で莫大《ばくだい》な利益を懐《ふとこ》ろに入れてたからな」

「で？」

「後任にはファルケンハウゼンが決まってる。この人物はゼークトみたいに軍事物資交換条約の利権に絡《から》んでない。性格も一本気だと聞いてる。ファルケンハウゼンは義和団事件のとき青年将校として参加し、先の欧州大戦のときは陸軍武官として日本に駐在してた。要するに東アジアのことをよく知ってるんだ。ファルケンハウゼンは国民革命軍を確実に鍛えあげていくだろうよ」

太郎は先付に箸《はし》を伸ばした。

勝久は煙草を取りだしてはいたが、まだ火は点けていなかった。それを灰皿のうえに置いて盃をゆっくりと舐めた。

太郎は伸ばした箸を引っ込め、声をあげて笑いだした。

「何がおかしいんだい？」

「イギリスはポンド貨と連結させて支那の幣制改革に乗りだした。公布されれば、これまでみたいな支那の金融混乱はなくなるだろう。ドイツの軍事顧問団は国民革命軍の強化に当たってる。経済的軍事的に成功すれば国民政府は自信を持つ。自信を持てば、国民政府はふたたび抗日活動を公然化する。それなのに、関東軍は工農紅軍を潰滅させるために国民革命軍に資金援助をしてる。しかも、蔣介石の狙《ねら》いは共産党を陝西省北部に押し込めたまま温存させると来てる。いったい、何たる茶番だ、これが笑わずにいられるかね？」

「わたしもそう思う。だからなんだよ」

「だから何だって言うんだね？」

「板垣参謀副長に会う。会って国民政府の思惑と実態について私見をぶっつける。わたしは大使でも公使でも総領事でもない。外交折衝の責任者じゃないんだ。できることと言ったら、それぐらいしかない」

白菊の間の襖《ふすま》が開かれ、酒と料理が運ばれて来たのはそれからすぐだった。注文したとおり、吸い物、刺身、口取《くちと》り、鉢肴《はちざかな》、旨煮《うまに》、酢の物、止《と》め椀《わん》などが一度に座卓のうえに並べられた。

「酒はもう手酌で行こう」太郎はそう言ってじぶんの盃に温燗《ぬるかん》を注いだ。「軍内の統制を図って来た永田少将は斬《き》り殺されたが、内地の官僚のなかじゃ統制経済を志向する連中が増えて来てる。日本経済はこれからどんどん変わっていくだろうね」

「だと思うね」

「商工省の岸信介《きしのぶすけ》は対満事務局事務官を兼務したし、腹心の椎名悦三郎《しいなえつさぶろう》を新京に送り込んで来ている。来年には満州国実業部総務司長として渡満するという噂《うわさ》も聞いた」

「満鉄経済調査会の宮崎正義《みやざきまさよし》と歩調を合わせるらしいね」

太郎は頷《うなず》いて盃を舐めた。内地では新官僚もしくは革新官僚と呼ばれる三十代後半から四十代前半の連中が確実に力を持ちはじめている。その代表が岸信介だった。満鉄総裁に就任した松岡洋右の親戚《しんせき》たる三十九歳のこの男は浜口雄幸《はまぐちおさち》内閣のとき官吏の一割減俸の閣議決定にたいし反対運動の先頭に立ち、商工省に岸ありの評判を取った。東京帝大時代は北一輝《きたいっき》や大川周明《おおかわしゅうめい》とも接触を持ち、国内改造と対外膨張を一体化させた国家社会主義を大アジア主義と融合させ、それを満州で実験しようとしているらしい。太郎は盃を座卓のうえに置き、刺身の皿を引き寄せながら言った。

「宮崎正義が参謀本部作戦課長になった石原莞爾大佐の要請に基き日満財政経済研究

会を創設したろ？　昭和十六年までに対ソ戦争準備を整えるというのが石原大佐の持論だろ？　宮崎正義は対ソ八割の兵備を維持するために日満と北支を範囲とする産業の総合的発展を図ることを研究するように石原大佐に命じられてるらしいんだよ。これは飛躍的成長でなきゃならない。その方法はひとつしかないだろ？」

「ソ連を見倣《みなら》っての五カ年計画かね？」

「それしか考えられない。おそらく、宮崎正義は満州産業開発五カ年計画みたいなものを打ちだす。そのためには莫大な金銭《かね》が必要になる。だが、関東軍や協和会は財閥の渡満を認めてない」

「財閥の資力と経営技術なしにそんなことは無理だろう」

「新京の日本大使館参事官も同じことを言った。わたしもそう思った。しかし、名にしおう石原大佐だ、何の目論見《もくろみ》もなくそんな研究をさせるわけがない。だから、奉天総領事館では必死にその分析に当たった」

「それで？」

「鮎川義介《あゆかわよしすけ》」

「え？」

「日産コンツェルンの鮎川義介。日産コンツェルンは実際には新興財閥だが、世間では財閥とは目されていない。理由は簡単だ。三井や三菱が株式のほとんどを一族で所有してるのに較《くら》べ、日産コンツェルンは株の大衆化を図った。おそらく、石原大佐や宮崎正義の頭のなかには日産コンツェルンがあるだろう。いずれ何らかのかたちで鮎川義介を満州に引きずり込むと思う」

鮎川義介は田中義一《たなかぎいち》内閣のとき逓信《ていしん》大臣となった政友会の久原房之助《くはらふさのすけ》の義兄で、その事業を引き継ぎ日産コンツェルンまで拡大させた。東京帝大時代は伊藤博文の盟友だった元老・井上馨《いのうえかおる》の書生だった。帝大卒業後は単身アメリカに渡って週給五ドルで鋳物《いもの》工場に就職、可鍛鋳鉄《かたんちゅうてつ》技術を身につけて帰国。その胆力と独創性は日本中の注目を集めていた。

「鮎川義介もまた岸信介の親戚なんだよ」

「ほんとうかね？」

「わたしの予想じゃ今後の満州経済は松岡洋右、岸信介、鮎川義介の三人を軸にまわっていく。ペテルブルク大学に学んだ宮崎正義の国家社会主義的な経済計画にこの三人が参加し、石原大佐の王道楽土国家の建設が着手されることになる」

「ぎりぎりということかね？」

「どういう意味だい？」

「いずれ戦火を交えなきゃならないソ連の共産主義とどこがどうちがうんだね？」

太郎はこれには答えなかった。じぶんでもよくわからなかったのだ。しかし、ヒットラーも同じようなことをしている。国際情勢はいま緊迫の度をますます強めつつある。市場に経済を委《まか》せっ放しで国家の安泰が図れるような状態じゃないとも思う。民政党の代議士だった中野正剛《なかのせいごう》はヒットラーに傾倒し、ナチスに似た組織・東方会《とうほうかい》を作って『国家改造計画綱領』を出版した。気圧変化によって妙な風が吹きはじめているのだ、国家社会主義という風が。太郎は鯛《たい》の刺身を箸で摘みあげて無言のまま口に運んだ。

「上海がこれからどうなっていくのかわからんが、満州はもっとわからんね」勝久がじぶんの盃に酒を注ぎながら言った。「これから渡満して来る新官僚が具体的に何をするのか見当もつかんし、五族協和の王道楽土という謳《うた》い文句が実現可能なのかどうかはもっとわからん」

4

敷島四郎は炒飯《チャーハン》を食い終え、搾菜《ザーサイ》を口に運んで晩飯を終えた。硝子《ガラス》窓の向こうでは粉雪が舞い交っている。十一月にはいったのだ、松花江はまだ氷結していないが、寒さは日を追って厳しくなって来ていた。綏化安全農村から引きあげて来てから十日が経《た》つ。金正俊が膳場武彦憲兵准尉《じゅんい》に逮捕されたあと、天幕と食料を鉄道自警村から借り受けて安全農村に向かったが、朝鮮人たちは受け入れようとはしなかった。当然だろう、金正俊を憲兵隊に売ったと思われたのだ。それでも、四郎は農作業や薪《まき》割りを手伝おうとした。だが、朝鮮人たちは口も利いてくれなかった。二週間を無為に過し、鉄道自警村に戻ったが、そこでも何もすることはなく、ハルビンに引きあげるしかなかった。埠頭区ではなく満人地区の傅家甸《ふかでん》にある松花飯店に落ちついたのは宿泊費の安さが理由だった。ここでもずっと無為に過ごしている。ハルビン特務機関にも出向かなかったし、烏蘇里亭《ウスリー》も覗《のぞ》いていない。だが、落合章介特務少佐はもうとっくにハルビンに戻って来たことを知っているだろう。いずれここにやって来る。そう思いながら四郎は餐庁《さんちょう》の卓台を離れた。

松花飯店は小ぢんまりした旅館で房間の数は十二しかない。すべての業務を家族だけでこなしていた。経営者の名まえは譚路浄《たんろじょう》で、長男が厨房の庖丁《ほうちょう》を握る。

四郎は食事代を給仕の長女に支払い、帳場にまわった。そこで暖房用の練炭を売っているのだ。帳場の椅子に路浄がでっぷりと太った体を沈め、新聞を読んでいた。五十過ぎのこの経営者は眼鏡をずりあげてこっちを見た。四郎は練炭を一袋買ってから言った。

「新聞を見せてくれませんか、古い新聞でもいい」

路浄が頷いて背後の棚に置かれている新聞紙を手にしてこっちに差し向けた。

四郎はそれを受け取って帳場脇《わき》の階段を昇った。部屋は二階の第九房間なのだ。松花飯店はいま半分しか埋まっていない。この時期、ハルビンを訪れる満人客は少ないのだろう。四郎は第九房間に足を踏み入れ、照明を点けてから鋳物製ストーブのまえにしゃがみ込んだ。

練炭袋のなかには焚《た》きつけ用の小枝がはいっている。それを使って暖房を入れた。部屋のなかが暖まるには五、六分掛かる。

四郎は寝床台に腰を落とし、路浄から借りて来た新聞を開いた。それは国民党系の『東北民報』だった。日附《ひづけ》は十日まえだ。日軍使嗾《しそう》、香河県農民暴動勃発《ぼっぱつ》。一面にそういう大きな見出しがある。四郎はその記事を読みはじめた。

その概略はこうだった。十月二十一日、地租や塩税の軽減を要求して河北省香河県で千名の農民が公署に押し掛け、香河県城を占拠。反蔣介石、反国民党のビラが撒《ま》かれたが、巡警部隊が鎮圧。負傷者多数。この農民デモ隊を組織し指揮したのは日本人だと判明。この暴動は日本軍が使嗾して勃発させた疑いが濃厚。その筆致には強烈な憤《いきどお》りが感じられた。

　廊下から靴音が聴こえて来たのはその記事から眼を離したときだった。扉が叩《たた》かれた。四郎は寝床台から腰をあげ、それを引き開けた。満人の大掛児《ターコオル》を羽織った落合章介特務少佐がそこに立っていた。

　四郎は会釈《えしやく》もしなかった。

　章介が勝手にはいって来て言った。

「暑いね、部屋のなかは」

「遅かったですね」

「何が？」

「ぼくがハルビンに戻って来たのはとっくにわかってたでしょう。すぐに事情聴取に来るかと思った」

「いろいろ忙しくてね」章介がそう言いながら大掛児を脱いだ。寝床台に置いたままの新聞に眼をやってつづけた。「香河県の暴動か、もうずいぶんむかしの話のような気さえするな」

「新聞の報道どおりですか？」

「何が？」

「日本軍の謀略なんですか、あの暴動は？」

「だろうと思う」

「どういう意味です、それ？」

「関東軍と天津の支那駐屯軍は協力と反目を繰りかえして来た。支那駐屯軍がやったことがそのまま関東軍に伝えられるとはかぎらんのだよ。そんなことより、扉を閉めたらどうなんだね？」

扉を閉め切ると、章介は煙草を取りだして火を点けた。この房間には寝床台と鋳物ストーブの他には何もない。章介が突っ立ったまままうまそうにけむりを吐きだして言った。

「さっきすごい情報が飛び込んで来た。汪兆銘《おうちょうめい》を知ってるだろ？」

「国民政府行政院長兼外交部長の汪兆銘ですか？」

「射たれた。南京《ナンキン》での国民党六中全会開会式の席上でな」

「暗殺？」

「銃弾三発をぶち込まれて南京中央病院に運ばれたが、命は取り止めそうだ。犯人は晨光《しんこう》通信の記者で、排日分子の孫鳳鳴《そんほうめい》。犯行後拳銃《けんじゅう》で自殺を図ったが、未遂だ。これから取調べがはじまる。背後関係もおいおいわかって来るだろう」

「ハルビン特務機関はどう分析してるんです、汪兆銘暗殺未遂を？」

「そういう分析はハルビン特務機関の仕事じゃない。わたしたちは極東ソ連軍とコミンテルンの動き、それに共匪《きょうひ》の活動の監視と破壊に専念してる。しかし、私見を言えば、この暗殺未遂は国民党の党内世論を揺さぶるだろう。国民政府はこれまでの親日の仮面をかなぐり棄《す》て、反日路線を本格的に採りはじめる可能性がある。蔣介石の敦《とん》睦邦交令《ぼくほうこうれい》も見直されるかも知れん」

四郎は腕組みをしながら戸口のそばの壁に背なかを預けた。汪兆銘暗殺未遂によって国民政府の方針がどう変わろうと、もう興味はなかった。それより、なぜ章介が本題にはいろうとしないのかがいまは気になる。どうして綏化安全農村からハルビンに舞い戻ったのかと詰問《きつもん》しないのだ？　四郎は焦燥に駆られながら言った。

「ぼくを綏化安全農村に送り込んだのは失敗でしたね。朝鮮人たちからまったく相手にされなかった。金日成傘下《さんか》の遊撃隊との接触なんか調べようもない状態だった。そういうぼくを何で責めないんです？」

「わたしにも予見できんことが起きたからな」

「何のことです、それ?」

「関東憲兵隊綏化分屯地の膳場武彦准尉だよ。あいつが金正俊を逮捕するとは想《おも》いもしなかった」

「あれは完全な誤認逮捕です。金正俊は共匪と通敵なんかしてない!」

「わかってる。あの准尉は点数稼ぎをしたかっただけだ。軍内じゃ往々にして起こることでね、憲兵隊だけじゃなく他の兵科でも多発する」

四郎は章介の眼をじっと見据えた。ハルビン特務機関はおそらく綏化での実態調査を終えたのだ。それにしても、正俊の言葉がまた脳裏で跳ねかえる。おかしな正義感は状況を歪《ゆが》める、その結果がこれだ、笑うしかない。そう言ったのだ。綏化安全農村で朝鮮人たちに完全に無視されたまま過ごした期間、繰りかえしその言葉を反芻《はんすう》させられた。四郎は低い声で言った。

「そこまでわかってて、放置するんですか?」

「釈放させた」

「え?」

「五日まえに金正俊を釈放させた。もう綏化安全農村に戻ってる。膳場准尉を処分することまではできんがね」

四郎はかすかな安堵《あんど》を覚えた。章介の措置ですこしはじぶんの罪が軽減されたような気がするのだ。だが、安全農村の状況を考えると、これから一段と厳しくなっていく苛酷《かこく》な寒さに耐えるのは容易じゃないだろう。そう考えながら四郎は言った。

「どうなるんです、ぼくは？」

「ハルビン特務機関はもうきみを必要としない」

四郎は一瞬ぽかんとなった。

章介が短くなった煙草の火先に眼をやってつづけた。

「特務機関顧問の身分も剝奪《はくだつ》する」

「自由になるんですか、ぼくは？」

「そうでもない」

「どういうことです、それは？」

「階下《した》の餐庁で待ってる」

「だれが？」

「逢《あ》えばわかるよ」

章介とともに階段を降り餐庁に足を踏み入れた一瞬、四郎ははっとなった。一番奥の席に間垣徳蔵が座っていたのだ。椅子の背凭《せもた》れに大掛児を掛け、便衣姿で硝子コップを傾けている。飲んでいるのは白酒だろう。その傍らに眼鏡を掛けた背広姿の日本人らしき男が座っていた。年齢は三十四、五に見える。椅子の背凭れに掛けているのは紺色の外套《がいとう》だった。四郎は傍らの章介を見やった。

「わたしはこれで失礼するよ」章介がそう言いながら踵《きびす》をかえした。「あとは勝手に話しあってくれ」

四郎はしかたなく奥の卓台に足を運んだ。

無言のまま会釈をすると、徳蔵が低い声で言った。

「座ってくれ」

「今度は何なんです？」

「いいから、そこに座れ」

四郎は椅子を引き、その向かいに腰を下ろした。

徳蔵が硝子コップをかざして言葉を継いだ。

「飲むかね、白酒？」

「結構です」

「相変わらずしゃっちょこ張ってるな」

「御用件を伺いたいんですが」

「もう聞いたろ、汪兆銘暗殺未遂のことは？」

「さっき落合少佐から」

「見せかけであったにせよ、これで国民政府の親日路線は終止符が打たれたと考えなきゃならん。工農紅軍は陝西省の辺境に押し込めたし、リース＝ロスが推し進めた幣制改革も三日後に実施される。国民政府にしてみりゃ体制が整いはじめたんだ、時期までは測定できんがいずれまた抗日路線に転じて来る」

「それがどうだと言うんです？」

「おまえはハルビン特務機関の要請に基いて第一次武装移民の世話から鮮人農民の監視まで引き受けて来た。しかし、いずれも成功したとは言い難い。要するに、性に合っていなかったからだろう」

四郎はこの言葉にどう応じていいかわからなかった。

徳蔵が白酒を舐《な》めてからつづけた。

「おまえの能力はもっとべつのところにある。それを活《い》かすべきだ。激動する歴史のさなかにある皇国も適材適所を求めてる」

「何をおっしゃりたいんです？」

「里見甫《さとみはじめ》という男を知ってるか？」

「いいえ」

「上海東亜同文書院を卒業してる。おまえの先輩だよ。一国一通信社制に基いて満州の通信社を纏《まと》めて国通に統一した凄腕《すごうで》だ。実行力はずば抜けてる」

「それが？」

「天津の漢字紙『庸報《ようほう》』を買収した。来月のはじめ、社長に就任することになった。そこで、おまえには天津に向かってもらう」

「何のためにです？」

「早稲田時代は演劇をやってたんだろう、おまえには文筆の才もあるはずだ。新聞記者に向いてる。ハルビン日日みたいな資料整理の仕事じゃない。実際に仕事をし、記事を書くんだ、もちろん北京語でな」

四郎は黙ってその眼を見据えつづけた。新聞記者といっても、ふつうの記者じゃないことは容易に想像できる。日支関係はこれからまた緊張の度合を強めていくのだ、満州事変や熱河侵攻のようなことが再発するかも知れない。そのためにはさまざまな伏線が敷かれるだろう。天津の漢字紙『庸報』の記事はそれを幻惑させるために支那人に向けて書かれるのだ。だが、四郎は断われないだろうと思った。それは徳蔵の強圧的な態度のせいだけじゃない。生まれてこのかた、ただの一度もじぶんで仕事を捜したことはないのだ。仕事はいつもだれかから押しつけられて来た。そうやって暮しの糧《かて》を得て来たのだ。ある意味では主体的に生きていく術《すべ》を知らない。押しつけられることを憎みながら、秘《ひそ》かにそれを期待している。じぶんは最低の人間だ。そう思いながら四郎は徳蔵の傍らの眼鏡を掛けた男に視線を移した。

「紹介しておこう、越路《こしじ》里志《さとし》くんだ、もう二十年近く支那で暮してる、満州に来るのは三度目だそうだ」徳蔵がそう言って硝子コップの白酒を飲み干した。「越路くんは東京外国語学校支那語学科の卒業でな、北平でいくつかの漢字紙の編集に関わって来た。今度、『庸報』で働くことになってる。天津じゃいろいろおまえの面倒を看《み》てくれるだろう」

5

包頭《ほうとう》から満州に戻って来て二カ月ちょっとが経つ。帰満してからすぐに吉林に落ち着いた。パラス・ジャフルが吉林旅荘に現われたのはそれから四日後だ。敷島次郎《じろう》はナラヤン・アリの殺害と亜州羊毛公司の焼失について調べたかぎりのことを喋《しゃべ》った。ジャフルは頷いて名刺を取りだし、上海に来ることがあったら寄ってくださいと言い残した。新京に移ったのは一カ月ほどまえだった。吉林に飽きて来ていたし、国都建設の進捗《しんちょく》状況を確かめておきたかったのだ。投宿している明梨《めいり》飯店は興安大路《こうあんたいろ》にあった。ここから新京の中心地・大同広場まで七百米《メートル》しかない。その近さと裏庭に風神《ふうじん》を柵《さく》に繋《つな》げられるのがここを選んだ理由だった。

十一月上旬の寒さはもう相当に厳しい。だが、国都建設の速度は落ちそうもなかった。粉雪の舞い交うなかで道路のあちこちで無数の苦力《クーリー》が鶴嘴《つるはし》や掬鍬《すくいぐわ》を振るっているのだ。それは街が完全に暮れるまでつづく。

次郎は夕刻六時になって晩飯を食うために猪八戒《ちよはつかい》とともに明梨飯店を出た。粉雪のなかにいくつもの電飾が輝いている。そのなかに昨日《きのう》まで点灯されていなかった光が見えた。近づくと新装開店の垂れ幕が下がっている。戸口には金糸や銀糸で刺繡《ししゆう》されたけばけばしい背広に身を包んだ若い日本人が立ち、桃源郷《とうげんきよう》カフェと刻み込まれた真鍮《しんちゆう》板《ばん》が扉に打ちつけられていた。次郎は猪八戒とともにその扉に歩み寄った。

若い日本人が拙《つた》ない満語で言った。ここは高いぞ、満人には払いきれない。それは満人入場を拒絶するような口ぶりだった。

次郎は日本語で静かに言った。

「いくらぐらいなんだね、酒と摘《つま》みを頼んで？」

「日本人だったんですか？」

「言葉を聞きゃわかるだろう」

「大陸浪人ですか、いまどき？」

「入場料も取るのか？」

「いただきません。けど、犬は困ります」

「吼《ほ》えさせやせん。ちゃんと仕込んである」

門衛の日本人がこの言葉に黙り込んだ。

次郎はそのまま扉を引き開けた。なかからピアノの音やドラムの響きがどっと吐き出されて来た。一番奥に舞台が設けられ、照明がそこだけに当たっている。薄桃色の光を浴びて太股《ふともも》を露《あら》わにした七人の女が脚を跳ねあげながら踊っていた。容貌《ようぼう》からすぐに白系ロシア人と知れた。ハルビンから呼んで来たのだろう。フランスに行ったことはないが、ムーランルージュとかいうキャバレーを真似《まね》ているらしい。客席は暗く、客のいる席だけに蠟燭《ろうそく》が点《とも》されていた。次郎は猪八戒とともに左側の席に向かった。

そこに腰を下ろすと、すぐに女給が近づいて来て蠟燭に火を点けた。なかはむんむんするほど暑かった。次郎は大掛児を脱いで、それを椅子の背凭れに掛けた。肩窄児《チエンチアル》のうえから吊《つる》している拳銃嚢《けんじゅうのう》から食《は》みだしているモーゼルの銃把が見えたのだろう、女給がはっとなる気配がした。ただでさえ、黒い眼帯をしているのだ、動揺《たじろ》ぎは当然だった。しかし、女給はそれを押し殺すように言った。

「何をお飲みになります？」

「白酒」

「ここはウィスキーかブランデーしか置いてませんが」

「ウィスキーにする。何か摘むものはあるかね？」

「ソーセージとチーズの盛り合わせなら」

次郎はそれを注文して煙草を取りだした。舞台ではピアノやドラムの演奏に合わせて白系ロシア人の女たちが踊りつづけている。煙草に火を点けて、そのけむりを吸い込んだ。摘みとウィスキーが運ばれて来たが、女給は一緒に席に着こうとしなかった。気色悪がっているのが手に取るようにわかる。次郎はソーセージを足もとに踞《うずくま》る猪八戒に食わせ、ウィスキーを飲みはじめた。

やがて、ロシア女たちの踊りが終わり、舞台に真っ白いタキシードを着た男があがった。その男が厳《おごそ》かな口ぶりで言った。

「みなさま、つづいて新京一の歌姫の登場です。鄧麗美《とうれいび》嬢を紹介します。盛大なる拍手をもってお迎えください」

舞台を照らしていた照明がいったん消えた。それがまた点いた。今度は照らすのは一カ所だけだ。そこに黄金色の旗袍《チーパオ》を纏った若い女が現われた。真っ赤な薔薇《ばら》の花束を抱えている。客席から拍手が起こった。次郎は舞台を眺めたままウィスキーを舐めつづけた。拍手が終わり、照明が動いた。それに合わせて、麗美が舞台の中央に進み、ピアノの演奏に合わせて歌いはじめた。

その声は透き通るようだった。歌われている歌詞は英語で、曲自体はこれまで聴いたことがない。四曲歌い終えたところで麗美が舞台から降りた。五曲目を歌いながら客席をまわり、蠟燭のそばに薔薇を一輪一輪置いていった。

旗袍がこっちに近づいて来た。視線と視線が合った。歌いながら薔薇の一輪を蠟燭のそばに置いた。麗美の頰に笑みが浮かんだ。その笑いはとても営業用とは思えなかった。

次郎は短くなった煙草を灰皿のなかで揉《も》み消した。

麗美が歌いながら眼のまえから離れていった。ふたたび舞台にあがり、一段と高い声を出して歌い終え、ゆっくりと頭を下げた。そのまま舞台の袖《そで》に下がると、一カ所だけに当っていた照明が店内全体に拡がった。

「次のショウは三十分後でございます」白いタキシードの男がもう一度舞台に出て来て言った。「それまでみなさまがた、ごゆっくり御歓談ください。ダンスをお楽しみになりたいかたは中央のフロアでどうぞ」

客たちがピアノ演奏に合わせ、女給を抱いて踊りはじめた。次郎は新たなウィスキーを注文した。運んで来た女給はやはり席に着こうとしなかった。

麗美が近づいて来て向かいに座ったのはそれからすぐだった。次郎ははじめて来る桃源郷カフェの歌姫がなぜさっき親しみに溢《あふ》れた笑みを浮かべ、いまここに来たのかまったく理解できなかった。麗美が袖のない旗袍の腕を組みながら満語で言った。

「お久しぶりね、青龍攬把《せいりゅうらんぱ》」

「いつ逢った、おれと？」

「お忘れ？　あたしは六、七年まえに青龍攬把に綁票《ばんぴょう》に取られた。人質として一緒に老頭溝《ろうとうこう》近くの山のなかを動いた」

次郎は思わずあっと声をあげそうになった。張作霖《ちょうさくりん》が爆殺されたあの年、青龍同盟は満族旗人《きじん》・鹿曾玉《ろくそうぎょく》の娘を誘拐した。木材伐採権をめぐるいざこざで依頼されたのだ。娘の名まえはもう憶《おぼ》えていない。しかし、山中を連れまわしたあの娘はほっそりとしていて、体つきはまるで少年のようだった。眼のまえに座る麗美は全体に丸みを帯び、乳房の膨みが旗袍の胸を押しあげている。次郎はその表情を眺めつづけた。

「そうよ、鹿容英《ようえい》。憶《おも》いだした？　変わったでしょう、あたし。老頭溝みたいな田舎で一生を終えたくない。そう思って新京に来た。四年まえにね。鄧麗美というのは芸名。いまは毎日楽しく暮らしてる」

「いくつになった？」

「来月二十二になる。誘拐されたときはまだ十五だった」

「な、何か飲むかい？」

「要らない。あたし、女給じゃないもん」

次郎は言葉の接《つ》ぎ穂が見つからなかった。煙草を取りだして火を点けた。容英がくすっと笑った。次郎は銜《くわ》え煙草《たばこ》のまま言った。

「何がおかしいんだい」

「似合わない」

「こんなところ、青龍攬把には似合わない」

「おれもそう思う」

「何が？」

「まだ青龍同盟を？」

「あれは解散した。と言うより潰滅《かいめつ》させられた」

「ねえ、青龍攬把」

「何だい？」

「踊らない？」

「無理だ、これまで一度も踊ったことがない」

「あたしが教えたげる」容英がそう言って立ちあがった。小さな卓台をまわってこっちの手を摑《つか》んだ。「音楽に合わせて体を揺らせばいいだけなんだから」

次郎は立ちあがって店内の中央に向かった。ふたりで他の客たちのあいだに分け入った。容英の腰に右手をまわした。左手は容英の右手と合わせたままだ。音楽に合わせて上半身を揺らせながら言った。

「どうしてわかった、ここにいるのがこのおれだと？」

「だって、むかしと同じ恰好《かっこう》をしてるんだもん。黒い眼帯を見たら、だれだって憶いだすよ」

「変わったな、容英」

「大人になっただけよ」

「むかしは男の子みたいだった」

「いまは？」

「立派な女だ」

容英がふたたびくすっと笑った。

次郎も釣られて笑い、言葉を継いだ。

「歌はいつから？」

「老頭溝でも独学で歌ってた。けど、満州国ができたんで、新京に出て来て本格的に習った」

「反対しなかったのかい、両親は？」

「伯父が満州国興安局の官吏をしてる。そこで暮してるから安心してる」

「さっき歌った英語の唄《うた》は？」

「アイルランド民謡とスコットランド民謡。ほんとうは、あたし、ロシア民謡のほうが好きなんだけど、それだと日本人が変に思うでしょ、だから」

「疑い深過ぎるんだ、日本人は」

「ねえ、青龍攬把」

「何だい？」

「あたしには野心がある」

「どんな？」

「満鉄映画班が軸になって来年かさ来年、映画会社が作られるらしいんです。そのうち劇映画も撮影されることになると聞いた。だから、こころが浮き浮きしてる」

「どうして？」

「あたし、絶対にそこでスターになってみせる。それまでは結婚もしないつもり。おかしい？　馬鹿《ばか》な女だと思う？　そう思うなら、嗤《わら》っていいよ。でも、あたし、絶対に映画スターになる」


二度目のショウが終わってから次郎は桃源郷カフェを出た。粉雪が舞い散るなかを日本人酔客がそぞろ歩いている。緊張感はどこにもなかった。北満や東辺道《とうへんどう》では宗匪や共匪の出没が頻発しているが、ここ新京では国都建設が軌道に乗ったのかも知れない。桃源郷カフェではチーズを摘んだだけだ。しかし、もう空腹感はなかった。明梨飯店の玄関まえに近づいたときだった。中肉中背の男がこっちを待ち受けているかのように立っているのが見えた。包頭のナラヤン・アリの家で逢った綿貫昭之《わたぬきあきゆき》だった。次郎はそのまえに歩み寄って言った。

「何の用なんだね、いったい？」

「これから北支での緊張が高まって来ます」

「それがどうだと言うんだね？」

「皇国は相当の力を北支に注ぎ込まなきゃならない。しかし、満州じゃ共匪の力は拡大する一方です。楊靖宇を御存じですね、近々抗日連軍第一軍と第二軍を合わせて抗日連軍第一路軍を編成します。かたちを整えてコミンテルンから武器流入を円滑化しようとしてる。そうなると、かなり厄介なことになります」

次郎は大掛児の内側から煙草を取りだして、それを銜えた。燐寸《マッチ》を擦ったが、火はなかなか点かなかった。三本の燐寸棒を無駄にしてようやくけむりを吸い込んだ。

「満州国としちゃ国軍と国警に処理させたいんですが、これがなかなかうまく行かない。国軍と国警がちゃんと育ってないんです。充分な機能を果すためにはまだかなり時間が掛かるでしょう」

「まどろっこしいな、何が言いたいんだね？」

「そろそろだと思いましてね」

「何が？」

「懐《ふと》ろ具合はどうなんです？　かなり寂しくなってるはずですが」

「よけいなお世話だ」

「ちょっとした仕事を引き受けていただければ、関東軍はいくらでも敷島さんの懐ろを潤《うる》おわせます。すぐに答えが欲しいとは言いません。ただ、御耳には入れておきたいんです、聞き流していただきたい」

次郎は銜え煙草のまま瓦斯《ガス》灯に照らされるその表情を眺めつづけた。

昭之がわずかに声を強めた。

「北支での今後を考えると、どうしても抗日連軍の掃討には民間人の協力が必要になって来る。とくに馬賊の一群を率いていた敷島さんのような日本人のね。国軍や国警と連携して動ける連中が欲しい。実はすでに何人かの日本人を集めてあるんですよ。ただこの連中を束ねる日本人がいない。いつ命を棒に振ってもいいと考えてる荒くれをね。金銭《かね》を補塡《ほてん》する必要が出て来たら、いつでも奉天特務機関にお越しください。お待ちしてますから」

6

北支の状況は奉天総領事館としても絶対に眼が離せなくなっている。リース＝ロスの指導による国民政府の幣制改革は想像以上の効果を挙げつつあるのだ。これまではらばらだった金融機関が急速に統一の兆《きざ》しを見せはじめていた。工農紅軍を陝西省辺境に押し込めた国民革命軍がその鋒先《ほこさき》を日本に向ける下地が整いつつあるのだ。駐支武官の磯谷廉介《いそがいれんすけ》少将はこのまま幣制改革を推し進めるなら、北支からの現銀輸送を実力行使で排除するとの声明を発した。土肥原賢二《どいはらけんじ》奉天特務機関長は北支に国民政府と訣別《けつべつ》する新政権の樹立に乗りだした。そのために関東軍独立混成第一旅団に山海関《さんかいかん》集結を命じたのだ。

独立歩兵第一連隊、戦車第三大隊の軽戦車第一中隊、野戦重砲兵第九連隊の一大隊、独立工兵第一中隊を指揮せしめ、十一月十五日までに山海関付近に兵力を集結し、北支に進出する準備に当たらしむ。ただし山海関以南に前進するは軍命令に依《よ》らしむ。

その直後に南次郎関東軍司令官は閑院宮載仁《かんいんのみやことひと》参謀総長に打電する。総領事館が入手したそれは関参一・第七六二号電と呼ばれている。

今次南京政府が突如断行せし銀の国有および幣制の改革は、一部為政者の利益のため、支那一般民衆の利福を蹂躙《じゅうりん》するものにして、その影響するところ、日満両帝国と密接なる関係を有する北支地方を経済的に枯渇《こかつ》せしめ、さらに進んで満州国の経済的基礎を脅威するものなることは既往の各種の情況によりて明らかなるところなり。ことにその背後に英国の強力なる支援あるに於《お》いては、支那に於ける英国の支配的勢力を強化し、多年の国是たる東洋永遠の平和確立の基礎を危うくするものと言わざるべからず。

敷島太郎は腕組みをしたままこれまでの北支の状況を反芻しつづけていた。北満と東辺道で楊靖宇の抗日連軍第一路軍が編成を終えたとは言え、工農紅軍の支那での動きはいまや封殺されたも同然なのだ、関東軍の満州の南西部に第二の満州を創《つく》るという構想は着々と進められている。六中全会開会式で銃撃された汪兆銘は四日前、南京中央病院から上海のノール病院に転院する途中の列車内でふたたび襲撃を受けた。被弾はしなかったが、親日派にたいするこれほどしつこい暗殺の試みはいずれ国民党がまた抗日に転じることを意味している。行政院長は蔣介石が兼任することになるらしい。それでも、党内の抗日気分を沈静化させるのは難しいだろう。太郎は読みかけの資料を閉じて事務机を離れ、窓辺に歩み寄った。

窓の向こうは粉雪が舞い狂っている。

あと五日で十二月にはいるのだ、奉天は厳冬期を迎えた。

事務机に戻ったとき、扉が叩かれ古賀哲春がはいって来た。大判の封筒を手にしている。それを机上に差しだしながら哲春が言った。

「天津から通電がありました。ついに殷汝耕《いんじょこう》が冀東《きとう》防共自治委員会を設立しました。国民政府からの独立を宣言してます。関東軍の強引さには舌を巻きますね。一カ月後には冀東防共自治政府と改称するらしい」

冀《き》とは河北省の旧名で、冀東とは河北省東部を意味する。四十代後半の殷汝耕は辛《しん》亥《がい》革命に参加後、中国銀行東京駐在員時代に井上恵子《いのうえけいこ》という日本女性と結婚。上海事変終了後、上海市長・呉鉄城《ごてつじよう》のもとで参事となり戦区接収委員として日本側との交渉に当たった。熱河掃討時に兵站《へいたん》に協力した阪田誠盛《さかたまさもり》と親密な関係にあり、阿片《アヘン》の利権に関与しているという噂《うわさ》が絶えない。

「関東軍は宋哲元《そうてつげん》にも働きかけてます、冀察《きさつ》政務委員会を結成させるつもりです」察《さつ》とはチャハル省の旧名で、宋哲元は中央軍第二十九軍長の経歴を持つチャハル省主席だった。「関東軍の狙《ねら》いは冀東防共自治政府と冀察政務委員会を合体させ、第二の満州の一部を創りだすつもりでしょう。詳細はこの封筒のなかにはいっておりますので、お読みください」

封筒のなかにはいっていた資料は哲春が喋った以上の内容は記されていなかった。それを読み終えたとき、受付から電話があった。新聞連合の香月《こうづき》さんがお見えですが、どうなさいます？ 通してくれと答えた。香月信彦《のぶひこ》がはいって来た。ふたりで長椅子《いす》に腰を下ろして向かいあった。

「昨日《きのう》、天津から来た知合いから聞いたんだがね、敷島四郎という日本人が『庸報』で働きはじめたらしい。きみの末弟だろ？」

「新聞記者として？」

「そうだよ、『庸報』で記事を書く。日本語じゃなく北京語で書くんだから大変だよ」

太郎は煙草を取りだして火を点けた。

天津の漢字紙『庸報』は充実した論説で知識人や学生たちの支持を集めていた。創刊者であり主筆だった董顕光《とうけんこう》は浙江省《せっこう》寧波《ねいは》の生まれでアメリカ留学経験がある。満州事変や塘沽《タンクー》停戦協定を批判し、支那駐屯軍や関東軍の北支分離工作には徹底した非難論説を書きつづけた。

支那駐屯軍と関東軍は広告主に圧力を掛けてその経営を窮地に追い込み、董顕光から強引に経営権を買い取る。同時に、『庸報』のこれまでの名声を利用して支那の知識人や学生層にたいし親日とまでは行かなくても抗日断念へ誘導することを考えつく。そのために里見甫を『庸報』社長に据えつけることにした。就任は十二月にはいってからだと聞いているが、正確な日程は知らない。

「四郎くんは『庸報』記者となったが、里見甫と接触することはないかも知れん」

「どういう意味です、それは？」

「阿片だよ」

「え？」

「里見甫はおそらく取材や編集の現場に現われることはない。『庸報』社長はある意味じゃ表向きの顔なんだ。わたしは越路里志という男に紹介されたと言ったろ、こいつは関東軍べったりなんだ。『庸報』の現場はこの男が仕切る。里見甫は阪田誠盛が天津に持ち込んで来る熱河産阿片を中支に送り込むことに熱中してる、盛文頤《せいぶんい》という青幇《チンパン》絡《がら》みの支那人と組んでね」

「四郎も阿片に？」

「その心配はまずないだろう。ただ、徹底して支那駐屯軍や関東軍の今後の行動を正当化するような記事を書かされる。記者としちゃ恥ずべき行為だが、いまのわたしも似たようなもんだ、責められんよ」

太郎はその眼を見つめながら煙草を喫《す》いつづけた。

信彦が腕組みをしながら話題を変えた。

「殷汝耕が冀東防共自治委員会を設立した。一カ月後には自治政府になる。奉天総領事館としてはそのことをどう踏んでるんだね？」

「虚《むな》しい質問ですよ、香月さん、そういうことに奉天総領事館は何の対応もできない」

「しかし、好悪《こうお》の感情はあるだろう？」

「行き過ぎだと思いますよ、個人的な見解ですがね。満州国の外縁として第二の満州を作る必要なんかない。フランス・シンジケート団の追加融資も立ち消え状態になってるし、いまはすべての力を満州に注ぎ込むべきです」

「同じだな」

「何がです？」

「満州事変の英雄のひとりとだよ。石原莞爾参謀本部作戦課長もきみと同じ考えらしい。じかに聞いたわけじゃないが、洩《も》れ伝わって来ることによるとね」

太郎はこれにどう応じていいかわからなかった。

信彦が腕組みを解いてまた話題を変えた。

「一昨日《おととい》の夜、内地から来た記者と飲んだんだがね、東京は相変わらずらしい。妙な気分が立ちこめてる。天皇機関説排撃は熄《や》まんし、国体明徴運動も収まらん。相沢事件を軍中央がどうするかによって、また激震が起こる可能性もある」

「妙な決定が出されましたね、通信社にも」

「そうなんだよ、まったく腹が立つ」

満州では里見甫の奔走によって国策通信社たる満州国通信社、通称・国通が発足したが、内地でも政府方針に従って通信社が一本化されることになったのだ。その決定は今月の七日になされた。対峙《たいじ》し競争しあっていた二大通信社の日本電報通信社、通称・電通と新聞連合社、通称・連合が合併して唯一《ゆいいつ》の国策通信が産みだされることになった。それは来年、同盟通信社として発足する。

「わたしは満州事変以降、じぶんが書いた記事が何度も歿《ぼつ》にされて来た。それだけじゃない、自己規制してこの眼で見たのに書かなかったことも多い。逆に、嘘《うそ》だとわかってるのに提灯《ちょうちん》記事も書いた。しかしね、国策のもとに通信社が統一されたら、もっと酷《ひど》いことになる。同盟通信！　この言葉を聞くたびにわたしはぞっとする」

7

粉雪とともに顔面に吹きつけて来る十二月の風は肌を突き刺すようだった。敷島次郎は風神の背に跨《また》がって興仁大路《こうじんたいろ》に向かっていた。路上に雪は積っていない。北からの風が吹き飛ばすのだ。五米《メートル》ばかり先を猪八戒が進む。時刻は午前八時になろうとしている。路上では無数の苦力《クーリー》が鶴嘴や掬鍬を振るっていた。

鹿容英《ろくようえい》が消息を絶ったのは五日まえで、桃源郷カフェの支配人もどこに行ったのか知らないと言う。連絡もまったくないらしい。ただ、容英の伯父が三日まえに訪ねて来て、桃源郷カフェでの仕事ぶりについて質問したと次郎に伝えた。歌もうまかったし、客の評判もいい、いなくなって困っている。支配人はそう答えたという。

次郎は容英が消えるまで一日おきに桃源郷カフェに通っていた。歌を聴き、ダンスをした。新鮮だった。容英はこれまで相手にして来た女とはまったくちがっていた。朴美姫《ぼくみき》にしても項麗鈴《こうれいれい》にしても、宿命《さだめ》に抗《あらが》おうという気はまったくなかった。だが、容英はじぶんでじぶんの道を切り拓《ひら》こうとしていたのだ。希望に溢れていた。老頭溝で誘拐した十五歳のころの凛々《りり》しさが消えていなかった。次郎は昨夜、桃源郷カフェの支配人に容英の伯父・戴善継《たいぜんけい》の住所を聞いた。

善継は容英の母方の伯父だという。むかしの満族旗人で、いまは満州国興安局勧業処の官僚をしている。しかし、国家機構は完全に日本人に支配されているのだ、ただの飾り物に過ぎないだろう。

前方に白楊の樹《き》に囲まれた邸宅が見えて来た。あれが善継の家なのだ。興仁大路はいま拡張工事がつづいている。まえはもっと前庭が広かったのだろう。次郎はその門《もん》扉《ぴ》のまえに近づいて風神の手綱を引き寄せた。猪八戒がこっちを向いた。次郎は風神から降りて、その門扉に近づいた。痩《や》せこけた老人が奥から鉄格子《てつごうし》の門扉に歩み寄って来た。

「戴善継さんはもう興安局勧業処に？」

「きょうは御出仕されません」

「お逢いしたいんだが」

「どちらさまで？」

「鹿容英のことで来たとお伝え願いたい」

老人が一瞬、あからさまな動揺《たじろ》ぎを見せた。しかし、すぐに踵をかえして玄関に向かった。粉雪が一段と激しくなって来ている。次郎は渇いている下唇を静かに舐めた。

老人が戻って来て門扉の鍵《かぎ》を外しながら言った。

「お逢いするそうです、おはいりください」

次郎は風神の手綱を曳《ひ》いて猪八戒とともになかにはいった。老人の背なかにつづいて玄関に近づいた。その扉が静かに開き、五十前後の太った女が現われた。その表情にははっきりとした怯《おび》えの色が浮かんでいる。老人が振り向いて右手を差しだした。風神を預かろうと言っているのだ。次郎はその手綱を差しだして猪八戒を連れ、玄関のなかに足を踏み入れた。

案内されたのは応接室だった。洋風な造りで、暖炉では薪《まき》が燃えている。だが、置かれている調度品はどれも支那か朝鮮の螺鈿《らでん》の装飾が施されていた。

長椅子に座っていた五十半ばの中肉中背の男が立ちあがった。けばけばしい紋様を縫い込んだ服を纏っている。その眼には驚愕《きょうがく》の色が滲《にじ》み出ていた。

「わたしが容英の伯父・戴善継です。青龍攬把がお越しになるとは思ってなかった」

「どうしておれの名を？」

「容英から聞いてましたから」そう言って卓台の向かいの長椅子を勧めた。「黒い天鵞絨《ビロード》の眼帯を掛けた客にむかし誘拐されたことがあると笑いながら」

「容英はその後？」

善継の表情が苦渋に変わっていった。

次郎は長椅子に腰を落として大掛児《ターコオル》の内側から煙草を取りだした。猪八戒が傍らに踞《うずくま》った。善継の喉《のど》がひくつきはじめた。次郎は煙草に火を点《つ》けて言った。

「まだ何の連絡もないんですね、容英からは」

「な、何と言っていいかわからない、わたしには」

「悪い癖ですよ、満族旗人の」

「何がです？」

「優柔不断なところが」

善継が力のない溜息《ためいき》をついた。

次郎は銜え煙草のままつづけた。

「話してください、何があったんです？」

「誘拐されました」

「何ですって？」

「誘拐されたんです、容英は」

「どういうことです、それは？」

善継がふたたび黙り込んだ。

次郎は無言のままその口が開くのを待った。

「容英は青龍攬把に誘拐されたことを楽しい憶い出として語ってる。だから、今度のことにあなたが絡んでるとはわたしは一度も考えたことがない」

「だれが誘拐したんです、容英を？」

「抗日連軍」

「事実ですか？」

「手紙が投げ込まれました。わたしのことを偽満州国に協力する漢奸《かんかん》と名差ししてる。あいつら、この国都のど真んなかにも出没しはじめたんです」

「要求は何でした？」

「身代金《みのしろきん》は満州中央銀行券で六万。ただ、抗日連軍は誤解してる。容英のことをわたしの娘だと思ってるんです」

「国警への連絡は？」

「してません。国警にも関東憲兵隊にも連絡するわけにはいかない。連絡すれば容英を殺すと言ってる。しかし、六万円という大金が手元にあるわけがない。あちこち駆けまわっても調達できる額じゃないんです。容英は姪《めい》ですが、実の娘のように思ってる。わたしたち夫婦には子供がいませんのでね。容英のことを考えると、胸が張り裂けそうになる。けど、伯父として恥ずかしいかぎりだが、わたしはどうしていいのかほんとうにわからない」

「身代金の受け渡し場所は指定して来てるんですか？」

「ええ」

「どこです？」

「盛京大路《せいきようたいろ》を御存じですね」

「南湖のそばの？」

「まだ整備されてませんが、盛京大路沿いにイギリス人が建てた別荘があります。いまは廃屋になってますが、そこを指定して来ました」

「受け渡し期日は？」

「三日後です。三日後に金銭《かね》を持って来なければ殺すと言ってる。わたしは満州国の官吏ですが、六万もの金銭があるわけじゃない。抗日連軍も掻《か》き集めなきゃならないと考えたんでしょう、誘拐後一週間以上の時間を与えて来た。しかし、さっきお話ししたように六万もの額はわたしには無理です」

次郎は短くなった煙草を灰皿のなかに揉み消して立ちあがった。

善継がおどおどした声で言った。

「も、もうお帰りですか？」

「容英を救出します」

「どうやって？」

「それはこれから考える。容英は映画スターになることを夢みてた。それを叶《かな》えさせてやりたい。今度の誘拐はやりかたがあまりにもちゃちだ。かならず救出できる」

善継はぽっかり口を開けたままこっちを見あげつづけた。やがて、その喉から掠《かす》れた声が絞りだされた。

「い、いかほどです？」

「何が？」

「おっしゃってください、容英を救出してくださった場合、わたしはいかほどお支払いすればいいんです？」

「戴善継さん」

「はい」

「おれは商売で容英を救出するんじゃない。一銭も受け取りませんよ。それより、三日後、でっかい鞄《かばん》を運んで来てください。なかは古着でも新聞紙でもいい。とにかく札束が詰まってるように見える鞄を指定して来た場所にだれかに持って来させて欲しい」

次郎はいったん明梨飯店に戻り、これまでの宿泊料を清算して大同大街に向かった。そこでまず三日ぶんの食料を買い込んだ。缶詰類を揃《そろ》えさせた日本人乾物商に馬の飼葉はどこで買えるかと聞くと、一番近いのは北安路《ほくあんろ》にある飼料店だという。そこに赴《おもむ》き、三日ぶんを仕入れた。粉雪がますます激しくなって来ている。北からの風も強まっていた。次郎はもう一度大同大街に戻って、風神を南に向けて進めていった。

左側に黒い水面が見えて来たのは十一時過ぎだった。苦力《クーリー》たちの姿はなかった。南湖の造成工事はいまは中止されているのだ。三日まえに明梨飯店の経営者から聞いた話だと、下水管埋設のための側溝掘りとちがって、河川を堰《せ》き止めて作る人造湖の造成は冬期は無理らしい。大地はがちがちに凍っているのだ、鶴嘴すらが利《き》かないという。南湖のあいだを突っ切る盛京大路に風神を乗り入れた。

あたりの風景は荒寥《こうりよう》としている。

次郎は舗装されていない盛京大路をゆっくりと進んでいった。

南湖の黒い水面《みなも》に十七、八羽の白鳥が浮かんでいる。シベリアから飛来して来たのだろう。

これも明梨飯店の経営者から聞いたことだが、国都建設にあたって南湖は渇水時の水源に予定されているらしい。この人造湖が完成するのは三年後だという。

南湖を渡りきると、盛京大路に面して白い洋館がぽつんと建っているのが見えた。あそこが身代金の受け渡し場所なのだ。それにしても、誘拐者の思惑がさっぱりわからない。洋館のまわりには何の遮蔽物《しやへいぶつ》もなかった。国警に包囲されたら、どうするのだ？　そう思いながら風神を進めていった。

洋館に近づいたとき、まえを行く猪八戒がこっちを振り向いた。

次郎は風神の手綱を静かに引いてその脚を止め、二階建ての洋館全体を眺めまわした。屋根に雪は積もっていないが、無数の氷柱《つらら》が大地に向かって伸びている。板張りの外壁はところどころペンキがめくれあがり、剝《は》げ落ちていた。窓のいくつかは硝子《ガラス》が割れている。近くに電柱はない。別荘として使っていたイギリス人は夜は洋灯《ランプ》の明かりで暮していたのだ。それを確かめて次郎はふたたび風神を進めようとした。そのときだった、突然、馬の嘶《いなな》き声があがった。洋館の裏側からだ、四頭か五頭いるだろう。次郎ははっとなって大掛児の内側に右手を差し入れようとした。同時に、洋館の裏側から粉雪のなかにばらばらと人影が飛びだして来た。ぜんぶで五人いた。大掛児は羽織っていなかった。肩窄児《チエンチアル》だけで右手に拳銃《けんじゅう》を握りしめている。次郎は大掛児の内側に差し込もうとした右手を引っ込めるしかなかった。猪八戒が低い唸《うな》り声をあげはじめた。次郎はそれを制した。五人が銃口をこっちに向けたまま風神のまわりを慌《あわ》ただしく取り囲んだ。

「何だ、青龍攬把じゃねえかよ」聞き憶えのある声が響いた。「どうしてこんなところに？」

次郎は馬上から取り囲んでいる連中を眺めまわした。

粉雪が舞い狂い、そのせいで色彩が脱け落ちすべてが影絵のように見えるが、銃口をこっちに向けたまま声を発したのは孔精平《こうせいへい》だった。全承圭《ぜんしょうけい》の依頼を受けて老頭溝近くの洞穴に潜んでいた金日成傘下《さんか》の抗日遊撃隊殲滅《せんめつ》を引き受けたときに、満人九人のなかから副官役に選んだ精平がそこにいた。

他の四人もそのときの殲滅行動に参加した連中だった。報酬を受け取ったあと、この五人は承圭を射殺して金庫の金銭《かね》を奪い、次郎にもう一度攬把となってじぶんたちを率いてくれと提案して来たのだ。天図《てんと》軽便鉄路の駅舎の近くでは七、八人いたが、いまは五人になっている。しかし、あのときの連中がいまイギリス人の別荘だった盛京大路沿いの廃屋に集まっていた。

「何をしてるんだ、こんなところで？」次郎はそう言って風神の背から降りた。「まさか新京で出っ会《でく》わすなんて想《おも》いもしなかった」

「それはおれたちの科白《せりふ》だぜ」

「あれからどうしてた？」

「いろいろだよ、いろいろあった」

「寒くないのか、そんな恰好《かっこう》で？」

「食ったか、昼飯？」

「まだだ」

「豚肉を煮てる。なかで一緒に食おう」

風神を洋館の裏側にある柵《さく》に繋《つな》ぎ、五人とともに猪八戒を連れてなかにはいった。居間は蒸し暑いほどだった。洋式の暖炉で火が燃えさかっている。いくつもの調度品がばらばらに壊され、その板材が薪として暖炉に抛《ほう》り込まれているのだ。そこに寸胴《ずんどう》の洋式鍋《なべ》が掛けられ、豚肉の煮える匂《にお》いが漂って来ている。五人はここで一週間以上暮して来たらしい。缶詰類に頼らず調理をしているのだ。居間は目算で二十畳以上あった。中央にある卓台を囲むようにして七つの籐椅子《とういす》が並べられている。居間からは二階につづく階段も伸びていた。大掛児を脱ぎながら言った。

「寝るのは二階か？」

「房間が四つある」精平がモーゼルを肩窄児のうえから吊《つる》している拳銃嚢《けんじゅうのう》に収めながら言った。他の四人もう警戒心を緩めているのがわかる。「どの部屋にも寝床台がふたつずつ置かれててな、床に寝るわけじゃねえ。もっとも右端の房間は窓が割れてるんで、夜は寒くて使えねえ」

「不便じゃないのか、こんなところにいるのは？」

「あと三日の辛棒《しんぼう》だよ、あと三日」

次郎はこの言葉でだいたいのことが読めた。籐椅子のひとつに身を沈めながら居間のなかをあらためて眺めまわした。左隅の壁際《かべぎわ》に硝子壺《つぼ》が置かれている。そこには鶉《うずら》の卵よりすこし大きい白い玉が二十個ばかりはいっていた。死者の睾丸《こうがん》を抜き取って白酒に漬けた玉酒《ぎょくしゅ》が持ち込まれて来ている。次郎は肩窄児の衣嚢から煙草を取りだし、燐寸を擦ってそれに火を点けた。

「もうすこし待ってくれ」精平が卓台の向かいの籐椅子に腰を落として言った。「豚肉は煮込めば煮込むほどうまい」

「時間はたっぷりある」

「飲むか？」

「玉酒をか？」

「精がつくぞ」

「断わる」

「そうだったな、あんたは玉酒を嫌う。無理やり飲まされそうになったんで、人まで殺した。勧めやしねえが、おれたちは飲むぞ」

ふたりが立ちあがって居間からもうひとつの扉を開いて奥へ吸い込まれた。そこが厨房《ちゅうぼう》なのだろう。すぐに五つの硝子コップを手にして出て来た。

左隅の硝子壺のなかから柄杓《ひしゃく》で白酒が五つのコップに注がれ、五人の手に渡った。精平がそれをうまそうに舐《な》めはじめた。

「自家製か、その玉酒は？」

「そうだ、おれたちが作った」

「どうやって作った？」

「玉酒のなかには九人ぶんの睾丸がはいってる。そのうちの十四個は抗日連軍の連中の睾丸だ」

次郎はその表情を眺めながら煙草を喫いつづけた。

精平が頬に笑みを滲ませて言葉を継いだ。

「おれたちは老頭溝で稼いだ金銭であちこちの妓楼《ぎろう》で遊びまくった。懐ろが寂しくなったとき抗日連軍の連中と出会わしたんだよ。で、合流してみた。そしたら、七面倒臭いことを押しつけられる。やれ階級闘争がどうのこうのとか、日本帝国主義がどうのこうのとかな。それにな、おれたちみたいな緑林の徒を勝手に抗日山林隊と呼びやがるんだよ。馬鹿々々しいから抜けることにした。ある夜、東辺道の山中で一緒に動いてた抗日連軍遊撃隊七人をぶっ殺した。一緒にいた仲間ふたりも死んだ。玉酒のなかにはいってるのはそのときの睾丸だよ」

「仲間ふたりの睾丸もはいってるのか？」

「捨てるのはもったいねえからな」

次郎は銜えている煙草をゆっくりと唇から引き抜いた。三日間この廃屋で寝泊まりして機会を待つつもりだったが、もうその必要はないだろう。煙草の火先に眼を移しながら低い声で言った。

「しかし、いまの満州は抗日連軍の時代だぞ」

「わかってる。偽満州国打倒、漢奸撲滅。あの言葉は使いやすい」

「使ってるのか？」

「これから大いに使うつもりだ」

次郎は手にしている煙草をふたたび銜えた。

精平が玉酒を飲み干して言った。

「ところで、どうなんだい、懐ろ具合は？」

「ずいぶん寂しくなった」

「なら、一緒に組まないか？」

「老頭溝じゃ断わったが、いまなら考えてもいい」

「ただし、攬把はおれだぞ。あんたには搬舵《パントウ》になってもらう」

「仕事の予定はあるのか？」

「もう取り掛かってる」

「どんな？」

「おれたちは興安局勧業処の官吏の娘を綁票《ばんぴょう》に取った。興安大路の日本人の店で歌ってたんだが、その帰りに攫《さら》って人質に取った。毎晩、五人でぴちぴちした体を愉《たの》しませてもらってるが、この女は六万円の価値がある」

「で？」

「六万円は三日後にここに運ばれて来るが、確実に受け取る方法をあんたに考えてもらいてえ。何せこんなことははじめてなんでな。それから、女をあらかじめ殺しておいたほうがいいのかどうかもな」

「女はいまどこにいる？」

「二階の左側の房間だ。こんなところなんでな、どんなに叫んでもだれにも聞かれねえ。搬舵になってくれるんなら、今夜はあんたひとりであの女の体を愉しんでくれ」

「喜んでなろう、搬舵に」

「あんたの仕事は途中からだ、六万はいって来ても二千円ぐらいしか渡せねえぞ」

「それでいい。しかし」

「何だ？」

「拳銃について詳しいか？」

「どういう意味だ？」

「おれのモーゼルはときどき銃弾《たま》詰まりを起こす。どうなってるか調べてくれないか、そういうことに疎《うと》いんだよ、おれは」

「発条《ばね》が緩んでるんだろうよ」

次郎は短くなった煙草を板張りの床に落とし、靴底《くつぞこ》でそれを踏み消してから拳銃嚢に右手をやった。そこからモーゼルを引き抜き、銃把を向けて精平に差しだした。

精平がそれを受け取って弾倉を引き抜いた。そこから実包をいったん取りだし、弾倉発条の具合を確かめた。実包を装塡《そうてん》しなおして弾倉をまたモーゼルに嵌《は》め込み、銃把をこっちに向けながら言った。

「どこもおかしいところはないようだが、不安なら今度の仕事が終わったあと、新しいのを買えばいい」

「そうするよ」

「仕事は今度だけじゃないんだ、銃だけは吝嗇《けち》るな」

次郎は頷《うなず》いてモーゼルを受け取り、銃把を握りしめた。銃口を拳銃嚢に向けながら安全装置を外した。精平が視線をちらりと暖炉のほうに向けた。その眼がこっちに戻ると同時に、次郎は銃口をその額に向けて引鉄《ひきがね》を絞り込んだ。

炸裂音《さくれつおん》とともに精平の額の真んなかにぽつんと赤い穴が開き、籐椅子ごと全身が仰向けに床に叩《たた》きつけられた。他の四人が一斉に立ちあがるのがわかった。

猪八戒が飛ぶのが見えた。

モーゼルの銃口を右側の男の左胸に向けた。引鉄を引いた。赤いしぶきを噴きあげながらその体が転がった。銃口を左側に向けた。拳銃嚢からモーゼルを引き抜こうとしている。引鉄を引いた。その首筋から血液が散った。傍らの男は踵《きびす》を返していた。銃口を後頭部に向けた。引鉄を引いた。その体が暖炉に向かって飛んでいった。炎のなかに倒れ込んだ。寸胴の洋式鍋が引っくりかえった。煮汁が火に零《こぼ》れ、白煙があがった。立ちあがりながら猪八戒に眼をやった。

黒い毛並みと肩窄児が縺《もつ》れあいながら床のうえを左右に転げまわっている。

次郎はそこに駆け寄った。左右に動く男の額に銃口を向けた。引鉄を絞り込んだ。動かなくなった。猪八戒が咬《か》みついていた左肩から牙《きば》を離した。次郎はゆっくりと居間のなかを眺めまわした。

白いけむりが立ち込めている。それは硝煙と暖炉からのけむりなのだ。臭《にお》いも硝煙と豚肉を煮ていた臭いが混じりあっていた。あらためて五人に銃弾をぶち込む必要はあるまい。たとえまだ絶命してなくても、自力で体を起こす力さえ残ってないだろう。

次郎は階段に向かって体を運んだ。そこを昇った。二階にあがり、左側の房間に近づいた。その扉を叩いて言った。

「終わったぞ、容英、何もかも」

返事は戻って来なかった。

次郎はモーゼルを拳銃嚢に収め、扉の把手を摑《つか》んだ。押した。施錠《せじよう》はされていなかった。扉を開いてなかに足を踏み入れた。

房間のなかには洋式の寝台がふたつ並べられ、そのひとつに容英が横たわっている。こっちを見たが、何も言わなかった。頰には血の気がなく、眼は虚《うつ》ろだった。両手は縄紐《なわひも》で縛られ、それが寝台の頭部の格子状の板に結えつけられている。逃走防止のためらしい。房間の窓辺には馬桶《ばとう》が置かれていた。用便のためなのだ。食事もここに運ばれたのだろう。容英はここに閉じ込められたまま夜は五人の男に替わる替わる犯されつづけたのだ。

「引きあげるぞ、容英、興仁大路に」次郎はそう言って腰に括《くく》りつけてある匕首《あいくち》を鞘《さや》から引き抜いた。「家に帰れば、暖かい食事が待ってる」

容英はこれにも何の反応も示さなかった。

次郎は容英の両手を縛りつけている縄紐を切り離した。虚ろな眼はぼんやりとこっちを眺めているだけだ。次郎は容英の体を蔽《おお》っている二枚の毛布を剝いだ。

白い裸身が窓からはいって来る冬の陽差しに曝《さら》された。

その眼には何の変化も表われなかった。

いまは羞恥心《しゅうちしん》さえ失っているらしい。

次郎は毛布でふたたび容英の体を蔽い、視線を寝台の左側に向けてみた。そこに下着類や洋装品、外套《がいとう》が転がっている。溜息をついてそれを拾いあげ、低い声で言った。

「服を着てくれ、廊下で待ってるから」

容英の表情は相変わらず何も変わらなかった。

次郎は踵をかえして房間を抜けだした。


粉雪の舞はますます激しくなって来ている。

次郎は容英を連れて大同大街を北に進みつづけた。

容英は結局、自力で衣服を纏《まと》うことはできなかった。次郎がふたたび房間にはいり、その裸身を起こして下着をつけさせ、洋服を着させてやったのだ。その肉はまだ硬直のはじまっていない死体のようだった。外套は羽織らせなかった。寒さが厳し過ぎる。

あんな洒落《しやれ》た外套では保《も》たない。次郎は階下に降り、居間の壁に掛かっていた大掛児のひとつを手にして、それを羽織らせた。洋館の裏手に繋がれていた大馬も一頭調達した。それに容英を乗せて洋館を離れた。

盛京大路から大同大街にはいると、すぐに好奇の眼に曝された。ここはもうほぼ整備されきっているのだ。車輌《くるま》が通る。洋車《ヤンチヨ》が行く。大掛児を羽織る馬上の男女。そのまえを進む軍用シェパード種。興味を引かないわけがなかった。

次郎はそれを無視して容英の馬の手綱を曳きながら風神を進めていった。小一時間経《た》って興仁大路との交差点に辿《たど》り着いた。そこを左折した。

戴善継の邸宅に着いたのはそれからほぼ十分後だった。風神を降り、大馬に乗っている容英を抱き降ろした。門番の老人が眼を瞠《みは》っている。すぐに慌ただしく門扉の鍵を外した。次郎は崩れ落ちそうになる容英の左脇《わき》のしたに右腕を捩《ね》じ込み、二頭の馬の手綱を老人に渡して玄関に向かった。朝、顔を出した善継の妻らしき太った五十前後の女の姿はそこにはなかった。

次郎は勝手に玄関の扉を開け、容英を抱くようにして応接室に足を運んだ。すぐに濁った唸り声が聞こえて来た。それは妙な節まわしで発せられ、ときどきからんからんと鈴が鳴らされている。応接室で何が行なわれているのだ？　そう思いながら次郎はその扉を押し開けた。

応接室のなかで痩せた女が唸りながら踊っていた。両手首につけている鈴がその動きに合わせて鳴っている。赤地に黒や黄色の刺繡を施したけばけばしい衣裳《いしょう》を纏っている。次郎は何が起きているのかを理解した。善継は巫師を傭《やと》ったのだ。満族は未来を占わせたり、願いごとを叶えるために伝統的な呪術《じゅじゅつ》をよく利用する。男の呪術師を覡師《げきし》と呼び、女の呪術師を巫師《ふし》というが、両方とも神懸かりになって霊界と交信するのだ。その儀式がここで展開されていた。長椅子も卓台も応接室の壁際に押しやられ、中央で巫師が唸り声をあげて踊っていた。

壁際に胡座《あぐら》をかいていた善継とその妻らしき女がこっちを見た。ふたりが同時に、容英！　と叫んで立ちあがった。

次郎は容英とともに応接室のなかにはいった。

巫師も踊るのをやめてこっちを見た。

善継と妻らしき女が駆け寄って来た。

次郎は女のほうに声を向けた。

「まず容英の体を熱い湯で丹念に洗ってやってください、奥さん、それから暖房の効いた房間で眠らせてやって欲しい」

「わ、わかりました」

「ただ、しばらくはあれこれ質問しないでもらいたい」

女が頷いて容英を抱き取るようにして応接室から出ていった。

善継は呆然《ぼうぜん》としてこっちを眺めつづけた。

踊りをやめた巫師が善継に声を掛けた。

「あれが容英かい？」

「あ、ああ」

「効いたんだ、あたしの祈禱《きとう》が効いたんだ。祈禱によってあんたの姪は戻って来た」

善継はこれには何も言わなかった。

巫師が声を強めて言葉を継いだ。

「祈禱が効いたんだから、約束どおり倍の金銭《かね》を払ってもらうよ」

善継が無言のまま衣嚢から財布を取りだし七、八枚の紙幣を引き抜いて、それを巫師に手渡した。その金銭を受け取って巫師が応接室から出ていった。次郎は大掛児の内側から煙草《たばこ》を取りだして火を点けた。善継がおどおどした口ぶりで言った。

「ど、どうやって容英を？」

「殺した」

「抗日連軍を？」

「容英を誘拐したのは抗日連軍じゃない。そう名乗っただけだ。容英は盛京大路沿いの洋館で五人の緑林の徒に監禁されてた」

「その五人を？」

「まだ誘拐なんかに慣れてない連中だった。五人とも射ち殺して、そのまま容英を連れだした」

善継が大きく溜息をついた。次郎は煙草を喫いながらその表情を眺めていた。沈黙がしばらくつづいた。善継がやがて力のない声で言った。

「青龍攬把が命掛けで容英を救出してくれてるとき、このわたしは何をやった？　巫師を呼んで容英の無事を祈禱させただけだ。情けない。ほんとうに情けない。こんなことだから満人は日本人に操られるだけなんだ」

「そんなふうにじぶんを責めなさんな」

「しかし」

「どんな人間にも向き不向きがある」

「青龍攬把」

「何です？」

「わたしはあなたにどんな御礼をしたらいいでしょう？」

「そんなものは必要ない。ただ引き受けてもらいたいことがある」

「どんなことでも」

「盛京大路の洋館には五つの死体が転がってる。それを処理して欲しい。裏手には四頭の馬も繋がれてる。その馬もだれかにくれてやってもらいたい」

「わかりました」

「処理に当たっては国警には頼まないほうがいい。容英は相当苛酷《かこく》な状況に曝された。国警が介入すれば根掘り葉掘り訊《き》かれることになる。容英はそれに答えられる状態にはない。金銭《かね》だけで動く連中を傭って欲しい」

善継が黙ってゆっくりと頷いた。

次郎は銜え煙草のまま踵をかえしかけた。

「いつまで新京に御滞在で？」

「明後日《あさって》にはハルビンに向けて発《た》ちます」

午前中にこれまでの宿泊料を清算し終えていたが、次郎はまた興安大路の明梨飯店に戻った。支配人にあと二日だけ泊まると言って、風神を裏庭の柵に繋ぎ、猪八戒とともに二階の房間にはいった。鋳物《いもの》ストーブの練炭の火を熾《おこ》し、暖まるのを待った。満人支配人の話ではいずれ新京の中心部はスチームと呼ばれる蒸気を使った暖房になるのだという。明梨飯店の客の大半は日本人だった。そのせいだろう、支配人は片言ながら日本語を喋《しゃべ》るし、餐庁《さんちょう》には邦字紙も置いてある。房間が暖まったところで、次郎は大掛児を脱ぎ、寝床台に仰向けに横たわった。

容英が立ち直るのには相当時間が掛かるかも知れない。感情を完全に失なったあの眼の虚《うつ》ろさは半端《はんぱ》じゃなかった。どのような癒《いや》されかたをすれば瞳《ひとみ》に光が戻るのか見当もつかない。

次郎はそう思いながらぼんやりと天井を眺めつづけた。

五時になって寝床台から体を起こした。きょうは昼飯を抜いているのだ、腹が空《す》いている。肩窄児のうえから吊しているモーゼルの拳銃嚢を外して寝床台の枕《まくら》のしたに差し込み、猪八戒とともに階下《した》に降りた。

餐庁に足を踏み入れると、背広に身を包んだ日本人客がひとりいるだけだった。次郎は雑誌や新聞を並べてある棚から『満州日報』を手にして窓辺の席に着いた。給仕が注文を取りに来た。炒飯《チャーハン》と餃子《ぎょうざ》、それに猪八戒のための茹《ゆ》でただけの豚肉を頼んだ。給仕が席を離れたところで『満州日報』を拡《ひろ》げた。

李守信軍《りしゅしんぐん》、チャハル省口北《こうほく》六県を進攻という見出しが飛び込んで来た。次郎はその記事に眼を通しはじめた。それによると、土肥原賢二奉天特務機関長の意向に従って関東軍指導下にある李守信の蒙古族部隊がチャハル省多倫から進撃を開始し、チャハル省東部の制圧に取り掛かったという。これにたいして軍事委員会北平分会を廃止している国民政府がどんな対応をするかが注目されていると記されていた。

「日本のかたなんですね、そんな恰好をされてても『満州日報』を読んでいらっしゃる」日本語が飛んで来た。視線を向けると、ひとりだけいた背広姿の男が立ちあがってこっちに近づきつつあった。年齢は三十五、六だろう。「ちょっとお邪魔させていただきますよ、おひとりのようだし」

次郎は何も言わなかった。

瘦せて眼鏡を掛けたその日本人は勝手に卓台の向かいの席に腰を下ろした。次郎は拡げていた新聞をたたむしかなかった。男が眼鏡の蔓《つる》を触りながら言った。

「わたしは満州伝道会の松岡《まつおか》と申します、松岡俊次《しゅんじ》。洗礼名はパウロ。東京四谷の教会で神父をやっております」

「カトリックかね？」

「キリスト教にはお詳しい？」

「まったく」

「満州伝道会は二年まえに発足しましたが、カトリックとかプロテスタントとかそういう宗派の区別なく、満人へのキリスト教伝道を目的として結成されました。二年後には支那全土に拡げるために東亜伝道会と改称する予定です」

「松岡さんというお名まえでしたな」

「ええ」

「おれは宗教そのものに何の興味もないんだよ」

「そう言わずに話を聞いてください。昨日《きのう》、大本教《おおもときょう》の出口王仁三郎《でぐちおにさぶろう》と幹部三十数名が不敬罪と治安維持法違反容疑で逮捕されたことを御存じですか？　天照大御神《あまてらすおおみかみ》と大本皇大神が同一神だという教義が不敬罪にあたり、金本位制や銀本位制が国家の紊乱《びんらん》を招いてるので土地本位制に移行せよという出口王仁三郎のこれまでの主張が治安維持法違反に当たるとして逮捕されたんですが、それは単に名目ですよ。国体明徴とか何とかで内地は実にかまびすしい。要するに、神道《しんとう》と既成仏教以外は徹底して痛めつけるつもりなんです。近々、天理教もやられると聞いてる。キリスト教もおそらく例外じゃない」

「何を言いたいんです？」

「バチカンのローマ法皇庁がいち早く満州国を承認したんで、いまのところは眼に見えるような弾圧は受けてない。しかし、手をこまねいてたら、かならず何かが起こる。だから、満州伝道会は先んじることにしたんです」

次郎は腕組みをしてその表情を眺めつづけた。

俊次がもう一度眼鏡の蔓を触わって言葉を継いだ。

「熱河侵攻以来、関東軍の戦費は阿片《アヘン》収入で賄《まかな》って来てる。その結果、満州じゃ阿片患者やモルヒネ患者が量産されはじめた。そういう連中を癮《いん》というんだそうですね。満州伝道会ではその癮の施療院《せりょういん》を満州各地に作ることにしました。きわめておかしな話です。憲兵隊やら特高からの弾圧を避けるために、関東軍の阿片によって産みだされる癮の救済施設を作る。皮肉な話ですが、そうやるしかない」

「松岡さん」

「はい」

「何のためにそんな話をこのおれに？」

「そういう恰好されてるんで、満州には相当長く暮してらっしゃると思ったからです。各地の状態を御存じのはずだ。わたしは奉天のカトリック教会に赴任して来たんです。

癮の施療院の成績についても責任を持たなくちゃならない。何人の癮の治療に当たったか？　それが問題になる。数が多いほど、わたしの実績はあがるんです」

「で？」

「もしどこかでどうにもならなくなった癮がいたら、奉天に運んで来てくれませんか。癮にとっても喜ばしいことでしょうし、満州伝道会も存在意義を強化できる。もちろん、そういうことを無料《ただ》でお願いしようとは思いません。癮ひとりにつき、何がしかの謝礼を差しあげます」

8

敷島三郎は設楽草吉憲兵准尉《じゅんい》とともに満鉄列車で海龍駅に向かっていた。時刻はそろそろ午前十時になろうとしている。窓の向こうに拡がる丘陵地は積雪に蔽《おお》われていた。鉛色の上空からは粉雪が舞い落ちて来ているが、ここ一週間ばかりつづいた激しさはない。ただ、ときおりの強風に大地から地吹雪が舞いあがった。いまチャハル省では関東軍指導下にある李守信蒙古族部隊が察東《さっとう》地方制圧に乗りだしているが、関東憲兵隊はそれにつきあう状態じゃなかった。昨夜、海龍に駐屯している国軍兵士四十名が顧問の梶井友幸中尉と指揮官の王宣馳上尉を殺害して逃走したのだ。四カ月近くまえに赴任して来た東条英機関東憲兵隊司令官は徹底調査を命じた。三郎はその任に当たって行動を開始しているのだ。肚《はら》のなかは煮えくりかえるようだった。現実にはまだ何が起きたかわかっていない。じぶんの怒りがどこに向けられているのか自覚できてはいなかったが、報《し》らせを聞いたときから脳裏がぷすぷすと泡立っている。列車に乗り込んだときからそれを抑えるために何本煙草を喫《す》ったかわからない。三郎は車窓の向こうから草吉に視線を移して言った。

「まちがいなく今度の件は十月に起きた盤石の国警逃亡と関係があるな」

「じぶんもそう信じております」

「海龍と盤石のあいだはわずか三十粁《キロ》だ、楊靖宇の工作員が動いてるとしか考えられん。もしどっちかの町に住んでて、ふだんは親日派のふりをしてたら、挙げるのは厄介きわまりない」

「だれかれなく拷問《ごうもん》するわけにもいきませんしね」

「おまえの勘じゃ小隊はどこへ向かったと思う？」

「おそらく通化《つうか》近くの山中だと考えます。そこで抗日連軍としての訓練を受ける。距離から察するに、国境を越えてソ連に向かうと踏むのは無理があります」

三郎はその眼を見つめながら頷いた。

十月に盤石山の山中で殺害された大宮安治警尉とふたりの日系警尉補の死体は吉林に運ばれて解剖された。体内から摘出されたのは十四年式銃弾だった。盤石駅近くで列車を襲い、邦人五名を死傷させた抗日連軍のモーゼルから発射されたものじゃない。追跡に加わった満系警吏が日系上官を殺したのだ。その十一名の満系は盤石に戻ってはいない。抗日連軍に合流したものと推量するしかなかった。

海龍の国軍でも同じことが起きたと考えざるをえない。

「あるか、煙草？」

「はい」

「おれは切らしちまった」

草吉が軍服の衣嚢から煙草を取りだし、こっちに差し向けた。

三郎はそれを一本引き抜いてつづけた。

「あと十四、五分だな」

「何がでありますか？」

「海龍に着くまでだよ。着いたところで何をどこまで調べられるか見当もつかんが」

海龍の町は盤石に較《くら》べて五倍近く大きかった。駅舎に迎えに来たのは国警海龍処長の小松一政《こまつかずまさ》警佐だった。年齢は四十前後だろう。東京瓦斯《ガス》電気工業が昭和七年から製造しはじめたちよだHS型六輪自動車が待機している。そのそばに満人警士が立っていた。三郎は一政に促されて草吉とともに六輪自動車の後部座席に乗り込んだ。満人警士が運転席に乗り込み、一政が助手席に座った。六輪自動車が粉雪のなかを動きはじめた。

「どれぐらいなんです、海龍の邦人人口は？」

「百二、三十といったところでしょうな。新京と行ったり来たりする邦人も多いんで、正確な数は国警も摑めてないんですよ」

「それにしても少な過ぎる」

「何がです？」

「これだけの規模の町なのに国軍一小隊だけしか駐屯してないというのは無防備過ぎます」

一政はこれには言葉を返さなかった。

三郎はこの沈黙に一瞬、はっとなった。関東軍ならともかく、国軍の駐屯人員数を増やすことは何を意味する？　それはそのまま抗日連軍への合流数を拡大させることになるのかも知れない。三郎は慌てて話題を変えた。

「殺された梶井中尉とは親しかったんですか？」

「ときどき一緒に飲みました。しかし、梶井中尉は独身で、わたしには家族がありますからね、しょっちゅうというわけじゃなかった」

「海龍での国軍と国警の関係は？」

「ふつうだと思います。協力すべきときは協力し、そうじゃないときはべたべたしない。他の町はどうだか知りませんが、海龍じゃそんな具合です」

前方の左手に長いコンクリート塀が見えて来た。あそこが満州国軍海龍分屯地なのだろう。その門柱を六輪自動車が左に折れた。

「死体はそのままの状態ですか？」

「憲兵隊司令部の命令ですから」

「犯行は深夜十一時過ぎでしたね？」

一政が低い声でそうですと言った。

六輪自動車が兵舎のまえで停まった。

そこには四輛《りょう》のウーズレイ社製六輪自動車が駐《と》められていた。一小隊しか駐屯していないのだ、練兵場は三百坪ばかりの広さしかなかった。

三郎は草吉とともに後部座席を離れた。

一政の背なかにつづいて兵舎のなかに足を踏み入れると、満人警吏たちが一斉に敬礼した。だれもが緊張しきっていた。

まず案内されたのは顧問室だった。

扉が開かれると、事務机のそばに国軍の軍服を纏った肉塊が転がっている。口をぽっかりと開け、天井を眺めていた。梶井友幸中尉が死体となってそこに倒れていた。板張りの床に流れだした血液はもちろんもう黒く変色している。

「左胸に二発、右胸に一発、喉《のど》もとに一発、合計四発被弾してます」一政が低い声で言った。「即死だったはずです。梶井中尉は苦しまなかったでしょう」

三郎はゆっくりと死者の顔のそばにしゃがみ込んだ。友幸は義兄の熊谷誠六から何度も酒を奢《おご》られたと言った。今度、新京で三人一緒に飲もうとも提案した。国軍顧問としてどれぐらい能力があったのかは不明だが、盤石ではほとんど眠らずに抗日連軍を追い掛けたのだ、性格は剛直だったにちがいない。死から十二時間以上が経っている。死後硬直はとっくに終わり、いまは弛緩《しかん》状態に戻っているはずだ。三郎は友幸の瞼《まぶた》を静かに閉じさせて立ちあがり、一政に声を向けた。

「梶井中尉はこの兵舎に住んでたんですか？」

「通ってました。塒《ねぐら》にしてたのは海龍駅近くの五色荘という日本人経営の旅館です。送り迎えは国軍兵士にやらせてました」

「顧問室から盗まれたものは？」

「そんなことはわたしにはわかりませんよ。国軍の組織がどうなってるのかさえよく知らないんです。わたしはね、ハルビンの領事館警察の警部だった。希望したわけじゃないのに、国警ができて海龍にまわされて来た。関東軍のことさえわかってないのに、国軍となれば知識はほとんどない」

草吉に事務机の抽斗《ひきだし》を調べさせたが、犯罪の動機になるかも知れないような資料は何も出て来なかった。顧問室を出て隊長室にまわった。王宣馳の死体は友幸よりずっと酷《ひど》かった。浴びた銃弾は十発を越えていたのだ。分屯地で個人的に怨《うら》みを買っていたのかも知れないし、もし小隊が抗日連軍への合流の一環としてふたりを殺害したのならば、明治大学に留学したこの上尉は漢奸《かんかん》として惨殺《ざんさつ》されたとも考えられる。隊長室のなかにも特別興味を引くような資料は残されていなかった。共通しているのはふたりが十四年式を持ってなかったことだ。拳銃嚢すら身につけていなかった。

「王上尉とは？」

「梶井中尉と同様です。ときどき酒を飲みましたが、それだけのことだった」

「住《す》み処《か》は？」

「駅舎の反対側にある家からです。そこから通ってる」

「家族は？」

「大連に住んでます。連絡はしましたが、家族が海龍に駆けつけて来るのは明日になるでしょう」

「駅舎の反対側にひとりで？」

「十九歳の妾《めかけ》と一緒です」

草吉がこのとき隊長室から抜けだした。

三郎は一政とともに死体のそばを離れた。ふたりで隊長室から廊下を挟んだ向かいの大部屋に足を踏み入れた。蚕棚《かいこだな》のような二段寝床台がずらりと並んでいる。ど真んなかに鋳物ストーブが置かれているが火ははいっていない。わずか一小隊の兵舎にしては贅沢《ぜいたく》過ぎる。ここでの暮しに不満があったとは思えない。四十名の国軍兵士はやはり抗日連軍への合流を目指して日系顧問と満系上官を射殺したのだ。そう考えながら三郎は一政に言った。

「ここでは十四発以上の銃弾が発射された。その銃声を国警に報告したのはだれですか？」

「兵舎の隣りに住んでる満人雑貨商ですよ。ただし、銃声を聴いてからすぐにじゃない。国軍兵士たちが慌《あわ》ただしく兵舎から飛びだして来るのを見て、国警に通報して来たんです。その雑貨商はじぶんが抗日連軍にやられるんじゃないかとびくびくしてた。最初は緊急出動かと思ったらしいんですが、何だか様子がおかしいんで通報したと言うんです」

草吉が大部屋にはいって来たのはそれからすぐだった。眼のまえに歩み寄って来て頬を歪《ゆが》めながら言った。

「ここの裏側の厩舎《きゅうしゃ》には馬は一頭も残ってません。武器庫も空っぽであります。小隊は馬と武器を掻《か》っ払って兵舎から消えた。厄介です。馬はどうってことないにしても、どんな武器を持って行かれたかは満州国軍兵器局に問い合わせて海龍分屯地に何が支給されたか調べなきゃならない。かなり手間が掛かります」

「煙草をくれないか」

「はい」

「二、三日は海龍に逗留《とうりゅう》しなきゃなるまい。ここで何が起きたかを立ち入って調べなきゃ今後の防衛策も立てられん」草吉から差し出された煙草を一本引き抜きながら言った。一政への皮肉も込めたつもりだ。「とにかく、国軍と国警の連携がなってない。軍警一体化なしに抗日連軍は制圧できん」

9

関東軍の支援を受けた李守信指揮の蒙古族部隊によるチャハル省口北六県占領は目前に近づいている。天津の学生たちはこれにたいして大規模な抗日デモを繰り拡げたが、支那駐屯軍の要請を受けて国民政府はそれを鎮圧した。それでも蔣介石の敦睦邦《とんぼくほう》交令《こうれい》は撤回寸前の状態にあると言っていいだろう。北支の状況は日々揺れ動いている。

敷島四郎は編集局長の越路里志とともに天津のフランス租界二十六号路にある『庸報』の社屋から昼食を摂《と》りに日本租界に向かって歩きはじめた。上空はぶ厚い雲に蔽われているが、降雪の気配はない。道路を渡れば松島街なのだ。社屋は二十一号路から二十六号路に越したばかりだった。社長の里見甫とはまだ顔を合わせていない。現在、上海に出張中だという。盛文頤という青幇絡《チンパンがら》みの支那人と一緒だと里志に聞いた。

上海に出向いたのは阿片に関係しているとしか考えられない。ふたりで松島街の蕎麦《そ》《ば》屋《や》・利根川《とねがわ》にはいった。時刻は二時になろうとしている。昼どきを過ぎているのだ、客は他にはだれもいなかった。天麩羅《てんぷら》蕎麦を注文して、四郎は里志に言った。

「どうなるんですか、冀東《きとう》防共自治委員会と冀察《きさつ》政務委員会の関係はこれから？」

「国民政府はまだ反撃に転じる余裕はないだろう」

「しばらくはふたつの体制で？」

「冀東防共自治委員会は一週間後に自治政府と改称する。そしたら、冀察政務委員会も既成事実として認めざるをえんだろうよ」

通州を本拠地とする殷汝耕の冀東防共自治委員会にたいして国民政府は昨日の十八日、軍事委員会北平分会主任だった宋哲元を長とする冀察政務委員会を発足させた。北支にふたつの行政機関が併存することになったのだ。これはある意味では関東軍や支那駐屯軍にたいする蔣介石の譲歩だった。殷汝耕を認めるわけにも抹殺するわけにもいかず、国民政府主導というかたちを採ってもうひとつの行政機関を北支に設立したと言ってもよかった。

「冀東防共自治政府が発足して冀察政務委員会が無力化すると北支はきわめておもしろい地域になる」里志がそう言って煙草を取りだした。「殷汝耕は関東軍の圧力で日本と満州国からの輸入品には国民政府の四分の一の関税しか掛けないと明言してるんだ。北支はじわじわと第二の満州になっていく」

「編集局長」

「何だね？」

「不快です、ぼくにはそういう日本のやりかたは」

「きみの個人的な感情とは関係なく歴史はそうやって進んでいくんだよ」里志が煙草に火を点《つ》けて言った。「新聞記者なんだ、学生みたいな青臭いことは言わんで欲しい」

四郎は黙ってその眼を見据えた。天津に来て一カ月近くが経つ。ハルビンから新京や奉天を経て、天津駅に降り立ったのだ。三郎が新京に移ったことは間垣徳蔵から聞かされた。太郎が奉天から動いてないことも。時間はたっぷりあったが、四郎はふたりの兄には会いに行かなかった。そんな資格もないと思っている。『庸報』記者となってから何本か記事を書いた。とくに天津の学生デモについては念入りに取材した。しかし、どれも歿《ぼつ》にされた。あまりにも主観的過ぎるというのが編集局長の里志の説明だった。四郎はそれに納得したわけではなかったが、記者としてまだ駆けだしなのだとじぶんに言い聞かせて来た。

「ところで、きみに逢《あ》いたがってる人がいる」

「だれです？」

「清家敏久《せいかとしひさ》という人だ」

「何をしてる日本人です？」

「逢えばわかる」

「訪ねて来るんですか、『庸報』の社屋に？」

「宮島街に桔梗《ききよう》という小料理屋がある。今夜七時にそこで待ってるそうだ」

「編集局長」

「何だね？」

「それは社命ですか？」

「そう考えてくれ。記者としちゃ重要な情報源となる。どうしてきみに逢いたいのかわたしにはわからんが、『庸報』としちゃ無視できん存在なんでね」

四郎は天麩羅蕎麦を食い終えて利根川を出ると、里志と別れて、そのまま城内に向かった。学生デモを取材したときに知りあった石範生《せきはんせい》に三時からふたたび話を聞くことになっている。天津城内第一区東門《とうもん》大街に足を踏み入れた。範生の父親はそこで電気商を営んでいるのだ。二階建ての建物は一階が店舗で、二階が住居だった。四郎は店先で使用人に石範生さんと約束があるんですがと伝えた。

範生が降りて来て、二階で話しましょうと促した。その背なかにつづいて左脚を引きずりながら階段を昇った。居間には凝った調度品が置かれている。それだけでこの家の裕福さが見て取れた。範生は長椅子《いす》には座ろうとせず、居間を突っ切りながら言った。

「ぼくの房間で。親には聞かれたくないこともあるし」

案内されたのは八畳ほどの部屋で寝床台と勉強机が置かれていた。本棚には魯迅《ろじん》や孫文の書籍に混じり、アダム・スミスやマルクスの訳書も並べられている。範生は寝床台に腰を落とし、勉強机のまえの椅子を指差した。それを引きだして向かいあって座った。

範生は二十二歳になる天津大学の学生で、逮捕は免れたが、抗日デモを組織したひとりなのだ。四郎が日本人だということはもちろん知っている。誠実に対応して来たつもりだ。しかし、どこまでこころを許してくれているのかはわからない。

「結局、記事にはなりませんでしたね」範生が煙草を取りだしながら言った。「ぼくがあなたに喋《しゃべ》ったことは一行も」

「御免《ごめん》。殁にされました」

「先に報《し》らせて欲しかった」

「何を？」

「里見甫という日本人が『庸報』を買い取ってたことをですよ。『庸報』はもうむかしの『庸報』じゃない。董顕光が社主兼主筆だったころの『庸報』とはまるでちがうんだ。そのことに気づかなかったぼくが馬鹿《ばか》だった」

四郎はこの言葉にどう反応していいかわからなかった。

範生が煙草に火を点けてつづけた。

「ぼくら天津の学生は完全に蔣介石を見限った。国民政府は日本軍を怖《おそ》れて保安隊を繰りだし、ぼくらを弾圧した。中国人として恥ずかしい」

「どうするんです、これから？」

「ぼくが喋ったことはすべて憲兵隊か領事館警察に通報するんでしょう？」

「そんなことはしませんよ、信じてください。ぼくも日本のやりかたは酷過ぎると思ってる。同じ日本人として恥ずかしい」

範生はじっとこっちを見据えたまま煙草を喫いつづけた。その灰が板張りの床に落ちたが、頓着《とんじやく》しようとしなかった。やがて、範生が低い声で言った。

「学生たちのなかには共産党に入党しようとしている連中も出て来ました。ぼくは父の生きかたを否定してる。子供は五人いるし、母は苦労しつづけて来た。それなのに、父は三人目の妾を囲ったんです。しかし、父を否定しても、共産主義に走ろうとは思わない。マルクスやエンゲルスを読んでも、共産主義者になるつもりはありません。しかし、他の学生が共産党に入党するのを止める気もないんです」

「AB団というのを知ってるかい？」

「何です、それ？」

「アンチ・ボルシェビキの頭文字を取った共産党の党内粛清組織だよ。ほんとうかどうか知らないけど、毛沢東路線に反対する連中を拷問に掛けてると聞いた」

「国民党が流してるデマ情報でしょうよ」

四郎は唐千栄《とうせんえい》という離党者から上海の領事館警察で聞いたとは言わなかった。

範生が銜《くわ》え煙草のまま言葉を継いだ。

「たとえ、それが事実だとしても、学生たちが共産党へ接近するのは避けられませんよ。そうさせたのは日本軍と国民政府だ。両方とも目先の利益に捉《とら》われて、結果的に絶対に和解できない敵を量産しようとしてる」

「どうするんです、きみは？」

「天津を棄《す》てる」

「北平か上海に？」

「ロンドンに行きます。父の店を継ぐ気はないし、商売に向いてるとも思えない。政治に関わるのも厭《いや》になった。ロンドンのどこかの大学に留学してヨーロッパの中世史を勉強する」


宮島街の桔梗に足を踏み入れると、ひとりで飲んでいた四十七、八の男が小あがりからこっちに視線を向けた。焦茶《こげちゃ》色の背広に身を包み、傍らに外套《がいとう》を置いている。座卓のうえには二合徳利と小鉢が並べられていた。これが清家敏久という日本人だろう。四郎はその小あがりに歩み寄った。その日本人が低い声を投げ掛けて来た。

「あがってくれ、敷島四郎くん、酒は熱燗《あつかん》でいいな？」

「どんな御用ですか、ぼくに？」

「立ち話で済むようなことじゃない。とにかく、あがってくれ」

四郎はしかたなく靴を脱いで小あがりにあがった。座卓を挟んで、その向かいに痛む膝《ひざ》を折り曲げて正座した。

「しゃっちょこ張らなくていい、膝を崩しなよ」そう言ってから酒の追加と鰤《ぶり》の照焼をふたりぶん注文した。「天津も冷えるが、満州ほどじゃない。ハルビンの冬は何もかもが凍りつくんだろう？」

四郎はこれには答えず胡座をかいた。

男がじぶんの猪口《ちょこ》に手酌で酒を注いでつづけた。

「越路編集局長から聞いてるね、わたしは清家敏久。きみの兄さんを知ってるよ、べつに懇意だったというわけじゃないがね」

「長兄とですか、それとも三兄と？」

「奉天の参事官とも憲兵大尉とも面識はない。わたしが知ってるのは次郎くんだ、黒い天鵞絨《ビロード》の眼帯を掛けた馬賊」

「どこで知りあったんです、次郎兄さんと？」

「ここ天津だよ、次郎くんに皇国のために働いてもらった」

「どういうことです、それ？」

「溥儀を天津から連れだすために一騒ぎを起こしてもらった。満州事変で天津に雪崩《なだれ》込んで来た亡省奴《ぼうしょうど》を使って、天津中央電話局を襲わせた。流れ弾に当たって岡田《おかだ》静子《しずこ》という日本人もひとり死んだが、そのどさくさに乗じて溥儀を天津から脱出させることに成功した」

四郎はこの言葉に四年まえ上海のフランス租界にあるエトワールというバーで間垣徳蔵から聞いた説明を憶《おも》いだした。天津中央電話局襲撃の指揮を執ったのが次郎で、次郎も国士になったのだから、きみも国策に協力してくれというようなことを言ったのだ。小あがりに新しい二合徳利と猪口、それに割り箸《ばし》と酢の物のはいった小鉢が運ばれて来た。四郎はそれに見向きもしなかった。

「ここまで喋れば、わたしが何をしている人間かは想像がつくだろう？　そうだ、特務だ、わたしは天津特務機関に属してる」

四郎は何も言わずその眼を見据えつづけた。脱力感がじわじわと全身に浸《し》み込みはじめている。ああ、どうしてどこに行ってもこうやって特務の連中につき纏《まと》われるのだ？　四郎は敏久に視線を向けたまま手酌で猪口に熱燗を注いだ。

「冀東防共自治政府が発足するのは一週間後だが、いずれ国民革命軍は反撃に転じて来ると踏まなきゃならん。工農紅軍は完全に陝西省の辺境に押し込めたし、リース＝ロスの幣制改革がこのまま進行しドイツ軍事顧問団の軍事理論と軍事技術が本格的に取り入れられたら、皇軍もうかうかできん」

「それで、ぼくに何を？」

「ずいぶん刺々《とげとげ》しい口ぶりだな」

「そういう世間話をするためにここに呼んだわけじゃないでしょう」

「四郎くん」

「何です？」

「わたしはきみのことをいろいろ聞いてるんだよ、間垣さんからね。そういう反抗的な態度はとらないほうがいい」

四郎は一瞬、喉もとに刃の切先を突きつけられたような気がした。敏久から眼を逸《そ》らせて猪口の酒を一気に飲み干した。

「すぐに何かをして欲しいわけじゃない。これまでどおり『庸報』の記者として働きつづけてくれ。きみは実年齢より若く見える。まだ学生と言っても通じるぐらいだ。天津で若い連中が何を考えているのか探ってもらいたい。『庸報』の経営が日本人に移ったことはいずれ天津の支那人にも知られるだろう。そのときは現在のフランス租界二十六号路から日本租界に社屋を移す。火でも点けられちゃかなわんからな。いずれにせよ、天津特務機関がきみを必要としたときは、わたしが連絡する。それまではふつうの新聞記者として働いてればいいんだよ、そのことは越路編集局長にも話してある」

第五章　帝都の戒厳令

I

割下《わりした》を注ぎ足すと、鋤焼鍋《すきやきなべ》から白い水けむりがあがった。

久しぶりに隣家の堂本誠二《どうもとせいじ》が来ている。

小一時間後には東洋拓殖会社の的場雄介《まとばゆうすけ》が合流するはずだ。

敷島太郎《しきしまたろう》は煮えて来た牛肉を摘みあげ溶き卵につけて、それを口に運んだ。時刻は八時半になろうとしていた。智子《ともこ》はもう二階で眠っている。桂子《けいこ》が新しい燗酒《かんざけ》を盆に載せて運んで来た。食堂ではなく居間に七輪を置いて鍋を突ついているのだ。太郎は徳利を桂子から受け取って、その口を誠二の猪口《ちょこ》に差し向けた。

「一緒に飲んだらどうです、奥さん、まだ一口も肉を食べてないじゃないですか」誠二が酒を受けながら言った。「こんな上等な肉は何年ぶりだろう、散財でしたね」

「それほどお高くはありませんでしたよ」

「いや、最高級のはずだ、この味は」

「そうじゃないんだってば」

「それにしてもずいぶん元気になられた、ようやく明満《あきみつ》くんの死から立ち直られたようですね、安心しました」

太郎は膝《ひざ》もとに置いていた猪口を持ちあげて、ゆっくりとそれを飲み干した。桂子が潑溂《はつらつ》として来たのはそういう理由じゃない。はっきりしている、こっちの男性機能が回復したからなのだ。このところ、三日に一度は桂子を抱いている。だが、妊娠の兆候はまだない。太郎は桂子の横顔にちらりと眼をやって言った。

「つきあいなさい、おまえも」

「卵が足りないみたいね、持って来る」

「おまえの猪口もついでに」

桂子が腰をあげてまた厨房《ちゅうぼう》に向かった。

その直後にがたがたと硝子《ガラス》窓が鳴った。突風が吹き抜けたのだ。部屋のなかは暖房が効き過ぎるぐらいだったが、粉雪の吹きつける外は何もかもが凍《い》てつくようだった。今年昭和十一年は異常気候なのかも知れない。とくに二月にはいってからの冷え込みは奉天に赴任してからはじめて経験する厳しさだった。

「何か情報ははいって来てるかね、満鉄のほうには？」太郎は差し向けられた徳利の口を猪口で受けながら誠二に言った。「内地から届く新聞以外の情報は？」

「べつに何も」

太郎はゆっくりと熱燗を舐《な》めた。

内地では天皇機関説排撃の動きはまだ熄《や》みそうもない。一昨日《おととい》の二月二十一日早朝、貴族院議員を辞していた美濃部達吉《みのべたつきち》博士が吉祥寺の自宅で狙撃《そげき》されたのだ。狙撃犯は福岡県遠賀《おんが》郡生まれの大統社《だいとうしゃ》工業塾員で、三十一歳になる小田十壮《おだじゅうそう》。博士は大腿《だいたい》下部と腹部に拳銃弾《けんじゅうだん》を浴びたが、致命傷には至らなかった。この右翼は斬奸状《ざんかんじょう》を携えていた。逆徒・美濃部達吉に天誅《てんちゅう》を加える、天恩を過分に受けながらこれを忘却するものには天誅を加える以外の方法はない。斬奸状はただそれだけだった。太郎は思う。内地じゃ狂犬が野放しのままうろつきつづけている。

相沢事件の公判も進行していない。永田鉄山《ながたてつざん》軍務局長を斬殺した相沢三郎中佐を裁く軍法会議は頓挫《とんざ》したも同然の状態なのだ。事件発生から五ヵ月半後の今年一月二十八日の第一師団法廷で開催された第一回軍法会議で弁護人の満井佐吉中佐は突如予審をやりなおせという動議を提出した。その理由を三つ挙げている。まず相沢三郎が永田鉄山を刺殺したのは公人としての資格で行なったのか私人としての資格だったのかわからない。次に、相沢三郎がなぜこのような行為に及んだのかという客観状勢にたいする調査がない。三番目に、永田鉄山死亡時刻に疑義がある。裁判長の佐藤正三郎《さとうしょうざぶろう》少将はただちにこれを却下したが、弁護側は見え見えの引延し戦術を採りつづけた。もうすぐ真崎甚三郎《まざきじんざぶろう》大将を証人喚問し、教育総監更迭《こうてつ》問題を絡《から》めさせ、何が何でも永田鉄山を私利私欲の奸賊の中心人物に仕立て上げたいらしい。

「総領事館には妙な噂《うわさ》も流れ込んで来てるんだよ」

「どんな？」

「東京の第一師団が満州駐箚《ちゅうさつ》になることが決まった」

「知ってるよ、それは」

「駐箚になるまえに動くという噂が」

「動くって、どういう意味だい？」

「クーデタ」

「まさか」

「常識じゃ考えられん。しかし、張作霖《ちようさくりん》爆殺以来、常識じゃ考えられんことが立てつづけに起きて来た。暴走は五・一五事件以降、佐官から尉官《いかん》の時代に移ったんだ。第一師団の青年将校は何をやらかすか知れたもんじゃない」

東拓の的場雄介が加わったのはそれからほぼ三十分後だ。五年まえに紹介され、その後はよく三人で一緒に飲んだ。雄介が満州事変まえには満州青年連盟の一員として熱心な五族協和論者になったことは誠二から聞かされている。

桂子が雄介に酒と牛肉を勧めた。

雄介がどうもと頭を下げて猪口を舐め、鋤焼鍋に箸《はし》を伸ばした。太郎はすでに腹一杯だった。誠二も同じらしい。雄介が肉を飲み込んでから言った。

「一昨日《おととい》、通州《つうしゆう》から戻って来たんだがね、通州の冷え込みも厳しい」通州は殷汝耕《いんじよこう》の冀東《きとう》防共自治政府の本拠地だ。「通州はこのまま関東軍の思惑どおりにはいかないと思う。きっと何かが起こる。支那《しな》人たちの眼を見りゃわかるんだ、民族意識というやつは絶対に封じ込められんよ。そのことを参謀本部も気づいていない」これは先月十三日に参謀本部が発表した『北支処理要綱』のことを謂《い》っているのだ、それには北支五省の自治化を進める方針が示されている。「いまはまだいい、国民政府がおとなしくしてるからね。しかし、工農紅軍は陝西省《せんせい》辺境の延安《えんあん》に封じ込めたし、リース＝ロス主導の幣制改革も着々と成果を挙げてる。反撃体制が整ったら、国民革命軍はこのまま日本のやりたい放題を赦《ゆる》さんと思うね。そうなったら、満州事変の比じゃない戦いが起こる」

「どうなんだね、冀東特殊貿易の実態は？」

「もちろん甘い汁を吸ってるのは日本の業者だけだよ。殷汝耕は日本と満州国からの輸入品は国民政府の四分の一の関税しか取ってないんだし」

「日貨排斥は？」

「学生や知識人は不買運動を呼び掛けてるが、ふつうの支那人は買わなきゃ暮せない。上海みたいにどこからでも商品がはいって来るところとはちがう。河北省北東部の支那人は絶対に大規模な日貨排斥運動を展開しえない仕組みになってる。冀東特殊貿易とはまさに言いえて妙だ、こんな特殊な貿易関税はめったにないからね。しかし、民族意識をここまで蔑《ないがし》ろにされた河北省北東部の支那人たちの怨《うら》みは静かに静かに蓄積されつつあると考えなきゃならない。それが爆発したときが怖《おそ》ろしい」

太郎はその眼を見つめながら煙草《たばこ》を取りだした。鋤焼を食い過ぎた、腹がいっぱいで酒もいまは飲みたくなかった。傍らに座っている桂子が燐寸《マッチ》を擦《す》って、その炎をこっちに向けて来た。太郎はそれで煙草に火を点《つ》け、そのけむりを大きく喫《す》い込んだ。

「的場くんはね、わたしとちがって相変わらず協和会《きょうわかい》の運動も熱心につづけてる」誠二がそう言って猪口の酒を飲み干した。桂子が徳利の口をそっちに差し向けた。それを受けて誠二がつづけた。「わたしのほうは甘粕《あまかす》さんのやりかたについていけなくなってる。だから、足が遠のくんだよ」

「狡《ずる》いんだよ、堂本くんは。満州青年連盟にわたしを引き込んだのは堂本くんなのにな」雄介が笑いを含んだ声でそう言い、鋤焼鍋にふたたび箸を伸ばした。牛肉はまだたっぷり大皿に残っている。「石原莞爾《いしわらかんじ》元参謀は五族協和と王道楽土の理念を信じていたが、甘粕さんにはまったくそれがない。わたしたちはあまりにもその理念のなさに辟易《へきえき》とすることもあるが、それはそれでしようがないとも思うんだよ」

太郎は銜《くわ》え煙草のままその眼を見据えた。雄介が牛肉を口に運んだ。桂子が徳利を差し向けた。雄介が猪口にその酒を受けた。太郎は煙草を唇から引き抜いて言った。

「甘粕さんがいまや協和会を完全に牛耳ってることはだれもが知ってる。けど、わたしには甘粕正彦《まさひこ》という人間がいまひとつ理解できん、逢《あ》ったこともないしね。どういう人なんだい、甘粕さんは一言で言えば？」

「虚無的な現実主義者」

「困るね、そんな文学的な表現をされたんじゃ」太郎は笑いながらそう言ってふたたび煙草を銜えた。「もっとわかりやすいように説明して欲しい」

「しかし、そうとしか説明できないんだよ。石原さんが浪漫的理想主義者だったとすれば、甘粕さんはそう捉《とら》えざるをえない。協和会は満州青年連盟系と大雄峯会《だいゆうほうかい》系を糾合することから発足した。会と言っても、現実には政党だからね。満州をめぐってさまざまな意見が出る。政治的な主張が交錯して収拾がつかなくなることが多々生じて来る。そんなときに甘粕さんがずばりと決定する。それで行こう、これで行こう、とたった一言でね、まるで理想とか主張とかがまったく無意味であるかのように。そうやって協和会の意思統一が行なわれるんだよ。いまや協和会は甘粕さん抜きには一歩もまえに進めないような仕組みになって来てる」

「満足なのかね、きみはそれで？」

「しかたないんだよ」

「何が？」

「これは甘粕さんと接触したことのない人間にはわからないだろうがね、あの人は協和会内部の対立の微妙な部分にぴしりと楔《くさび》を打ち込んで来る。そうなると、もう逆えなくなって来るんだよ。あれは不思議な能力だ。協和会のなかにいるとね、甘粕さんが大杉栄や伊藤野枝を殺したかどうかはもうどうでもいいように思えて来るんだよ」

隣家から電話がはいり、子供が熱を出したという報《し》らせに誠二が引きあげていったのはそれからすぐだ。時刻はそろそろ十時になるが、雄介に辞去する気配はまったくない。

「スペインで人民戦線内閣が誕生したろ」雄介がそう言って桂子からの酒を猪口で受けた。先月スペインで社会党、共産党、共和派など八政党による反ファシズム人民戦線協定が成立し、選挙で過半数を制して四日まえにマヌエル・アサーニャを首班とする内閣が登場したのだ。「奉天総領事館はあれをどう視《み》てる？」

「特別な見解はないよ」

「長保《ながも》ちすると思うかね、あの政権？」

「まず無理だろう、ああいう寄合い所帯の政権に統治能力があるとは思えん」

「それだけかね？」

「何が言いたいんだね？」

「マヌエル・アサーニャの人民戦線内閣はコミンテルンの支援のもとに誕生した。ヒットラーがそれを看過すると思うかね？　エチオピアを攻めつつあるムッソリーニがそれを赦《ゆる》すと考えられるのかね？　かならずスペイン陸軍総長フランコを使ってぶっ壊しに取り掛かる。いくらコミンテルンの支援を受けても人民戦線政府は保たんだろう。誤解しないでくれ、わたしは心情としては人民戦線側に共鳴を覚えているんだよ。ただ、現実がどうなるかはまったくべつだ。人民戦線政府がぶっ壊されるのはまずまちがいない。問題はそれだけじゃすまんということだ。スペインで燃えあがった炎はヨーロッパ全体に飛び火する。ヒットラーやムッソリーニはその機を捉えて一段と独裁化を押し進める。これでヨーロッパの危機が増幅されたことはまずまちがいない。人民戦線が持っていた理想はそうやって逆用されていくんだよ」

「的場くん」

「何だね？」

「感化されたね、甘粕正彦に相当」

「敷島くん」

「何だい？」

「悪い冗談だよ、それは」

太郎は新しい煙草を引き抜いた。

しばらくは沈黙がつづいた。

桂子が燐寸の炎をこっちに差し向けたとき、雄介が話題を変えるように言った。

「きみの弟さんはいま新京なんだってな」

「知ってるのかね、三郎《さぶろう》を？」

「張学良《ちようがくりよう》の易幟《えきし》後しばらく経《た》って逢った、堂本くんの紹介でね。於雪《おゆき》という小料理屋で一緒に飲んだ。あのときはまだ独立守備隊歩兵少尉だった」

「いまは憲兵大尉になった」

「それも聞いてる。いまや関東憲兵隊の花形だということも。あの凜々《りり》しかった歩兵少尉に憲兵隊みたいなある意味じゃ穢《よご》れた任務をこなせるのかと疑問に思ったが、人間は変われるものだしね。そう言えば、甘粕もむかしは憲兵大尉だった」

太郎はこの言葉に銜え煙草のまま雄介の眼を見据えた。沈黙の重さに話題を変えたのだと思ったが、そうじゃなかったのだ。雄介の本意は最後の一言を皮肉としてぶっつけたかったらしい。脳裏がぷすぷすと泡立って来る。腹が立って来た。太郎は煙草を唇から引き抜き、声を荒らげて言った。

「そうだ、人間は変わる。純朴だった歩兵将校はいまや民間人には任務内容もわからない憲兵大尉だ。末弟はむかし無政府主義に傾倒してた。それが国策の走狗《そうく》となって満州武装移民とともに北満で行動し、これを阻《はば》もうとする満人の群れに銃弾で左脚を撃たれた。このわたしはどうだ？　張作霖爆殺や柳条溝事件のときはあれほど関東軍の傲慢《ごうまん》さに憤《いきどお》りを感じたくせに、いざ満州国が建国されるとなると狂おしいほどの男の浪漫を感じ、それに協力することに何とも言えない悦《よろこ》びを覚えた。いまも満州国が整備されてゆくたびに充足感に浸される。おかしいかね？　おかしきゃ笑えよ！」

「何をそんなに興奮するんだね？」

「きみはじぶんの言葉に矛盾を感じないのか？　殷汝耕の冀東防共自治政府の背後にある日本のやりかたを批難したその舌の根も乾かないうちにスペインの人民戦線をヨーロッパの危機を増幅させるだけだと切って捨てた。そのふたつの言辞にどうやって折り合いをつける？」

「わたしはただ現実を」

太郎はその眼を見据えつづけた。胸が息苦しくなって来ている。後悔の念が脳裏を浸しはじめた。膝もとに置いていた猪口を持ちあげて傍らに向けた。桂子がそこに酒を注いだ。飲んだ。燗はもう冷えている。太郎は低い声で言った。

「もうやめよう」

「え？」

「いまはだれもが歴史の激動期に生きている。その荒波のなかで漂ってる。価値観に整合性を持たせようとしても何の意味もない。時代はあらかじめそんなことを拒否しているんだ。歴史の荒波を自力で泳ぎ抜こうとすれば、価値観の溺死《できし》が待っている。今夜は久しぶりに一緒に飲みたいと思ってきみを招《よ》んだだけだ。変質を余儀なくされて来た価値観をたがいに観察しあうのはやめよう。それに絡んで皮肉をぶっつけあうのをやめよう。そんなことをすれば、精神はますます歪《いび》つになって来るだけだ、あまりにも空《むな》し過ぎる」

2

敷島三郎は満州国軍密山《みつざん》駐屯地の金廠溝《きんしょうこう》兵営を出て義兄の熊谷誠六《くまがいせいろく》とともに真っ白い雪原を歩きだした。時刻はまもなく午前十時になろうとしている。きょうは珍しく粉雪が舞い交っていない。密山はハルビンの北東五百粁《キロ》、チャムスの南東二百五十粁の地点に位置する満ソ国境近くの人口二万ほどの町で、シベリア出兵の際にウラジオストックに住みついた日本人が百名ばかり流れ着いて来ている。ソ連との国境線はすぐ近くに拡《ひろ》がる巨大な興凱湖《こうがいこ》を横切って引かれていた。この程度の町に一個中隊の駐屯地が置かれたのはもちろん対ソ防衛という軍事目的のためだ。満鉄は百五十粁西の林口《りんこう》までしか来ていない。林口と密山近くの東安《とうあん》が結ばれるのは今年の夏以降なのだ。雪原を防寒靴で踏みしめるたびに引き締まった雪がきゅっきゅっと鳴る。前方に氷結した興凱湖が拡がるのが見えた。湖辺には漁村が点在している。解氷する四月以降は漁業が営まれるのだ。三郎は足を停めて言った。

「この興凱湖はロシア語ではハンカ湖と呼ばれてるらしいですよ。琵琶湖の約六倍の広さだそうです」

「おれ、琵琶湖も観《み》たことがないんだ」

「これだけ真っ白な広がりを眺めてると、気がおかしくなる」三郎はそう言って外套《がいとう》の内側から煙草を取りだし、それを誠六に向けた。「まるで死の世界に佇《たたず》んでいるような感じです、色彩というものがまったくない」

「おれはただただ寒いだけだよ」誠六がそう言いながら煙草を引き抜いて銜えた。「九州生まれにはこういう寒さは堪《こた》える」

三郎は燐寸を擦って炎を差し向け、じぶんの煙草にも火を点けた。

一週間まえからこの密山駐屯地に出張して来ている。着いたときは設楽草吉《しだらそうきち》憲兵准尉《じゅんい》も一緒だった。満州国軍顧問の誠六が合流して来たのは三日まえだった。草吉はいったん新京に引き返し、きょうの昼過ぎに戻って来ることになっている。

密山金廠溝駐屯地では先月末、満州国軍兵士が叛乱《はんらん》を起こした。その規模は去年の暮れ、海龍で発生した事件の比じゃなかった。日本人軍事顧問と指揮官の満人上校、それに中校と少校、上尉と中尉の六人を殺し、兵士百名がソ連領に逃亡したのだ。主謀者は候白国《こうはくこく》という下士官だということが判明している。百名の叛乱兵士は密山から東安に向かい、そこを南下してソ連領に逃げ込んだ。海龍のときのように抗日連軍に合流したのではなく、国境を跨《また》いだことがはっきりしている。兵営に残ったのは二十名の満人兵士だけだった。関東軍としては事態を深刻に受け止めざるをえない。密山での叛乱は金廠溝事件と名づけられた。

叛乱兵士を引き渡せという抗議にたいして極東ソ連軍は今月三日に国境委員会の設置を呼び掛けて来た。その対応に満州国軍顧問・熊谷誠六少佐が選ばれた。三郎は事前調査のために関東憲兵隊司令部から派遣されて来ている。きょうの午後二時に極東ソ連軍の具体的な提案を聴取することになっていた。

「だらしないことだと軽蔑《けいべつ》してくれてもいい」誠六が銜え煙草のまま言った。「義兄義弟の誼《よし》みで頼みたいことがある」

「何です？」

「おれは戦争ならどんな戦闘だろうと厭《いと》いやせん。けどな、極東ソ連軍からの提案聴取なんてことにはまるで向いてない。どうやればいいのか見当もつかん。憲兵大尉のおぬしなら、ある意味じゃ慣れてるだろう。頼む、おれに替わってその任に当たってくれ」

「しかし」

「情けない義兄だと思ってくれ。だが、ほんとうにおれはそういうことは苦手なんだ。密山にはおれとおぬし、それに設楽准尉しかおらん。設楽准尉がおれの不甲斐《ふがい》なさを関東軍で吹聴《ふいちょう》してもかまわん、とにかく満州国軍政部がおれを指名したことがまちがいなんだ、向いてないことをやればかならず失敗する」

「あの准尉はよけいなことは喋《しゃべ》りません」

「引き受けてくれるということだな、助かった。おれはきょうのことを考えると、昨夜はろくに眠れなかった」

国軍兵士たちのいないがらんとした金厰溝兵舎の食堂で昼飯を食い終えたとき、設楽草吉が戻って来た。東安から馬橇《ばそり》を使ったという。黒い鞄《かばん》を抱えている。草吉は新京の憲兵隊司令部や満州国軍政部での調査や奉天特務機関やハルビン特務機関からの聞き取りについて説明し、鞄から大判の封筒を取りだして言った。

「詳細はこの報告書を御覧になってください。不明点は何なりと御質問いただきたい。じぶんに答えられる範囲は知れてますが」

「昼飯は？」

「まだです」

「食ってくれ、当番兵の料理の腕は酷《ひど》いもんだが」

「ラジンスキーは？」

「中隊長室にいる」

草吉が頷《うなず》いて膳房櫃台処《ぜんぼうきだいしょ》に向かった。

ロシア語通訳のイワン・ラジンスキーはハルビンの白系ロシア人事務局から派遣されて来ている。まだ二十三歳で、日本語はぺらぺらだった。日本人学校に通ったからだという。

三郎は受け取った大判封筒のなかから書類を引き抜いた。

それを読み終えて煙草に火を点けたとき、ラジンスキーが食堂に現われた。中隊長室の会議室への模様替えが終わったらしい。腕時計に眼をやると、針は一時五十三分を指している。ラジンスキーはそのまま食堂を抜けていった。

戻って来たのはそれから五、六分後だった。ソ連軍の軍服に身を包んだ長身の三人のロシア人を連れている。ひとりは三十半ばで、残りのふたりは二十代後半だった。三郎は誠六や草吉とともに椅子《いす》から腰をあげた。三人が敬礼した。それに返した。ラジンスキーが三人を紹介した。

「こちらがソ連軍国境警備隊少佐のミハイル・チェルネンコ。若いほうはアレクサンドル・オチョフスキーとピョートル・ゴドノフ。両方とも階級は中尉です。三人はスキーでこの兵営にやって来ました」

「スキーで？」

「ソ連領から三十分前後で着いたそうです」

「この雪なら車輛《くるま》で動くより早いな」

ラジンスキーが三倍の速さですねと言って、こっちを国境警備隊将校に紹介した。チェルネンコの視線は睨《にら》みつけるようだった。握手はしなかった。ラジンスキーが三人に声を掛け、食堂から中隊長室に向かった。

中隊長室の中央に食堂の食台がふたつ並べられ、そのうえに白い敷布が被《かぶ》せられている。椅子は七つ並べられていた。事務机と寝床台はそのままだ。六発の銃弾を浴びて殺害された中隊長・関文元《かんぶんげん》に替わっていまは誠六がここを塒《ねぐら》として使っていた。部屋の左隅では練炭ストーブが燃えさかっている。

　三郎はチェルネンコと向かいあって座った。ラジンスキーがふたりの中間に腰を下ろした。すぐにチェルネンコがラジンスキーの口を借りて切りだした。

「満州国軍兵士百名が上官を殺してわがソ連領内に逃げ込んで来たことはまことに遺憾です。しかし、この遠因はソ連邦と満州国の国境が曖昧《あいまい》な点にある。ハンカ湖を横切る国境線なんてないに等しい。満人兵士たちも国境を越えたという認識はないでしょう。一刻も早く国境線を策定する必要がある」

「どこにいるんです？」三郎もラジンスキーの口を借りて言った。「逃亡した百名の満人兵はいまソ連領内のどこに？」

「知らん」

「知らないわけがないでしょう！」

　チェルネンコがこっちを見据えたまま煙草を取りだした。それに火を点け、吸い込んだけむりをゆっくりと吐きだして言った。

「ソ連邦と満州国のあいだには国境不確定なところがいくつもある。アムール河の乾岔子島《カンチャーズ》、図們江河口近くの張鼓峰《ちょうこほう》。外蒙古《もうこ》とはノモンハンがある。これを早くかたづけないと、両国にとって不幸な事態が発生する」

「いまはそんなことより逃亡した百名が問題なんです。われわれは満人兵士百名の引き渡しを要求する」

「引き渡しようがない、われわれは百名の所在すら知らないんだし。どうしてそんな些細《ささい》なことにこだわるんです？」

「些細だと？」

「国境策定という最重要課題に較《くら》べりゃ取るに足らない」

「チェルネンコ少佐」

「何です？」

「調べはついてるんですよ、百名の国軍兵士叛乱はコミンテルンの策動によるものだ」

チェルネンコが銜え煙草のまま低い声で笑いだした。一しきり笑ったあと、唇から煙草を引き抜いて言った。

「何を言いだすんです、証拠でもあるのかね？」

「叛乱主謀者の候白国の弟は王徳泰《おうとくたい》と一緒に動いてる」

「だれです、王徳泰って？」

「惚《とぼ》けたって無駄ですよ」三郎はさっき食堂で読んだ草吉の報告書の内容を喋りはじめた。「王徳泰は抗日連軍第二軍の軍長だ、楊靖宇《ようせいう》に次ぐ地位にある。抗日連軍第一路軍副司令だしな。筋金入りの共産主義者でコミンテルンとも深い関係を持ってる」

「だとしても、叛乱がコミンテルンの策動によるということにはならない」

「まだ白ばっくれるつもりですか？」

「冷静になりましょうや。われわれは百名の所在を摑《つか》んでないんだから、引き渡し要求に応じられるわけがない。ここはもっと大きな見地に立って国境策定の問題を話しあいましょうや」

「それは外交問題だ、軍人で決められることじゃない」

「もちろん、そうです。しかしね、そのためには軍人同士で話しあって下地を作っておかなきゃならない。百名の叛乱についてはすでに遺憾の意は表明した。今後はもっと実のある話をしましょう」

中隊長室で一時間半ほど向かいあいつづけたが、話は平行線を辿《たど》るばかりでいっこうに進展しなかった。三郎はそれでよかった。言質《げんち》を取られないことだけが今回は重要なのだ。チェルネンコも同じだろう。三人の極東ソ連軍国境警備隊将校は中隊長室を出てスキーで兵営を離れていった。

日没まで三時間近く残っているが、金廠溝の兵営にもう一泊することにした。三郎は草吉から受け取っていた報告書を誠六に手渡した。チェルネンコとのやりとりでは一言も口にしなかったが、きわめて重要なことが書かれている。読ませたかった。草吉を交じえて中隊長室で六時に晩飯を食いながら飲むことを約し、顧問室に向かった。

顧問室は中隊長室の半分ほどの広さで、事務机と寝床台が置かれている。ここで密山金廠溝駐屯地顧問・桜井一蔵《さくらいいちぞう》大尉は五発の銃弾を浴びて絶命したのだ。部屋のなかに飛び散った血液はいまは完全に拭《ふ》き取られている。

三郎は寝床台に仰向けに横たわって煙草を取りだし、それに火を点けた。報告書に書かれている王徳泰の経歴がまた脳裏にくっきりと蘇《よみがえ》って来る。放置できない。そう思いながら三郎は煙草を喫いつづけた。

報告書によれば、王徳泰は山東省の出身で今年二十八歳になる。中国共産党に入党したのは六年まえだ。それまでは単に民族意識の発露として抗日活動を展開して来たが、その後は明確な階級意識に基いて行動しつづけて来ている。それが抗日連軍第二軍軍長だけでなく第一路軍副司令に推された理由なのだ。満州国軍政部からの資料によると、特筆すべきは他人を魅《ひ》きつけ、抗日運動に駆り立てる能力のすさまじさだ。王徳泰は朝鮮語をほぼ完璧《かんぺき》に喋れる。間島《かんとう》地方や東辺道《とうへんどう》、それに北満に散らばる鮮人抗日活動家を纏《まと》めあげた。金日成《きんにっせい》を名乗る三人か四人の朝鮮人は王徳泰の指示によって動いている。

いったん抗日義勇軍に参加した馬賊たちの相当数もいまは抗日連軍へと合流しはじめているが、これも王徳泰に負うところが大きい。その連中は抗日山林隊と名づけられ、第一路軍の傘下《さんか》にはいったのだ。報告書によれば、王徳泰はその連中に抗日闘争を通じて階級意識が生まれることを期待しているという。

三郎は抗日連軍制圧の決め手は楊靖宇抹殺にあると信じて疑わなかった。だが、王徳泰のような存在も現われて来ている。それは今後も幾多の人材が輩出して来ることを意味するだろう。蔣介石《しょうかいせき》は工農紅軍を陝西省辺境の延安に押し込めたというのに、満州では共匪《きょうひ》の活動は拡大の傾向にあるのだ。何とかしなきゃならない。しかし、どうやって？　三郎は顧問室の天井を眺めながら煙草を喫いつづけた。

スペインで誕生したマヌエル・アサーニャを首班とする人民戦線内閣の裏側ではコ

ミンテルンが動いたことはもう否《いな》めはしない。満州での抗日連軍もそこから武器と資金援助を受けているのははっきりしている。

目下のところは抗日連軍潰《つぶ》しに専念しなきゃならないが、結局のところ主要な敵はコミンテルンを操るソ連なのだ、スターリンなのだ。それとの決定的な対決がいつごろになるのかはまだ読めそうにもない。

銜えている煙草の灰がはらりと頬に落ちて来た。

窓から差し込んで来る二月下旬の陽光が急速に力を失いつつある。

六時になって三郎は中隊長室にはいった。誠六はもちろん草吉ももうそこにいる。チェルネンコらとの会談の席はそのままになっていた。白い敷布のうえには回鍋肉《ホイコウロウ》の大皿と炒飯《チャーハン》、それに白酒の瓶と硝子コップが置かれている。三郎は誠六の向かいの椅子に腰を下ろした。草吉が三つのコップに白酒を注いだ。三郎はそのコップを持ちあげながら誠六に言った。

「お読みになりましたか、報告書を?」

「もちろんだ。しかし、腹が立つ」

「何がです？」

「おれには何ひとつ報らせずに、密山出張を命じやがった」

三郎は黙って白酒を舐めはじめた。

報告書にはふつうの軍人だけでなく憲兵隊にも知らされていない事実が記されている。満州国軍政部は関東軍と協議のうえ、もう一個中隊をこの密山金廠溝に投入する予定だったのだ。満人兵士百名の叛乱はそのための兵舎増築を極秘裡《り》に検討中に発生したのだ。軍政部の動揺は相当のものだったろう。

一個中隊増派の予定は対ソ防衛の強化のためじゃない。密山周辺の地下資源のせいだった。関東軍は満鉄と共同で京都帝大の地質学者を密山に派遣して地下資源の調査に当たらせた。その結果、この地域には撫順《ぶじゅん》ほどではないにしても、相当量の石炭が埋蔵されていることが判明した。近々、その採鉱が開始されることになっている。それに合わせて、満州国軍政部は二個中隊駐屯を大隊規模に拡大する予定だという。採鉱が本格化すれば、興凱湖の漁業で暮す密山は完全な鉱山都市へと変貌《へんぼう》していくのだ。しかし、いまはこの一帯にはその気配さえ感じられない。

「極東ソ連軍はこのことに気づいていると思うか？」

「わかりません。しかし、それを警戒するからこそ関東軍も軍政部もわたくしたちまでに極秘にして来たんでしょう」

「つまりは皇軍将校を信用してないということか？」

「もうその話はやめましょう、少佐、いまさら詮《せん》もないことだし」草吉の手まえ、義《に》兄《い》さんとは呼ばなかった。大皿から回鍋肉を小皿に取り分けてつづけた。「それより、どう思われました、極東ソ連軍国境警備隊の将校連中を？」

「ふざけてやがる」

「何がです？」

「国境線の策定がどうだこうだと問題をはぐらかしつづけやがった。あんなちゃちな引き延ばし戦術が通用すると思ったら大まちがいだ、いったい何を考えてやがる？」

三郎はその眼を見ながら回鍋肉を口に運んだ。やはり、義兄は剛直なだけなのだ。チェルネンコの目的が言質を取られないことにしかないことがわかっていない。義兄は戦場でのみ活《い》き活《い》きとするのだろう。三郎は回鍋肉を噛《の》み込んで言った。

「叛乱兵士百名の引き渡しについちゃ将官級の交渉になるでしょう。わたくしが注目したのは三人の国境警備隊将校がスキーでやって来たことです」

「それがなぜ注目に値いする？」

「満州の冬期は道路から外れれば深い雪に閉ざされる。雪のなかじゃ地理に精通した抗日連軍の遊撃隊を追うのはきわめて困難です。しかも、国軍や国警の満人はまだまだ士気が低い。制圧はどうしても日本人が電撃的に行なわなきゃなりません」

「で？」

「三人の国境警備隊は平地でも車輛の三倍の速さでここに来た。スキーを使ったからです。道路のない丘陵地では徒歩の三十倍以上で動けるでしょう。満州国軍も関東軍も抗日連軍掃討のためにはスキーを使った特殊部隊を創設すべきです」

「皇軍にスキーのできる連中はどれぐらいいるんだね？」

「わかりません。しかし、必要です。わたくしは陸士時代、冬の信州白馬岳の麓《ふもと》でスキー訓練を受けた。うまくはなれませんでしたけど、一日で滑れるようになった。北海道や東北、北陸出身の連中を集めて訓練を施せば、スキー特殊部隊の創設は可能です。急ぐ必要がある。関東軍はいま機械化だけに関心を集めてますが、もっと原始的な技術も見直すべきだ。わたくしはそれを憲兵隊司令部を通じて関東軍司令部に上申するつもりですよ。きょうの極東ソ連軍との第一回折衝の成果はそれだけだった」

3

敷島次郎《じろう》は奉天駅から粉雪の舞い交う駅前広場へと足を踏みだした。貨車に積んでいた風神《ふうじん》もすでに駅舎から引きだしている。傍らには鹿容英《ろくようえい》がいた。顔面は蒼白《そうはく》で、全身にはまったく力感がない。次郎は広場で屯《たむ》ろしている洋車《ヤンチヨ》のひとりに声を掛け、奉天カトリック教会に向かえと言った。

容英が洋車に乗り込んだ。雨雪除《よ》けの幌《ほろ》が下ろされ、洋車曳《ひ》きが大地を蹴《け》った。次郎は風神に跨り、猪八戒《ちよはつかい》とともにそれを追った。凍てつくような冷気に風神の発する息が白く浮きあがる。ハルビンほどではなかったが、奉天もまた酷寒に竦《すく》みきっていた。

ハルビンでは弟の四郎《しろう》の消息を尋ねてみたが、いまは天津で『庸報《ようほう》』の記者をしているという。だが、長城線を越える気はなかった。恙《つつが》なく暮していれば、それでいい。

新京に戻って戴善継《たいぜんけい》の邸宅を訪ねると、容英はげっそりと痩《や》せ、生気を完全に失なっていた。阿片《アヘン》を吸飲しはじめて二カ月近くになるという。表情を見ただけで完全に癮《いん》になっているのがわかった。あんなことがあったのだから阿片を無理やりに取りあげるのはかわいそうだと善継は説明した。

次郎は絶対に治療させると言って強引に容英を引き取った。新京から満鉄列車で奉天に連れて来た。容英がもとの健《すこ》やかさを取り戻すことはもうあるまい。スターになるという夢も消え失《う》せた。しかし、癮として日陰の植物のように暮し、壊死《えし》していくような真似《まね》だけはさせたくない。とにかく、阿片なしでも生きていけるようにさせることだ。それが容英を善継から剝《は》ぎ取って奉天に連れて来た理由だった。

洋車が浪速《なにわ》通りをまっすぐ進み、三韓路《さんかんろ》に乗り入れた。そこを抜けると、奉天天主教教会の表札を掲げた門柱が見えた。洋車曳きがそのまえで足を停めた。

次郎は風神の背から降りて料金を支払い、容英の手を引いて洋車から降ろさせた。

時刻は午後二時になろうとしている。風神の手綱を曳き、門柱のあいだを抜けた。玄関まえに馬を繫《つな》ぐ柵《さく》がある。そこに風神の手綱を結えつけ、玄関の呼び鈴を鳴らした。

四十半ばの尼僧《にそう》が玄関の扉を開けたのは呼び鈴を三度鳴らしてからだった。大掛児《ターコオル》を羽織ったこっちの姿を睨《ね》めまわしながら拙《つた》ない満語で言った。

「何の御用なんです？」

「松岡俊次《まつおかしゅんじ》さんにお会いしたい」次郎は日本語で言った。「新京の明梨《めいり》飯店で御眼に掛かった者です」

「いま施療院《せりょういん》のほうにいますけど」

「連絡は取れますか？」

「電話できますけど」

「ぜひともお会いしたい」

「施療院と連絡を取ります。礼拝堂でお待ちください」

次郎は尼僧の背なかにつづいて容英とともに礼拝堂に向かった。猪八戒が尾《つ》いて来る。礼拝堂の扉が開けられた。ステンドグラスから二月下旬の陽差しが差し込んで来ていた。聖壇の中央に設けられた十字架がやけに大きく見える。次郎は礼拝堂の最後尾の長い床几台《しょうぎだい》に腰を落とし、傍らに座った容英に言った。

「どんな具合だ、容英、寒くはないか？」

「寒い」

「おれの大掛児を着るか？」

「要らない」

「風邪を引くぞ」

「引かない」

「寒いんだろ？」

「体は寒くない」

「どこが寒いんだ？」

「こころ」

次郎はこの言葉にどう応じていいかわからなかった。

容英が力のない声でつづけた。

「お願いだから、買って来てよ」

「何を？」

「阿片」

「駄目だ」

「阿片がないと凍え死ぬよ、あたし」

満州伝道会の松岡俊次が礼拝堂に現われたのはそれから十四、五分後だった。ふつうの背広姿で、僧服を纏っているわけじゃなかった。俊次は突っ立ったまま眼鏡の蔓《つる》に手をやりながら言った。

「よく訪ねて来られましたね、新京でたまたまお逢いしただけなのに憶《おぼ》えていらっしゃった。キリスト者としては光栄です」

「頼みがあって来た」

「何なりと」

「満州伝道会は憲兵隊や特高からの弾圧を避けるために満州各地に癮の施療院を設けたと新京で聞いた」

「そのとおりです」

「奉天にはそのなかで最高の施設が？」

「新京にもそのうち開設しますが、いまのところはここが最高施設です」

「この娘を癮から立ち直らせて欲しい」次郎はそう言いながら床几台から立ちあがった。「苛酷《かこく》過ぎる体験によって阿片に溺《おぼ》れた」

俊次がもう一度眼鏡の蔓に右手をやって床几台に座ったままの容英にあらためて視線を向けた。容英の眼はどこを見ているかわからなかった。いまどんなことが話されているかにもまったく関心がないらしい。俊次が視線をこっちに向けなおして言った。

「癮になってどれぐらいの期間が？」

「阿片をはじめたのは二カ月まえぐらいなんだが、治せるはずだ」

「わたしは医師じゃない。担当してるのは施療院の経営だけです。お望みの施療法をお聞きしたい」

「どういう意味だね、それは？」

「はっきり言いましょう、貧困層への施療環境は劣悪です。大部屋に何人も詰め込みますからね。批難はしないでください、満州伝道会の財政も逼迫《ひっぱく》してる。無料で引き受けてるんです、しかたがありませんよ」

「そういう施療は受けさせない」

「富裕層向きは相当金銭《かね》が掛かりますよ、それでの儲《もう》けが貧困層向きにまわされる仕組みですから」

「いくら掛かってもいい、そこで施療して欲しい」

「どなたがお支払いになる、施療費を？」

「おれが払う」

「支払いの保証は？」

「関東軍の奉天特務機関」

俊次が無言のままこっちを見つめた。

次郎は腕組みをしながら話題を転じた。

「癮から立ち直るにはどれぐらい掛かる？」

「貧困層は比較的早いんです。施療が荒っぽいですからね。泣こうが喚《わめ》こうがかまっちゃいない。たとえ発狂させても癮を治す。ですから、平均施療期間は八カ月です。もっとも、そうやって治しますから、退院してまた阿片に手を出す場合が多い」

「じっくりと施療します。禁断症状の苦痛をなるべく与えないように計らいますから時間が掛かります。一年半は見てもらわなきゃならない」

「富裕層は？」

「二年」

「何です、それ？」

「二年間の施療費を特務機関に支払わせる。この娘をじっくり施療してもらいたい。おれの名まえは敷島次郎。特務機関嘱託・綿貫昭之《わたぬきあきゆき》に問い合わせてもらえばわかる。施療費の支払いが滞《とどこお》ることはない」


次郎は容英を俊次に預け、猪八戒とともに礼拝堂から抜けだした。柵に繋いでいた風神の手綱を解き、その背に跨って奉天カトリック教会を離れた。粉雪の舞が一段とせわしなくなっている。大西関《だいせいかん》大街から旧奉天城を迂回《うかい》し東関《とうかん》大街に出た。奉天に来たときはそこにある東関大飯店によく泊まる。風神を繋ぐ柵が裏庭にあるからだ。次郎は東関大飯店で宿泊手続を終えると、すぐに奉天特務機関に電話を掛け、綿貫昭之を呼びだした。

「いつ奉天に？」

「きょうの二時まえだ」

「いまどこに？」

「東関大街の東関大飯店」

「すぐに伺う」

次郎は電話を切って猪八戒を連れて二階の房間に向かった。どうせ三十分もしないうちに昭之がやって来るのだ、大掛児は脱がなかった。煙草《たばこ》を取りだして火を点《つ》けた。それを喫《す》い終えてから階下に降り、受付に日本人が訪ねて来たら餐庁《さんちょう》にいると伝えてくれと言ってそっちに向かった。まだ五時まえなのだ、餐庁に客はだれもいなかった。すぐに給仕が注文を取りに来た。次郎は猪八戒用の茹《ゆ》で豚肉と白酒だけを頼んだ。

昭之が餐庁にはいって来たのは猪八戒が豚肉を食い終えた直後だった。外套は羽織っていなかった。眼のまえで足を停め、低い声で言った。

「出掛けましょう」

「どこに？」

「ここじゃないどこかです」

「犬は？」

「一緒でかまいません」

次郎は飲みかけの白酒を卓台に置いて立ちあがった。昭之の意図ははっきりしている。満人のだれかに話を聞かれることを危惧《きぐ》しているのだ。次郎は踵《きびす》をかえした昭之の背なかにつづいた。

東関大飯店のまえにフォード車が駐《と》めてあった。

昭之はまず助手席のドアを開き、どうぞと言った。次郎はそこに身を滑り込ませた。後部座席が開けられた。猪八戒がそのなかに飛び込んだ。昭之が運転席にまわり、エンジンを始動させた。粉雪の舞う薄暮のなかをフォード車が動きだした。昭之が煙草を取りだしながら口を開いた。

「四郎くんともね、重要なことは車輛《くるま》のなかでよく話したもんです。ここは完全な密室ですからね」そう言って煙草に火を点けた。「わたしの読みどおり、相当懐《ふところ》具合が寂しくなったようですね。皇国にとっちゃありがたいことだ、緑林の徒を率いてた元攬把《らんぱ》をまた傭《やと》えるんですからね。溥儀《ふぎ》の連れだしのために天津で暴れてもらって以来です」

「鹿容英というかつての満族旗人の娘が癮になった。癮から立ち直らせるために満州伝道会がやってる施療院に入れた」

「どこにあるんです、それは？」

「奉天カトリック教会にいる松岡俊次がその施療院の経営を担当してる」

「で？」

「施療費が相当高いらしい。癮から立ち直るには一年半掛かると言ってる。多く見積りゃ二年だろう。それを奉天特務機関で支払ってくれ」

「わかりました」

「おれは何をやればいい？」

「共匪掃討への協力」

「具体的には？」

「特務機関ではいつでも十二、三人の日本人ごろつきを集められます。使い捨てにしてもまったく惜しくない連中でね、皇国のために死んでくれりゃ、すこしは人生に意味がある。そういうごろつきを率いて共匪掃討の一翼を担《にな》って欲しいんですよ。とにかく、満州国の国軍も国警もあまりにも未熟過ぎる。何せ、共匪は遊撃戦が専門なんでね、関東軍が出動するような情勢にない」

次郎は腕組みをしながら笑い声をあげた。

昭之が銜え煙草のまま言った。

「何がおかしいんです？」

「もったいぶらずにほんとうのことを言ったらどうなんだね？」

「どういう意味です？」

「おれは満州建国の年の秋に撫順近くの平頂山《へいちょうざん》にいた。そこで関東軍が無差別に機銃掃射したのを見てる。共匪掃討に当たってまた同じようなことが起こるのを危惧してるんだろうがね？　関東軍にしても国軍にしても、共匪とふつうの農民を区別できん。ふつうの農民を殺せば、その息子や兄弟は共匪に走る。だから、おれみたいな緑林出身を傭う。おれのような日本人だけじゃないだろう？　何人もの満人の緑林出身をすでに傭い入れたはずだ。緑林出身が共匪と誤認してふつうの農民を殺しても、土匪のせいだと満州国も関東軍も言い逃れができる。そういう計算は透けて見えてる」

「こっちの要求を断わるとでも？」

「いいや、金銭を払ってくれさえすりゃ何でも引き受ける。青龍同盟を率いてたときからそうなんだ。ただし、見えすいた嘘《うそ》だけはやめてくれ、むかつくだけだから」

4

二月二十六日の正午まえに飛び込んで来た情報に奉天総領事館は震撼《しんかん》した。敷島太郎はどう反応したらいいのかすらわからなかった。それは外交官として対峙《たいじ》しうる性質のものじゃなかったのだ。外務省経由で総領事館に通電されて来た陸軍省発表の第一報はこうだった。

本日午前五時ごろ一部青年将校等は左記箇所を襲撃せり。
首相官邸　岡田《おかだ》首相即死
斎藤《さいとう》内大臣私邸　内大臣即死
渡辺《わたなべ》教育総監私邸　教育総監即死
牧野《まきの》前内大臣宿舎　牧野伯爵《はくしゃく》不明
鈴木《すずき》侍従長官邸　侍従長重傷
高橋《たかはし》大蔵大臣私邸　大蔵大臣負傷
東京朝日新聞社

これら青年将校等の蹶起《けっき》せる目的はその趣意書によれば、内外重大危急の際、元老、重臣、財閥、軍閥、官僚、政党等の国体破壊の元兇《げんきょう》を芟除《せんじょ》し、もって大義を正し国体を擁護、開顕《かいけん》せんとするにあり。右に関し在京部隊に非常警備の処置を講ぜしめられたり。

二年近くまえに総領事に赴任して来た宇佐美珍彦《うさみうずひこ》は参事官補や書記官にできるだけ多くの情報を東京から収集するように指示しただけだった。総領事館としては他に採るべき方法は何もない。はっきりしているのは当分のあいだここでの泊まり込みがつづくということだけだ。第二報は午後三時過ぎにはいって来た。それは蹶起にあたって読みあげられた趣意書だった。

謹《つつし》んで惟《おもんみ》るにわが神州たる所以《ゆえん》は、万世一神たる天皇陛下御統帥《とうすい》のもとに、挙国一体生成《せいせい》化育を遂げ、ついに八紘一宇《はっこういちう》を完《まっと》うするの国体に存す。この国体の尊厳秀絶は天祖肇国《てんそちょうこく》神武建国より明治維新を経て、ますます体制を整え、いまやまさに万方《ばんぽう》に向かって開顕進展を遂ぐべきの秋《とき》なり。しかるに頃来《けいらい》ついに不逞凶悪《ふていきょうあく》の徒簇《ぞう》出《しゅっ》して私心我欲を恣《ほしいまま》にし、至尊絶対の尊厳を藐視《びょうし》し僭上《せんじょう》これ働き、万民の生成化育を阻碍《そがい》して塗炭の痛苦に呻吟《しんぎん》せしめ、随《したが》って外侮《がいぶ》外患《がいかん》日を逐《お》うて激化す。いわゆる元老重臣軍閥財閥官僚政党等はこの国体破壊の元凶なり。ロンドン海軍条約ならびに教育総監更迭《こうてつ》における統帥権干犯、至尊兵馬大権の僭窃《せんせつ》を図りたる三月事件あるいは学匪共匪大逆教団等利害相結で陰謀至らざるなきなどはもっとも著しき事例にして、その滔天《とうてん》の罪悪は流血憤怒《ふんぬ》まことにたとえがたきところなり。中岡、佐《さ》郷《ごう》屋《や》、血盟団の先駆捨身、五・一五の噴騰《ふんとう》、相沢中佐の閃発《せんぱつ》となる、まことに故《ゆえ》なきにあらず。しかも幾度《いくたび》か頸血《けいけつ》を濺《そそぎ》来っていまなおいささかも懺悔《ざんげ》反省なく、しかれども依然として私権自欲におって苟且偸安《こうしょとうあん》をこととせり。露支英米との間一触即発にして祖宗遺垂《そしゅういすい》のこの神州を一擲《いってき》破滅に堕《おとしい》らしむるは火を睹《み》るよりも明らかなり。

内外まことに重大危急、いまにして国体破壊の不義不臣を誅戮《ちゅうりく》して稜威《みいつ》を遮《さえぎ》り御維新を阻止し来たれる奸賊《かんぞく》を芟除《せんじょ》するにあらずんば皇謨《こうぼ》を一空せん。あたかも第一師団出動の大命渙発《かんぱつ》せられ、年来《ねんらい》御維新翼賛を誓い殉国捨身の奉公を期し来たりし帝都衛戍《えいじゅ》のわれら同志は、まさに万里征途に上らんとして、しかも顧《かえり》みて内の世状に憂心転々《うたた》禁ずる能《あた》わず。君側の奸臣軍賊を斬除《ざんじょ》して、かの中枢《ちゅうすう》を粉砕するはわれらの任として能《よ》く為《な》すべし。臣子たり股肱《ここう》たるの絶対道をいまにして尽《つ》さずんば、破滅沈淪《ちんりん》を翻《ひるが》えすに由《よし》なし。ここに同憂同志機を一にして蹶起し、奸賊を誅滅《ちゅうめつ》して大義を正し、国体の擁護開顕に肝脳《かんのう》を竭《つく》し、もって神州赤子《しんしゅうせきし》の微衷《びちゅう》を献ぜんとす。

皇祖皇宗の神霊《しんれい》冀《ねがわ》くば照覧冥助《しょうらんめいじょ》を垂《た》れ給《たま》わんことを。

昭和十一年二月二十六日

陸軍歩兵大尉《たいい》　野中四郎《のなかしろう》

外同志一同

蹶起将校たちに率いられた第一師団歩兵第一連隊と第三連隊、それに近衛《このえ》師団の近衛歩兵第三連隊の千五百名弱が陸軍省のある三宅坂一帯を押さえているという情報がはいって来たのは夕刻六時七分で、昭和維新を叫ぶこの連中は重機関銃二十五、軽機関銃六十五、歩兵銃千挺《ちょう》を装備しているという。この蹶起には士官学校事件で免官になった磯部《いそべ》浅一《あさいち》や村中孝次《むらなかたかじ》らが合流しているらしい。

「陸軍省からの新しい情報です」七時過ぎに古賀《こが》哲春《てつはる》が参事官室にはいって来て言った。「午後一時半から行なわれた軍事参議官会議で真崎甚三郎・荒木《あらき》貞夫《さだお》両大将の指導のもとに陸軍大臣告示が発せられました」

太郎は差しだされた紙面に眼を通した。

それにはこう書き記されている。

蹶起の趣旨については天聴に達せられあり。諸子の行動は国体顕現《けんげん》の至情に基づくものと認む。国体の真姿顕現の現況については恐懼《きょうく》に堪えず。各軍事参議官も一致して右の趣旨により邁進《まいしん》することを申し合わせたり。これ以外はいつに大御心《おおみこころ》に俟《ま》つ。

太郎は紙面から視線を離して哲春を見た。この陸軍大臣告示は蹶起を認めたことになる。もう五・一五事件の比じゃない。士官学校事件で免官となった磯部浅一や村中孝次らがばら撒《ま》いた怪文書。大本教《おおもときょう》の出口王仁三郎《でぐちおにさぶろう》らの不敬罪・治安維持法違反容疑での逮捕。相沢事件での公判妨害。美濃部達吉暗殺未遂。陸軍省はこれらの一連の流れを容認して動きだそうとしているのだ。日本は今後どうなっていく？　いくら自問しても、奉天総領事館にやれることは何もない。太郎は力のない溜息《ためいき》をついた。

「陸軍大臣告示は山下奉文《やましたともゆき》少将によって三時半に蹶起将校たちに伝えられたそうです」哲春が引きつった表情のまま言った。「しかし、外務省との電話連絡では午前五時の一斉蹶起の三時間後にはほぼ同じ内容が東京警備司令部の香椎浩平《かしいこうへい》中将によって蹶起将校たちに伝達されていたらしい」

「どういうことだ、それは？」

「わかりません。外務省にも判断材料が何もないんです。いま言えることは香椎中将が蹶起に同情的だったか、あるいは蹶起将校たちに阿《おもね》ったか、それぐらいでしかない」

日が替わって二月二十七日の午前四時に哲春が外務省経由の東京警備司令部の発表文を持って参事官室にはいって来た。太郎は長椅子《いす》で一時間の仮眠を摂《と》っただけで、頭のなかは朦朧《もうろう》としていた。それは二十六日午後十時二十五分に発表されたものだった。

告諭。今般第一師管に戦時警備を命ぜられ、本職はここに大命を奉じ軍隊の一部を所要方面に出動せしめたり。今回の出動は帝都の治安を維持し、緊要なる物件を掩護《えんご》する目的に出《い》ずるものなり。軍隊出動の目的は以上のごとし。本職は官民たがいに相戒《あいいま》しめ謡言《ようげん》を慎しみ秩序の維持に協力せられんことを切望す。

昭和十一年二月二十六日

東京警備司令官　香椎浩平

太郎は苦々しい思いでこの告諭を読み終えた。ここには蹶起への批難めいた言辞はまったくない。軍規はいったいどうなっているのだ？　太郎は哲春の眼を見つめながら言った。

「他に情報は？」

「おかしな噂《うわさ》が流れてるそうです」

「どんな？」

「秩父宮雍仁《ちちぶのみややすひと》親王が弘前《ひろさき》の第三十一連隊を率いて蹶起部隊に合流するという噂です。今度の蹶起の裏側には秩父宮親王がいるという噂すらも」

「噂の根源は？」

「蹶起将校たちはみな北一輝《きたいっき》と西田税《にしだみつぎ》に心酔してます。秩父宮親王は五・一五事件のときは青年将校たちにきわめて同情的な立場を採られたし、陸士時代は西田税と同期でした。それに、秩父宮親王は弘前第八師団歩兵第三十一連隊に赴任されるまえは参謀本部第一部第二課におられた。そのまえは第一師団歩兵第三連隊です」

「それで？」

「歩兵第三連隊時代の部下に安藤輝三《あんどうてるぞう》がいます。今度の蹶起将校のひとりで歩兵第三連隊の中隊長がね。秩父宮親王はこの安藤輝三を非常にかわいがっておられた。秩父宮親王が弘前第三十一連隊を率いて蹶起部隊に合流するという噂はそういうことに依拠してます」

「きみはどう思う？」

「何がです？」

「噂はほんとうだと思うかね？」

「わかりません。満州にいて内地の状況がどうしてわかるんです？」

太郎は馬鹿《ばか》な質問をしたと思いながら煙草を取りだした。それに火を点けた。蹶起の報を受けてから何十本煙草を喫ったか憶えてもいない。けむりを吸い込んで、太郎は大きく噎《む》せ込んだ。

「まだ真偽を確かめてませんが、もうひとつ噂があります」

「聞かせてくれ」

「土佐沖で演習中だった連合艦隊が東京に鎮圧艦隊を向けはじめたという噂です。帝国海軍は蹶起を潰すつもりかも知れない。明治時代からつづく陸主海従の伝統をずっと屈辱に感じてたはずだし、何よりも殺された岡田啓介《けいすけ》首相と斎藤実《まこと》内大臣、それに重傷を負った鈴木貫太郎《かんたろう》侍従長はいずれも海軍大将ですからね。海軍にしてみれば復讐《ふくしゅう》の意識も働くでしょう」

このとき参事官室の扉が叩《たた》かれた。太郎はどうぞと声を掛けた。はいって来たのは二等書記官の三枝良夫《さえぐさよしお》だった。紙片を両袖《そで》机のうえに置いて言った。

「帝都に戒厳令が発布されました」良夫はそう言って腕時計に眼をやった。「いまから十三分後、午前四時四十分をもって警備司令部は戒厳司令部と名称を変えます。長官はそのまま香椎浩平中将が引き継ぐそうです」

太郎は眼のまえに置かれた紙片に視線を落とした。

緊急勅令

朕《ちん》ここに緊急の必要ありと認め枢密顧問の諮詢《しじゅん》を経て帝国憲法第八条第一項により一定の地域に戒厳令中必要の規定を適用するの件を裁可し、これを公布せしむ。

昭和十一年二月二十七日

何がどう動いたのかは見当もつかない、だが、天皇は蹶起鎮圧に乗りだすように命じたのだ。この緊急勅令に蹶起部隊がどう反応するかは不明だ。しかし、蹶起の趣旨については天聴に達せられありとした陸軍大臣告示との矛盾について悶《もだ》え苦しむのは眼に見えている。

海軍が蹶起鎮圧に向かったというのは単なる噂じゃなかった。土佐沖で演習中だった連合艦隊のうち第一艦隊四十隻《せき》が旗艦・長門《ながと》を先頭に東京湾御台場《おだいば》沖に二十七日午後四時到着した。東京市内に向かって艦を横に並べ、砲門を市街地に向けているという情報が奉天総領事館にはいって来ている。野砲や機関砲も装備した重装備のこの艦隊は陸戦隊を編成し、それを上陸させた。この兵力で蹶起部隊を鎮圧できない場合は国会議事堂を艦砲射撃で爆破するという案も練られているらしかった。

奉天にいても東京の緊張は手に取るように伝わって来る。

蹶起部隊はいまも首相官邸、陸相官邸、陸軍省、参謀本部を占拠しつづけているが、だれの胸の裡《うち》もぐらぐらと揺れ動いているだろう。蹶起趣意書の末尾に、皇祖皇宗の神霊冀《ねがわ》くば照覧冥助《しょうらんめいじょ》を垂れ給わんことをと記して、天皇親政を希求したのに、その天皇が発布した戒厳令によって鎮圧の対象となったのだ。それによる悶えは容易に想像しうる。

蹶起将校の名簿もすでに発表されていた。

陸軍歩兵大尉　香田清貞
同　安藤輝三
同　野中四郎
陸軍歩兵中尉　中橋基明
同　栗原安秀
同　丹生誠忠
同　坂井直
陸軍砲兵中尉　田中勝
陸軍歩兵少尉　林八郎
同　池田俊彦
同　高橋太郎
同　麦屋清済
同　常盤稔
同　清原康平

同　　鈴木金次郎

これに士官学校事件で免官となった村中孝次元陸軍大尉や磯部浅一元一等主計と弁理士の水上源一《みずかみげんいち》が加わっている。北一輝と西田税の関与も噂されているが、その役割はまだはっきりしていない。

太郎は夜八時になって総領事館から抜け出した。外では粉雪が舞い狂っている。そう言えば蹶起の行なわれた二十六日払暁《ふつぎょう》の東京は三十年ぶりの大雪だったそうだ。太郎は前庭に駐められている宋雷雨《そうらいう》のフォード車に乗り込んだ。もうすぐ三十八歳になるのだ、満州事変のころとはちがう、睡眠不足だと体力が保《も》たない。太郎は車輌《くるま》で自宅に戻った。

「たいへんですね、何が何だかわけがわからない」玄関に出迎えた桂子が言った。

「もしかしたら、今夜も泊まり込みになるのかと思ってた」

「風呂《ふろ》は？」

「沸かしてあります」

「煙草を喫い過ぎて胃の具合がおかしい。飯は消化のいいものにしてくれ」

「お粥《かゆ》にしようか？」

「それがいい。梅干しだけで食う」

5

天津の日本租界は静まりかえっている。

二日まえの二十六日に起こった未曾有《みぞう》の事件の推移にだれもが仕事に手がつかないのだ。戒厳令が敷かれたのは関東大震災以来で、情報はだいたい二時間遅れで東京からはいって来る。

『庸報《ようほう》』の社屋はフランス租界二十六号路から日本租界須磨《すま》街三十三号路に移転していた。経営者が日本人になったということはすでに支那人たちにも露見し、売行きはがた落ちになっている。それだけじゃない、天津の学生たちの抗日デモはいまは沈静化しているが、フランス租界に本拠地を置いていれば、いつ焼打ちに遭うか知れたものじゃなかったからだ。そのぶん、支那人との接触の機会は大幅に減って来ていた。

編集局長・越路《こしじ》里志《さとし》は蹶起勃発《ぼっぱつ》以来、仕事そっちのけで東京からの情報収集に駆けずりまわっている。そろそろ午後一時になるが、きょうも職場にその姿はなかった。おそらく、海光寺《かいこうじ》にある支那駐屯軍司令部に出たりはいったりしているのだろう。

一時半になって里志が編集局に戻って来た。

敷島四郎《しろう》は三日掛けて書きあげた特集記事の原稿を里志の席に持っていった。冀東《きとう》経済と日本資本と題する特集で、もちろん漢文で書かれている。あからさまに日本を批判してはいないが、支那人側べったりでもない。微妙な均衡を取りながら執筆したつもりだ。編集局長が記事を可とすれば、燕京《えんきょう》大学出身の支那人校正係が文章を完全なものにして印刷にまわされる。四郎は原稿を里志の机のうえに置いて、よろしく願いますと言った。

だが、里志はそれには視線を向けようともしなかった。腕時計をちらりと見やって立ちあがりながら言った。

「食ったかね、昼飯はもう？」

「まだです」

「一緒に食いに行こう」

四郎はしかたなくその背なかにつづいた。最近、昼飯はずっと須磨街の淀屋《よどや》食堂で食っている。料理の品数が多いからだ。『庸報』の社屋を出て、そっちに向かった。東京は大雪だそうだが、天津はどんよりと曇っていても、降雪の気配はまったくない。ふたりで淀屋食堂にはいった。里志が天丼《てんどん》を頼み、四郎は親子丼を注文した。

「きょうの午前八時に奉勅命令が下達された」里志が得意そうにそう言って胸ポケットから紙片を取りだした。「さっき海光寺の支那駐屯軍から書き取って来た写しだよ」

それにはこう記されていた。

臨変参命第三号

戒厳司令官は三宅坂付近を占拠しある将校以下をもって速やかに現姿勢を撤し、各所属部隊の隷下《れいか》に復帰せしむべし。

奉勅　　参謀総長　載仁《ことひと》親王

「要するにな、この『奉勅命令』によって、蹶起部隊は叛乱《はんらん》軍と決めつけられたんだよ。叛乱軍は原隊に帰れとの命令だ。しかし、蹶起将校たちはこの奉勅命令を捏造《ねつぞう》じゃないかと疑ってるらしい」

「なぜです？」

「二十六日に出された陸軍大臣告示には蹶起の趣旨については天聴に達せられありとあるし、戒厳司令官となった香椎浩平中将は東京警備司令官としてはきわめて同情的な態度を示してたからな。蹶起将校たちはどうして叛乱軍と決めつけられたのか、わけがわからんだろう」

「どうなるんです、これから？」

「海軍はすでに御台場沖に第一艦隊四十隻を並べて砲門を帝都に向けてるし、佐倉と甲府の連隊はすでに鎮圧のために上京して第一師団の歩兵第一連隊と第三連隊の兵舎にはいってる。仙台の第二師団と宇都宮の第十四師団の東京集中も決定済みだ。叛乱軍はどうあがいても抵抗できん」

「皇軍相撃となるんですか？」

「香椎中将は何とかそれを避けたくて説得工作を中心に考えてるらしい。だがね、戒厳参謀となった参謀本部作戦課長の石原莞爾大佐が完全武力鎮圧を主張してるそうだ。それに参謀次長の杉山元《すぎやまはじめ》中将が賛同してる。きょうの朝七時半に戒厳司令部で会議が開かれた。それに軍事参議官の荒木貞夫大将が加わり、皇軍相撃を避けようという意見を出したらしいんだが、石原大佐は軍事参議官には何の職権もないと罵倒《ばとう》し、荒木大将を追いだしたとのことだ」

このとき天丼と親子丼が同時に運ばれて来た。

里志が丼を引き寄せながらつづけた。

「秩父宮雍仁親王はすでに上京してるが弘前の第八師団歩兵第三十一連隊を引き率《つ》れ

て蹶起部隊に合流するという噂は単なる風説だった。いまは東久邇宮稔彦《ひがしくにのみやなるひこ》中将を叛乱軍が擁して鎮圧軍に攻撃を開始するという噂が流れてるらしい。そのために戒厳司令部は警護という名目で東久邇宮邸を戦車四輛《りょう》で包囲した。しかし、この噂の根拠も実に他愛ない。永田鉄山軍務局長を斬殺した相沢三郎中佐が東久邇宮中将が中隊長時代にそのしたにいたというだけのことだからな」

四郎は親子丼を食いながら話を聞きつづけた。

里志は支那駐屯軍司令部から集めて来た情報を口にするたびに興奮して来るようだった。海老《えび》の天麩羅《てんぷら》と白飯を一緒に頬張ったまま声を強めた。

「石原大佐は叛乱軍将校に自決を勧めてるらしい。それに将校たちが応じるのかどうかはわからん。しかし、もう先行きは完全に視《み》えて来た。叛乱軍は確実に鎮圧される。保《も》ったとしても、あと一日か二日だろう」

「結果はどう撥《は》ねかえって来ます、満州や支那に？」

「わからん、それだけは何とも言えん。はっきりしてるのはこれによって皇軍内の勢力地図が劇的に変わるということだけだ。それが満州や支那にどう撥ねかえって来るのか見当もつかん」

昼飯を食い終えて淀屋食堂を出たが、『庸報』の社屋には戻らなかった。天津城内をぶらつき、日本で起こったこの軍事クーデタを支那人たちがどう思うかを聞いてみようと考えたからだ。里志と別れて第一区に向かって歩きだした。城内に足を踏み入れたとき、前方から支那駐屯軍の外套《がいとう》を纏《まと》ったふたりの男が見えた。擦れちがおうとしたとき、声を掛けられた。

「何だ、四郎じゃねえか」

眼を向けると、戸樫栄一《とがしえいいち》がそこにいた。上海で海軍陸戦隊臨時軍属として働き、何度も強姦《ごうかん》を繰りかえしたあと、人間の本質は獣性だと言い切った元燭光座《しょっこうざ》の劇団員がじっとこっちを見ている。四郎は一瞬、呆気《あっけ》に取られた。栄一が低い声で言った。

「何をしてるんだ、天津で？」

「戸樫さんこそ」

「見てのとおりだ、志願して支那駐屯軍にはいった。階級は上等兵だが、もうすぐ兵長になる」その声を傍らの若い兵士に向けた。「おれはこのむかし馴染《なじ》みと話がある。おまえは先に兵営に戻ってろ」声がふたたびこっちに戻って来た。「そのあたりの茶房にはいって積もる話をしようじゃねえか」

四郎は栄一とともに斜め向かいにある飲茶店にはいった。なかは練炭ストーブで暖かかった。ふたりで外套を脱いだ。栄一が給仕に焼売《シューマイ》と烏龍《ウーロン》茶を注文した。その北京語はかなり流暢《りゅうちょう》だった。四郎は腕組みをしながら言った。

「うまくなりましたね」

「何がよ？」

「北京語」

「もう何年支那にいると思ってるんだ？　そりゃあ、おれはおまえほど頭がよかねえ。しかし、言葉を覚えなきゃ、ちっともおもしろくねえだろうが？」

四郎は苦笑いするしかなかった。

栄一が煙草を取りだして火を点けた。吸い込んだそのけむりをふうっと吐き出して言った。

「皇軍慰安所作りをやってるのか、天津でも？」

「知ってますか、『庸報』という新聞を？」

「いいや」

「その漢字紙の記者をやってる」

「おまえは早稲田の文学部に籍を置いてたんだ、似合ってるんじゃねえのか、そういう仕事？」

四郎はこれには答えなかった。企画を立て、取材して書いた記事は最近掲載されたことがない。経営者の里見甫《さとみはじめ》とも顔を合わせたことがなかった。じぶんの職業が新聞記者なのかどうかさえいまは疑わしい。焼売と烏龍茶が運ばれて来た。四郎は腕組みを解き、その茶をゆっくりと啜《すす》った。

「支那駐屯軍じゃいま大騒ぎをしてる、内地でクーデタが起こったんでな。『庸報』ってえ漢字紙がどんな新聞だか知らねえが、新聞記者なら情報ははいってるだろう、クーデタは結局、どうなっていく？」

「わかりません。『庸報』は支那人を読者としてるし、直接の情報は何もはいって来ない」四郎は里志から聞いたことを栄一に喋《しゃべ》る気はまったくなかった。「そういう情報についちゃ軍のほうがよっぽど詳しいでしょう」

「将校連中はどうだか知らねえが、下士官や兵士にはまったくはいって来ねえよ。秩父宮親王が弘前から第八師団を引き率れて蹶起部隊に合流するてえ噂も流れたが、おれに言わせりゃ根拠は何もねえ。噂は噂を呼ぶ。そんなことよりさっさと支那と戦争をやってもらいてえ」

「どうして？」

「決まってるだろう、平時に支那の女を強姦すりゃ、即刻軍法会議だ。しかし、戦争となりゃ何をやっても憲兵隊は眼をつぶる。うるさく言い過ぎると、兵士の士気は確実に落ちるんだからな」

「戸樫さん」

「何だ？」

「あんたは屑《くず》だ」

「何だと？」

「支那の女を凌辱《りようじよく》したくて支那駐屯軍に志願しただなんて最低中の最低だ」四郎はそう言って立ちあがった。栄一の屈辱感に溢《あふ》れた眼がこっちを睨《にら》みつけている。四郎はふたりぶんの飲茶代を焼売のそばに置いてつづけた。「人間がここまで堕《お》ちるとは想《おも》いもしなかった。恥を知りなさい、恥を！」

6

時刻は午前八時になろうとしている。

敷島太郎は昨日から一睡もしていない。

参謀総長・閑院宮《かんいんのみや》載仁親王が天皇の允裁《いんさい》を得て発した奉勅命令以来、外務省の機能は眼に視えて回復しつつある。奉天総領事館との連絡もいまは滑らかだった。戒厳司令官・香椎浩平中将が戒厳作戦命令第十四号を発令したという情報は昨日《きのう》の午後十一時過ぎにはいって来ている。

叛乱部隊はついに大命に服せず、よって断乎《だんこ》武力をもって当面の治安を恢復《かいふく》せんとす。

現在、陸相官邸に本部を置く叛乱軍は戦線を縮小して、山王ホテル、料亭・幸楽、三宅坂の陸軍省と参謀本部に集結しているが、兵士たちは万歳万歳の喊声《かんせい》と軍歌を怒濤《どとう》のように響かせているらしい。戒厳司令部は攻撃開始時刻を本日二十九日午前九時と決定し、麹町《こうじまち》や赤坂の住民たちにすでに避難勧告を行なっている。

太郎は参事官室に届けられた仕出し弁当を食い終えた。

古賀哲春がはいって来たのはその直後だ。

「はじまったという霞《かすみ》ヶ関《せき》からの情報です」

「攻撃開始は九時じゃなかったのか？」

「戦闘はまだです。しかし、第一師団の戦車が出動しました。戦車には『謹んで勅命に従え』とか『武器を捨て、わがほうに来たれ』とか書かれた紙がべたべたと貼《は》りつけてあるそうです。それに飛行機からビラが撒《ま》かれた。これです」

　太郎は差し出された紙面に眼を通した。

下士官兵に告ぐ
一、いまからでも遅くないから原隊へ帰れ
二、抵抗する者はぜんぶ逆賊であるから射殺する
三、おまえたちの父母兄弟は国賊となるので、みな泣いておるぞ
二月二十九日　　　　戒厳司令部

「これとほぼ同じ内容がラジオでも流されてるそうです。鎮圧部隊は戦車を先頭に立て、叛乱軍の包囲に向かってる。御台場沖の第一艦隊に頼らず、陸軍だけで処理するつもりでしょう。砲弾も銃弾もまだ一発も発せられていない。けど、もはや鎮圧は確実です」

「鎮圧部隊は佐倉や甲府の連隊かね？」

「ちがいます、第一師団歩兵第一連隊で叛乱に参加しなかった連中です。東京じゃいまこう言われてるらしい。撃つも歩一、撃たれるも歩一。叛乱軍が本部を置く陸相官邸に向かった鎮圧部隊は歩兵第一連隊軍旗を奉じてるそうです」

軍旗は連隊ごとに天皇みずからが初代連隊長に手渡しする神聖な連隊団結の象徴なのだ。それに逆うことは天皇への叛逆を意味する。奉勅命令が捏造だと決めつけた将校たちもそう言い張ることはできないだろう。

「軍旗が陸相官邸に向かった以上、きみの言うとおり、叛乱軍はもはや投降する以外にないな。終わったも同然だ」

「今夜こそゆっくり眠れそうです」

「次期首相についての情報は？」

「何もはいって来てません。まだそれどころじゃないでしょう」

　正午過ぎから叛乱軍投降の情報が次々と奉天総領事館にはいって来た。飛行機からばら撒かれたビラとラジオ放送に加え、「勅命下る軍旗に手向ふな」というアドバルーンも東京の空に掲げられたのだ。叛乱軍の兵士たちの戦意は完全に消えていたろう、叛乱軍将校たちは陸続と帰順を決めたらしかった。

ただひとつだけ例外があった。

秩父宮雍仁親王にかわいがられたという安藤輝三大尉だ。料亭・幸楽から山王ホテルにはいった安藤隊だけはひとりの脱走者もなく、最後まで徹底抗戦の姿勢を取りつづけた。午後一時ごろ、安藤輝三は部下全員をホテルに集めて別れの挨拶《あいさつ》をした。だれもが中隊歌を合唱しはじめる。歌いながら安藤輝三は後ろへ後ろへと退《さが》っていく。そして銃声が鳴り響く。銃弾が頭部を射ち抜いた。中隊歌のなかで安藤輝三は自決を試みたのだ。駆け寄った兵士が『尊皇討奸』と墨痕《ぼっこん》鮮やかに書かれた中隊旗をその顔に被《かぶ》せた。中隊旗が血で真っ赤に染まっていく。兵士たちが抱きあって号泣する。

午後二時、下士官と兵は全員原隊に戻った。

安藤輝三を除く叛乱軍将校たちは陸相官邸第二応接室にひとまず収容される。陸軍大臣告示を将校たちに伝えた山下奉文少将がそこで今度は自決を強要した。自決は当然行なわれるものとして敷布とガーゼが用意されたという。

だが、銃弾でみずからを射ち抜いた将校はひとりしかいなかった。

叛乱軍将校が集められていた第二応接室に参謀本部演習課長の井出《いで》宣時《のぶとき》大佐がはいって来たのは山下奉文少将が自決を強要してしばらく経《た》ってからだったらしい。井出宣時大佐は歩兵第三連隊長時代の部下・野中四郎大尉を伴って陸相官邸図書室に向かった。そこで話し合いが行なわれたあと、井出宣時大佐が図書室を出ると銃声が響いた。蹶起趣意書の筆頭人だった野中四郎大尉は二月十九日の時点ですでに『われ狂か愚か知らず』と題した遺書を残していたという情報が午後三時の段階で奉天総領事館にはいって来ている。

岡部《おかべ》適三《てきぞう》憲兵大尉指揮の憲兵隊が陸相官邸第二応接室にはいって来たのは野中四郎大尉自決の直後だったという。香田清貞大尉以下の将校たちは武装解除され、階級章を剝《は》ぎ取られた。士官学校事件で免官された磯部浅一元一等主計と村中孝次元大尉も軍服を纏って第二応接室にいたが、現在の身分は民間人であるため捕縄《ほじょう》を掛けられたらしい。

憲兵隊に逮捕された叛乱軍将校は護送車によって代々木宇田川町二十八番地の陸軍刑務所に運ばれた。収容時刻は午後六時。こうして二月二十六日未明からはじまった昭和維新を叫ぶ未曾有の叛乱事件は終了した。

敷島太郎は腕時計に眼をやった。

針は七時二十三分を指している。

桂子から電話が掛かって来たのはそれからほぼ十五分後だった。

「終わったそうですね、さっきラジオで聴いたけど」

「ああ」

「今夜もまだ総領事館に？」

「一時間後には自宅《うち》に戻れるだろう」

「御食事は？」

「まだ食ってない。油っこい料理が食いたい。天麩羅か何かがいいな」

「すぐに海老を買いに行きます」

「風呂も頼む。脂汗《あぶらあせ》で全身がべとべとだ」

受話器を置いたとき、参事官室の扉が叩かれ、古賀哲春がはいって来た。落ち窪《くぼ》んだ眼を瞬《しばた》たかせながら言った。

「長い四日間でしたね。総領事館としちゃ推移を見守るだけで何もできないのに、ほとほと疲れた。ほんとうにもういい加減にして欲しい」

「まったくだ、いつもいつも振りまわされる」

「さっき霞ヶ関から電報がはいりました」

「何があった？」

「岡田啓介首相は死んではいないそうです」

「どういうことなんだね、いったい?」

「首相官邸襲撃直後は岡田首相即死と発表されましたが、あれは完全な誤報だったと言うんです。指揮を執ったのは歩兵第一連隊の栗原安秀《くりはらやすひで》中尉ですが、岡田首相と義弟の松尾伝蔵《まつおでんぞう》退役陸軍大佐を誤認して射殺した。この事実はきょうの五時まえまで伏せられました。叛乱軍将校たちが誤認射殺に気づいたら、何がまた起こるか知れたもんじゃありませんからね」

「次期首相についての情報は?」

「何もはいって来てません。生きていたからって岡田首相に継続させるわけにもいかないし、選定は相当難航するでしょうね」

「戒厳令は?」

「解除されるのはかなり先のことだと思います」

7

外相だった広田弘毅《ひろたこうき》を首班とする内閣が一昨日《おととい》成立した。五・一五事件で殺された犬養毅《いぬかいつよし》以来五年ぶりの軍人出身以外の首相が登場したのだ。東京から送られて来た新聞各紙からは広田内閣誕生の事情は説明されていない。しかし、いまでは二・二六事件と呼ばれている軍事クーデタ終息直後にばたばたと軍の人事異動が行なわれるらしい。まず三月六日に関東軍司令官が南次郎《みなみじろう》から植田謙吉《うえだけんきち》に交替した。その翌日には陸軍報道部長に秦彦三郎《はたひこさぶろう》が就任した。軍務局長も近々交替するという。近衛師団や第一師団から第三師団まで師団長は一斉に替わっていくらしい。それだけ二・二六事件が陸軍に与えた影響は強烈だったということだろう。広田内閣で蔵相に起用された馬場鍈一《ばばえいいち》は高橋財政を修正し、大増税政策を発表した。事件によって停止されていた株式市場は昨日再開されたが、この蔵相声明に大暴落したと新聞は伝えている。とにかく、今後の日本がどうなっていくのか見当もつかなかった。

敷島四郎は『庸報』編集局で拡《ひろ》げていた『東京日日新聞』をたたんで、原稿用紙を引き寄せた。万年筆を手にしたが、何も書く気がしなかった。ここのところ、ずっと歿《ぼっ》にされているせいじゃない。編集局長・越路里志から聞かされた叛乱軍の具体的な行動が脳裏から離れないのだ。まだ新聞には発表されていないが、それはこうだった。

二月二十六日午前五時過ぎ、歩兵第一連隊の栗原安秀中尉らの指揮によって首相官邸内に突入したが、私設秘書官で義弟の松尾伝蔵が非常ベルを鳴らした。官邸警護の巡査四名が応戦したが、機関銃弾が掃射され、松尾伝蔵と四名の巡査が殺害される。叛乱軍は松尾を首相と誤認して邸外に脱出したが、岡田啓介首相は女中部屋に隠れて難を免れた。しかし、このことはすぐには発表されず、特定の人間が弔問。東京本願寺の僧正は至誠院殿啓山義道大居士という戒名を官邸に置いていった。

同時刻、歩兵第三連隊の坂井直中尉らに率いられた一隊が四谷区仲町の斎藤実内大臣私邸に突入する。寝室から出て来た内大臣に向けて拳銃《けんじゅう》と機関銃を乱射。四十七箇所に被弾して倒れた内大臣を庇《かば》って叛乱軍に手を合わせ、あたしも一緒に殺してくださいと言う春子夫人を引き剝がしてさらに撃つ。春子夫人も被弾して重傷。殺害に成功して裏口から出た将校たちは外で警戒中の下士官と兵士たちにじぶんの腕に付着した血液を指差して叫ぶ。見よ、国賊の血を！　そして、この部隊の主力はそのまま陸軍省に向かう。

斎藤邸襲撃の残余部隊は高橋太郎少尉らに率いられて杉並区上荻窪の渡辺錠太郎《じょうたろう》教育総監私邸を軍用車輛で目指す。叛乱軍将校たちが首相として担《かつ》ぎだそうとした真崎甚三郎に取って替わって教育総監に就任した渡辺錠太郎は名古屋で行なった国体明徴運動批判も相俟《あいま》って、絶えず暗殺の危険を自覚し、就寝中も枕《まくら》のしたに拳銃を置いていた。午前六時、渡辺邸に乱入した叛乱部隊はまず機関銃を縁側に据えて掃射。教育総監が拳銃でこれに応戦。被弾して倒れた渡辺錠太郎に高橋太郎少尉はその頭部に軍刀で斬《き》りつけて絶命させる。六時三十分、同邸を退去して、陸軍省付近に戻って主力と合流する。

近衛師団歩兵第三連隊の中橋基明中尉らが率いる一隊による赤坂区表町の高橋是清《これきよ》蔵相私邸襲撃が行なわれたのは斎藤実内大臣殺害とほぼ同時刻だった。蔵相は二階の十畳間でまだ就寝中だったが、叛乱部隊はその蒲団《ふとん》をまくりあげ、天誅！　と叫んで射殺。その後も死体を軍刀で斬りつけて蔵相邸を退出した。

麴町区三番町にある鈴木貫太郎侍従長官邸襲撃の指揮は秩父宮雍仁親王にかわいがられたという歩兵第三連隊の安藤輝三大尉が執った。邸内は相当広かったらしい。侍従長がどこにいるかはすぐにはわからなかったらしい。やがて、堂込喜市《どうごめきいち》曹長が発見、昭和維新のため一命を頂戴《ちょうだい》しますと言って拳銃の引鉄《ひきがね》を引く。四発被弾して倒れた侍従長に安藤輝三大尉が両膝《ひざ》をついて一礼、夫人に殺害趣意を述べて立ちあがろうとしたとき、堂込喜市曹長が武士の情として止《とど》めを提言。軍刀を抜きかけると、夫人が両手を合わせてそれだけはどうかやめてくださいと嘆願した。その熱烈な情に動かされ、安藤輝三大尉は全員に侍従長への黙禱《もくとう》を号令して侍従長官邸から退出していった。

なお、奉勅命令によって二十九日叛乱鎮圧が開始されたとき、安藤輝三大尉は山王ホテルの庭で中隊歌合唱中に拳銃で自殺を図る。駆け寄った兵士たちが尊皇討奸と記された中隊旗を顔に掛けたが、奇跡的に命を取り留めている。

牧野伸顕《のぶあき》前内大臣は湯河原《ゆがわら》の伊藤屋旅館別邸で暮していた。明治の元勲・大久保《おおくぼ》利《とし》通《みち》の次男で吉田茂の義父にあたるこの伯爵は君側《くんそく》の奸として叛乱軍将校たちの憎悪《ぞうお》の対象だった。襲撃の指揮は所沢飛行学校操縦学生で航空大尉《たいい》の河野寿《こうのひさし》が受け持った。電報、電報！　と叫んで別邸の台所の扉を蹴《け》破り乱入。警護の皆川義孝《みながわよしたか》巡査が拳銃を発射。河野寿大尉は胸に二発被弾したが、旅館への放火を命じる。女子供はかわいそうだから助けますという兵士たちの声に女子供を避難させたあと看護婦と老人が残る。老人が牧野伸顕伯爵だった。叛乱に参加した予備役歩兵上等兵・黒田昶《くろだきよし》が天誅！　と叫んで拳銃発射。銃弾が逸《そ》れて看護婦の手首に当たり、すさまじい悲鳴をあげる。驚《きょう》愕《がく》した黒田昶は慌《あわ》てて看護婦と伯爵を炎から避難させる。こうして牧野伸顕襲撃は別邸焼失だけに終わった。

警視庁攻撃の指揮官は歩兵第三連隊の野中四郎大尉で、午前五時蹶起《けっき》趣意書を提示して玄関を占拠。各出入口を閉鎖し、屋上に軽機関銃と小銃分屯を配置、外部との通信を断ち、警察権の発動停止を命令。

東京朝日新聞社襲撃は首相官邸を襲った歩兵第一連隊の栗原安秀中尉の指揮で行な

われ、活字ケース等を引っくりかえして輪転機に砂を掛け、損害約三万円を与えた。国賊朝日新聞は多年自由主義を標榜《ひょうぼう》し、重臣ブロックを擁護し来れり、今回の行動は天誅と思え！　栗原安秀中尉は引きあげる際にそう言い残した。

叛乱軍はその後、陸相官邸と陸軍省、参謀本部を押さえるが、被害はひとりしか出ていない。叛乱軍の制止を無視して陸軍省にはいろうとした陸軍省軍事課少佐・片倉《かたくら》衷《ただし》が磯部浅一元一等主計に狙撃《そげき》されたのだ。ふたりは士官学校事件での因縁があった。しかし、片倉衷少佐は命を取り留めている。

そして、叛乱軍将校たちに『日本改造法案大綱』で強烈な影響を与えた北一輝は二月二十八日午後八時中野区桃園《とうえん》町の自宅で憲兵隊に逮捕され、東京市内を転々としていた西田税も三月四日未明渋谷区若木町で警視庁巡査によって逮捕された。その直後に、二・二六事件に関する東京陸軍軍法会議が開設された。これは戒厳令下の特設軍法会議であり、一審判・上告なし・非公開・弁護人なしという方法が決定されていた。

四郎は腕時計に眼をやった。

針は十一時二十九分を指していた。

きょうは朝食を抜いて来た、腹が減っている。

四郎は淀屋食堂に行って早目の昼食を摂《と》ろうかと思った。

席を立とうとしたとき、袁育美《えんいくび》が近づいて来た。済南《さいなん》出身で二十八歳になるこの女は『庸報』の受付をしている。里志と性的な関係にあると噂されているが、真偽のほどはわからない。育美が愛想のない声で言った。

「編集局長が来てくれと言ってます」

「どこに？」

「応接室」

「何で？」

「知りませんよ、そんなこと」

応接室は一階の受付の脇《わき》にある。

四郎は階下に降りていった。

応接室の扉を叩き、それを押し開けると、里志の向かいの長椅子《いす》に四十七、八歳のでっぷりと太った男が煙草《たばこ》を喫《す》っていた。四郎は軽く会釈《えしやく》して里志を見た。太った男は銜《くわ》えている煙草を唇から引き抜いて、あらためてこっちを見た。その眼差《まなざ》しは親しみに溢れていた。

里志がじぶんの傍らに座るように促して言った。

「紹介しておこう、同盟通信社の香月信彦《こうづきのぶひこ》さんだ。昨夜、東京から天津に着いた。むかしからの知合いでね、歯に衣《きぬ》を着せない性質だから何を言われても気にするな」里志はその声を信彦に向けた。「これがさっき話をした敷島四郎くんですよ。北京語の文章はほぼ完璧《かんぺき》なんだが、記事の内容にまだまだ癖《くせ》があり過ぎて、そのままじゃなかなか使えない」

信彦は煙草を銜えなおし、そのけむりをうまそうに吸い込んだ。眼のなかにこもる親近感は何に由来しているのか四郎にはまだわからなかった。里志が長椅子から立ちあがって、それじゃ一時間後に昼食を一緒にと言った。応接室のなかでふたりきりになった。信彦がこっちを見つめたまま言った。

「わたしはね、きみの長兄の太郎くんと親しい。三郎くんとは戦場取材で何度か逢《あ》った。きみのことも次郎くんのことも噂《うわさ》だけは聞いてた。『庸報』にはたまたま立ち寄っただけだが、きみが記者として働いてるという噂はまえから耳にしてた。通信社と新聞社のちがいはあっても、記者は記者だ、以後よろしく頼むよ」

「こちらこそ」

「社長の里見甫の印象は？」

「まだ逢ったこともないんです」

「鵺《ぬえ》のような男だよ。何を考えてるか、さっぱりわからん。満州じゃ関東軍の指示でいくつかの通信社を強引に束ねて国通一本に纏めあげた。内地もその余波を受けた。いずれ、わたしは新聞連合にいたんだが、今年の一月に新聞連合は同盟通信となった。その先《せん》日本電報通信と一緒になる。国策通信社と批判されても反論のしようがない。その先鞭《べん》をつけた里見甫が天津の高級紙『庸報』の社長となった。しかも、その編集には何の興味も示さず、上海での阿片《アヘン》取引に熱中してる。まったく、あいつはわけがわからん」

「社長がどんな人間なのか、ぼくはいまのところ関心がありません。記者としてはほんの駆け出しですから、早く一人前になりたいだけです」

「思ったことを思ったとおり書くがいい。ただし、ちゃんと裏《うら》を取ってな。越路里志が何を言おうと気にするな。あいつはむかしから権力の腰巾着《こしぎんちゃく》でしかなかった」

四郎は黙って苦笑いをした。

信彦が短くなった煙草を灰皿のなかに揉《も》み消して言った。

「ところで、どうなんだね、二・二六事件の余波は天津じゃ？」

「日本租界はまだ推移を見守ってる状態です。何しろ内地から送られて来る新聞以外に何の情報もありませんし、その新聞にも詳しいことは書いてない。支那人たちの関心はほとんどないと言っていいでしょう」

「内地もまあ似たようなものだ」

「特設軍法会議はどうなっていくと思われます？」

「いまは陸軍内の派閥分析に躍起になってるらしい。だれがどういう派に属してるかを腑分《ふわ》けしないと事件の真相には迫れんと考えたんだろう」

「具体的にはどういうことなんです、それ？」

「まず蹶起将校たちが何かにつけて担《かつ》ぎ出そうとした真崎甚三郎大将。皇軍皇軍と言い立て一時は絶大な人気があった荒木貞夫大将。真崎・荒木大将に追随して来た小畑《おばた》敏四郎《としししろう》少将。陸軍大臣告示を蹶起将校たちに伝達した山下奉文少将。こういう将軍たちは主として隊附将校たちに支持されてる。特設軍法会議検察官はこれをまず皇道派と名づけた」

「皇道派？」

「やたら皇軍皇軍と言い立てるからな。その皇道派にたいして、対立関係にあった連中は検察官によって統制派と命名された。その筆頭は相沢三郎中佐に斬殺《ざんさつ》された永田鉄山少将だよ。総力戦体制を構築するためにはまず陸軍内の統制が肝要だとする考えが命名の由来らしい。統制派には永田鉄山少将に心酔する東条英機《とうじょうひでき》関東憲兵隊司令官や杉山元参謀次長。今村均《いまむらひとし》少将や武藤章《むとうあきら》中佐。いわゆる陸軍パンフレットを作製して昇進した池田純久《いけだすみひさ》中佐や士官学校事件で密偵役を演じた辻政信《つじまさのぶ》大尉などが属してるとされた」

「石原莞爾大佐はどうなんですか、戒厳参謀として断乎たる叛乱鎮圧を主張したと聞き及んでますが」

「特設軍法会議検察官の見解じゃ石原莞爾大佐や板垣征四郎《いたがきせいしろう》少将は皇道派にも統制派にも属してない。ふたりは満州派と名づけられた。三月事件とか十月事件について聞いたことがあるかね？　あれを起こした桜会《さくらかい》の橋本欣五郎《はしもときんごろう》大佐は清軍派と呼ばれることになった」

四郎はその眼を見つめながら腕組みをした。

信彦が新しい煙草を取りだしながらつづけた。

「軍法会議がどうなっていくかはわたしには予見できん。結審しても非公開なんだ、民間人にその内容が洩《も》れることはまずありえないだろう。しかし、蹶起将校たちが真崎甚三郎大将を担ぎだそうとしてたことはもう知れ渡ってる。後世、二・二六事件は皇道派将校の叛乱として語られることになるだろうよ」

8

土鍋《どなべ》のなかの鮟鱇《あんこう》の肉が煮えて来た。

敷島三郎はそれに箸《はし》を伸ばした。

三月も半ばを過ぎたというのに、寒さが緩む気配はいっこうにない。新京の料亭・満州やの芙蓉《ふよう》の間の四隅には火鉢が置かれている。

座卓のうえには電熱器が置かれ、鮟鱇鍋はそこに掛けられているのだ。向かいには間垣徳蔵《まがきとくぞう》が座っている。呼びだされたのは共匪《きょうひ》掃討や国民革命軍の動向についてじゃなかった。二・二六事件の推移を聞かせるという。座卓のうえには猪口《ちょこ》と二合徳利がふたつずつ置かれていた。たがいに手酌《や》で飲ることになっている。

徳蔵は叛乱軍将校が掲げた蹶起趣意書は二月二十二日に野中四郎大尉が原文を書き、二十四日に東京中野の北一輝邸で村中孝次元大尉が筆を入れたと説明した。そのとき、西田税も同席していたとつけ加えた。

「趣意書のなかに八紘一宇という言葉がありましたね」三郎は鮟鱇肉を頬張りながら言った。「わたくしははじめて眼にする言葉でしたが、あれは何なんです？」

「田中智学《たなかちがく》が産みだした言葉だよ、石原大佐が心酔してる国柱会《こくちゅうかい》の田中智学がね。大和橿原《やまとかしはら》に都を定めたとき神武天皇が八紘をおおいて宇となすという詔勅を出した。八紘つまり天《あま》のしたを宇すなわち家とするという意味だが、田中智学は国体学に転用し、八紘一宇という言葉を編み出した。いかにも皇道派が飛びつきそうな響きがある」

「叛乱には真崎甚三郎大将が関与してるという噂が飛び交ってますが、真偽のほどはどうなんですか？」

「直接叛乱計画に加わったとは思えんが、関与は否定できんだろうな。少なくとも厭《いや》らしい方法で叛乱を使嗾《しそう》したことはまずまちがいない。真崎大将は叛乱軍の集結する陸相官邸にやって来てこう言った。とうとうやったか、おまえたちのところはよおっくわかっとる、よおっーくわかっとる。叛乱軍は蹶起後に真崎大将を後継首班に奏請《そうせい》する予定だったし、叛乱の精神的後ろ楯だったことはだれも否《いな》めんよ。特設軍法会議の検察官はいましつこく真崎大将からの聞き取りを行なってるらしい」

「有罪となるんですか、真崎大将は？」

「それは何とも言えん。皇道派と統制派の対立という二分法で審議が行なわれるんだ、特設軍法会議はきわめて政治的なものになる。真崎大将を有罪とすべきか否かは結審時の陸軍内政治情勢で決定されるだろう」

三郎は頷《うなず》きながら手酌で猪口に熱燗《あつかん》を注いだ。

徳蔵が鮟鱇肉をぽん酢の小鉢に取り寄せてつづけた。

「二・二六事件でもっとも窮地に立たされたのが本庄繁《ほんじょうしげる》侍従武官長だよ。満州事変のとき関東軍司令官だった本庄大将はこの事件さえ起こらなかったら、悠々自適の余生が送れたはずなんだが、女婿《じょせい》の山口一太郎《やまぐちいちたろう》大尉が叛乱を幇助《ほうじょ》した。そのために本庄侍従武官長は皇道派に同情的な立場を採らざるをえなかった。それが天皇の逆鱗《げきりん》に触れた」

「陛下は蹶起直後から叛乱鎮圧の予定だったそうですね」

「天皇は本庄武官長にこうおっしゃられたらしい。朕《ちん》がもっとも信頼せる老臣をことごとく倒すは真綿にて朕が首を締むるに等しい行為なり、朕みずから近衛《このえ》師団を率い、これが鎮定に当たらん。奉勅命令は実はすぐに出たんだが、下達に手間取ったのは皇道派の将官が抵抗したためだよ」

「戒厳参謀となった石原莞爾作戦課長は相当強硬に鎮圧を主張されたと聞いてますが」

「それは奉勅命令が出されてからだよ。そのまえはそれほどでもない。事件勃発《ぼっぱつ》直後、三島の野戦重砲第二連隊の連隊長・橋本欣五郎大佐が急遽《きゆうきよ》上京し、電灯ひとつ点《つ》いてない真っ暗な帝国ホテルの応接間で石原大佐と会談した。このとき打合わされたのはこうだ。石原大佐が直接天皇に奏上して、叛乱軍将兵の大赦を請願し、その条件のもとに叛乱軍を武装放棄させて、軍中心の適当な革新政府を樹立して政局を収拾する。これは実現しなかったが、巷間《こうかん》、噂されているほど石原大佐は鎮圧強硬派ではなかった」

三郎は猪口を飲み干して土鍋に箸を伸ばした。

徳蔵が鮟鱇の肉を嚥《の》み込んで言葉を継いだ。

「しかし、奉勅命令が下ってからの石原大佐は確かにすさまじいまでの鎮圧強硬派と化した。皇軍相撃を危惧《きぐ》してぐずついてる将官たちを罵倒までしたらしい」

「叛乱軍の蹶起時期についてなんですがね、関東憲兵隊のなかではひとつの説が有力になってる」

「どんな?」

「叛乱軍の主体となった第一師団は満州駐箚《ちゆうさつ》が決定してた。渡満の時期が近づいてるんで、焦《あせ》って二月二十六日を決行の日と定めた」

「それは当ってると思う。遠く満州に征《ゆ》き護国の鬼となるよりも国家改造の礎《いしずえ》たらん。

内務省警保局は叛乱軍の将校たちが常々そう洩らしてるのを聞いてたらしい。その他にも第一師団の将校たちは満州の共匪の動きを畏《おそ》れてたという噂もある。内地の新聞は共匪の活動を過剰に書き過ぎて来た。満州国軍や国警にはありがたい記事だが、第一師団の将校たちは満州駐箚となれば、毎日毎日共匪との泥沼の戦いになると考えてたふしがある」

土鍋のなかの鮟鱇の肉がなくなった。徳蔵が両手を打って仲居を呼んだ。鮟鱇肉と酒の追加を頼んだ。仲居がかしこまりましたと言って芙蓉の間から離れた。

三郎は煙草を取りだしながら言った。

「秩父宮親王が弘前の歩兵第三十一連隊を率いて叛乱軍に合流するという噂も帝都に流れたそうですが、結局、何も起こりませんでしたね」

「あの噂を流したのがだれなのかはわからん。しかし、歩兵第三連隊の安藤輝三大尉が秩父宮親王との親密さをふだんから吹聴《ふいちょう》してたことは確かだ。それが臆測《おくそく》に臆測を呼んだとも考えられるし、五・一五事件のとき秩父宮親王が蹶起将校たちに同情的な立場を示したことも影響してるだろう」

「関東憲兵隊にはいって来た東京憲兵隊からの連絡では歩兵第一連隊では山口一太郎大尉、歩兵第三連隊では安藤輝三大尉が週番司令になったときが危ないという情報を摑《つか》んでたということでした」週番司令とは各中隊の週番士官・下士官・衛兵司令を統率監督する連隊の週番の最高責任者で、連隊長は帰宅するので夜の連隊長とも呼ばれている。「そして、叛乱《はんらん》はまさにこのふたりが週番司令のときに決行された。にも拘《かか》わらず、安藤大尉はこの叛乱には消極的だったと聞いてますが、ほんとうはどうなんです？」

「安藤大尉が蹶起には最後まで態度を留保したことは事実だ。しかし、いったん蹶起したあとは徹底抗戦のかまえを取った。そして、戒厳作戦命令第十四号が発せられ、叛乱軍将校が自決を強要されたとき、中隊歌を合唱させながらみずからに銃弾をぶち込んだのは安藤大尉ひとりきりだ。命は取り留めたがね。野中四郎大尉も陸相官邸で自決してるが、部下たちの眼のまえでじゃない。元上官に言いくるめられて、こっそりとだ。その死に散華《さんげ》の美はない。安藤大尉にしてみりゃ武士として死にたかったんだろう」

　このとき、仲居が鮟鱇肉と二合徳利を盆に載せてはいって来た。三郎は取りだした煙草にまだ火を点けてないことに気づいたが、いまは喫う気もなかった。鮟鱇肉が土鍋のなかに浸され、仲居が出ていった。

「結局のところ、二・二六事件とは皇道派の隊附将校たちが真崎甚三郎大将や荒木貞夫大将に期待して幕僚将校へ叛乱を仕掛けたということなんですかねえ？」三郎は腕組みをしながら言った。「だとしたら、あまりにも単純過ぎる。確かに、隊附将校たちは部下の下士官や兵士の妹が身売りされるのを聞いてる。しかし、蹶起趣意書を読むかぎり、あまりにも情緒的です。昭和維新の内実は真崎大将を後継首班にすることでしかない」

「そう断定するにはまだ早過ぎる」

「他にどう考えられるんです？」

「確かに真崎大将は叛乱軍将校たちにあるときは媚《こ》び、あるときは使嗾して首相になろうとした。皇道派将校たちの国家改造の熱意がそれに利用された面もある。だが、わたしの想像じゃあ、この二・二六事件の首魁《しゆかい》は真崎大将じゃない」

「だれです？」

「士官学校事件で免官となった磯部浅一元一等主計と村中孝次元大尉」

「しかし、もう民間人でしょう」

「叛乱には軍服を着て参加した」徳蔵がそう言って頬に薄い笑みを滲《にじ》ませた。「とくに、磯部浅一の存在が大きい。襲撃目標の選定とその方法に大きく関わってるしな」手酌で猪口に酒が注がれた。「奉勅命令が下達され、皇軍相撃の危機に叛乱軍にすさまじい動揺が走ったとき、磯部浅一は何と言ったと思うかね？」

「まったく想像できません」

「皇軍相撃が何だ！　相撃はむしろ革命の原則ではないか、もし同志が引きあげるなら、おれひとりでも留まって死戦する！　そう叫んだんだよ、磯部浅一はな」

三郎はその眼を見つめながら猪口に熱燗を注いだ。

徳蔵がわずかに声を落としてつづけた。

「磯部浅一は鎮圧されるまえに兵士たちにこうも言ってたらしい。真崎甚三郎大将を奏請するにしても、それはケレンスキーとしてだ。この言葉の持つ意味は大きい。ロシア革命の知識はどの程度ある？　ケレンスキーはレーニンが亡命先からロシアに戻って来たあと、臨時政府の首相に就任した。しかし、十月革命でケレンスキー政府は崩壊し、レーニンを首班とするソビエト政府が樹立された。磯部浅一は真崎大将をケレンスキーに見立てたんだ。それなら、レーニンはだれになる？」

三郎は黙っていた、答えようもなかった。

徳蔵の声が冷え冷えとして来た。

「特設軍法会議の検察官に磯部浅一が何をどこまで喋るか見当もつかん。しかし、もしかしたら、磯部浅一は殺された永田鉄山軍務局長以上に強烈な国家社会主義体制を望んでいたのかも知れん。それに、磯部浅一ら皇道派は天皇機関説排撃と国体明徴を基軸に急成長して来た。だが、磯部浅一こそもっとも徹底した天皇機関説の信奉者だった可能性が強い。みずからが夢想する社会体制を発足させるためには真崎大将はおろか天皇までも使いまわすつもりだったのかも知れん」

新しく土鍋に入れられた鮟鱇が煮えて来た。

三郎はそれに箸を伸ばした。

「いずれにせよ、今度の二・二六事件が投げ掛けた問題は途方もなくでっかい」徳蔵がそう言って猪口を舐《な》めた。「その最大のものは統帥《とうすい》に関わる問題だ」

「と言いますと？」

「叛乱軍の将校たちは戒厳司令部が飛行機でばら撒いたビラを見て激怒したらしい。下士官兵に告ぐというあのビラだ。いまからでも遅くないから原隊へ帰れ、抵抗する者はぜんぶ逆賊であるから射殺する、おまえたちの父母兄弟は国賊となるのでみな泣いておるぞ。あの文言にはだれもが動揺した。しかし、兵営というものは強固な家族主義を建て前としてる。仲間意識や一体感で支えられてる。戒厳司令部は戦闘集団のその基礎を否定するようなビラを撒布《さんぷ》したと言うんだよ。単なる応急策のために将校と下士官兵を別だと扱うのは中隊という戦闘単位の破壊を意味するとな。その指摘はある意味では当ってる。軍人勅諭と重大な関わり合いのあることだからな」

「どういうことです、それ？」

「軍人勅諭にあるだろう、上官の命を承《うけたまわ》ること実は直に朕が命を承る義なりと心得よ、とな。上官の命令は絶対だ、何がどうだろうと従わなきゃならん。叛乱軍として動員された千五百名弱の下士官兵は軍人勅諭を守っただけのことだ。それなのに逆賊だの国賊だのと脅された。これは戒厳司令部による軍人勅諭の否定だと受け止められてもしかたないような行為だよ。もうそれを指弾する声が民間人のなかからあがってる」

「たとえば？」

「第一師団の歩兵第三連隊の兵士の七割は徴募されたばかりの新兵だった。叛乱軍に動員された新兵たちの親が喚《わめ》きだしてる。軍人勅諭を守ったらこうなった、どうしてくれるんだ、とな」

「どう処理するんでしょう、特設軍法会議はこの問題にたいして？」

「ごまかすだろう」

「どうやって？」

「戒厳参謀の石原作戦課長は北一輝のことをどう評してるか知ってるかね？」

「いいえ」

「職業右翼と罵《ののし》ってる。北一輝は豪邸に住み、女中三人、お抱え運転手つきの贅沢《ぜいたく》な暮しをしてたからな」

「で？」

「わたしの勘じゃ、特設軍法会議はまず北一輝や西田税を二・二六事件の黒幕として仕立てあげる。それから軍人勅諭の問題を回避しながら叛乱軍将校たちをどう処理するかという方向に持っていくと思う」

三郎は小鉢に取り寄せていた鮟鱇肉を口に運んだ。

徳蔵はもう鍋を突つく気はないようだった。煙草を取りだし、それに火を点けた。吸い込んだそのけむりを吐きだして言った。

「二・二六事件の審理と同時に相沢事件の判決が急がされることになる。統制派としちゃまず相沢三郎元中佐を処刑したいだろうしな」

「どう撥ねかえります、事件は満州に？」

「まだ読みきれん」

「五・一五事件のときはテロを怖《おそ》れた財閥が多額の資金を満州に投入し、財閥打倒を叫ぶ連中の眼を逸らそうとした。二・二六事件もそういう効果があると思われますか？」

「それは考えにくい。蹶起趣意書には財閥への糾弾はそれほど激烈じゃなかったし、第一、満州国の建国理念のひとつに財閥排除がある。いま考えられるのはたったひとつだ。関東軍にも皇道派人脈に繋《つな》がる連中が多数いる。いまや統制派の中核とでも言うべき存在の東条英機関東憲兵隊司令官は皇道派狩りに熱中するかも知れん」

「それは皇軍内の分裂を意味しませんか？」

「その危惧はもうなくなった」

「どうしてです？」

「天皇親政による昭和維新を掲げた皇道派は皮肉なことに天皇の逆鱗に触れたんだ、皇道派は完全に依《よ》り処《どころ》を失なった。もうどんな未来もない。天皇機関説排撃はこれで熄《や》む。それに同伴してた国体明徴運動も急速に衰弱していく以外にない。統制派はもう何の遠慮もせずに皇道派粛清に向かって突き進む」

四日まえから雪は一度も降っていない。だが、眼のまえに拡がるなだらかな丘陵地は積雪で真っ白く蔽《おお》われていた。確かに、三月末の風にもう厳しさは感じられない。それでも、残雪が完全に消え失《う》せるのは半月ばかり経ってからだろう。

9

敷島次郎は風神の背に跨《また》がり、敦化《とんか》に向かって進んでいた。先頭を猪八戒が歩き、背後に十一人の日本人がつづいている。ほんとうはもっと早く敦化に向かう予定だった。しかし、二・二六事件の対応に奉天特務機関も追われ、準備が大幅に遅れたのだ。綿貫昭之が共匪掃討のための日本人遊撃隊を用意したのは三月十五日で、銃撃訓練のために一週間を要した。いまはだれもが大掛児《ターコオル》を羽織り、そのしたにモーゼルを収めた拳銃嚢《けんじゆうのう》を吊《つる》している。一見しただけだと、だれもが日本人とは思わないだろう。

集められた十一人をはじめて見たとき、次郎は一瞬じぶんの眼を疑った。そのなかに森山宗介《もりやまそうすけ》と三波直也《みなみなおや》が混じっていたのだ。綏遠《すいえん》郊外で雨乞《あまご》いのいんちき儀式を見破られ、支那人たちに追われて逃走したあのふたりが。共匪掃討ともなれば何が起こるかわからない。荒っぽいことが要求される。ちゃちな詐欺《さぎ》行為で生きて来たふたりに遊撃戦が務まるのか？　そう思ったが、次郎は何も言う気がしなかった。

時刻はそろそろ四時になろうとしている。

前方に囲壁が設置してある聚落《しゅうらく》が見えて来た。

あれが昭之が指定した鄧家屯《とうかとん》集団部落なのだ。満州国民政部地方司処が定めた保甲制度により農民たちが一ヵ所に集められて暮している。集団部落建設の目的はもちろん共匪の隠匿《いんとく》や通敵の防止のためだった。農民たちは無理やりにこれまで住んでいた家から引き剝がされ、集団生活を余儀なくされているが、民政部の目論見《もくろみ》はいまのところほとんど効果を挙げていないという。

奉天特務機関の要求はこうだった。

鄧家屯集団部落に住む温盛光《おんせいこう》という三十二歳になる男が共産党の秘密党員だということはすでに判明している。強引に拉致《らち》して抗日連軍の遊撃野営地に案内させろ。鄧家屯周辺の抗日連軍は分隊単位で動いているはずだ、それを殲滅《せんめつ》して欲しい。

次郎は戦闘でじぶんが死んだ場合も鹿容英の施療費《せりょうひ》を払いつづけることを昭之に約束させて引き受けた。奉天特務機関が秘《ひそ》かに撮影した盛光の写真も衣嚢のなかに仕舞い込んである。たいした手間は掛からないだろう。次郎はゆっくりと右手をかざして、背後からつづいて来る十一人の日本人遊撃部隊の動きを制した。猪八戒が脚を止めてこっちを振り向いた。

次郎は風神の背から降りてみんなに言った。

「ここで待機する」

「いつまでです？」森山宗介が大馬《ターマー》の鞍《くら》から降りながら言った。奉天で再会したときから副官気取りでいるらしい。「いつごろ攻撃開始を？」

「日暮れまえに電撃的にやる」

「楽しみです」

「何度も繰りかえすが、標的は温盛光ひとりだ。拳銃は抜いても、一発も射つな。集団部落の他の連中に向けて発射したら、だれだろうとおれはその場で射殺する。これは脅しではないぞ。それから、集団部落のなかにはいったら一言も言葉を発するな。日本語はもちろん、満語もだ。おまえらの満語だと、満人でないことはすぐに悟られる」

陽光が西の彼方《かなた》に沈みかけている。

雪原は薄桃色に染まっていた。

次郎は風神の背にふたたび跨り、大掛児の内側からモーゼルを引き抜いた。その手を大きく振りまわし、風神の両腹を軽く踵《かかと》で小突いた。雪のうえに腹這《はらば》いになっていた猪八戒が躰《からだ》を起こした。背後の十一人が大馬に乗る気配がする。次郎は鄧家屯集団部落に向かってゆっくりと進みはじめた。

さっきから囲壁の向こうでは白いけむりがあがっている。夕餉《ゆうげ》の仕度をしているのだ。いや、もう食いはじめているのかも知れない。

囲壁の門がしだいに近づいて来た。門扉《もんぴ》は半分だけ開いていた。陽が落ちると、そこは完全に閉められ、閂錠《かんぬきじょう》でも掛けられるのだろう。集団部落のなかに足を踏み入れたことは一度もない。各戸がどういうふうに構成されているのか見当もつかなかった。

猪八戒が門扉のそばを擦り抜けていった。

次郎も半開きになっている扉のあいだを通り抜けた。囲壁のなかは同じ恰好《かっこう》をした平屋造りの家が整然と並んでいた。ぜんぶで五十戸近くはあるだろう。ただ中央には集会堂らしき大きな平屋が設けられている。白いけむりはそこの煙突からあがっていた。戸口のまえの柵《さく》には農耕用らしき蒙古馬が四頭繋がれている。次郎はそこで風神の背から降りた。

十一名の遊撃部隊も大馬を離れた。

扉を開けるとすぐに炒《いた》め油と香辛料の匂《にお》いが漂って来た。なかには三十近い長い卓台が並べられ、二百人ばかりの老若男女が床几《しょうぎ》に座って晩飯を食っていた。ここは共同食堂も兼ねているのだ。全員がこっちを見た。その表情が一瞬にして怯《おび》えに変わったのがわかる。食堂にいる農民たちは集団部落に集められるまえに何度も土匪の襲撃を受けて来たのだろう。モーゼルを握りしめた大掛児の十二の人影。それは緑林の徒以外の何者でもないはずだ。突然、六、七歳の女児が泣き声を挙げはじめた。それに釣られるようにして子供たちが一斉に泣きはじめた。

次郎は食堂のなかの三十前後の男を確認しはじめた。温盛光という男はそこにはいなかった。子供たちの泣き声が一段と大きくなって来る。次郎はすぐそばにいた七十前後の老人に声を掛けた。

「温盛光を捜してる」

「何なんだね、あんたらは？」

「余計な質問はやめてもらう。温盛光はどこにいる？」

「農務《のうむ》審計処《しんけいしょ》だが」

「どこにある、それは？」

「この集会堂の斜め向かいの家だよ」

「そこで何をしてる？」

「帳簿の整理を終えてから晩飯に来ると言ってた」

次郎は頷いて十一名の日本人部隊に手真似《てまね》でこの食堂でみんなを監視するように命じた。子供たちの泣き声がようやく熄《や》んだ。次郎は老人に言った。

「おかしな真似さえしなければ、おれたちはここにいるだれにも危害を加えるつもりはない。安心して食事をつづけて欲しいとみんなに伝えてくれ。こんな恰好してるおれの口から言うより、あんたの言葉なら女も子供も信じるだろう」


次郎は十一名をそこに残して猪八戒とともに集会堂から抜けだした。完全な日没まであと五、六分しかないだろう。斜め向かいにある平屋建ての扉を叩いた。どうぞという声がした。次郎はそれを押し開けて、なかに足を踏み入れた。

洋灯の点《と》もる事務机に向かって三十過ぎの顴骨《けんこつ》の張った男がそこで帳簿をまえにしていた。写真で見た温盛光にまちがいなかった。部屋の隅には達磨《だるま》ストーブが置かれていたが、火ははいってない。その寒さにも拘《かか》わらず盛光は便衣しか纏《まと》っていなかった。相当頑健《がんけん》な肉体の持主なのだろう。壁際《かべぎわ》には鍬《くわ》や鋤《すき》などの農具類が雑然と並べられている。盛光はこっちの緑林の徒然とした姿や握りしめているモーゼルにも何の動揺《たじろ》ぎの色も見せなかった。発せられた満語も平然としていた。

「どなたです？」

「一緒に来てもらいたい」

「どこにです？」

「質問はいまは受けつけない」

「わかりました。しかし、三分だけ待ってください。書類をかたづけたい」

「いいだろう、三分だけ待つ」

「満州国民政部地方司処に提出しなきゃならん資料は相当面倒臭いんですよ」書類に眼を落として万年筆で書き込みながら盛光が言った。「冬場はどうしても食料が不足する。それに燃料代も高い。地方司処から補助を受けざるをえない。補助といっても、収穫後にそれなりの利子をつけて返還しなきゃならないんですがね」

「集団部落は共同管理なのか？」

「そうです。むかしは農民ひとりひとりが冬に備えたものなんですが、こうやって無理やりに家から引き剝《は》がされて来たんで、その準備がまるでできてない」

「ここにある農具は？」

「共有物の一部です」

次郎は大掛児の内側の衣嚢から煙草を取りだした。盛光の受け答えは知性に溢《あふ》れている。奉天特務機関の調査どおり秘密党員だとしたら、ここで共産主義とやらの実験をしているのかも知れない。しかし、それはどうでもいいことだ。次郎は燐寸《マッチ》を擦って銜えている煙草に火を点けた。

「こういうふうに一カ所に集めたんだから民政部も教育の問題をすこしは考えるだろうと思った。しかし、そんなことは念頭にもなかったんです。ここには学齢期の子供が七十人もいる。わたしは週に二度、その子たちの読み書き算盤《そろばん》も教えなきゃならない。農作業のあとの授業は結構疲れるもんですよ」

次郎は無言のまま煙草を喫いつづけた。

盛光が万年筆を置いて椅子から腰をあげながら言った。

「終わりました、どこに行こうと言うんです？」

「大掛児は持ってるな？」

「もちろん」

「今夜はここには戻れんと思え。集会堂のまえに蒙古馬が繋がれてた。その一頭に乗ってもらう」

「どれぐらいここを留守にすることになるんです？」

「あんたしだいだ」

「それなら、出がけに女房と子供に別れを言わさせてもらいますよ」


大掛児を羽織って集会堂にはいった盛光が乳飲み子を抱えた二十代後半の妻と四、五歳の男の子を呼んだ。用事ができたので出掛ける、今夜はたぶん帰れない。そう言った。次郎はそれに立ち会った。集会堂を出た盛光が柵に繋いである蒙古馬の一頭の手綱を解き、その背に跨った。

澄みきった夜空には満月が浮かんでいる。

みんなで鄧家屯集団部落から抜けだした。

そこから一支里ばかり東に進んだところで盛光が言った。

「もういいでしょう、わたしをどこへ連れて行こうというんです？」

「あんたが中国共産党の秘密党員だということはもうわかってる」

盛光はこれには何も言おうとしなかった。

次郎は低い声でつづけた。

「抗日連軍の遊撃隊と連絡を取ってることもな。その野営地に案内してもらう」

「厭《いや》だと言ったら？」

「あんたはそうは言わない」

「どうして？」

「あんたには女房と子供がいる。ふたりの幼な児《ど》を抱えた未亡人の暮しにどれだけの苦労がつき纏うかよくわかってるだろうからな」

「卑劣ですね、やりかたが」

「何とでも言ってくれ」

「どこに傭《やと》われたんです、満州国警察？　それとも関東軍？」

「悪いが、答えられん」

月光を浴びながら盛光がじっとこっちを見据えた。その眼の光は尋常じゃなかった。

次郎はそれを見据えかえした。盛光が低い声で言った。

「東へ二十一粁《キロ》。栄霊山《えいれいざん》の山中。新雪じゃないから雪の締まりはいい。途中で腹拵《はらごしら》えをしても夜明けまえにはかならず着く」

「先頭に立って案内してくれ」

盛光が頷いて蒙古馬の両腹を踵で小突いた。

次郎は右手をゆっくりと振って十一名の日本人遊撃隊に盛光につづくように促した。だれもが無言のままそれに従った。背後を振りかえると、鄧家屯集団部落の囲壁のなかからはどんな明かりも洩《も》れて来てはいなかった。灯油を倹約しているのだろう。もしかしたら、炕《カン》の燃料も不足しているのかも知れない。次郎は十分ばかり蒙古馬の背後を進んでから盛光と轡《くつわ》を並べて言った。

「寒さが緩んでるんで助かる。これが一と月まえだったら、たまったもんじゃない」

「わたしはまだ晩飯を食ってない」

「おれたちもだ」

「食料は持参してるんですか？」

「鞍嚢《あんのう》のなかに缶詰類を詰めてある」

「あと二粁《キロ》進めば、せせらぎに出る。そこで食いましょう。空腹のままだと体が保《も》たない」

次郎は月光に照らされるその横顔にちらりと眼をやった。さっき妻を未亡人にしたくないから断わらないはずだと言ったのは拒否すれば殺すということを意味している。

しかし、盛光はそのことに怯えた様子はまったくない。この肚《はら》の座わりようはいったい何なのだ？　次郎はそう思いながら言った。

「ずいぶん旺盛《おうせい》な食欲だな」

「生きてる証《あか》しですよ」

「集団部落では一日何食？」

「二食。朝と晩だけ。しかも熱量は低い」

10

床や壁に飛び散った血液が照明に赤々と輝いている。満州国興安局勧業処の戴善継は長椅子《いす》のうえに仰向けに横たわっていた。その妻・鹿秀美《ろくしゅうび》は卓台のそばに踞《うずくま》るようにして息絶えていた。ふたりとも喉《のど》を刀子《とうし》か何かですっぽり抉《えぐ》られているのだ。そこから流れだした夥《おびただ》しい量の血液を天津織りの緞通《だんつう》がたっぷり吸っている。

敷島三郎は惨劇の行なわれた応接室のなかを眺めまわしつづけた。善継は高級な支那服を纏ったまま殺されているのだ、それなりの相手と応対していたことがわかる。満州国警から通報を受けたのは三十分ほどまえで、ふたりが殺害されたのはその一時間ぐらいまえの午後七時十五分ごろらしい。戴家の家令の証言では訪問者は満州国総務庁情報処の何承久《かしようきゆう》と名乗ったという。しかし、国警の調査では情報処にそういう満人は勤務していない。想像できるのはただひとつだ。抗日連軍のだれかが身分を偽わって接近し、興安局勧業処の満人官僚を漢奸《かんかん》として処刑した。地方はともかくとして満州の国都たる新京にまで共匪は跳梁《ちようりよう》しはじめたのだ。三郎はいま呆然《ぼうぜん》とした状態にあった。

応接室にいた満人国警のひとりが満語を投げ掛けて来た。

「そろそろ死体をかたづけたいんですが」

「証拠写真は？」

「とっくに撮影済みです」

三郎は頷きながら衣嚢から煙草を取りだした。鼻腔《びこう》は血腥《ちなまぐ》さにもう慣れて来ている。二・二六事件以来、はじめて事件現場に足を運んだが、それが新京のど真んなかの興仁大路になるとは想《おも》ってもいなかった。三郎は燐寸を擦って煙草のけむりを吸い込んだ。居間で家令や阿媽《あま》から聞き取り調査に当たっていた設楽草吉准尉《じゆんい》が応接室に戻って来たのは善継夫婦の死体が運びだされた直後だった。傍らに歩み寄って来て低い声で言った。

「ここでは去年の十二月にも事件が起きてたそうです。一緒に住んでいた姪《めい》の鹿容英が誘拐されて満州中央銀行券で六万円の身代金《みのしろきん》が要求された。戴善継はそのとき偽満州国に協力する漢奸として名差しされたらしい」

「払ったのかね、身代金は？」

「こういう館《やかた》を構えてても、そんな大金は手元にあるはずはなかった。しかし、その窮地は黒い天鵞絨《ビロード》の眼帯を掛けた元馬賊の攬把《らんぱ》によって救われたと家令も阿媽も証言してます」

　三郎はすぐにそれは次郎だと直感したが、そのことには触れなかった。草吉の眼を見ながら銜《くわ》え煙草のまま言った。

「救われたとはどういうことだね？」

「どういうふうに救われたのかは家令も阿媽も知りません。しかし、誘拐された鹿容英という娘はここに戻って来た。戴善継夫婦はそのことをずっと恩に着てたらしい」

「で？」

「ただ問題がひとつ生じました」

「どんな？」

「鹿容英が癮《いん》になったそうです。誘拐されたときよっぽど酷《ひど》いことをされたんだと思います。阿片《アヘン》を吸飲する以外に精神の安定を保てなくなった」

「戴善継は止められなかったのかね？」

「阿片を取りあげる勇気はなかったようです」

「それで？」

「二・二六事件が起こるちょっとまえ、ハルビンに行ってた元馬賊の攬把が新京に戻って来て、鹿容英を強引に連れだしたそうです。癮から立ち直らせるためにね。鹿容英はいま日本人がやってる満州伝道会の奉天施療院で暮してるそうです」


自宅に戻ったのは十時ちょっとまえだった。国警からの連絡を受けて関東憲兵隊司令部を出るまえに奈津《なつ》に電話を掛けて、どんなに遅くなっても晩飯は自宅で食うと連絡してある。その用意はできていたが、食事のまえに風呂《ふろ》に浸《つか》ることにした。三郎は浴槽に身を沈めて手拭《てぬぐ》いで顔をゆっくりと拭《ふ》いた。兄の次郎はなぜ鹿容英にそこまで関わったのだろうか？　いや、こんなことはいま想像を巡らせても何の意味もないことだ。奉天憲兵隊に連絡して満州伝道会の施療院に赴かせ、鹿容英から事情を聴取すればだいたいのことはわかるだろう。三郎は手拭いで顔を撫《な》でまわしつづけた。

　満人官僚夫婦の暗殺が今後満州国にどんな影響を及ぼすのか軽々には判断できない。だが、いまはそれより気掛かりな件があった。義兄の熊谷誠六のことだ。二・二六事件の蹶起《けっき》将校たちが収監されてほぼ一ヵ月が経《た》つ。特設軍法会議の審理がどのように進捗《しんちょく》しているのかはわからない。しかし、間垣徳蔵が指摘したように、統制派による皇道派の粛清が現実に進められている。

　二日まえ、関東憲兵隊司令官・東条英機少将の名まえで皇道派と目された関東軍および満州国軍日本人顧問の名簿がまわって来た。それは憲兵隊の監視対象だというのだ。そのなかに満州国軍顧問・熊谷誠六少佐の名まえがあった。

　義兄とは軍内部の人事について話したこともないし、天皇機関説や国体明徴について話題になったこともない。永田鉄山軍務局長が斬殺《ざんさつ》された直後、徳蔵は気をつけろと言った。それは義兄が陸士時代、二・二六事件で蹶起将校たちと陸軍省の仲介役をした山下奉文少将のもとで鍛えられたからだという。皇道派と目されたのはただそれだけのことに過ぎない。

　今度、義兄に逢《あ》ったら何をどう言えばいい？

　三郎は風呂からあがり、浴衣《ゆかた》のうえから丹前《たんぜん》を羽織って食堂に向かった。食卓のうえには鰤《ぶり》の照焼と鹿尾菜《ひじき》の煮付、水菜《みずな》の煮浸しなどが並んでいる。奈津が『東京音頭』の鼻唄《はなうた》を唄っていた。三郎は食卓のまえに座りながら言った。

「どうした？　何でそんなに機嫌がいい？」

「まだ言わない」

「いつ言う？」

「気が向いたとき」

三郎はそれ以上質問しなかった。結婚して三年半経つが、奈津の無邪気さはいっこうに変わらない。そう思いながら味噌汁《みそしる》の椀《わん》を引き寄せた。ふたりで遅い晩飯を食いはじめた。三郎は鰤の肉を頬張って言った。

「腕をあげたな、最近」

「何が？」

「和食だよ。結婚当初はオムレツやらカレーライスが中心だった」

「あたしは帝国軍人の妻ですからね」

三郎は苦笑いして白飯を口に運んだ。

奈津が味噌汁を啜《すす》り終えて言った。

「昼間、義姉《ねえ》さんと電話で話した」

「奉天と？」

「ううん、育枝《いくえ》さんから」義兄の妻のことだ。「何だか変らしい」

「変って何が？」

「このごろ兄さんが妙に機嫌が悪いんだって」

三郎は鹿尾菜の煮付に伸ばした箸を止めた。義兄も気づいたのだ、二・二六事件以降、関東軍と満州国軍顧問におかしな眼が向けられはじめたことに。おそらく、得体の知れないものがじわじわと首を締めて来るような気がしているだろう。三郎は無言のまま煮付を箸《はし》で摘んだ。

「関係があるの、兄さんの機嫌の悪さ？」

「何と？」

「二・二六事件」

「べつにあるわけがないだろう」

「なら、どうして？」

「忙しさのせいだよ。雪が溶けはじめりゃ共匪《きょうひ》の活動はかならず活発化する。満州国軍顧問はそれに追いまわされることになるんだしな」

毛布と冬用掛け蒲団《ぶとん》のしたで三郎は奈津の口を吸いつづけた。寝室には火鉢ひとつしか置いていない。しかし、寒くはなかった。抱き竦《すく》めた奈津の体が火照《ほて》っている。唇を合わせたまま浴衣の襟のあいだに右手を差し込み、その乳房をゆっくりと揉《も》みはじめた。

股間《こかん》が急速に熱を帯びて来るのがわかる。三郎は唇を離して、まずじぶんの浴衣の帯をほどいた。つづいて奈津の帯も。下穿《したば》きはつけていないのだ。右手を下腹のうえで滑らし、茂みに近づけた。三郎は蒲団を被《かぶ》ったまま奈津の股間を開かせようとした。

「やめて」

「何で？」

「駄目」

「どういうことだ？」

「できた」

「何がだ？」

「赤ちゃん」

三郎は股間を開かせようとしていた右手を引き抜いた。

暗がりのなかで奈津の声がつづいた。

「昼間、満鉄医院に行った。もうすぐ三ヵ月だって」

「ほ、ほんとうか？」

「どっちがいい？」

「何が？」

「男の子がいい、女の子がいい？」

「どっちでもいいよ、健康なら」

「そう言うと思ってた、三郎さんなら」

三郎は半分起こしていた体をふたたび敷蒲団のうえに沈めた。じぶんが子供を望んでいることを奈津は知り過ぎるほど知っている。それが現実となった。晩飯まえの『東京音頭』の鼻唄はその喜びの無意識の表明だったのだろう。三郎も喊声《かんせい》をあげたいほどの興奮を感じていた。

奈津が体を起こしてうえに乗って来た。唇が合わせられた。はだけた浴衣の胸のうえに弾力のある乳房が押しつけられた。三郎はその背なかに両腕をまわした。奈津が唇を離して言った。

「ねえ、三郎さん」

「何だい？」

「あたし、しちゃいけないと思う」

「何を？」

「したら、お腹《なか》の赤ちゃんがおかしくなると思う」

三郎はこれにどう応じていいかわからなかった。妊娠中の性の営みが胎児にどんな影響を与えるのかは聞いたこともない。しかし、奈津がそう信じ込んでいるのなら、それを否定する気もなかった。

「さっき義姉さんから電話で聞いた」

「何を？」

「兄さんは義姉さんが妊娠してたとき何度か他の女性《ひと》と浮気した。男の人の生理ってそういうものなんだって」

三郎は黙っているしかなかった。

奈津がふたたび唇を近づけて来て囁《ささや》いた。

「ねえ、三郎さん」

「何だい？」

「浮気しないで」

「しないよ」

「絶対にしないで」

「しないったら」

「あたし、何でもする。三郎さんが浮気しないならどんなことでもする。花柳界の女《ひ》性《と》がするようなことでも喜んで」

II

午前二時過ぎから降りだしたのは雪ではなく雨で、羽織っている大掛児《ターコオル》はたっぷりとそれを吸って重かった。しかし、寒さはほとんど感じなかった。むしろ、下着は汗ばんでいる。一時間近くまえから馬を降り、歩きつづけているのだ。降りつづく雨に大地の積雪が緩み、歩を進めるごとに足は踝《くるぶし》まで埋まる。夜空にはもちろん月影も星《ほし》屑《くず》もない。その暗がりのなかをみんなで東に向かって進んでいた。

時刻はそろそろ午前五時になろうとしている。あと一時間も経てば、降雨がつづいていても東の空はぼんやりと明るくなって来るだろう。

敷島次郎は風神の手綱を曳《ひ》きながら傍らの温盛光に言った。

「まちがいはないんだな、この方向に？」

「くどいですね、わたしは何度も来てる。まちがえるはずがない」

「雨はいつごろあがると思う？」

「おそらく夜明けまえには。鄧家屯ではみんな喜んでるはずです」

「何で？」

「この雨は春の訪れの証しですからね」

次郎は頷《うなず》いて雪に埋まった右足を引き抜いて、それをまえに踏みだした。大地はわずかながら登り勾配《こうばい》になっているような気がする。だが、この暗さでは確かめようもない。とにかく、歩きにくさはこれまで以上だった。

「そろそろ質問してもいいですかね？」

「何を？」

「抗日連軍の連中と会ってどうするつもりです？」

「話しあう」

「何を？」

「そのとき決める」

盛光が失笑したような気がしたが、声は聞いてない。集団部落で顔を合わせた瞬間からこの満人の度胸の座りかたが半端《はんぱ》じゃないことはわかっていた。その印象は月下で晩飯を食ったころからますます強まっている。

「あんたはどうして共産党員になった？」

「国民党のほうが魅力的ですか？」

「おれたちにそんな政治的な質問は無意味だ、食うために生きてるだけなんだから」

「もう一度訊《き》きます。あなたがたを傭ったのは満州国ですか、それとも関東軍？」

「同じことだとは思わないかね？」

「そうですね、まさにそのとおりだ、満州国は関東軍の思惑どおりに建国されたものなんだし」

風の勢いが急速に弱まって来ている。

盛光が声を強めて言った。

「もうすぐ熄《や》みますよ、この雨はね」

「栄霊山にはいつごろ辿《たど》り着ける？」

「おそらく一時間後には」盛光がそう言って足を停めた。「そうだ、断わっておかなきゃならないことがある」

「何だね？」

「当然のことですが、抗日連軍の連中はきわめて警戒心が強い」

「で？」

「わたしは野営地に接近するまえはかならず懸巣《かけす》の啼《な》き声をあげる。そうでないと、銃撃を受けますからね。そのことはあらかじめ御承知願いたい」


雨は完全にあがり、東の空がぼんやりと明るい。

次郎は盛光と肩を並べて朝まだきの栄霊山の麓《ふもと》を歩きつづけた。眼のまえを猪八戒が進み、背後から十一名の日本人遊撃隊が率《つ》いて来る。静かだった。雪を踏みしめる音と馬の吐息。聴こえるのはそれしかない。栄霊山の登り勾配が急速に強まって来ていた。あたりには白樺《しらかば》の樹《き》が林立している。次郎は風神の手綱を曳きながらそのあいだを進んでいった。

「もうすぐ栄霊山の丘のひとつに辿り着きます、その丘を下ったところが野営地です」盛光が低い声で言った。「その丘を登ったところで、わたしは懸巣の啼き声をあげる。啼き声が戻って来たら、まずわたしが野営地にひとりで向かう。いいですね、それで？」

次郎は無言のまま頷いた。

陽があがったのはそのときだ、あたりが朝の光に充《み》ち充ちた。白樺の樹々の輪郭がくっきりとした。雨を運んで来た雲は消え失せ、空は澄みきっている。どこかで雉鳩《きじばと》の啼く声がした。

蒙古馬の手綱を曳く盛光の背なかに次郎はつづいた。丘を登りきったところで栄霊山の全容がほぼわかった。主峰のまわりを小さな丘がにょきにょきと取り巻いているのだ。植生帯は白樺だけらしい。次郎は主峰の麓を眺め下ろした。

そこに九軒の掘立て小屋が並んでいる。雪に蔽われているのだ、屋根が何で葺《ふ》かれているのかはわからない。奉天特務機関の調査どおりだった、この一帯の抗日連軍は分隊単位で行動しているらしい。柵に囲まれた馬小屋らしきものも見える。

日本人遊撃隊十一名も全員丘のうえに辿り着いた。

盛光がこっちの眼を見た。懸巣の啼き声の許可を求めているらしい。次郎は無言のまま頷いた。盛光が両手を唇のまわりを包み込むように宛《あ》てがった。

そこから、じぇえじぇえという懸巣の啼き声が吐きだされた。それが何度か繰りかえされた。やがて、主峰の麓から同じ懸巣の啼き声が戻って来た。

盛光が蒙古馬の手綱をこっちに手渡しながら言った。

「わたしがまず野営地に向かう。谷東瑞《こくとうずい》に会ってあなたがたの話を聞くように言ってみる」

「谷東瑞というのか、あそこにいる連中を率いてるのは？」

「湖南省出身のね」

「わかった、向かってくれ、野営地に」

盛光がもう一度両手を唇のまわりに宛てがって懸巣の啼き声を発した。主峰の麓からまたそれが戻って来た。盛光がゆっくりと右足を踏みだし、丘から降りはじめた。

次郎は風神と蒙古馬の両方の手綱を手にしたままその背なかを眺めつづけた。

盛光が丘を半分ほど下った。その体が突然躍《おど》った。ゆったりと下っていた盛光が転がるように走りだしながら叫んだ。

「日本鬼子来襲《リーベングイツ》！　日本鬼子来襲！」

それとともに掘立て小屋の戸口の扉の隙間《すきま》から一斉に閃光《せんこう》が噴きだした。銃声とともに次郎の傍らから鮮血が飛び散った。

丘のうえの大馬の何頭かが嘶《いなな》いた。

次郎は雪の大地に突っ伏しながら日本語で叫んだ。

「伏せろ、みんな！」

主峰の麓からの銃撃は収まらなかった。それは拳銃音《けんじゅうおん》じゃない。小銃が使われているのだ。この丘のうえは明らかに拳銃の射程からは外れていた。

次郎は雪の大地を転がりながら大掛児の内側からモーゼルを引き抜いた。安全装置を外した。丘を駆け降りている盛光の背なかに銃口を向けた。引鉄《ひきがね》を引いた。

盛光がつんのめるように雪のなかに倒れ込んでいった。

鈍い地鳴りのような音を聴いたのはその直後だった。主峰の斜面が動いたような気がした。それは錯覚じゃなかった。斜面が動いている！　それが大きくなった。鈍かった音も轟音《ごうおん》のように響いた。銃撃の音が熄んだ。抗日連軍の連中もその響きに気づいたのだろう、掘立て小屋の戸口の扉が開いた。それと同時に斜面を滑り落ちるすさまじい量の雪がどっと家影を押し潰《つぶ》していった。

次郎はモーゼルを握りしめたままその光景を眺めつづけた。

斜面の積雪はもう動いてなかった。

すべてが麓に滑り落ちている。家影はその雪のなかに完全に埋もれていた。積雪の剝がれた斜面は真っ黒だった。そこは岩肌の斜面だったのだ、一本の白樺も生えてはいない。

次郎は静かに下唇を舐めた。降りつづいた雨に雪が緩み、底雪崩《そこなだれ》が起きた！　雪崩のきっかけは抗日連軍の銃撃にあったろう。次郎はそう思いながら右側に視線を向けた。

日本人遊撃隊のひとりがそこに転がっている。首筋から夥《おびただ》しい量の血液が流れだしていた。それが積雪を真っ赤に染めている。これだけの出血なのだ、まだ呼吸《いき》があったとしても長くは保《も》たないだろう。

次郎は体を起こして丘のうえを眺めまわした。

他に、五人の日本人が倒れていた。

そのうちのふたりは呻《うめ》き声をあげている。

綏遠郊外で雨乞《あまご》い師をしていた森山宗介と三波直也が雪のうえにしゃがみ込んだまま呆然としてこっちを見ていた。両方ともモーゼルを引き抜いてはいなかった。銃撃にどう応じていいのかもわからなかったらしい。ふたりは怯えきった表情で喉を顫《ふる》わせていた。

「倒れてる連中を調べろ」次郎は苛立《いらだ》ちを抑えながら言った。「負傷者は馬の背に積んでおけ」

「ど、どうすりゃいいんです？」宗介がうわずった声を出した。「死んでしまった人間は？」

「かわいそうだが、捨てていく、ここに」

「戻るんですか、鄧家屯に？」

「そのまま敦化に向かう」

宗介が慌《あわ》ただしく頷いた。

次郎は視線をふたたび主峰の麓に戻した。雪崩に埋め尽されたそこはさっきと何の変わりもない。丘とそこのほぼ中間地点に盛光の肉塊が転がっている。次郎はモーゼルを握りしめたまま丘を降りはじめた。

猪八戒が背後から尾《つ》いて来る。

次郎は盛光の肉塊のそばで足を停めた。大掛児の背なかにぽつんと弾痕《だんこん》が開き、そこから血が滲み出している。だが、股《もも》からしたはべとべとに濡《ぬ》れていた。大掛児に隠されているが、出血量は相当のものなのだ。次郎はそのそばにしゃがみ込んで、俯伏《うつぶ》せの肉塊を仰向けに引っくりかえした。

盛光は絶命してはいなかった。顴骨の張ったその顔にはまったく血の気がない。しかし、その眼はこっちを見つめていた。

「最初からこのつもりだったんだな？」

盛光がかすかな笑みを浮かべたような気がする。

次郎は声を強めてつづけた。

「どうしてわかった、おれたちが日本人だということが？　おれの満語がおかしかったのか？」

「いいや」

「いつ気づいた？」

「鄧家屯で話したとき」

「どういう意味だ？」

「わたしは瑞金《ずいきん》にいたことがある」

「で？」

「そのとき『満州日報』の記者をしてた日本人に逢った。北京語はほぼ完璧《かんぺき》だったが、妙な癖があった」

「どんな？」

「煙草《たばこ》の喫《す》いかただよ。中国人はあんな煙草の喫いかたはしない。あんたはその日本人と同じ吸いかたをした。だから、ぴんと来た」

次郎はその眼を見据えつづけた。

盛光が掠《かす》れた声で呟《つぶや》いた。

「計算が狂った」

「雪崩のことか？」

「ああ」

「そのまえにおれはあんたの背なかを撃った」

「撃たれてもいいと思った」

次郎はこの言葉に盛光の懸巣の啼き声は単なる接近の合い図ではなく敵襲の通知だったのだと悟った。喉がしだいに渇いて来る。次郎は下唇を舐めて言った。

「それほど重要だったのか、おれたちを殺すことが？」

「当然だろう」

「集団部落に残した家族よりも？」

「妻はわかってくれる。子供たちも成長したらきっと」

「頭が下がるよ、あんたの信念には」

「皮肉かね？」

「本気で言ってる」

「なら、頼みがある」

「何だ？」

「もう助からないことはわかってる。じわじわ死にたくない。楽にしてくれないか」

次郎は頷いてゆっくりと立ちあがった。モーゼルの銃口を盛光の左胸に向けた。その表情はさっきからまったく変わらない。引鉄を絞り込んだ。炸裂音《さくれつおん》とともに大掛児の胸が一瞬浮きあがった。ふたたび沈み込んだその体はもうぴくりとも動こうとしなかった。次郎はもう一度しゃがみ込んで盛光の瞼《まぶた》を閉じさせて腰をあげた。

一陣の風がこのとき頬を撫でていった。

それがやけに生暖《なまあたた》かく感じられる。

盛光が言ったとおり、そろそろ満州に春が訪れるらしい。

解　説

髙山文彦

民族国家から国民国家へ——。

『満州国演義』を書きはじめたとき、船戸与一の念頭にあったのはこの主題である。人類はいかにして民族国家から国民国家へと脱皮を成し得るのか、極東アジアでそれは可能なのか、と。

第四巻の本作『炎の回廊』は、昭和九年三月、満州国で溥儀《ふぎ》を皇帝とする帝政が実施されたところからはじまる。それと同時に、各地で日本人移民に土地を奪われた憤《ふん》怒《ぬ》から、土着の民の武装抵抗運動が開始される。最初はばらばらの素朴な土地回復運動だったものが、満族、蒙古《もうこ》族、漢族、朝鮮族それぞれのレジスタンスが組織化され、やがて連合し抗日連軍となって、コミンテルンの共産主義理論を導入、強力な武器の確保によって軍事力を備えるに至り、大地を焼き尽くすような争闘戦がくりひろげられる。

「五族協和」「王道楽土」のスローガンのもとに生まれたはずの満州国は、そのしょっぱなからふたつの理想を瓦解《がかい》させていく。五族のうち四族が連合して日本民族に牙《きば》を剝《む》いてきたのだから。

ヨーロッパ諸国は植民地経営において宗主国の国民と現地民を融合させようとしなかった。日本はそれとは対照的にやがては五族が融合する壮大な国民国家をつくろうとしたが、抗日連軍の猛攻のまえに理想はあっさりとかなぐり捨てられた。

船戸与一が描き出すのは、「正義」というものの歪《いびつ》な形態である。入口を間違えてしまったら出口はどこにもなく、修正もきかず、奸計《かんけい》と謀略と猜疑心《さいぎしん》にまみれて、果てしない破壊と殺戮《さつりく》がくりひろげられ、人間たちは破滅の一点に向かって急坂道を転がり落ちていくほかないのである。

「正義感が何かを解決したことがありますか？　逆です。むしろ、おかしな正義感はいつも状況を歪《ゆが》めて来た。わたしら朝鮮人はたえずそれを実感させられて来たんです」

作者はある朝鮮人にそう語らせる。

船戸さんは顔をしかめながら、このように私に話してくれたことがある。

「もうどうにもならねえんだ。だれも止められねえんだよ、ああなったらよ。ザザーッとな……」

と、両手で大量の流砂をかき流すような手ぶりをして、

「行き着く先は破滅しかないとわかっていてもよ、そこに向かって人間どもはドドドーッと押し流されていくんだ。抗《あらが》いようのない恐ろしい力でな」

荻窪《おぎくぼ》の仕事場であった。立ち上がってそのように話したとき、船戸さんの姿はたしかに歴史の荒波のなかを小さな船で航海する水夫のように見えた。史実と、それをそうあらしめてしまった人間たちの一群と、ガンに侵された体で全力で格闘しておられるのだな、と私は思った。

日本では国体明徴《こくたいめいちょう》運動とそれによる天皇機関説排撃の、これもまた歪なイデオロギーの噴出が起こる。当然のことながら船戸さんは、明治帝国憲法下の近代天皇制というものにたいして大いなる疑義を懐《いだ》いている。それは香月信彦《こうづきのぶひこ》が敷島太郎《しきしまたろう》に向かって放つ以下の言葉にあらわれている。

「天皇は日本人が産みだした最高の虚構なんだよ！」

私は本巻で船戸さんがもっとも登場人物に言わせたかったのは、これではないかと思っている。日本人を日本民族に、ゆるやかな自治連合国であった日本列島を大日本帝国にまとめあげていくための「最高の虚構」が、どれだけの人びとの生命を奪い、

苦しみを与えてきたか。いや、このような「最高の虚構」をなぜわれわれは信じ、虚構を真実として、天皇を現人神《あらひとがみ》などとしてあがめまってってしまったのか。現代の視点から見れば大日本帝国は明らかに超カルト国家であり、どこまでも生身の人間であったヒトラーを信奉したドイツ国民にくらべても極めて異常な国民、国家であった。

香月信彦は、このようにつづける。

「現人神・天皇という虚構は立憲君主国家を目指す伊藤博文と兵営国家を作りあげようとした山県有朋の妥協の産物として生まれた。（略）明治維新からたった六十八年間で日本がこれだけの強国となったのはこの虚構のおかげだ」

香月信彦はしかし「現人神・天皇」を否定しているのではない。国体明徴運動が天皇機関説を排撃すればするほど天皇とはなにかという問題につきあたり、論理的説明が必要になってくる。するとどうなるか。「最高の虚構」が暴露されてしまう。

「馬鹿《ばか》げてるとは思わないか？　虚構は虚構としてそっとしておかなきゃならない。最高の虚構はなおさらだ」

こうまで言われても敷島太郎は黙っている。従順な外務官僚として国家に仕えていながら、彼は怒ることもしない。船戸さんは太郎に当時の官僚の役割をこのように象徴化させてみせている。そして時代の数歩先を読み冷静な分析力をもつ香月をして、そこまで見極めることができていてもなお「最高の虚構」を重んじようとする人格を提出し、翼賛体制になだれ込んでゆく時代の予兆を体現させてみせているのだ。

最終章では二・二六事件がどのような影響を日本と満州国に及ぼしていったかが描かれ、盧溝橋《ろこうきょう》事件の勃発を予感させて閉じられるのであるが、やはりこの章でも重要な役回りをはたすのが昭和天皇なのである。天皇の怒りの判断が統制派の台頭を保証する。だがしかし、とは、私ならずとも思うところではなかろうか。立憲君主として、大元帥《だいげんすい》として、神事を司《つかさど》る最高の祭司官として、万世一系の国父として、なぜ天皇は処刑される者たちに恩赦を与え、処刑を止めなかったのかと。

天皇のこのときの判断ひとつによって、もしかしたら超カルト国家は頭を冷やし、一億総玉砕の陰惨な未来図にもいくらか変化が生じたかもしれない。それとも統制派は天皇暗殺をもくろんだろうか。船戸さんがここで描き出すのは、天皇もまたカルトの長《おさ》であったという重い事実である。それともうひとつ、「神」であることをかなぐり捨て、「人間」としてのあらわな感情を表出させて、みずからの権威と権力の保全を優先させるという、なんともパラドキシカルな自己否定（＝「最高の虚構」の否定）のありさまである。東北地方の深刻な飢饉《ききん》、娘たちがつぎつぎと女郎屋に売られてゆく現実と法外な国費を使って帝都の料亭で飲み食いをし芸者遊びをする軍幹部の現実とのあまりもの乖離《かいり》にさえ気づかぬくらいに、国父は国父としての常識と良識を見失ってしまっている。

本巻を書くにあたって、船戸さんはかなり骨を折られたのではないかと想像する。日本およびアジア、欧米との歴史の分水嶺《ぶんすいれい》となる時期をかくもあざやかに、だれにもわかるように叙述したことに頭の下がる思いがする。史料にあたり、分析し、史実を曲げず、なおかつ架空の登場人物たちにそれぞれ個性をもたせ、動きを止めさせてはならぬ——このような歴史小説の叙述の王道を船戸さんはわれわれに見せてくれた。

本巻の初版は二〇〇八年六月。このとき船戸さんはまだガン告知を受けていない。同年に上梓《じょうし》したのは、この一冊のみ。翌年六月に「余命一年弱」とガンの告知を受ける。私は入院先をすぐに訪れ、船戸さんを見舞ったが、本人は「おい、あと一年以内に死ぬんだとよ」と言いながら、自分のガンについての知識を深めた結果を、じつに冷静に屈託なく、どのように死んでゆくのかといった点についてまで詳細に語った。

本巻の執筆は相当にストレスを溜め込ませたのではないかと私などは思うのだが、でも全九巻の予定で書きだされた本シリーズの四巻目といえば、山登りでいえばもうじき五合目にたどり着くかどうかというもっとも苦しいところであって、それをこのように見事な筆法で書きおおせた力は、ご本人の病状を加味して考えると驚嘆に値する。

本巻は『満州国演義』の胆《きも》と言える。二・二六事件で昭和天皇が犯した過《あやま》ちが、やがて日支事変、大東亜戦争を招来する。皇紀二千六百年を数年後に控え、さらなる神格を帯びた天皇は軍部と一体化し、ついに民衆を忘れ去ってしまう。こうして天皇という「最高の虚構」が完成されたとき、天皇もまた破滅に向かって転がり落ちていくのである。

（二〇一五年十一月、作家）

本書には、現代の観点からは差別的と見られる表現がありますが、作品の時代性に鑑みそのままとしました。（編集部）

参考文献は最終巻に記載します。

この作品は二〇〇八年六月新潮社より刊行された。

沢木耕太郎著
凍
講談社ノンフィクション賞受賞
「最強のクライマー」山野井が夫妻で挑んだ魔の高峰は、絶望的選択を強いた——奇跡の登山行と人間の絆を描く、圧巻の感動作。

佐々木　譲著
ベルリン飛行指令
開戦前夜の一九四〇年、三国同盟を楯に取り、新戦闘機の機体移送を求めるドイツ。厳重な包囲網の下、飛べ、零戦。ベルリンを目指せ！

佐々木　譲著
エトロフ発緊急電
日米開戦前夜、日本海軍機動部隊が集結し、激烈な諜報戦を展開していた択捉島に潜入したスパイ、ケニー・サイトウが見たものは。

佐々木　譲著
ストックホルムの密使（上・下）
一九四五年七月、日本を救う極秘情報を携えて、二人の密使がストックホルムから放たれた……。〈第二次大戦秘話三部作〉完結編。

佐藤賢一著
双頭の鷲（上・下）
英国との百年戦争で劣勢に陥ったフランスを救うは、ベルトラン・デュ・ゲクラン。傭兵隊長から大元帥となった男の、痛快な一代記。

志水辰夫著
行きずりの街
失踪した教え子を捜しに、苦い思い出の街・東京へ足を踏み入れた塾講師。十数年分の過去を清算すべく、孤独な闘いを挑むが……。

白川道著　流星たちの宴

時はバブル期。梨田は極秘情報を元に一か八かの仕手戦に出た……。危ない夢を追い求める男達を骨太に描くハードボイルド傑作長編。

白川道著　終着駅

〈死神〉と恐れられたアウトロー、視力を失いながら健気に生きる娘。命を賭けた恋が始まる。『天国への階段』を越えた純愛巨編！

須賀しのぶ著　神の棘（I・II）

苦悩しつつも修道士となった男。ナチス親衛隊に属し冷徹な殺戮者と化した男。旧友ふたりが火花を散らす。壮大な歴史オデッセイ。

仙川環著　隔離島 ―フェーズ0―

離島に赴任した若き女医は、相次ぐ不審死や陰鬱な事件にしだいに包囲されてゆく。医療サスペンスの新女王が描く、戦慄の長編。

髙村薫著　マークスの山（上・下）　直木賞受賞

マークス――。運命の名を得た男が開いた扉の先に、血塗られた道が続いていた。合田雄一郎警部補の眼前に立ち塞がる、黒一色の山。

髙村薫著　レディ・ジョーカー（上・中・下）　毎日出版文化賞受賞

巨大ビール会社を標的とした空前絶後の犯罪計画。合田雄一郎警部補の眼前に広がる、深い霧。伝説の長篇、改訂を経て文庫化！

津原泰水著

ブラバン

一九八〇。吹奏楽部に入った僕は、音楽の喜び、忘れえぬ男女と出会った。二十五年後、再結成話が持ち上がって。胸を熱くする青春組曲。

手嶋龍一著

ウルトラ・ダラー

拉致問題の謎、ハイテク企業の陥穽、外交官の暗闘。真実は超精巧なニセ百ドル札に刻み込まれた。本邦初のインテリジェンス小説。

手嶋龍一著

スギハラ・サバイバル

英国情報部員スティーブン・ブラッドレーは、国際金融市場に起きている巨大な異変に気づく――。全ての鍵は外交官・杉原千畝にあり。

天童荒太著

孤独の歌声

日本推理サスペンス大賞優秀作

さぁ、さぁ、よく見て。ぼくは、次に、どこを刺すと思う？ 孤独を抱える男と女のせつない愛と暴力が渦巻く戦慄のサイコホラー。

天童荒太著

幻世《まぼろよ》の祈《いの》り

家族狩り 第一部

高校教師・巣藤浚介、馬見原光毅警部補、児童心理に携わる氷崎游子。三つの生が交錯したとき、哀しき惨劇に続く階段が姿を現わす。

中村文則著

迷宮

密室状態の家で両親と兄が殺され、小学生の少女だけが生き残った。迷宮入りした事件の狂気に搦め取られる人間を描く衝撃の長編。

長崎尚志著
闇の伴走者
―醍醐真司の博覧推理ファイル―

女性探偵と凄腕かつ偏屈な編集者が追いかけるのは、未発表漫画と連続失踪事件の謎。高橋留美子氏絶賛、驚天動地の漫画ミステリ。

貫井徳郎著
灰色の虹

冤罪で人生の全てを失った男は、復讐を誓った。次々と殺される刑事、検事、弁護士……。復讐は許されざる罪か。長編ミステリー。

野口卓著
闇の黒猫
―北町奉行所朽木組―

腕が立ち情にも厚い定町廻り同心・朽木勘三郎と、彼に心服する岡っ引たちが、伝説と化した怪盗「黒猫」と対決する。痛快時代小説。

野口卓著
隠れ蓑
―北町奉行所朽木組―

わが命を狙うのは共に汗を流した同門剣士。定町廻り同心・朽木勘三郎は血闘に臨む。絶賛を浴びる時代小説作家、入魂の書き下ろし。

帚木蓬生著
ヒトラーの防具
（上・下）

日本からナチスドイツへ贈られていた剣道の防具。この意外な贈り物の陰には、戦争に運命を弄ばれた男の驚くべき人生があった！

帚木蓬生著
逃亡（上・下）
柴田錬三郎賞受賞

戦争中は憲兵として国に尽くし、敗戦後は戦犯として国に追われる。彼の戦争は終わっていなかった――。「国家と個人」を問う意欲作。

炎《ほのお》の回《かい》廊《ろう》

満州国演義四

新潮文庫　ふ-25-13

平成二十八年一月一日発行

著者　船《ふな》戸《ど》与《よ》一《いち》

発行者　佐藤隆信

発行所　株式会社　新潮社

郵便番号　一六二―八七一一
東京都新宿区矢来町七一
電話　編集部(〇三)三二六六―五四四〇
　　　読者係(〇三)三二六六―五一一一
http://www.shinchosha.co.jp

価格はカバーに表示してあります。

乱丁・落丁本は、ご面倒ですが小社読者係宛ご送付ください。送料小社負担にてお取替えいたします。

印刷・大日本印刷株式会社　製本・加藤製本株式会社

ISBN978-4-10-134323-5 C0193